Né en 1947, Ron Hansen est l'auteur de plusieurs romans : *L'Extase de Mariette* (Actes Sud, 1994), *Soleil de cendres* (Belfond, 1996), *C'est la vie !* (Buchet/Chastel, 2005), *La Nièce d'Hitler* (Buchet/Chastel, 2006), *L'Assassinat de Jesse James par le lâche Robert Ford* (Buchet/Chastel, 2007) et *Le Sang des Dalton* (2009). Comparé par la critique outre-Atlantique à John Steinbeck, Erskine Caldwell et Willa Cather, Ron Hansen est, sans conteste, l'une des grandes plumes de la littérature américaine contemporaine.

DU MÊME AUTEUR

L'Extase de Mariette
Actes Sud, 1994

Soleil de cendres
Belfond, 1996

C'est la vie !
Buchet/Chastel, 2005
et « Points », n° P2160

La Nièce d'Hitler
Buchet/Chastel, 2006

L'Assassinat de Jesse James par le lâche Robert Ford
Buchet/Chastel, 2007
et « Points », n° P2018

Exils
Buchet/Chastel, 2010

Ron Hansen

LE SANG DES DALTON

ROMAN

Traduit de l'anglais (États-Unis) par Vincent Hugon

Buchet-Chastel

TEXTE INTÉGRAL

TITRE ORIGINAL
Desperadoes
Alfred A. Knopf, New York, 1979

ISBN 978-2-7578-0861-0
(ISBN 978-2-283-02175-0, 1re publication)

Pour mon frère, Rob

De cette bande de maraudeurs, je suis le seul survivant. Les autres s'en sont allés il y a bien des années, les pieds devant. À vrai dire, je suis l'un des très rares survivants de cette vieille école de hors-la-loi de la Frontière qui n'est plus. Et maintenant que j'ai jeté ma gourme, j'éprouve le besoin de rapporter fidèlement l'histoire des Dalton et autres grands anciens dont les vies et les exploits ont si souvent été fabuleusement romancés ou relatés de manière vague et confuse…

Mon récit retracera mes contacts avec bon nombre de desperados jusqu'alors peu mis en valeur, mais aussi avec certaines des plus célèbres figures de la dernière frontière.

Il comportera bien entendu des épisodes sinistres, affreux : des coups de main éclair, des face-à-face désespérés, des épreuves de courage et de témérité inégalés ; des chevauchées effrénées, des fusillades assourdissantes et d'ultimes combats fatidiques ; des exemples de courage fantastique et de défaite déshonorante – des hauts faits comme des bassesses, des deux côtés de la loi ; la montée en graine de mauvaises pousses, et la terrible moisson qui s'ensuivit.

Et pour agrémenter les folles équipées de ces hommes rudes, à la gâchette facile, cette chronique sera rehaussée par la présence romantique de femmes douces, stoïques et impétueuses dont les vies furent étroitement liées à la destinée de hors-la-loi que furent les Dalton.

Emmett Dalton
Nous, les Dalton

1

Quand le marshal Frank Dalton fut abattu par des contrebandiers de whisky en 1887, le gouvernement fédéral renvoya son corps à Coffeyville, au Kansas, dans un cercueil en acajou rempli de glace. Lape, le croque-mort, apprêta le visage et les cheveux de mon frère avec de la cire et son corps fut transporté jusqu'au cimetière d'Elmwood dans un élégant corbillard noir dont les vitres ne déformaient pas les objets.

Quand mes frères Bob et Grat Dalton se firent abattre en 1892, leurs cadavres furent photographiés debout, en chaussettes, menottés, et ils restèrent toute la nuit par terre dans la prison de Coffeyville, des mouches bleues leur parcourant le visage. Certaines femmes prélevèrent des mèches de leurs cheveux et des morceaux de leurs vêtements avec des ciseaux à cranter et les cartouches qu'ils avaient encore à la ceinture furent vendus un dollar pièce.

Et quand Bill se fit descendre par un marshal et son détachement en 1894, on exposa son corps dans un cercueil vitré jusqu'à ce qu'il soit passablement décomposé. Des curieux firent le déplacement en train du Texas, du Kansas ou de l'Oklahoma et des milliers de personnes s'entassèrent dans le salon funéraire pour défiler devant le dernier des célèbres Dalton et le contempler avec solennité.

J'ai pour ma part coulé ces dernières années à Hollywood, en Californie, où, j'imagine, une de ces nuits, je passerai à la postérité dans mon sommeil, en pyjama rayé, la bouche ouverte, avec une dizaine de flacons de médicaments sur ma table de chevet. Nous sommes en 1937, j'ai soixante-cinq ans et je ne suis pas l'homme que j'étais parti pour être ; je suis agent immobilier, entrepreneur en bâtiment, scénariste de westerns ; pratiquant, rotarien et membre de l'ordre de Moose, une société de secours mutuel : châtiment plus que mérité pour un desperado de l'Ouest d'antan et pour le petit Emmett que j'étais autrefois, et qui me fournissait matière à penser ce soir-là, planté au milieu de ma pelouse verdoyante, avec un verre de soda au gingembre qui tintait dans ma main tavelée tremblotante.

Une fille que je ne connaissais pas faisait des longueurs, seule, dans la piscine en sous-vêtements de satin, pendant que, dans la salle à manger, les musiciens d'un groupe de La Havane aux cheveux noirs brillantinés et aux manches à volants jouaient de la trompette et des castagnettes. Une semaine plus tôt, ma femme et moi étions rentrés de Coffeyville, où j'étais devenu célèbre : une sorte de soirée organisée pour le retour de l'enfant du pays ; mais c'était aussi une célébration, car un studio de cinéma venait d'acheter mon second livre, *Nous, les Dalton*, de sorte que j'étais un peu plus riche. Des stars du cinéma en pantalon blanc de flanelle musardaient autour de la table de billard, un pull noué autour du cou ; un maquilleur juché sur notre canapé en velours côtelé blanc, à côté de ma corpulente et philanthrope épouse, partait d'un rire haut perché à chacune des réflexions qu'elle faisait et lui certifiait qu'elle était délicieuse.

Si je regagnais mon imposante villa blanche aux airs sud-américains, des femmes à la chevelure platine, en robe moulante et au parfum piquant comme de l'oignon, me supplieraient de leur montrer mon revolver enveloppé dans une pièce de velours ou me questionneraient sur la bande des Dalton, escomptant bien que je les subjugue, que je me mue en faire-valoir bavard, et me livre à cœur ouvert, comme si toutes ces années de banditisme n'étaient qu'une fable, un conte folklorique ou le numéro d'un saltimbanque mâcheur de verre. Si je retournais à l'intérieur, j'y trouverais un jeune domestique se coltinant un chariot de boissons et un plateau de canapés tartinés d'œufs de poisson, le vice-président d'un studio embrassant dans le cou l'épouse d'un autre homme, ou un chef électricien avec une ceinture de smoking rouge apprenant la rumba avec une dactylo. Et je pourrais me voir dans un vieux film muet vacillant, projeté sur le mur du séjour, où un Emmett Dalton adulte brandissait un six-coups sous le nez d'un caissier dans une banque, tandis que des danseurs s'interposaient, se frôlaient devant l'écran, de sorte qu'une femme portait mon étui dans le dos et qu'un tiroir-caisse plein de pièces décorait l'épaule d'un homme en smoking.

Le passé était plus palpable pour moi que le verre dégoulinant de condensation que je tenais à la main et j'avais l'impression que, peu auparavant encore, je n'étais qu'un adolescent affalé contre un abri en gazon en territoire indien, observant Bitter Creek Newcomb qui avançait dans les hautes herbes jaunes jusqu'à la mare à bisons pour contempler la blanche hostie de la lune à la surface de l'eau. J'entendais le clapotis mat du skimmer de la piscine, comme la fille en sous-vêtements glissait jusqu'à l'échelle jouxtant le plongeoir, mais tout ce que je voyais, c'était mon frère Grat soulevant la couverture navajo de l'abri, puis s'appuyant d'une épaule contre la paroi en boue, une cruche pleine de gnôle pendue au majeur tandis que les chevaux hennissaient faiblement dans l'enclos ; mon frère avait scruté le vide de la nuit en se grattant et lâché : « Je m'étais pas autant marré depuis le cirque. »

Je m'en suis revenu vers la maison et j'ai aperçu, sur la véranda treillissée où je prenais d'ordinaire le petit déjeuner, des journalistes qui photographiaient Julia en maman timide et confondue, enlaçant quatre de ses joyeux invités : Andy Devine, Frank Albertson, Broderick Crawford et Brian Donlevy – les derniers avatars hollywoodiens en date de Grat, Bill, Bob et moi. Ils faisaient les clowns et imitaient le maniement des pistolets avec le pouce et l'index ; Julia paraissait s'amuser autant que faire se peut, dans sa robe de soirée bleu marine, avec son collier de perles, en ravissante hôtesse de soixante-quatre ans, qui ressemblait cependant moins aux dames distinguées à demi faméliques présentes ce soir-là qu'à l'épouse d'un épicier ou à une solide fermière donnant le grain aux poulets tous les matins.

Les journalistes m'ont remarqué et ils m'ont appelé pour que je pose d'abord avec ma femme, puis tout seul à côté de l'affiche de cinéma accrochée au mur sous verre dans un cadre. Je suppose qu'ils s'imaginaient que je sourirais à l'objectif avec un couteau entre les dents et un pistolet dans chaque main, puis que je viderais mon barillet d'une seule traite en faisant sonner et rebondir une boîte de café à travers tout le patio, mais quarante-cinq ans s'étaient écoulés depuis l'époque où j'étais un gosse et où je rêvais de devenir célèbre ; je n'avais plus envie de faire les gros titres. Le seul cliché auquel leurs rouleaux de pellicule noire eurent droit fut celui d'un type dégingandé à l'air hagard, un verre à la main : Emmett Dalton dans un costume anthracite, riche homme d'affaires souffrant d'élancements à la hanche, fort de quatorze années d'éducation carcérale, qui jouait au golf avec des banquiers, y allait de sa poche pour les bonnes causes et discutait au téléphone avec le gouverneur.

Je me suis rendu à la cuisine, j'ai mis mon verre dans l'évier et je me suis allumé une cigarette. Julia est arrivée de la salle à manger avec un plateau sur lequel étaient disposés de la laitue et un dessert gélatineux, qu'elle a rangé sur une étagère du Frigidaire. Elle s'est essuyé les mains avec une serviette et m'a demandé :

« Pourquoi tu fronces les sourcils ?

– J'ai mal.

– J'ai de l'aspirine.

– Je crois que je vais plutôt souffrir un moment.

– Songe à combien ils s'amusent… »

Mon épouse est repartie avec un torchon qu'elle venait d'essorer et j'ai gravi l'escalier en chêne menant à mon bureau pendant qu'un musicien prénommé Fernando transbahutait la batterie du groupe jusqu'à un bus scolaire à l'extérieur. J'ai ouvert avec ma clé, refermé la porte derrière moi et marqué une pause sur le seuil de cette pièce marron sombre qui fleurait les vieux journaux. Je me suis assis à une table de bibliothèque sur laquelle s'étalaient peut-être une cinquantaine d'ouvrages sur les Dalton maintenus ouverts par des briques ou aux pages marquées par des morceaux de papier jaunes. Aux murs étaient encadrés sous verre des avis de recherche brunis, les maquettes rouges et bleues d'affiches de plusieurs films sur la bande des Dalton et la première page de trois journaux datés du

5 octobre 1892. Dans une armoire en acajou étaient entreposés des articles de magazines, mensongers pour la plupart, tandis que, dans une seconde armoire, je conservais les dossiers plus fiables du marshal adjoint Christian Madsen, dans leurs enveloppes en papier kraft jadis closes avec de la ficelle, sur chacune desquelles était inscrit un nom : Broadwell, Bryant, celui de chaque frère Dalton, Doolin, McElhanie, Eugenia Moore, Newcomb, Pierce, Powers.

J'ai allumé la lampe de bureau et ouvert la boîte en carton qui contenait les coupures de presse me concernant. J'ai déplié mes bésicles à double foyer et calé tour à tour chaque branche derrière une de mes oreilles, comme mon frère Bob le jour où il m'avait affirmé : « Je vois jusqu'au Nebraska, avec ça. » Puis je me suis installé dans un fauteuil bien rembourré et j'ai lu pendant près d'une heure, déposant les pages sur la moquette après les avoir parcourues.

J'ai entendu les talons hauts de mon épouse dans le couloir et je me suis retourné comme elle pénétrait dans la pièce avec une tasse de lait chaud et une soucoupe.

« C'est terminé ? me suis-je enquis.

– Il reste encore une fille endormie par terre dans la salle de bains et un gars pieds nus qui joue "Swanee" de la main gauche au piano. Le domestique va s'occuper d'eux.

– Mon absence s'est-elle fait sentir ? »

Julia a souri.

« On fait preuve d'indulgence à ton égard. On fait comme si tu venais de quelque contrée étrangère. Un reporter voulait te voir.

– M'a-t-il qualifié de "farouche" ? »

Julia a ignoré ma remarque.

« J'ai ici avec moi un jeune homme qui a lu ton livre », a-t-elle repris.

Un blanc-bec vêtu d'un pull vert à motifs en zigzag et d'une chemise blanche dont le col empiétait sur ses épaules est apparu dans l'embrasure de la porte. À vue de nez, il devait avoir une vingtaine d'années.

« Qu'est-ce que tu veux ? ai-je lancé.

– Je ne sais pas trop. J'ai fait le trajet depuis San Bernardino.

– Refais-le donc dans l'autre sens, ai-je répliqué en le chassant de la main.

– Tu pourrais au moins lui accorder une minute, Em », est intervenue Julia.

Le freluquet était planté à côté du portemanteau, un bloc-notes à la main.

« J'ai dévoré votre livre, m'a-t-il déclaré. C'est passionnant. »

J'ai retiré mes binocles et me suis péniblement extirpé de mon fauteuil.

« Ça te dirait de voir mon flingue ? Je vais te montrer mon flingue, comme ça, une fois rentré à San Bernardino, tu pourras frimer au café du coin. »

J'ai boitillé jusqu'à l'armoire où mon revolver, un Colt .44-40 enveloppé dans du velours rouge, était niché entre deux dossiers, par mesure de précaution contre le tout-venant des voleurs.

« Il n'est pas vraiment aussi grincheux que ça, c'est sa façon à lui d'asticoter les gens », a soufflé Julia à notre hôte derrière moi.

Je suppose qu'il a diligemment dû en prendre note.

Puis Julia nous a abandonnés et nous avons pris place à la table de bibliothèque, à côté de la lampe. Le jeunot a soupesé l'arme, visé un réverbère, emmailloté à nouveau le pistolet dans le tissu. J'ai exhibé une balle noire grosse comme la dernière phalange de son petit doigt.

« On me l'a extraite de l'épaule à Coffeyville. J'étais conscient, allongé à plat ventre sur un matelas, avec des fusils sous le nez. Je me souviens qu'elle est tombée dans le bassin du docteur en tintant comme une bille. »

Mon jeune s'est penché en avant sur sa chaise, enchanté.

« Ça a dû faire mal. »

Je lui ai adressé un regard en coin et je l'ai interrogé sur ce qu'il savait de l'Ouest d'autrefois.

« Pas grand-chose, je le crains.

– Tu as entendu causer de Jesse James.

– Oui.

– Et des frères Younger ?

– Il me semble.

– Cole Younger était mon cousin ; les James et lui étaient voisins à Kearney dans le Missouri. La bande des frères James et Younger étaient notre source d'inspiration. Ils avaient dévalisé des diligences, des trains, la foire de Kansas City et la banque de Northfield, dans le Minnesota, qui les avait conduits à leur perte ; tous les commerçants leur étaient tombés dessus avec des fusils de chasse, des manches de pelles ou des pierres ramassées dans la rue. »

J'ennuyais mon auditoire ; son regard vagabondait, mais je continuais à parler – de la commémoration de Coffeyville, dont Julia et moi rentrions, du film en tournage à Hollywood ; d'Eugenia Moore avec ses jambières de cow-boy, des ouvrages juridiques que lisait mon frère Bill, d'un modèle de Winchester surnommé Yellow Boy, avec lequel Bob avait un jour tué un homme ; des chevaux que nous avions volés, de la taverne mexicaine que nous avions attaquée ou des locomotives d'alors, grandes comme des magasins de chaussures. J'ai parlé assez longtemps pour brûler une bougie de bout en bout et lorsque je me suis arrêté, mon blanc-bec a froncé les sourcils.

« Vous n'avez pas l'air d'avoir beaucoup de regrets », a-t-il commenté.

Je l'ai dévisagé.

« Je veux dire… vous avez abattu tous ces gens…

– Je n'ai tué personne.

– D'accord, mais vos frères, oui. Je m'attendais à ce que vous soyez un peu plus repentant.

– J'ai croupi dans une prison du Kansas de 1893 à 1907. J'ai fait pénitence.

– Mais vous ne…

– Dehors.

– Pardon ?

– Dehors ! »

Je me suis hissé debout, j'ai tiré avec des doigts tremblants mon pistolet de sa pièce de velours, puis j'ai armé le chien avec les deux pouces.

Une fois seul dans la maison, à l'exception de ma femme endormie, je me suis assis au pied du lit, dans le noir, pour fumer une Camel. Je suis passé dans la salle de bains, j'ai allumé et j'ai suspendu mon costume et ma chemise sur des cintres. J'ai examiné mon dos dans la grande glace fixée à la porte, les dix-huit vilaines marques de chevrotines pareilles à des brûlures de cigarettes sur ma peau et la cicatrice à la hanche que m'avait laissée une balle de fusil et qui, par temps pluvieux ou humide, ou quand je restais trop longtemps en chaussures, me gratifiait toujours de douleurs aussi aiguës que des morsures de chat. J'ai décollé un carré de gaze jaunie de mon épaule droite suppurante et, à l'aide de l'embout d'un tube argenté, j'ai étendu de la pommade sur une hideuse éruption rouge consécutive à un tir de fusil qui m'avait fracturé l'os quand j'avais vingt ans et qui, quarante-cinq ans plus tard, n'était toujours pas guérie. J'ai déchiré l'emballage en papier d'une compresse propre et pansé la plaie. J'ai boutonné mon pyjama, enfilé ma robe de chambre et avalé trois comprimés pris dans trois flacons différents avant de descendre la tasse et la soucoupe de mon épouse dans la cuisine, où je les ai laissés dans l'évier à l'intention de la bonne.

Puis j'ai attendu debout dans le séjour, à côté du projecteur qui rembobinait. J'ai allumé une deuxième cigarette, éteint l'allumette d'un bref aller-retour de la main et, les yeux plissés à cause de la fumée, j'ai contemplé la pellicule qui se déroulait de la bobine réceptrice. Au bout d'une ou deux centaines de mètres, j'ai stoppé l'appareil, changé le sens de défilement et rallumé la lampe de projection afin de revoir *Par-delà la loi*, le film dont j'étais la vedette, le scénariste et le coproducteur, en association avec John B. Tackett, adapté d'une série de réminiscences publiée dans le magazine *Wide World*. En 1918, Tackett et moi l'avions projeté dans tout le pays, ce qui nous avait rapporté un bon pactole, bien que ce fût un navet plutôt affreux. J'avais, dans ma jeunesse, soutenu le regard d'hommes dangereux, mais j'étais terrifié face à la caméra de Tackett et je devais être le personnage au regard le plus fuyant de l'histoire du cinéma. Je gesticulais, je dégainais mon pétard de son étui en cuir ciré noir à tout bout de champ, j'étais accoutré comme un cow-boy de rodéo et j'avais quarante-six ans lors du tournage de ce film ; je n'étais plus un gamin comme du temps de mes aventures – j'étais ridicule. Heureusement, Tackett était un authentique homme de spectacle qui, campé sur la scène d'une salle de cinéma dans une ville inconnue, savait faire revivre la grisante équipée des Dalton, énumérer les trains que nous avions pillés ou évoquer la mort de mes frères, pistolet au poing, avant de conclure par la liste de nos victimes :

« Charlie Montgomery, pour une histoire de femme. Un guichetier de Wharton. Bill Starmer, après lui avoir volé ses chevaux. Le marshal Ed Short, dans une voiture de chemin de fer. Un médecin innocent, le Dr W. L. Goff. Et par une matinée ensoleillée d'octobre, Lucius Baldwin, Charles Brown, George Cubine et le marshal Connelly – tous de Coffeyville, Kansas. »

Puis, en guise de surprise, de clou du spectacle, je le rejoignais sur scène et je fixais, par-delà la rampe, les fermiers, les commis et les secrétaires pantelants qui se taisaient ou échangeaient des murmures, tandis que les enfants se tassaient sur leur siège comme si j'étais un ogre qui se repaissait de petits nez ou d'orteils. Certaines fois, je saluais avec mon chapeau blanc, d'autres fois, je dédicaçais un programme poussé en direction de mes luxueuses bottes en peau de lézard ; ensuite Tackett adressait un signal en direction de la cabine de projection et j'allais prendre place sur une chaise à côté des câbles du rideau, en coulisses, dos à l'écran, cependant que trois vils bandits brandissant deux revolvers chacun sortaient pliés en deux de la banque Condon et traversaient à toutes jambes la rue pavée de briques jusqu'à une ruelle en terre depuis laquelle deux autres hors-la-loi patibulaires en redingote faisaient feu avec leurs pistolets sur les employés d'une quincaillerie.

Il était deux heures du matin dans ma maison d'Hollywood quand je me suis vu, une botte dans un étrier de ma selle d'où pendait un sac d'argent, blessé, le bras pendant dans ma manche droite, guettant du regard les indications du réalisateur caché derrière la caméra cliquetante. J'ai fait faire une brusque volte-face à ma monture rétive et elle s'est dérobée, effarouchée par la fumée artificielle bleue et le crépitement de la fusillade, alors que des acteurs avec des fusils et des brassards élastiques aux manches se précipitaient à la curée dans la rue. Je me suis élancé à la rescousse de mon frère Bob au milieu des tirs croisés et, sans ralentir l'allure, je me suis penché aussi bas que je le pouvais pour le saisir, les doigts dégouttants de sang.

Je suis resté devant ce film bruni et rayé jusqu'à son dénouement abrupt, puis le projecteur a soudain affiché un carré de lumière blanc et je suis demeuré là, à écouter la pellicule se dévider sur les galets d'entraînement et s'enrouler sur la bobine réceptrice.

Jesse James avait été abattu le dos tourné, Bob Younger était décédé de la tuberculose, ses frères Jim et Cole avaient été relâchés en liberté conditionnelle d'une prison du Minnesota au bout de vingt-cinq ans, après une condamnation à perpétuité. Jim avait déniché une place de représentant de commerce et s'était suicidé en 1902. Cole avait consacré les dernières années de sa vie à donner des conférences dans les fêtes foraines sur le crime et ses ravages. Quant à Frank James, juste avant qu'il meure de consomption en 1915, son métier consistait à faire le pied de grue devant un cinéma et à contrôler les billets des gamins.

Et Emmett Dalton passait ses dernières années à Hollywood, ou à déambuler dans les rues de Coffeyville, entouré d'une foule d'adultes et d'enfants qui observaient bouche bée la clôture couverte de vesce près de laquelle nous avions attaché nos chevaux à un tuyau, ou les cagettes de pêches s'empilant derrière un restaurant qui avait remplacé la grange où s'était réfugié mon frère Bob agonisant.

Bob est mort ; voilà ce que je regrette. Quelquefois, il me semble que je ne cesse de plonger dans le passé pour tâcher de le sauver.

2

Les célèbres frères Dalton ont tous, à un moment ou à un autre, été gardiens de la paix en territoire indien. Le meilleur d'entre nous était mon frère Frank, qui fut abattu par des contrebandiers de whisky, un dimanche matin, en novembre 1887. Il était alors marshal sous les ordres du juge Isaac Parker, affecté aux nations Choctaw et Chickasaw dans ce qui allait devenir l'Oklahoma. Il recevait deux malheureux dollars par criminel qu'il ramenait au tribunal fédéral de Fort Smith, en Arkansas, et les éventuels frais d'enterrement étaient déduits de sa paye. Il ne devait donc guère escompter une grosse rallonge d'argent de poche lorsque son adjoint Jim Cole et lui eurent vent que la bande de Bill Smith vendait de l'eau-de-vie aux Indiens depuis un camp dans le bassin de la rivière Arkansas.

Ils chevauchèrent entre les joncs de trois à cinq heures du matin. Leurs montures pataugeaient dans la brume qui tapissait les marécages. Puis le soleil se leva et mon frère et son adjoint aperçurent au milieu du vert du marais un chapiteau blanc pourvu de murs en boue et en hickory. Frank et Cole attachèrent leurs chevaux, ils s'approchèrent du camp à plat ventre jusqu'à ce qu'ils eussent pu se brûler les doigts sur les braises du feu et ils avisèrent le contrebandier Lee Dixon dans un sac de couchage et Baldy Smith en personne, habillé d'un costume noir, sur un matelas taché, en compagnie d'une prostituée rondelette de Tupelo qui se faisait appeler Mrs Smith. Les deux marshals ne remarquèrent pas le jeune Bill Towerly qui buvait une tasse de café grenu, accroupi près des bêtes.

Frank se redressa et s'avança vers la tente en serrant le mandat qui inculpait Smith de vol et de contrebande. Il tapa du talon sur le plancher, Smith se réveilla et ils discutèrent une minute, tandis que Lee Dixon se redressait sur un coude, se frottait les yeux et lorgnait Jim Cole.

Soudain Smith fit feu avec son derringer et atteignit mon frère à l'estomac. Frank geignit et tomba à genoux, une main crispée sur le devant de son manteau. Il arma son Colt Peacemaker, tira et toucha Smith au cou, arma de nouveau et logea une balle dans le cœur de Mrs Smith, tandis que Jim Cole descendait Dixon avant que ce dernier ait le temps de retrouver le Colt Dragoon qu'il cachait toujours sous son oreiller.

Une fumée bleutée flottait entre les arbres et Dixon se tordait de douleur dans son sac de couchage. Cole se dirigeait vers le chapiteau, le pistolet le long de la jambe, quand, de nulle part, ce freluquet de Towerly lui transperça la poitrine d'une balle juste au-dessus du sein droit, qui le fit basculer en arrière par-dessus une corde de la tente. Cole rampa jusqu'aux arbres dans la boue et s'affaissa contre sa selle. Mon frère était toujours à genoux, plié en deux, et souffrait tellement qu'il avait le visage dans la terre, de sorte que Cole le crut mort, jusqu'au moment où Towerly en longs sous-vêtements gris et en cuissardes, regagna la tente, et poussa Frank sur le dos.

« Ne fais pas ça, chevrota mon frère, les larmes aux yeux. Je t'en supplie, ne tire pas. Laisse-moi. »

Mais Towerly arma son revolver et le déchargea une première fois dans la bouche de Frank, avant d'armer à nouveau et de lui faire sauter le crâne.

Si je mentionne ce sordide épisode, c'est parce qu'il avait un sens particulier pour mon frère Bob. Il avait alors dix-sept ans et venait d'être embauché en tant que policier en territoire cherokee sous les ordres d'un métis du nom de John W. Jordan et ce fut lui qui escorta jusque chez nous le corps de Frank.

Bob s'était pelotonné à l'abri du froid près du cercueil en acajou rempli de glace, dans le wagon à bétail à claire-voie utilisé pour le transport. Il portait un manteau en peau de mouton et, enfoncé sur la tête, un chapeau dont il avait rabattu les larges bords sur ses oreilles à l'aide d'une écharpe en laine – mais il n'avait pas de gants, aussi lorsque le train s'arrêta pour se réapprovisionner en eau et en charbon quelque part au sud de Chelsea, mon frère descendit et se versa sur les doigts le café que lui offrit le chef de train, histoire d'atténuer la morsure du froid. À son retour au wagon, un contrôleur avait ôté le couvercle de la bière, qu'il avait appuyé contre la paroi de planches, et examinait les restes en décomposition de Frank, une chique dans la joue, en crachotant du tabac sur le sol.

« Regardez-moi comment on a troué la couenne de ce bonhomme, avait-il lâché. Si c'est pas malheureux… »

Mon frère avait posé les yeux sur ce cadavre aussi dépourvu de face qu'une assiette et il avait vomi dans le foin avant de vouer le coupable à la vengeance divine, tel un gosse pétri des aventures romanesques publiées dans les hebdomadaires à quatre sous de la *Wide Awake Library* et les romans à dix cents de la collection Beadle's. Mais je pense qu'il dut aussi prendre d'autres résolutions, car à compter de ce jour-là, il devint très différent.

J'ai très peu de souvenirs d'enfance de Bob à l'époque où lui et moi dormions dans le même lit en fer-blanc. Je le revois appeler le cochon, debout à côté de l'auge avec un panier de prunes sauvages et de restes de nourriture ; ou se coiffer dans le miroir tacheté de la cuisine, essayant diverses raies ; faire l'analyse grammaticale de phrases au tableau, en chemise de laine et knickers, face à l'unique salle de classe de l'école. Je me souviens de lui, assis sur un seau à lait, s'amusant à planter un couteau de chasse dans une planche entre ses bottes. Je me souviens de lui, s'efforçant de faire le poirier, et de notre frère aîné Frank, les yeux plissés à cause de la fumée de sa cigarette, lui maintenant les pieds et répétant : « Pousse ! Pousse ! » Je me souviens de lui pissant contre la grange dans le froid et de la vapeur grise ondoyant comme des algues. Toutes ces images de celui qui allait devenir le plus célèbre des Dalton peuvent paraître triviales, mais Bob était mon frère le plus proche, à peine plus âgé de deux ans, et je l'enviais trop pour prêter attention de très près à ses diverses prouesses.

Bob était aussi beau que Hamlet incarné par une actrice (comme c'était la coutume en ce temps-là) et c'était toujours lui, le lauréat de ces dames dans les bals. Il avait les cheveux bruns coupés court et les pattes rasées, ainsi que des yeux bleus en amande et des dents blanches dont il prenait bien soin et qu'il brossait avec du bicarbonate de soude quatre ou cinq fois par jour. Il se rappelait tout ce qu'il avait lu et il était capable de multiplier comme un banquier ou d'épeler un mot à l'envers, si bien que l'une de ses institutrices s'était fourré dans la tête qu'il irait à la faculté de médecine de Cornell. Il était attentif à ce que disaient les femmes ; il écoutait avec une telle concentration qu'il fronçait les sourcils ; et quand il ne parvenait pas à déterminer la réaction appropriée, il répondait par quelque gentillesse. Il mesurait un mètre quatre-vingt-trois pour soixante-treize kilos tout mouillé – il était tout en tendons et en os sous ses vêtements et avait la peau blanche comme de la colle. Selon les critères de l'époque, on le tenait pour sympathique, affable et sémillant. Le cliché original de la dépouille en chaussettes de Bob Dalton par John Tackett n'en laisse rien soupçonner.

Peu après les obsèques de Frank, il échut à mon frère aîné Grattan de remplacer le défunt héros. Grat connut son heure de gloire lorsqu'il voulut arrêter un voleur de bétail nommé Felix Griffin, qui lui tira dans l'estomac. Mon frère continua à marcher droit sur Griffin sans se démonter et le gifla avec son chapeau jusqu'à ce que son agresseur s'écroule à genoux. La balle avait fendu l'un des boutons en bois de la chemise de Grat et il extirpa le projectile de son ventre comme un brandon. D'aucuns affirmèrent que Grat avait le potentiel requis pour devenir un défenseur de l'ordre du calibre de Heck Thomas et l'on en vint à tenir des propos si exagérés sur son compte que quand les Indiens osages créèrent une force de police tribale, ils désignèrent le frère cadet du grand homme, Robert Renick Dalton, alors âgé de dix-huit ans, comme chef – le plus jeune dans l'histoire de l'Ouest.

Cette année-là, je travaillais comme cow-boy au ranch Bar X Bar d'Oscar Halsell, près de Pawnee, où j'avais de mauvaises fréquentations – Dick Broadwell, Bill Powers, Bill Doolin –, ce qui incita mon frère Bob à entreprendre de sauver mon âme et à me recruter.

J'étais le neuvième des quinze rejetons de Lewis et Adeline Dalton et quand j'avais quitté leur misérable ferme pouilleuse et étriquée pour bûcher à cheval seize heures par jour, à cornaquer du bétail dans des enclos, j'étais aussi heureux qu'on puisse l'être, comme si j'avais été délivré de toutes mes souffrances passées pour débuter une nouvelle vie.

Mais le besoin d'être à nouveau avec mes frères me poussa à abandonner le ranch. Et je me remémore le sourire du jeune Emmett Dalton, seize ans, sur les marches de l'église méthodiste, le jour où il prêta officiellement serment. Je faisais un mètre quatre-vingt-huit, je pesais presque dix kilos de plus que Bob, et j'étais à l'étroit dans mes fringues, avec mon col en carton, ma cravate à motif cachemire et mes éperons à grosse molette. Je m'étais peigné les cheveux en arrière avec de l'essence de rose et ils étaient coupés court autour de mes oreilles, de sorte que le blanc de mon cuir chevelu se voyait. Assis sur une chaise cannée dans un manteau à parements de velours qui lui descendait jusqu'aux genoux et qu'il portait par-dessus le haut de ses longs sous-vêtements gris récurés pour l'occasion, mon père, alors âgé de soixante-treize ans, m'avait dévisagé, sa pipe en rafle de maïs au bec, tâchant de me resituer par rapport au reste de sa progéniture, tandis que le vent agitait sa chevelure blanche.

Grat était demeuré en territoire cherokee, où il avait un bureau à Tahlequah, alors que Bob opérait dans les nations osages du Nord à partir de son bureau de Pawhuska, la capitale, où il recevait les mandats émanant du tribunal fédéral de Wichita, au Kansas. Il engagea vingt Indiens osages comme gardiens de la paix – des types au teint bistre, aux airs de meurtriers, aux mains noirâtres, habillés de vêtements en daim crasseux et de chapeaux noirs à plumes, et qui puaient plus que des égouts. Mon grade étant supérieur au leur, j'avais occupé un poste administratif pendant quelques semaines, mais j'avais fini par m'en lasser et je m'étais vite mis à convoyer des chariots de criminels jusqu'au tribunal fédéral aux côtés de Bob.

Nous parcourions les ruelles en terre de villes-champignons, la mine sévère, la main sur la crosse du pistolet, sous le regard d'hommes plus âgés, assis sur des cagettes d'oignons, qui fumaient la pipe devant leur tente et se fichaient de nous comme si nous n'étions que des gamins qui auraient encore dû être en culottes courtes. Une fois, Bob arrêta un chariot de bois dans la grand-rue afin de vérifier les papiers du conducteur et les charpentiers qui érigeaient les façades des commerces s'interrompirent pour se pousser du coude ou se percher sur l'arête d'un toit et adresser des quolibets à l'apprenti marshal. Mais il n'existait pas de jeune homme de dix-neuf ans aussi sûr de lui que Bob. Il semblait se figurer qu'il avait déjà la réputation redoutable de Wyatt Earp. Il poussait des colosses hors de son chemin dans la rue ; il fit fermer un saloon un samedi soir, car les jeux d'argent étaient interdits ; il était d'une intransigeance absolue sur les permis et les contributions. Il interpellait tous les ivrognes qu'il apercevait ; il menotta même une femme qui avait volé des pommes de terre ; il s'avançait vers des hommes ayant déjà dégainé leur revolver et le leur arrachait des mains comme s'il ne risquait rien de grave. Il était aussi réfractaire à la peur que peut l'être un représentant de la loi.

Il était alors entièrement dévoué à sa mission. Quand je me réveillais le matin, avant le lever du soleil, je le découvrais accroupi près du feu, en train de bricoler de nouvelles trouvailles à l'intention des forces de l'ordre dans son journal intime : des gants pourvus de doigts métalliques articulés, un dispositif qui assujettissait les jambes d'un cavalier à la selle, une matraque ; un gilet comportant une centaine de poches qui contiendraient une centaine de plaques d'acier afin que les gardiens de la paix n'aient plus à craindre les blessures à l'abdomen. Il dissimulait dans sa botte droite un revolver de calibre .32 monté sur une lourde carcasse de calibre .45 afin de pouvoir défourailler plus vite que n'importe quel malandrin rien qu'en levant les genoux. Quelquefois, alors qu'il traînaillait derrière moi, je me retournais et je le surprenais en train de converser dans sa barbe avec quelque quidam imaginaire, puis de dégainer tout à coup son arme.

« Tu t'amuses bien, Bob ?

– Peuh ! Ils n'ont aucune chance contre moi. On est quasiment au chômage technique. »

Après l'acquisition de la Louisiane, les tribus indiennes évincées de l'est furent reléguées à l'ouest du Mississippi, dans le « Territoire indien », ce qui recouvrait alors la majeure partie des États de la Prairie. Au fil des ans, les agriculteurs et les sociétés de chemin de fer œuvrèrent au Congrès pour en réduire la superficie, jusqu'à ce qu'il ne reste plus que les monts Ozark et les Badlands, aujourd'hui l'Oklahoma. Ces terres étaient considérées comme inviolables et appartenaient, « jusqu'à ce que les rivières se tarissent », à un curieux mélange de peuples indiens, parmi lesquels prédominaient les « cinq tribus civilisées », comme on les appelait : les Cherokees, les Chickasaws, les Choctaws, les Creeks et les Séminoles – chaque nation possédant ses propres organes exécutifs, législatifs et judiciaires, ses propres lois et son système scolaire. Les Indiens louaient leurs prairies comme pâturages aux éleveurs et commerçaient avec les intendants militaires, mais hormis cela, ils ignoraient autant que faire se peut les pionniers et les immigrants.

Si bien que quand un vacher se réveillait un matin avec du sang sur son couteau et sur sa manche, quand un adolescent volait la recette de la tonnellerie de son oncle ou quand une femme estourbissait son mari alors qu'il roupillait à côté d'une poule à deux dollars, c'était en territoire indien qu'ils s'enfuyaient, dans cette vaste zone sauvage au cœur des États-Unis où votre nom était celui que vous vouliez bien donner et où vous pouviez chevaucher trois ou quatre jours d'affilée sans croiser âme qui vive.

Mais les adjoints osages de Bob étaient capables de dépister un fugitif qui avait pataugé dans des rivières pendant une semaine. Ils étaient à même de dénicher un gosse au fond d'un terrier de rat musqué ou de retrouver une femme d'après son odeur sur les feuilles qu'elle avait effleurées. J'ai un jour passé les fers aux pieds d'un homme qui était en fuite depuis si longtemps qu'il haletait constamment et une autre fois, j'ai eu la surprise de tomber à l'intérieur d'une caverne sur un détenu encore en uniforme rayé, accroupi, en train de se gratter, au milieu d'effluves de vomi.

« Ça fait chaud au cœur de vous voir, me déclara-t-il. Je n'ai pas bouffé autre chose que du gauphre depuis un mois et à cause du froid, j'ai chopé des engelures. »

Je conduisais l'attelage de bœufs en compagnie d'un Osage sévère ; Bob prenait place à l'arrière du chariot et s'entretenait avec les prisonniers comme si c'était sa profession. « Qu'est-ce qui vous a entraîné dans la voie du crime ? » se renseignait-il. « Quelle a été votre erreur décisive ? Pourquoi n'avez-vous aucun remords ? »

« Vous aimiez la vie de cow-boy ? a-t-il un jour demandé à un voleur de chevaux.

– Oui, marshal, a répondu l'homme.

– Emmett a l'air de s'en être entiché.

– Eh bien, c'est une formidable école de la vie pour un jeune homme et c'est un métier noble et stable. Il faudra des cow-boys pour escorter les troupeaux jusqu'à la fin des temps. J'ai droit à un lit dans un dortoir, à trois vrais repas par jour, je touche trente dollars par mois et bon Dieu ! c'est bien assez pour s'en payer une tranche le samedi soir et pour ouvrir un compte d'épargne dans une banque si ça me chante.

– Alors pourquoi faucher du bétail ? »

Son interlocuteur s'est gratté le menton.

« Faut croire que j'ai oublié ma bonne éducation… »

Bob est revenu s'asseoir à côté de moi à l'avant.

« J'espère que tu as entendu ça », m'a-t-il glissé.

Bob aimait aussi à patrouiller à cheval au milieu des herbes ondulantes de la Prairie en s'extasiant :

« Quand Pa' est arrivé pour la première fois en territoire indien, il échangeait des juments poulinières et des mules de l'armée pour le gouvernement et toute cette région n'était que savane inexplorée, peuplée de sauvages, ours et tétras. Des centaines de milliers de bisons y vivaient. Le sol tremblait quinze kilomètres à la ronde quand ils chargeaient. Les Indiens se camouflaient sous des peaux encore sanglantes et se faufilaient au milieu des troupeaux pour embrocher à la lance des bêtes si énormes qu'il fallait deux hommes, rien que pour soulever la tête. Vingt ans plus tard, la Grande Prairie était pleine à craquer de cabanes en gazon et de granges ; des mégères mielleuses avaient remplacé les squaws ; le climat s'était dégradé et les cours d'eau avaient décru ; des serpents pendaient aux branches des arbres. Pa' assure qu'il a sillonné la Louisiane entière pour vingt cents par semaine et qu'il ne se rappelait pas avoir eu faim, ni manqué de quoi que ce soit. Il était frais et dispos comme Israël. Et aujourd'hui, il reste assis sur une chaise, il s'oublie et l'armée lui verse six dollars de pension par mois pour avoir servi durant la guerre contre le Mexique.

– Une fois, j'ai mis du sel dans le sucrier histoire de gâcher le goût de son café, ai-je répliqué. J'ai laissé dans son bol à raser un mot qui disait : "Crève !" Je planquais une de ses bottes sous le canapé et je le regardais claudiquer dans toute la maison à sa recherche. C'est pas possible d'être aussi ridé.

– Toi et moi, on doit avoir des interprétations différentes du quatrième commandement », a lâché Bob.

Nous plantions le camp tous les deux au crépuscule et il coupait des broussailles à la machette pendant que je préparais des haricots pinto et du sorgho dans un vieux pot de saindoux. Puis je m'allongeais, la tête sur ma selle, pour apprendre des morceaux à l'harmonica, tandis que Bob astiquait son insigne de marshal adjoint et tenait son journal intime avec un crayon de charpentier.

Il se livrait principalement à des observations sur le lever et le coucher du soleil, la direction du vent et la température approximative : « douce et agréable » ou « frisquette, givre par terre jusque tard dans la matinée, je voyais ma respiration quand je parlais ». Toutes les deux semaines environ, il faisait son examen de conscience et une série de déclarations d'intentions s'ensuivait : « Résolutions : être plus charitable dans mes propos ; être plus généreux avec les moins fortunés que moi (leur offrir par exemple un repas ou un cadeau impromptu) ; me conduire à l'image des chevaliers d'antan ; aller en selle tête haute. » Le 11 janvier, il écrivait : « Pourquoi suis-je à la fois si prompt à tourner en ridicule et à critiquer autrui, et si avide de compliments et de flatteries ? Chercherais-je à en priver les autres parce que j'en ai moi-même un tel besoin ? Comment réparer les liens que j'ai ainsi brisés ? Je tourne et retourne ces questions dans ma tête en contemplant la galaxie et ne trouve aucune réponse satisfaisante. »

À bien des égards, mon frère était pour moi un inconnu et au bout de plusieurs mois de travail à ses côtés, je n'étais toujours pas certain de vraiment l'apprécier. Mais il possédait une innocence et une bonne foi confondantes. Il pouvait être d'une sincérité et d'un sérieux extraordinaires à propos de certaines choses, si bien que vous vous preniez à embrasser son point de vue et à oublier le reste. Parfois, au sortir de la prison, à Wichita, alors que nous nous engagions sur le trottoir en planches avec nos pantalons de costume enfilés dans nos bottes, Bob annonçait : « Je nous ai réservé une chambre d'hôtel et une table à l'Ambassador Grill, et après, on ira jouer au *snooker*. Qu'est-ce que t'en dis ? » Je tâchais alors d'émettre une objection, mais le vide se faisait dans mon esprit ; je ne discernais plus d'autre possibilité. Quand la soirée prenait la tournure qu'il souhaitait, il me gratifiait de formidables sourires et de paroles bienveillantes ; et quand il constatait que je me hérissais, il suggérait gracieusement : « Mais vas-y, je te laisse décider, Emmett. Il n'y a pas de raison que ce soit moi qui aie le dernier mot sur tout. » Et comme de bien entendu, tous mes projets capotaient et nous passions une soirée épouvantable.

Il était rétribué aux mêmes tarifs que Frank, deux malheureux dollars par prisonnier et six cents par mile parcouru en guise d'indemnité de déplacement, et avec ça, il devait payer le gîte et le couvert pour lui-même, ses assistants et les suspects. Après qu'il eut soumis ses comptes au tribunal fédéral, trente-cinq pour cent du solde étaient affectés aux honoraires du marshal et la facture était adressée à Washington, où le paiement pouvait être différé des mois, de sorte que certaines semaines, nos seuls repas étaient ceux auxquels nous étions invités dans les fermes que nous visitions. Je grappillais vingt-cinq cents par jour en balayant dans un saloon de Pawhuska ou en coupant du bois de chauffage pour une veuve de Ponca City. Bob et moi étions par moments si fauchés que nous avons commencé à percevoir nous-mêmes les amendes pour les plus petites infractions et à empocher directement l'argent.

Un jour, j'ai découvert que deux cow-boys dont j'avais fait la connaissance au ranch Turkey Track chapardaient des bêtes pour le compte d'un entraîneur de chevaux de course du nom de Charlie Pierce, et je les ai surpris dans un boqueteau de sycomores en train de falsifier le marquage au fer rouge de plusieurs animaux. Il s'agissait de Bitter Creek Newcomb et de Blackface Charley Bryant. Newcomb a levé les mains en l'air, mais Bryant m'a brandi son pistolet sous le nez et j'aurais bien pu y laisser la peau si nous ne nous étions pas mis à discuter. Je leur ai expliqué que je me voyais mal les mettre en prison dans la mesure où c'étaient des amis, mais ils ont insisté pour se voir infliger une pénalité financière, afin d'éviter que ma conscience soit souillée et ils m'ont filé trente dollars en pièces d'argent, que j'ai partagés le soir même avec mon frère.

Bob et moi avons dîné de jarret de porc servi avec des haricots dans un grand restaurant où, après s'être essuyé la bouche avec sa serviette, mon frère a conclu que ce que j'avais fait était pratiquement légal et qu'à l'avenir, il recommandait cette forme de justice simple.

Peut-être pensait-il que j'avais besoin de baume au cœur – mais je n'avais aucun scrupule, alors que lui, je crois que ça le chagrina vraiment. Il fit pénitence ce soir-là et le lendemain ; et avant de contempler la galaxie, il fit probablement son examen de conscience dans son journal et y consigna trois ou quatre résolutions supplémentaires.

3

Bob affirmait être au fait de secrets sur les femmes que nul homme ne soupçonnait et, vers la fin de sa courte vie, le bruit courait que certaines prostituées montaient avec lui gratuitement, pour qu'il les instruise ; j'ai plus d'une fois vu Bob s'attabler, à califourchon sur une chaise, face à une inconnue dans un café ou une gare, puis repartir avec elle, bras dessus, bras dessous, à l'issue d'un bref échange.

Je n'avais pas son don et j'en étais jaloux. Aussi commun qu'un crapaud aux yeux des femmes, je devais me démener comme un beau diable pour éveiller la moindre lueur d'intérêt de leur part, après quoi, le soir, je m'endormais fourbu.

Mon amoureuse s'appelait Julia Johnson, et c'est avec elle que je me suis marié vingt ans plus tard. Elle avait seize ans quand je l'ai aperçue pour la première fois dans une église où elle s'entraînait à jouer des cantiques sur l'orgue, dont le pupitre à musique était équipé d'un petit miroir afin de pouvoir surveiller l'autel et la chaire. J'étais à cheval et je me suis approché si près de la fenêtre de l'église que ma monture s'est enfoncée jusqu'aux paturons dans les plates-bandes bêchées ; Julia a remarqué mon reflet dans la glace quand je me suis penché à l'intérieur, les coudes sur le rebord de la fenêtre et les poings au creux des joues, de sorte que j'avais les yeux bridés comme un péquenot chinois. Elle m'a décoché un de ces regards dont les filles ont l'apanage, qui proclamait que j'étais un nigaud ennuyeux avec de grandes oreilles et qu'elle aurait préféré que je disparaisse. Mais j'avais dix-sept ans, j'étais un rien imbu de moi-même et je ne souffrais pas le dédain, aussi suis-je entré dans l'église déserte en semant des paquets de boue rougeâtre avec mes grosses bottes marron, charriant deux mois de fumée et de mauvaises odeurs dans mon manteau, et je me suis installé sur un banc, plus ou moins hébété, tandis qu'elle passait en revue tout son répertoire, de la marche funèbre à la marche nuptiale.

Sa peau brunie par le soleil était de la couleur de celle des bohémiennes et sa chevelure aile de corbeau qui tirait sur le bleu tombait en cascade le long de son dos, atteignant presque l'assise du siège. Je me souviens encore à ce jour qu'elle portait une robe bleu pâle, ornée à la taille d'un nœud qui s'était défait et qu'elle avait uniquement aux pieds des chaussettes blanches qui lui remontaient jusqu'aux genoux et semblaient neuves. Je crois que la première phrase qu'elle proféra à mon intention dans cette église fut : « J'espère que vous n'allez pas vous montrer importun. »

Née dans le Kentucky, Julia avait vécu quelques années au Texas, où son père était éleveur. Elle avait une sœur – Lucy – et quatre frères dont deux étaient shérifs. Les Johnson avaient emménagé à Bartlesville quelques mois seulement auparavant, dans une ferme à une trentaine de kilomètres au sud de la frontière du Kansas. J'entrepris donc de m'y rendre presque tous les soirs pour lui faire la cour et l'importuner jusqu'à ce que je vienne à bout de sa résistance et qu'elle commence à penser à Emmett Dalton avec une certaine tendresse.

J'abrège notre idylle, car aujourd'hui, elle me paraît bien banale. Je débarquais sur sa véranda, un foulard rouge noué autour du cou, les bottes cirées avec du suif, une poignée de pivoines à la main et je dînais avec les Johnson en m'efforçant de ne pas engloutir la nourriture trop vite. Je filais un coup de main à Julia dans ses tâches ménagères : elle faisait la vaisselle et je séchais les plats ; elle rentrait, hilare, les vaches à l'étable sur le dos de celle qui était pourvue de la sonnaille, tandis que j'ouvrais la voie à reculons et causais de moi en manquant de tomber à la renverse dans les bouses des veaux ; ou elle brodait mes initiales sur des mouchoirs blancs pendant que je barattais fougueusement la crème.

Mon frère Bob avait à cette même époque une liaison avec une fille au même patronyme, Minnie Johnson. Si elle n'avait aucun lien de parenté avec Julia, nous au contraire, on en avait un, car c'était une de nos cousines – la fille de la sœur décédée de ma mère Adeline. Minnie était une jolie plante qui venait d'avoir seize ans, aux yeux verts, aux cheveux bruns avec des anglaises et à la peau blanche comme de la mie de pain. Elle avait un jour laissé Bob la déboutonner dans la grange et, d'après lui, à la lueur des interstices entre les bardeaux, elle était aussi belle que les actrices françaises nues en cartes postales. Et alors qu'elle n'avait encore que treize ans, elle avait autorisé Bob à la rejoindre dans sa chambre le soir de Noël et à faire ce qu'il voulait d'elle.

Elle avait passé le plus clair de son temps en compagnie de mes sœurs Eva, Leona et Nannie Mae durant les années où elle et moi cohabitions à la ferme de mes parents, et après mon départ je ne la vis plus guère, si ce n'est pendue au bras de Bob à l'occasion d'une promenade dans les rues de Coffeyville – ou devant les baraques foraines, à l'ombre des arbres, lors du pique-nique de la fête nationale, le 4 juillet.

Mon frère arborait ce jour-là un canotier et un costume blanc froissé, sur la poche duquel il avait épinglé son insigne de marshal. S'il daignait de temps à autre dégommer des bouteilles de lait en bois avec une balle de base-ball ou lancer quelques pièces de monnaie dans des tasses à thé, il avait consacré la majeure partie de l'après-midi à tirer son chapeau à l'attention des dames et à jouer les gandins, sa cousine en adoration cramponnée à lui.

Julia et moi avions fait une vingtaine de tours à cinq cents sur un manège tiré par des mules, à bord duquel tournait aussi un violoniste chargé de la musique. Nous avions bu de la limonade servie dans des bassines et, la nuit venue, nous avions pris place aux côtés de Bob et Minnie sur une couverture en patchwork pour admirer les feux d'artifice qui sifflaient et crépitaient au-dessus de la rivière, la Caney.

Se redressant sur les coudes, Bob avait chuchoté à Minnie :

« Tiens, à quoi il ressemble celui-là ? »

Sa compagne avait étudié la déflagration rouge en suspens, qui virait au rose.

« Je ne sais pas, avait-elle avoué.

– À une araignée, avait-il répliqué. Et celui-là ? »

Cette fois, elle s'était contentée de détailler son profil tourné vers le ciel et ses yeux fixes.

« À un éléphant, avait repris mon frère. Regarde, voilà sa trompe. »

Elle avait froncé les sourcils.

« Où vas-tu chercher tout ça ? » s'était-elle interrogée.

Bob avait continué à observer une série de tirs de chandelles romaines.

« Tu viens de louper une tulipe orange, avait-il signalé à Minnie.

– J'ai le sentiment de ne pas te comprendre », avait-elle murmuré.

Cet automne-là, j'ai passé davantage de temps à Pawhuska afin d'être plus près de Julia et Bob s'est mis à traîner plus souvent avec notre frère aîné Grat, aux environs de la frontière sud, où ils suppléaient à leur maigre paye en vendant de l'alcool aux Indiens et en rançonnant les pionniers. Ils arrêtaient des chariots Studebaker tirés par des bœufs et, penchés en avant sur leur selle, interpellaient le conducteur :

« D'où êtes-vous ? Je vous ai pas déjà vu quelque part ? Vous avez jamais été arrêté pour contrebande ? »

Des commodes, des bureaux et des canapés en tissu qui semblaient toujours finir au fond d'un ravin avant que leurs propriétaires ne parviennent à l'ouest de la Cimarron pointaient sous la bâche des chariots ; une femme était en général assise à côté de son mari, emmaillotée dans tant d'épaisseurs de couvertures qu'on devinait tout juste son visage.

Grat planquait quelques bouteilles de whisky artisanal dans les sacs de farine et accusait tel fermier de trafic de boissons alcoolisées, ou Bob et lui exigeaient le paiement d'un droit de passage pour emprunter une mauvaise piste en terre, avant de s'éloigner du chariot, les poches pleines de mitraille. « Ça fait trois semaines qu'on a quitté St Louis, leur confia une femme. On est habitué aux voyous maintenant. » Les squatters jouaient le jeu en ce temps-là.

Bob expédiait vingt dollars par mois à ma mère et, à Minnie, des paquets contenant des chemises à volants, des foulards en soie et de longs gants blancs qui se boutonnaient au-dessus du coude. Pour ma part, je recevais des lettres me décrivant les stratagèmes exubérants de Grat pour se faire de l'argent de poche.

Bob était alors fasciné par Grattan – c'était avant que ce dernier ne sombre dans l'alcoolisme. Grat avait vingt-sept ans et pesait plus de quatre-vingt-dix kilos pour un mètre soixante-dix-huit ; il était aussi large et solide qu'un buffet, il avait des paluches de la taille d'un téléphone, et trop peu d'imagination pour avoir peur de quoi que ce soit. Il était capable de défoncer une porte à coups de tête. Il était assez costaud pour balancer un porc châtré sur le toit d'une véranda. Il avait toujours été la terreur de l'école et après avoir redoublé la sixième deux années de suite, il n'y était plus retourné. Quand quelqu'un ricanait alors qu'il lisait, l'insolent finissait avec la bouche en sang à l'heure du déjeuner. Quand il avait été renvoyé d'un ranch pour avoir laissé s'embourber une vache sur le point de vêler, il était revenu en douce le soir même pour castrer le meilleur taureau reproducteur du propriétaire. Mais Bob se délectait de sa compagnie. « Ce bon vieux Grat, m'écrivait-il. Jamais un sourire. Il entretient sa moustache avec des allumettes enflammées. Je l'ai vu arracher les oreilles d'un Indien saoul. Les portes des églises se referment sur son passage. C'est un original, notre Grat. Rude comme une nuit en prison ! »

Je ne vis pas Bob ou Grat plus de trois fois jusqu'en décembre 1888, où mon frère cadet âgé de quatorze ans,

Simon, mourut. Il avait toujours été chétif et souffrait du croup, mais cet automne-là, il était demeuré recroquevillé au fond de son lit et s'était éteint entre les draps brunis par la fièvre.

J'étais déjà à la ferme familiale dans le comté de Labette quand le croque-mort est arrivé. Il faisait déjà si froid que le chemin était grêlé de traces de sabots gelées et tous les chevaux de selle attachés à la clôture blanche étaient hirsutes et avaient leur poil d'hiver. J'attendais sous la véranda, les mains dans les poches de mon jean, en contemplant une couronne de Noël dont on avait trempé les aiguilles et les pommes de pin dans de la peinture noire et qu'on avait clouée sur la contre-porte ; lorsque le corbillard s'est immobilisé devant la maison aux murs chaulés, je suis allé chercher quatre gars robustes à l'intérieur – tous quatre des parents de Simon et moi, tous quatre moustachus, en bretelles, le pantalon enfoncé dans leurs bottes montantes. Nous avons transporté le cercueil jusqu'au séjour, en vacillant légèrement lorsque nous avons dû gravir les marches, et nous avons déposé notre charge sur deux chaises avant de reprendre nos assiettes et d'avaler notre déjeuner debout, sans piper mot.

Plus tard, comme j'étais assis à côté d'une fenêtre, j'ai entendu la contre-porte claquer et avisé Minnie dans l'arrière-cour, qui rentrait le linge grisâtre battant au vent sur l'étendoir. Des feuilles rouges tournoyaient autour d'elle sur l'herbe. Elle s'est abrité les yeux pour regarder en direction des bois qui rosissaient, par-delà le champ de maïs, et j'ai aperçu Bob et Grat à cheval, qui avançaient, courbés, sous les frondaisons colorées. Minnie a baissé les yeux vers son tablier et elle est rentrée.

J'ai traversé le jardin en me frictionnant les bras afin d'aller trouver Bob qui ôtait son manteau et son chapeau dans la sellerie. Malgré le froid, il s'est agenouillé sur les planches glissantes sous la pompe et a actionné le levier jusqu'à ce que l'eau lui jaillisse sur la tête. La chair de poule lui a hérissé le dos.

« Quoi de neuf, Bob ? »

Il a souri.

« Tiens, salut, vieille vesse. »

Il m'a tendu une main glaciale et trempée que j'ai brièvement secouée, tel un garçon de ferme.

« Alors, les saints te considèrent-ils toujours comme un des leurs ou as-tu cédé à la tentation ? » l'ai-je asticoté.

Il m'a décoché un regard interrogateur, comme s'il me soupçonnait de lire son courrier.

« J'ai les poches pleines, a-t-il répliqué. C'est tout ce qui compte pour moi. »

Il s'est débarbouillé avec du savon jaune et dur et j'ai embrayé sur la médecine, puis le décès de Simon, avant d'emporter la selle et la couverture de Bob à l'écurie pendant qu'il brossait son pantalon avec une étrille et enfilait une chemise de flanelle raide comme du carton, qui était étendue sur la corde à linge.

« Tu as remarqué comme Minnie était bizarre ? m'a-t-il demandé.

– Je ne lui ai pas dit trois mots. Elle est surtout restée dans son coin.

– C'est comme si je n'étais pas là. »

Il a tapé du pied pour dépoussiérer ses bottes et a rejoint le reste de la famille dans le séjour où l'on avait disposé des chandelles sur les tables et un saladier en verre rempli de feuilles couleur rouille à la tête du cercueil. Minnie était assise avec mes sœurs, mais elle lorgnait par la fenêtre qui commençait à givrer. Bob s'est posté près de la lampe à pétrole, à l'endroit où le papier peint se décollait, il s'est lissé les cheveux et a fixé sa chère et tendre en essuyant un filet d'eau qui lui coulait dans le cou.

« Elle a maigri, en plus, a-t-il soufflé.

– Et si tu arrêtais de parler d'elle ? » ai-je suggéré.

Plusieurs visiteurs sont survenus pour la présentation du corps après les corvées du soir et entre mes frères Ben, Charles et Henry, plus leurs épouses et leurs enfants, et mes sœurs qui vivaient encore à la maison, nous avons été obligés de nous relayer autour de la table de la salle à manger pour le dîner, composé de ragoût de porc servi dans des bols et de biscuits de maïs. Bob continuait à épier sa bien-aimée et Minnie à éviter son regard. Les seuls commentaires de celle-ci concernaient la nourriture : selon elle, quatre œufs dans un quatre-quarts, c'était trop.

Les vêpres étaient à sept heures. Julia écoutait tête baissée, à côté de moi, et nous nous sommes tenu la main pendant qu'un pasteur méthodiste avec un œil marbré lisait la Bible et que Grat revenait discrètement de la cuisine en se curant les dents avec l'ongle du pouce. Une fois les prières terminées, tout le monde est demeuré assis en silence, mal à l'aise, à boire du café. Les tasses tintaient contre les soucoupes. Les femmes ont réconforté ma mère jusqu'à ce qu'elle se mette à pleurer, puis elles l'ont emmenée dans l'une des chambres du fond. « Remets-t'en au Seigneur, ma chérie », ont-elles préconisé. Ma mère s'est affaissée sur un lit à ressorts et s'est tamponné les yeux pendant qu'une bonne âme professait que Simon avait été rappelé à Lui par Dieu le Père et qu'il était désormais en un lieu où les justes ne connaissent pas la peur.

J'ai délaissé Julia, qui était en train de couper un gâteau nappé de chocolat et j'ai découvert Bob dans la chambre de mes parents en compagnie de mon père, qui tirait sur sa pipe et crachotait dans une boîte de pêches en conserve vide posée à côté de sa chaise.

« Ta mère veut divorcer. Tu le savais ?

– Oui, a répondu Bob.

– Le docteur dit que je devrais boire de l'huile de ricin pour mon foie. » Mon père a tapoté sa pipe au-dessus de la boîte de conserve. « Minnie fréquente un garçon qui a des antécédents criminels. Ça, tu le savais pas, je parie. »

Bob, qui était assis sur le lit, s'est penché en avant.

« Comment il s'appelle ?

– Charles Montgomery. Bien élevé, la trentaine. Grand nez, avec une verrue dessus. Il a fait de la prison pour cambriolage et contrebande. » Le regard de mon père s'est posé sur moi et il a cligné des yeux. « Lequel tu es, toi, déjà ?

– Emmett.

– Et toi, c'est bien Bob ?

– C'est le journalier, c'est ça ? s'est informé mon frère. Celui qui dort dans le grenier de l'écurie de Ted Seymour ? »

Mon père a jeté sa pipe sur le dessus-de-lit.

« J'ai soixante-quatorze ans et je m'en fiche d'être marié ou non. Quand j'étais jeune, on grimpait des génisses. Vous savez ce que Simon aimait le plus au monde ? Le réglisse. Je me souviens mieux de lui que de vous deux. »

J'imagine qu'après avoir refermé derrière lui la porte de la chambre de Minnie, Bob a eu une violente altercation avec notre cousine, tandis que le reste de l'assemblée buvait du lait que ma sœur Leona, âgée de douze ans, versait directement du seau. Vers neuf heures du soir, les personnes qui n'étaient pas de la famille sont reparties, Ben est allé aux cabinets dehors avec une lampe à pétrole et j'ai reconduit Julia chez la veuve qui l'hébergeait jusqu'à l'enterrement. J'y ai disputé trois parties de *pinochle*, une variante du bésigue, et lorsque je suis rentré, j'ai constaté que les rideaux de la chambre de Minnie dépassaient par la fenêtre aux stores tirés.

J'ai suspendu mon manteau dans l'entrée et entendu Bob et Grat qui complotaient à voix si basse dans la pièce voisine que je discernais uniquement les consonnes, les « k », les « p » et les « t ». On aurait dit un feu qui grésillait, chuintait et couvait dans un lointain fourneau. Comme je faisais mon entrée, Grat a conclu : « Voilà ce que je ferais. » Bob m'a écarté de son chemin et a pénétré dans la cuisine, où il a retiré de son étui en suède brun une carabine Winchester 1866, surnommée Yellow Boy en raison de sa carcasse en laiton. Puis il est sorti en claquant la porte derrière lui.

Apparemment, Minnie s'était esquivée par la fenêtre de sa chambre et s'était précipitée chez Seymour à travers les champs de maïs en vêtements du dimanche pour avertir son amant.

« Qu'est-ce que Bob va faire ? me suis-je enquis.

– Je mets un point d'honneur à ne pas me mêler des affaires d'autrui », m'a asséné Grat.

Je me suis installé dans un fauteuil capitonné et j'ai ruminé, les yeux rivés sur le cercueil, tandis que mon frère s'amusait à lancer des cartes à jouer dans un chapeau.

Je n'ai pas tardé à m'assoupir ; lorsque je me suis réveillé, Bob ouvrait et refermait les portes du garde-manger dans la cuisine. Il a pris une poignée de cookies à l'avoine et les a empilés sur la table de la cuisine, où il nettoyait son fusil inutilisé. J'ai enfourché une chaise et lui ai chipé un biscuit.

« Les tourtereaux se sont envolés », a-t-il lâché.

J'ai épousseté les miettes de cookie sur le devant de ma chemise.

« Et comment tu le prends ? »

Il a huilé le mécanisme de la détente et m'a ignoré jusqu'à ce que je tourne les talons.

Pas mal de gens ont assisté au service funèbre à la mémoire de Simon le lendemain. Des enfants se pressaient aux fenêtres de la maison pour reluquer à l'intérieur et des fermiers ont patienté avec révérence dans la cour pendant que le pasteur récitait des psaumes dans le salon. Puis la famille et le reste de l'assistance se sont répartis à bord de bogheis et de victorias et, avec des claquements de langue, se sont mis en route au pas en direction du cimetière d'Elmwood, où, sur la parcelle attenante à celle de Frank, Grat avait lui-même creusé la tombe en maniant la pioche avec une telle force que la terre rejaillissait comme des dards de flèches.

Après un déjeuner à la ferme d'un voisin, Bob avait accompagné à Coffeyville mon frère Grat qui devait faire des provisions pour l'hiver. Ils avaient acheté du jambon à la diable et des boîtes de raisins et de figues séchés, dont ils pourraient bourrer leurs sacoches de selle, ainsi que de la farine, du lard et du bœuf séché à stocker au bureau de Tahlequah. Après quoi, d'un signe de la main, Grat avait pris congé de Bob et celui-ci avait traversé Union Street pour faire recoudre le talon de sa botte chez Mr Brown.

Comme il se fendait d'un cent pour le journal, Bob avait reconnu Charles Montgomery qui poussait la porte du drugstore Rammel, puis en ressortait avec un sac en papier. Il montait un cheval portant la marque de Ted Seymour. Bob avait lu son journal d'un bout à l'autre, attablé devant un café dans un saloon. La Kansas State Grange, la section de l'État de l'Ordre des patrons de l'agriculture, se réunissait à Olathe. Ted Seymour était en voyage d'affaires avec son épouse aux parcs à bestiaux Armour à Omaha.

Je suppose que Bob a alors dû se rendre au bureau du marshal local pour consulter le casier judiciaire de Charles Montgomery et que, au lieu de retourner en territoire indien comme prévu, il a regagné la ferme familiale, où il a harnaché deux alezans à un chariot gris, qu'il a ensuite conduits jusqu'à un fossé où poussaient des tournesols près des voies ferrées de la Santa Fe.

Bob a chargé sa carabine et a traversé l'arrière-cour des Seymour, avant de s'accroupir près du poulailler vide pour examiner l'écurie et la maison déserte. Des moineaux qui avaient fait leur nid dans le poulailler se poursuivaient en pépiant. La neige a commencé à tomber et la température a baissé jusqu'à moins dix, mais mon frère s'est contenté de se rencogner dans sa veste de laine à carreaux, son fusil bien au chaud contre lui sous l'étoffe, le canon contre la joue. Il était onze heures du soir et une épaisse couche de neige recouvrait le sol quand Montgomery est sorti à pas lourds de la maison des Seymour, avec des robes sur l'épaule et deux paires de chaussures pour dame à la main.

« Regarde ce que j'ai pour toi ! » s'est-il exclamé, sitôt à l'intérieur de l'écurie.

Il est réapparu avec une selle de cow-boy qu'il a posée sur la planche supérieure de la clôture. Puis il a effectué un second aller-retour et est revenu avec une seconde selle qu'il tenait par la corne ; depuis l'embrasure de la porte, Minnie Johnson, drapée dans un châle de Mrs Seymour, a suivi des yeux Montgomery qui guidait un cheval par une bride en corde. Ils ont échangé quelques mots, puis elle a frissonné et elle est rentrée.

Bob m'a raconté tout cela bien des années plus tard, sur la véranda d'une maison de Hennessey, alors que, dans la cuisine, Eugenia Moore se débattait avec une table à repasser grinçante. Il m'a expliqué qu'il avait armé sa carabine quatre heures plus tôt afin de ne pas avoir à le faire sur le moment. Il s'est relevé et a lentement poussé la porte grillagée du poulailler. Il s'est figé un instant, puis s'est dirigé vers l'écurie. Hormis le bruit grenu de la neige dans les arbres, la nuit était silencieuse.

Montgomery a tendu la main sous le ventre du cheval pour passer la courroie de la selle dans la boucle en cuivre. Bob a épaulé son fusil et s'est campé à une vingtaine de mètres de Montgomery, qui a vigoureusement serré la sangle. Minnie est ressortie avec le manteau de Montgomery et un sac de voyage en toile. Elle a été si choquée à la vue de Bob qu'elle n'a pas pu émettre un son. Montgomery a légèrement tourné la tête, une détonation a retenti et une balle lui a labouré le cou et lui a fendu la gorge en deux comme une racine. Montgomery a heurté la selle, déséquilibrant sa monture, il a levé sa main gantée de cuir jaune vers la plaie, la bouche ouverte comme pour crier ou pour reprendre son souffle après avoir touché le fond vaseux d'un lac profond. Il a essayé de se rattraper à son cheval, mais l'animal a reculé et tiré sur ses rênes qui se sont déliées de la barrière. Minnie Johnson a joint les mains devant son visage dans l'attitude de la prière et s'est effondrée à genoux, tandis que Montgomery s'écroulait et mourait, étendu sur le dos dans la neige.

Bob a considéré sans bouger Minnie secouée de sanglots à quelque distance de lui. La nuit teintait tout de bleu.

« Je suis marshal adjoint, a proclamé Bob. Ce sac n'est pas le tien. Ces vêtements non plus. Pareil pour les chevaux et la sellerie. Ça fait de vous deux des voleurs. Je pourrais te coller une balle dans la tête.

– Ne fais pas ça, a imploré Minnie.

– Quoi ? a rugi mon frère.

– Je t'en supplie, a-t-elle hurlé. Ne me fais pas peur, Bobby. S'il te plaît, ne me tue pas. »

Il l'a plantée là et a fait sortir son attelage du fossé en le cravachant avec la tige d'une plante, puis il a hissé la dépouille pesante de Montgomery à l'arrière du chariot.

Entre-temps, Minnie avait disparu, de même que le cheval sellé. Personne n'a plus jamais entendu parler d'elle.

Bob a fait halte à la ferme de nos parents, il a décrotté ses bottes sur la véranda et il est ressorti de la maison avec moi. Tout en boutonnant mon grand manteau et en enfonçant mon pantalon dans mes bottes, j'ai jeté un coup d'œil à Montgomery. Il avait deux paquets de neige à la place des yeux et sa moustache était toute blanche. Une écharpe imbibée de sang était enroulée autour de son cou.

« Il va être lourd comme un baobab », ai-je supputé.

Le froid me piquait les joues et le nez. Je me suis recroquevillé dans mon manteau pour me prémunir du vent, les rênes entre les mains, pendant que Bob, impassible, étreignait sa Winchester sous sa veste, assis à côté de moi, indifférent aux flocons sur le bord de son chapeau, dans ses cils et sur ses épaules.

« Dès que j'ai appris la mort de Frank, je me suis juré de devenir le meilleur marshal que l'Ouest ait jamais connu et je m'y suis vraiment employé – tu le sais, m'a-t-il déclaré alors que nous étions sur la route de Coffeyville depuis une dizaine de minutes. Mais il est hors de question que je me prenne une balle dans les dents pour deux malheureux dollars de récompense. Je me sens coupable, Emmett. Merdeux, même. Mais je n'oublierai jamais la promesse que je me suis faite. Je ne veux pas crever comme ce pauvre Frank, je ne veux pas agoniser au fond d'un lit comme Simon et je ne me laisserai jamais aveugler par l'amour au point de me faire tirer comme un lapin pendant que je selle mon cheval, comme le macchabée à l'arrière. »

J'ai adressé un claquement de langue aux bêtes sans rien dire, mais je me suis rendu compte que Bob me dévisageait et qu'il attendait une réaction de ma part. Il me semble aujourd'hui que je n'avais alors aucune opinion propre et, partant, aucun commentaire à offrir.

« Je n'ai rien à ajouter, Bob. Tu m'as ôté les mots de la bouche.

– Ta gueule. »

Il était minuit passé quand nous avons atteint Coffeyville. Bob a réveillé Lape, le croque-mort, qui habitait un immeuble au soubassement en briques dans la Neuvième Rue et a pris place à l'arrière en silence, puis nous avons emprunté Walnut Street jusqu'à une enseigne suspendue à un avant-toit en bois, qui indiquait :

LANG & LAPE,
MARCHANDS DE MEUBLES
ET ENTREPRENEURS DE POMPES FUNÈBRES.

« Je vais devoir rédiger des rapports, a prévenu Lape. Poser des questions.

– Aucun problème », a répliqué Bob.

Nous avons déchargé le corps à deux et l'avons assis, à demi avachi, sur le trottoir en planches, pendant que Lape cherchait ses clés dans sa poche. Il s'est avancé en se cognant jusqu'au fond du magasin et a allumé une lanterne crasseuse au-dessus de la table d'embaumement.

Bob a enlevé ses gants et chassé la neige du visage et du manteau du mort, puis il est resté accroupi là, à le détailler.

« Je l'ai surpris en train de cambrioler l'écurie et la maison de Seymour ; un instant plus tard, il était mort. Je ne saurais dire si j'avais l'intention de le tuer ou non. J'ai été le premier surpris. »

Lape avait enfilé un tablier et des gants en caoutchouc et manipulait un flexible.

« C'est toute la magie des armes à feu », a-t-il ironisé.

4

Je dois une bonne partie de ce que je sais aux lettres qu'Eugenia Moore et moi avons échangées au cours de mes premières années en prison. Les miennes n'étaient pas signées, aussi courtes qu'un mot au dos d'une carte de vœux, et adressées à des bureaux de poste dans des villes minuscules où elle n'habitait sans doute pas. Les siennes étaient longues de neuf ou dix pages et regorgeaient d'anecdotes et de souvenirs qui me laissaient songeur. Elle désirait tout savoir sur mon frère Bob avant leur rencontre à Silver City, au Nouveau-Mexique, et m'abreuvait en retour d'histoires sur lui.

« Le vol de chevaux a été notre principale occupation en 1889 et 1890 », ai-je un jour exposé à Miss Moore, avant de me perdre en détails suspects pendant sept pages écrites en pattes de mouche au crayon sur du papier à lettres de la prison.

« Voilà qui paraît bien téméraire », m'a-t-elle répondu.

On appelait alors ça pudiquement du maquignonnage, et ça payait bien. Une jument poulinière pouvait rapporter quarante dollars et un hongre quinze, ce qui nous permettait de séjourner dans des hôtels qui avaient l'eau courante et de mener grand train comme des joueurs professionnels. Nous étions toujours de plutôt bons représentants de la loi, si ce n'est que la nuit, nous taillions des croupières aux *ranchers* indiens, que nous haïssions. Nous attrapions les animaux égarés au lasso, nous capturions les retardataires avec des entraves et, de manière générale, nous faisions main basse sur toutes les bêtes que nous pouvions escamoter sans risque. Quant aux éleveurs blancs plus aisés, nous les saignions à blanc justement, allant quelquefois jusqu'à ouvrir les portes des corrals et à semer la panique parmi les animaux.

Un matin glacial de février, nous nous sommes ainsi rendus tous les trois jusqu'à un ranch avant le point du jour. Tandis que Bob restait en selle sur le chemin, tel un général, tassé dans son imperméable blanc pour se protéger du vent, à se souffler dans les mains, Grat s'est frayé un chemin dans les congères gelées à travers un brise-vent squelettique d'arbres plantés à l'automne – abricotiers, pommiers et poiriers – jusqu'à une bicoque en planches et en pisé avec un toit en gazon. Des taches jaunâtres dans la neige marquaient l'endroit où la maîtresse des lieux avait vidé le pot de chambre. Grat a pressé sa main nue contre un carreau givré jusqu'à ce que le verre redevienne verre et a regardé à l'intérieur. Des bûches consumées rougeoyantes sifflaient dans l'âtre. Mari et femme roupillaient dans leurs lits jumeaux. Grat m'a fait signe et je me suis rué hors de l'écurie avec des licous en corde et une musette d'avoine, le chapeau rabattu sur les oreilles avec une écharpe en laine.

Le corral était fait de grosses branches d'arbres presque droites. J'ai soulevé le montant de la porte, je l'ai écartée et j'ai pénétré dans l'enclos avec une poignée d'avoine dans ma main gantée. Les chevaux les plus âgés dormaient sur trois pattes, la tête à l'abri du vent. Deux juments ont renâclé et se sont éloignées de moi en trottinant sur le sol gelé, mais un hongre s'est avancé pour renifler ma main et a approché les lèvres des céréales. Un autre cheval l'a écarté du chanfrein et le hongre a battu en retraite, avant de faire semblant de brouter de l'herbe dans la neige. Pendant que l'animal de trois ans engloutissait les céréales dans ma main, Grat a escaladé la barrière derrière les autres. Insultés, ceux-ci se sont dérobés, mais le mâle dominant cherchait déjà à piocher dans ma musette. J'ai reculé hors du corral, je me suis essuyé le nez sur ma manche et j'ai secoué le sac. Mon mâle de trois ans m'a reluqué comme si j'étais stupide et qu'il avait mieux à faire, mais dans l'enclos, plusieurs autres chevaux humaient l'air, marmottaient ou se poussaient entre eux, et pour finir le dominant a consenti à se laisser passer bride et musette autour de la tête. Grat a mis un mors à une pouliche et nous avons guidé les bêtes jusqu'au chemin comme le soleil se levait.

Bob était accroupi sur la route, emmitouflé dans son manteau.

« J'ai deux pierres à la place des pieds », s'est-il plaint.

Nous avons attendu ensemble Grat, qui nous a rejoints après avoir bloqué la porte de la baraque avec une bêche, puis nous nous sommes enfuis par la route dans un vacarme de tous les diables.

Nous avons galopé vers la rivière, brisant la surface gelée, et pataugé avec nos chevaux volés en direction de l'est, jusqu'à une cuvette dans un lit à sec tapissé de feuilles jaunes et de neige. Nous avons fait une grosse flambée devant laquelle nous nous sommes réchauffés sous des couvertures et j'ai maquillé les marques au fer rouge en brûlant des lettres différentes au travers d'une serviette mouillée.

Grat et Bob sont arrivés dans l'après-midi au village de tentes d'Annie Walker, où voleurs et maquignons se rassemblaient. Un chien sommeillait sous les naseaux de quelques chevaux attachés. Un type maculé de sang éventrait au couteau, avant de la débiter, une vache laitière dont les estomacs se sont déversés, fumants dans le froid, tel du linge sale. Un homme accoutré d'une longue pelisse d'ours brun montait la garde sous l'auvent d'une tente en fumant la pipe. C'était lui qui servait d'intermédiaire pour toute transaction et, à la vue de Bob, il est rentré à l'intérieur pour inviter mon frère à le suivre.

En tant que représentants de la loi, nous couvrions nos arrières en livrant à la justice des petites frappes que nous escortions jusqu'à Fort Smith et Fort Scott – ce qui nous valut même une certaine réputation en tant que défenseurs de l'ordre –, mais nous ne nous préoccupions guère des délits mineurs, si bien que, à l'exception de Grat, qui se jetait volontiers au milieu des bagarres armé d'une chaussette remplie d'écrous, nous étions plus ou moins à la retraite et laissions à nos adjoints osages le soin d'appliquer la loi dans leur nation. Je m'étais vite lassé de falsifier la paperasse administrative et je fréquentais de plus en plus les dortoirs du ranch Bar X Bar, où je jouais au palet avec des pièces en compagnie de Dick Broadwell et Bill Doolin, tandis que Grat et Bob feignaient d'effectuer des patrouilles à cheval, la mine sévère. Mais comme moi, ils se fatiguèrent vite de cette comédie et commencèrent à rester des après-midi entières affalés dans des fauteuils sur une véranda, les pieds sur la rambarde, dans l'attente d'être destitués. Cela devait prendre plus d'un an.

Les territoires indiens faisaient alors l'objet d'une véritable ruée foncière : le 22 avril 1889, soixante mille colons répartis sur plus de cent cinquante kilomètres le long de la frontière du Kansas avaient été autorisés à s'élancer en masse sur les terres indiennes nouvellement accessibles au son des clairons de cavalerie. Le prix du sol pour les pionniers déposant une demande de concession auprès des bureaux fédéraux de Guthrie, Kingfisher ou Oklahoma City était de 1,50 $ par *acre* (soit environ 40 ares), plus 14 $ de frais d'expertises pour 160 *acres* (soit un peu moins de 65 hectares). Certains terrains de Guthrie qui furent acquis pour 258 $ au moment de la ruée valaient quatre ans plus tard de 100 000 à 250 000 $. Quand j'y suis arrivé pour louer mes services de vacher, Guthrie comptait seulement deux bâtiments en bois : le bureau d'enregistrement des concessions, le relais de diligences et c'était tout ; à l'issue de la ruée, la population s'élevait à trente mille personnes, qui vivaient dans des tentes blanches à perte de vue.

Les autorités fédérales n'étaient pas préparées à ça, ni aux passions qu'excitent des terres si bon marché, et il y avait trop peu de représentants de la loi pour lutter contre les spoliateurs, les voleurs et les assassins, de sorte que la plupart des défenseurs de l'ordre affectés aux Territoires se tinrent comme nous à l'écart des conflits, jusqu'à ce que le Congrès crée un tribunal fédéral pour le territoire de l'Oklahoma dans le cadre de la loi organique de 1890.

Mes frères et moi avions fait pot commun et dégotté une belle parcelle de terrain pour notre mère, et la famille Dalton, à l'exception de mon père, fit donc ses bagages et s'installa dans le Sud-Ouest, ce qui apparut à ma mère comme un changement providentiel. Ben prospérait, Charles et Henry faisaient petit à petit leur chemin et les filles avaient toutes des soupirants. Seuls mes frères Bill et Littleton habitaient encore en Californie, où Bill était en passe de devenir propriétaire d'une ferme céréalière et s'apprêtait à présenter sa candidature à l'Assemblée de Californie. Le divorce de mes parents fut prononcé la même année ; mon père, qui, de l'avis général, était fou, demeura seul à Coffeyville, où il mourut dans un cabanon à l'intérieur duquel, la nuit, il se tapait contre les murs en vomissant et en crachant du sang. Lorsque les voisins découvrirent son cadavre, les souris les avaient devancés.

C'était durant l'été 1889. Et ce fut à la même période qu'un *rancher* du nom de McLelland surprit Grat en train de circuler au milieu d'un groupe de ses chevaux avec des longes, des brides et le coup d'œil d'un juge de concours. McLelland et deux journaliers tentèrent de traîner Grat en prison, mais ils s'aperçurent qu'il était plus difficile à manœuvrer qu'un piano et l'attachèrent à une moissonneuse McCormick le temps d'aller quérir des renforts. Puis ils ligotèrent Grat la tête en bas, en travers d'un cheval ensellé hirsute, tandis que mon frère crachait sur ses persécuteurs et vociférait comme Satan en personne – un Cherokee déserta même en cours de route tant il eut peur.

« Je vais mettre un terme à ces rapineries, affirma McLelland. Un marshal adjoint, quand même ! Ce que je devrais faire, c'est prendre un pic à glace et te balafrer la face comme Caïn.

– Je choperai tes gosses sur le chemin de l'école et je leur péterai les dents avec un burin. »

Le *rancher* parut si horrifié que mon frère sourit et se frotta le nez contre le flanc du cheval.

« Ne fais pas gaffe à ce que je raconte, McLelland. C'est que des paroles en l'air. »

Quand, au matin, nous avons constaté que Grat ne revenait pas avec les animaux à notre feu de camp, Bob et moi sommes partis à sa recherche et nous avons rattrapé McLelland et sa clique alors qu'ils étaient encore à plusieurs kilomètres de la ville. Toutefois, ils étaient trop nombreux, nous n'étions pas assez armés et, à cette époque-là, nous n'étions encore guère enclins à recourir à ce genre de méthode, aussi avons-nous gardé nos distances comme des loups et nous sommes-nous bornés à rôder autour de la prison durant les trois mois où Grat fut emprisonné.

Grat se balançait, agrippé à la grille, ou raclait sa boucle de ceinture contre les barreaux jusqu'à ce que le geôlier soit obligé de se boucher les oreilles ; Bob et moi nous affalions dans les fauteuils en bois inconfortables du bureau du shérif et nous astiquions nos insignes sur nos jambes de pantalon. Je notais dans un cahier le nom de toutes les personnes qui franchissaient la porte, et dès que le shérif prenait le café, Bob l'apostrophait tel un inspecteur fédéral et lui demandait s'il n'avait pas autre chose à faire. Finalement, Bob reçut une lettre du marshal Jacob Yoes, le supérieur de Grat, qui s'enquérait de ce qui se passait. Bob répondit par une longue missive invoquant les droits constitutionnels de Grat.

Peu après, Grat fut libéré sans procès, car le procureur avait argué que l'on n'avait aucune preuve formelle d'une quelconque intention maligne. Nous nous étions en apparence bien dépêtrés de cette arrestation, mais elle avait éveillé la suspicion à l'encontre des frères Dalton et se solda pour Bob et moi par notre éviction de la police tribale osage par les commerçants sourcilleux de Pawhuska.

Ce ne fut pas vraiment un coup dur, car le gouvernement fédéral était toujours en quête de marshals adjoints expérimentés pour les territoires indiens, de sorte que Bob fut simplement affecté à Claremore dans la nation cherokee. Mon frère et moi avons alors tenté de nous racheter une conduite et de laver notre réputation ternie. Bob se lança sur la piste d'un ivrogne indien du nom d'Alex Cochran, qui avait collé une balle dans le ventre d'un marshal adjoint, mais il fit accidentellement feu sur le fils de Cochran ; il l'atteignit dans le dos, et l'impact fut tel qu'à deux cents mètres de distance, on aurait dit que le gamin avait reçu un coup de pelle.

Nous nous sommes approchés du corps avec précaution, au pas sur nos chevaux. Après avoir considéré un moment son cavalier, la jument du gosse s'en était allée brouter dans le fossé. Et mon frère avait alors découvert que l'énergumène violent qu'il poursuivait n'était guère plus grand qu'un chétif crieur de journaux.

« Oh, mon Dieu… » avait gémi Bob en sautant de selle.

La balle avait quasiment éviscéré l'enfant. Bob avait déchiré sa chemise afin de le panser, puis étalé une couverture de selle sous le gamin pour le soulever. Le mioche avait vomi du sang sur Bob pendant tout le trajet du retour jusqu'en ville, où tous les Cherokees avaient vite été mis au courant.

Bob avait attendu, assis sur les marches du cabinet du docteur, pendant que j'assistais à l'opération et que je tendais au vieux médecin ses éponges, ses clamps et ses instruments en argent. Dehors, les gens discutaient entre eux et montraient mon frère du doigt ; une vingtaine d'Indiens menaçants fixaient Bob de l'autre côté de la rue, sous l'avant-toit, la main sur la crosse de leurs pistolets. Une fillette vêtue d'une robe en vichy s'était plantée devant mon frère sur le trottoir.

« Un monsieur m'a donné cinq cents pour vous poser une question. »

Bob avait à peine levé les yeux.

« Il m'a dit de vous demander si vous étiez bien le Bob Dalton qui a abattu Charlie Montgomery comme un corniaud sans lui laisser aucune chance. »

Nous sommes néanmoins restés à Claremore durant tout l'hiver, dans une tente confédérée plantée à la périphérie de la ville. Grat n'était plus marshal adjoint depuis qu'une lettre de réprimande signée par le juge Isaac Parker était parvenue à son bureau de Tahlequah et il tuait le temps pendant que Bob et moi assurions le maintien de l'ordre. Il achetait une flasque de whisky tous les matins, passait le plus clair de l'après-midi appuyé à une queue de billard et tous les soirs, vers dix heures, vous entendiez un « gling » dans le cimetière quand il cassait sa bouteille vide sur une pierre tombale. Bob, lui, aimait à louer un cabriolet pour emmener des quarteronnes au bord d'une rivière au cours lent où il pêchait le poisson-chat ou encore pour se rendre jusqu'à la cabane d'une squaw qui disait la bonne aventure en brûlant des cheveux. Quant à moi, je rédigeais tous les midis une lettre d'amour de deux pages avant d'apposer sur l'enveloppe, à l'encre brune, d'une écriture appliquée, l'adresse de Miss Julia Johnson. Puis la neige arriva. Nous chassions la caille et le lièvre. Grat coupait du bois pour une blanchisserie en ville et j'étais un habitué des jeux de palet derrière le magasin d'aliments pour bestiaux – le seul de nous trois que les autochtones toléraient. Bob lisait le journal et la gazette hebdomadaire de la police chez le coiffeur. Il écrivit une lettre de huit pages à notre frère Bill en Californie et en reçut en retour une de seize.

« Viens dans l'Ouest, frangin, lui conseillait Bill. Les femmes ont ici des cheveux de lin ; l'ambroisie colore d'or les champs. Tu pourras humer les eucalyptus et regarder le soleil s'éteindre dans l'océan. »

Notre quiétude servait à détourner l'attention des habitants de Claremore de notre véritable occupation, car nous fauchions les uns après les autres les canassons des Cherokees et des métis afin de nous constituer une jolie petite armada que nous avions déjà prévu de vendre au Kansas. Nous avons écumé les étendues neigeuses pendant des nuits et lorsque, au printemps, tout ce qu'on appelait jusqu'alors les Territoires indiens – à l'exception des réserves concédées aux « cinq tribus civilisées » – devint le territoire de l'Oklahoma, nous disposions d'une vingtaine de bons chevaux.

C'était au mois d'avril de l'année 1890. Il y eut des lancers d'enclumes, des barbecues et des prières collectives pour célébrer cette victoire de haute lutte de la civilisation et Bob et moi nous sommes offert une visite au bordel tenu par notre cousine issue de germains, Pearl Younger – la fille de Cole Younger et de Belle Starr, la légendaire « reine des bandits » – qui est montée avec Bob gratuitement, parce qu'il était de la famille, tandis que je patientais dans un rocking-chair en chintz de la salle de couture avec une prostituée de quatorze ans sur les genoux, qui m'écoutait causer de Julia Johnson. Et ce ne sont pas des histoires !

« Comment elle se coiffe ? s'était renseignée ma compagne. Est-ce qu'elle a des barrettes en ivoire ? Moi, c'est pour ça que j'économise. Un type m'en avait promis deux, mais depuis, il a eu un lumbago et il est cané. »

Mon frère était resté au lit avec Pearl pendant la plus grande partie de l'après-midi et il m'a plus tard rapporté que, tout en décrottant ses bottes avec une cuillère à café au-dessus d'un journal déplié par terre, il avait consulté sa petite-cousine qui paradait nue dans la pièce avec le ceinturon trop large et le pistolet de Bob autour de la taille.

« Mettons que je rassemble une équipe comme celle de ton papa. Qu'en penserais-tu si c'était moi le chef ? »

Ma cousine Pearl s'était penchée pour se regarder dans la glace de la commode et écarter quelques mèches de cheveux de ses joues.

« Oh, je n'y connais rien à tout ça.

– Ce pauvre vieux Grat, il est bête comme un bloc de sel et il le sait. Il est même pas capable de compter jusqu'à dix sur ses doigts. Emmett n'a que dix-huit ans et il est toujours à l'affût de ce que je vais bien pouvoir faire ; il n'est pas vraiment indépendant. Sans me vanter, à mon sens, je suis le meilleur candidat. J'ai de la jugeote, j'ai du cran et je n'ai aucun vice, à part “ça” et voler des chevaux. Au fond de lui-même, tout homme sait pour quoi il est fait. »

Pearl avait débouclé le ceinturon et enfilé une robe de chambre. Elle s'était brossé les cheveux.

« Tu me trouves jolie, Bobby ? »

Il l'avait observée.

« Plutôt.

– Je n'estime pas “ça” immoral du tout, avait-elle déclaré. C'est comme ça que j'ai été élevée. »

Bob et moi étions ensuite retournés à Wagoner, où Grat veillait sur notre armada. Comme je tenais à apporter un peu de distinction à notre écurie, j'ai convaincu mes frères que nous devrions faire une descente chez Bob Rogers pour nous emparer de ses bêtes de premier choix et de ses chevaux de course. Nous nous sommes mis en route vers minuit et nous nous sommes engagés sous la pluie avec le produit de nos razzias hivernales sur un chemin boueux. Le petit William McElhanie et Bitter Creek Newcomb nous avaient offert leur aide quelque temps auparavant et ils nous accompagnaient, Bob et moi, lorsque nous nous sommes élancés pour prendre au lasso autant d'animaux que possible, tandis que Grat, emmitouflé dans son imperméable, gardait notre vingtaine de chevaux et préparait du café pour notre retour.

Il ne faisait pas chaud cette nuit-là. La pluie crépitait comme de la cendrée sur nos chapeaux, mais Bob réussit tout de même à allumer un cigare – il ne fumait qu'occasionnellement –, qu'il réduisit à l'état de moignon avant que nous ayons atteint les terres limoneuses où les bêtes de Rogers musardaient avec cet air absent qu'ont les chevaux, comme s'ils n'avaient pas conscience de l'orage. Mon frère et moi les avons rabattus en direction de McElhanie et Newcomb en leur assénant de temps à autre un petit coup de lasso sur la croupe.

Les chevaux s'éparpillaient, ils se rassemblaient, ils regimbaient quand McElhanie leur passait la corde au cou, mais nous avons malgré tout pu séparer les plus beaux spécimens des bêtes ensellées ou boiteuses et les ramener avec force cris et clameurs jusqu'au reste de notre armada.

Toutefois, voler les bêtes de Bob Rogers fut fatal à notre réputation dans les Territoires. Rogers était un

Indien mince comme un manche de pioche, rapiat et rancunier. Il dormait si peu qu'il ne se déshabillait jamais et se bornait en général à fermer les yeux pendant trois ou quatre heures sur une chaise Shaker[1] à dossier droit au milieu de sa salle de séjour au sol en terre battue. Il se réveilla cette nuit-là vers trois heures et demie du matin et, comme il mêlait son urine à la pluie depuis le seuil de sa cuisine, son regard se posa sur sa faucheuse, sur sa charrue à mancherons et sur ses chevaux endormis debout près de la mangeoire. Il lui parut bizarre qu'ils se soient aventurés jusque-là et quand, plissant les yeux, il vit combien il lui en manquait, il remonta sa bretelle droite, puis empoigna le revolver à percussion chargé qu'il conservait dans son garde-manger. Il s'avança pieds nus dans les herbes hautes jusqu'à la clôture et attrapa par la queue la seule bête de course restante, que Newcomb avait laissée par erreur. Puis il se lança à nos trousses.

Newcomb avait pris les vingt dollars que lui avait remis Bob, il les avait fourrés dans le fond d'une de ses bottes et avait regagné au galop le ranch Turkey Track pour y entamer sa journée de travail. McElhanie avait tenté de s'attarder, mais vu que Grat ne cessait de le fusiller du regard, il avait fini par partir pour le campement d'Annie Walker afin d'y louer ses services sous le pseudonyme de « Narrow Gauge Kid », « le Kid de la voie étroite ».

Nous avons vendu la moitié du lot à une vingtaine de kilomètres de Baxter Springs, à Colombus, au Kansas,

1. Secte protestante puritaine, d'origine cévenole qui s'est implantée en Amérique au XVIIIe siècle et dont l'austérité s'exprime jusque dans le mobilier dépouillé et strictement fonctionnel. (*N.d.T.*)

où nous nous sommes attardés comme de mauvais sujets, le temps d'esquinter à coups de couteau les pieds d'une chaise dans un café, de jeter des cacahuètes sur les fermiers au saloon et de braquer nos pistolets déchargés sur tous les gosses du haut de nos chevaux.

Étant donné qu'il n'avait plus besoin de faire semblant d'être marshal adjoint, le lendemain matin, Bob signifia sa démission au tribunal de Wichita dans une lettre dont il rédigea quatre brouillons et à laquelle il joignit une liste de doléances presque toutes liées à sa rémunération. J'eus un serrement de cœur quand mon frère renonça au métier, parce que mon poste dépendait du sien et que, au fond, j'avais toujours envisagé le vol de chevaux comme une sorte de parenthèse que je pourrais plus tard refermer, quand le salaire se ferait plus régulier.

Nous n'étions donc plus des représentants de la loi quand nous nous sommes engagés dans la rue principale de Baxter Springs avec notre armada volée que nous cornaquions au moyen de gaules en bambou. Nous étions des voleurs de chevaux sales et mal rasés, dont les selles grinçaient à cause de la pluie. Grat fermait la marche, Bob et moi étions respectivement au milieu et devant. Nous venions de franchir un coin de rue avec nos mustangs quand nous avons aperçu un détachement de métis qui mettait pied à terre – et Bob Rogers, avec sa chemise et ses jambières graisseuses, un foulard rouge sur les cheveux, qui retaillait l'un des sabots de son coursier avec un canif. À peine nous a-t-il avisés qu'il s'est saisi de son fusil et a essayé de nous faire sauter le caisson. Mais je m'étais déjà écrié : « Attention ! » avant d'exécuter une demi-volte et Bob a fait rebrousser chemin à nos bêtes volées en les cinglant de coups de bambou jusqu'à ce qu'elles décampent en se bousculant et en cavalcadant sur les trottoirs en planches, si bien que les tirs de Rogers n'ont touché que des fenêtres.

Bob et moi avons foncé tête baissée vers la route sillonnée d'ornières qui quittait la ville, en fouettant nos montures avec nos rênes en cuir et en soulevant des mottes de boue qui voltigeaient comme des chaussures. L'un des compagnons de Rogers a eu cependant le temps de tirer avant que nous soyons hors de portée et la balle a emporté un bout de l'oreille droite de mon cheval. Le sang a jailli en arrière tel un serpentin. Nous n'étions qu'à moins de dix kilomètres de la ville lorsque ma monture est arrivée au bout de ses forces. Tout ce à quoi je pouvais penser, c'était à ce voleur de chevaux qui s'était fait capturer par les Indiens et que les squaws avaient découpé en morceaux de la taille de filets de truite. Heureusement, un fermier a débarqué de nulle part à bord d'un chariot tiré par un attelage de Morgan hirsutes et j'ai aussitôt levé mon lourd six-coups à deux mains.

C'était un agriculteur fluet et guindé et il a obéi comme un écolier timoré. Bob a dételé l'un des Morgan et l'a approché de moi pour que je puisse permuter avec ma monture flageolante, puis nous avons piqué des deux. Nous nous sommes ébranlés lourdement en direction des bois et nous nous sommes échappés sains et saufs.

Grat n'eut pas autant de chance. Quand Bob avait commencé à cravacher les chevaux avec sa perche en bambou, Grat s'était engouffré au galop dans une ruelle secondaire en décochant un coup de pied dans une poubelle qui s'était renversée en tintinnabulant. Il avait pris le temps de faire dégringoler derrière lui une échelle qui s'était abattue avec fracas et avait fait chuter la tête la première le cheval d'un de ses poursuivants, puis il avait guidé sa monture à travers des herbages jaunes aussi hauts que le ventre de celle-ci jusqu'au ballast des voies de chemin de fer, où il avait attaché une longe autour du cou des deux chevaux volés qui l'avaient suivi avant de se remettre en route le long d'une rivière sinueuse et boueuse grossie par les averses de printemps.

Il n'avait guère été difficile de le pister dans la terre meuble de la berge et, en quelques minutes, les Indiens furent assez près pour entendre devant eux des chevaux qui pataugeaient à la queue leu leu. Ils avaient intercepté mon frère près d'un barrage de castor. Grat était debout dans ses étriers et jetait des regards alentour tel un touriste quand le shérif de la ville s'était exclamé : « Les mains en l'air, Dalton ! »

Mon frère s'était abrité les yeux de la main pour étudier le détachement qui l'encerclait et il avait souri.

« Je n'ai jamais été aussi embarrassé », avait-il dit en minaudant.

5

Ainsi Grat fut-il arrêté pour la seconde fois dans un territoire sous la juridiction du juge Parker « la Potence », son ancien patron et mon frère Bob et moi sommes partis nous cacher dans les monts Ozark, dans le secteur de Cookson Hills. On imprima des avis de recherche, illustrés de portraits certes peu ressemblants, mais sous lesquels nos noms figuraient en gras et les journaux publièrent des récits approximatifs de la capture de Grat, dans lesquels nous étions dépeints comme de « vils renégats des forces de l'ordre ». Cette notoriété nouvelle signifiait qu'il nous fallait disparaître des Territoires et confirmait que nous n'avions plus aucune influence au sein de l'institution judiciaire ; si nous voulions la libération de notre frère Grat, nous allions devoir rassembler une bande dans ce but.

Notre première recrue fut Newcomb. Son prénom était George, mais presque personne ne l'appelait ainsi. Son surnom provenait d'une chanson dont le refrain était : « I'm a lone wolf from Bitter Creek and tonight is my night to howl. » (« Je suis un loup solitaire de Bitter Creek et cette nuit, c'est mon tour de hurler. ») Il était aussi connu sous le pseudonyme de « Slaughter Kid », « Kid Massacre », car il avait un temps assisté le célèbre ranger John Slaughter au Texas. Il mesurait un mètre cinquante-huit – c'était le plus petit cow-boy que j'aie jamais vu – et les femmes le trouvaient mignon. Il avait le nez brûlé par le soleil, une moustache et une barbiche couleur carotte et il était couvert de taches de rousseur. Il avait généralement une chique de tabac grosse comme une balle de base-ball dans la joue et il s'était si souvent brisé les poings en se battant qu'il pouvait à peine fermer les doigts. Il n'avait aucune instruction, mais il était capable d'épeler son nom et de le graver sur son ceinturon ou son étui, à la veillée, au coin du feu, avec son poignard d'où se détachaient de petits serpentins de cuir. Il aimait se camper au milieu de la nature, tard le soir, les mains dans le dos, et fermer les yeux pour humer l'air. Son meilleur ami était un jockey nommé Charlie Pierce, qui trafiquait alors du bétail pour le compte d'Annie Walker, mais devait par la suite se joindre à nous et mourir comme Newcomb sur les terres de Bee Dunn en 1895.

Blackface Charley Bryant, Charley « la gueule noire » Bryant, qui était lui aussi une connaissance du ranch Turkey Track, avait été victime d'une brûlure bizarre à la poudre noire qu'il expliquait différemment, chaque fois que la question venait sur le tapis. Un tiers de son visage était pâle et séduisant, mais le reste était un no man's land marbré de bleu comme un mauvais tatouage d'où émergeaient des poils noirs qui l'obligeaient à se raser jusqu'à la hauteur de l'œil gauche. Il avait donc une prédilection pour la nuit et les recoins sombres, ce qui le faisait paraître revêche et distant. Il portait toujours son col de manteau relevé et son chapeau à larges bords baissé, et il appuyait sa joue cloquée sur son poing chaque fois qu'il prenait place à une table. Il était mauvais, têtu, peut-être même cinglé. Il avait un jour cassé le petit doigt d'une prostituée rien que pour s'amuser. Hormis Bob et Grat, je n'ai jamais rencontré personne qui ne soit intimidé par Blackface Charley Bryant. C'était tout juste s'il m'adressait la parole. Sans doute savait-il qu'il n'obtiendrait que des balbutiements de ma part. Il rallia les monts Ozark à cheval en trois jours, avec à sa suite une mule chargée de haricots, de farine, de levure et de jambon cru enveloppés dans de la toile imperméable, et William McElhanie le rejoignit à un moulin où Bryant s'était arrêté pour abreuver ses bêtes.

McElhanie était une grande gueule aux cheveux paille qui avait un an de moins que moi et travaillait sur une selle depuis qu'il en avait six, si bien qu'il boitait un peu des deux guibolles. Il estimait avoir du succès auprès des femmes et se vantait d'avoir violé deux squaws choctaws, une nonne mexicaine et une fillette de couleur âgée de neuf ans, même si ce n'était vraisemblablement que des fanfaronnades piochées dans un magazine. Il n'aurait normalement eu aucune chance d'intégrer la bande, mais il adulait Bob et son empressement flattait mon frère. McElhanie était parfois incapable de parler d'un autre sujet que Bob. Il changea de ceinturon pour avoir le même que celui de Bob ; il étudia la façon dont Bob coupait sa viande ; il troqua une boîte de cartouches contre l'une des chemises de Bob et ne la quitta pas d'une semaine. Un jour, il me confia : « Tu sais ce que je viens de demander à Bob ? Je lui ai demandé quelle était la personnalité américaine qu'il respectait le plus, histoire de pouvoir ensuite me documenter. Bob m'a répondu : Alexander Hamilton[1].

1. Commandant militaire, avocat, confident de George Washington et premier secrétaire d'État au Trésor de l'histoire des États-Unis. (*N.d.T.*)

Ça montre un peu comment il est calé. J'avais jamais entendu causer d'Alexander Hamilton. Rien n'échappe à ton frangin. »

McElhanie et Bryant s'étaient enfoncés dans les monts Ozark jusqu'à ce qu'ils croisent une grosse bonne femme aux cheveux réunis en chignon, qui nourrissait des gorets dans un enclos et leur avait révélé qu'elle avait aperçu plus haut dans la montagne deux étrangers qui traînaient une ribambelle de chevaux derrière eux.

McElhanie avait adressé un clin d'œil à Bryant et ils avaient poursuivi leur ascension, parvenant à notre camp une heure plus tard, sous la pluie. Nous avions planté nos tentes dans une clairière verdoyante, au sein d'une forêt qui l'était encore plus ; tous les arbres étaient tapissés de mousse. Bitter Creek Newcomb, qui était déjà arrivé, était en vadrouille avec les chevaux ; j'étais accroupi devant un feu qui dégageait surtout de la fumée bleutée à cause du temps, un ciré sur la tête et un antique Colt calé sur un genou et braqué sur les nouveaux arrivants.

« Vous êtes lents comme la malle-poste », ai-je lancé en me levant et en rengainant mon revolver quand je les ai reconnus.

McElhanie et Bryant ont recouvert leurs selles d'une bâche et, d'une claque, ont envoyé leurs bêtes brouter du trèfle. McElhanie a tiré trois coups de feu en l'air et j'ai mis de mauvaise grâce une boîte de conserve remplie d'eau à chauffer sur le feu pour préparer du café. Newcomb n'a pas tardé à sortir des bois sur mon Morgan volé, une étrille encore à la main. Il souriait et faisait de grands signes. Il s'est laissé glisser de sa monture, a échangé des poignées de main et nous avons blagué, chahuté et fait les zouaves autour des braises. La pluie fine tombait dru comme un fil à plomb. Bob a reparu au crépuscule, partageant son cheval avec une prostituée spirite à moitié repentie du nom de Kate Bender, qui se collait contre mon frère sous son manteau. Il nous a tous gratifiés d'un large sourire et Bryant a fait cuire un gros morceau de jambon que nous avons mangé avec des haricots et du pain revenus à la poêle.

Nous nous sommes ensuite rincé le gosier à la gnôle à même la cruche pendant que Kate Bender nous expliquait comment Jesse James communiquait avec elle depuis les ténèbres de l'autre monde. Elle a examiné nos paumes, palpé les reliefs de nos crânes, nous a prédit maladies et satisfactions futures, puis a effectué des passes au-dessus de nos mains avec une fleur de digitale au bout d'un fil afin de déterminer si nous ferions fortune et si nous parviendrions à tirer Grat de prison.

Bryant s'est enveloppé le visage dans un foulard et s'est approché pour observer la médium à l'œuvre sur Newcomb tandis que mon frère étudiait le pendule artisanal.

« Je parie que j'ai bien dû avoir affaire à une centaine de sorcières au cours de mes pérégrinations, a supputé Bob. Je connaissais une Chickasaw à qui il suffisait de jeter un de ses cheveux à la surface d'un lac stagnant pour qu'une perche se jette dessus. J'ai vu à Tulsa une bohémienne qui pouvait mettre un grêlon dans sa bouche à l'aube et le recracher sans qu'il ait fondu à midi passé. Un jour, je me suis aventuré sous le chapiteau du cirque Bailey, à Joplin, dans le Missouri, et j'en suis ressorti avec des souvenirs qui n'étaient pas les miens : oreillons à Rhode Island, voiliers blancs à Norfolk, en Virginie ; une grosse squaw cree donnant le sein à un serpent corail annelé. Ça m'a réconcilié avec les Écritures, je vous le garantis.

– La sorcellerie, c'est diableries et compagnie, a acquiescé Bryant. Ça me surprend pas. »

Kate a prophétisé que sous peu, bandits de grand chemin et néophytes de tous poils nous supplieraient de les laisser se joindre à nous, mais qu'il importait que la bande reste de taille raisonnable. Puis Bob s'est installé sur un tabouret à traire à trois pieds et Kate lui a lu les lignes de la main.

« Tu réussiras tout ce que tu entreprendras, a-t-elle annoncé. Tu as été déçu en amour, mais tu en trouveras une autre qui sera mieux. Tu es un meneur d'hommes-né.

– Rien d'exceptionnel, en somme. »

Kate a haussé les épaules.

« Et Emmett ? » s'est informé Bob.

À cette époque-là, je serrais Bob d'aussi près qu'un tricot de peau ; j'étais assis en tailleur au pied de son tabouret, mais j'ai secoué de la tête, les poings fermés dans mon dos.

« Je crois que je vais décliner cet honneur, ai-je répliqué. Je préfère que l'avenir conserve une certaine part de mystère.

– Tu es de ceux qui prospèrent, a-t-elle diagnostiqué.

– Au fait, n'avez-vous pas d'autres cordes à votre arc que la voyance, Miss ? » l'a taquinée mon frère avec un grand sourire.

Bob lui pelota les seins au coin du feu et, durant la nuit, Bryant, puis McElhanie se faufilèrent dans la tente et disposèrent d'elle sous les couvertures ; après quoi, les cinq membres de la bande des Dalton débattirent jusqu'au petit matin de divers points de chute possibles une fois Grat libéré de sa prison de Fort Smith. Furent cités : La Nouvelle-Orléans, la Californie ou Eureka Springs et ses sources chaudes médicinales, en Arkansas. Mais mon frère Bob nous persuada d'opter pour Silver City, une ville de jeux située dans une région déserte du pays (qui, en 1912, devait devenir le Nouveau-Mexique), car le marshal municipal, un dénommé Ben Canty, était un ancien voisin qui vivait de pots-de-vin et faisait dans l'ensemble preuve de tolérance à l'égard des voleurs de chevaux.

C'était en mai 1890. Nous avons levé le camp tous les cinq et traversé les majestueux monts Ozark jusqu'à Fort Smith, où, tandis que nous patientions sur nos montures, McElhanie – qui ne fut par la suite pas identifié comme un criminel – a pénétré sur ses jambes arquées dans le bureau de l'*Elevator*, le journal local, et s'est avancé l'air de rien jusqu'à un homme qui composait un texte en manches de chemise, une visière sur la tête. L'homme l'a renseigné, lui a indiqué diverses directions et McElhanie est revenu avec les noms des jurés, du juge et du procureur sur une feuille vierge de papier journal.

Nous avons alors entrepris de nous ridiculiser. Nous avons remis à chaque membre du jury une lettre décorée d'une tête de mort grossièrement dessinée par-dessus le texte suivant : « Il n'existe aucune preuve incriminant Grattan Dalton dans une affaire de vol de chevaux. C'est un ancien marshal adjoint respecté, victime des circonstances. »

Bitter Creek, Blackface Charley et moi nous sommes ensuite rendus chez le juge Isaac Parker et nous nous sommes plantés si près de la maison que nos chevaux avaient les sabots dans les plates-bandes.

La grosse fille du juge est apparue en s'essuyant les mains dans un torchon et nous a appris que son père n'était pas là ; que voulions-nous ?

J'ai poussé Newcomb du coude.

« Nous sommes des collègues d'un prisonnier de votre père, a-t-il déclaré.

– Grattan Dalton, qui est innocent, ai-je précisé.

– Ah, vous êtes ici pour nous intimider », a deviné notre interlocutrice.

Bryant s'est dressé dans ses étriers et a ouvert son manteau, à l'intérieur duquel une poule blanche jetait des coups d'œil de droite et de gauche. Bryant a empoigné le volatile, qui s'est mis à caqueter et à battre des ailes, et lui a brutalement tordu le cou jusqu'à ce que sa tête se détache et que son corps s'envole jusqu'à la véranda, où il a accompli quelques allées et venues en se vidant de son sang. Bryant a balancé la tête de l'animal sur le toit, où elle rebondit sur les bardeaux.

La fille de Parker s'est contentée de ramasser la poule par une aile et de rentrer dans la maison en refermant la porte treillissée derrière elle pendant que nous regagnions la rue sur nos chevaux, en piétinant les pensées du jardin.

« Ça n'a pas marché pour deux sous, ai-je soupiré.

– C'était minable, voilà ce que c'était », a renchéri Bryant.

Bob, lui, gravit avec sa monture les marches de la maison blanche du procureur fédéral, en plein centre-ville. Il ouvrit la contre-porte et se pencha pour passer sous le linteau. Son cheval renversa un chandelier en porcelaine, une lampe à pendeloques et s'achemina vers la cuisine en martelant le tapis tissé. Une gamine se retourna sur sa chaise et s'exclama telle une vieille fille : « Mais qu'est-ce que c'est que ces façons ? » Son père se levait, la serviette nouée autour du cou, quand Bob se coula par la porte. Le procureur et ses deux fillettes mangeaient du foie et des oignons sautés, assis autour d'une table en chêne. Son épouse était partie.

Le procureur émit des « Dites donc ! » et des « C'est un scandale ! » mais Bob tira son pistolet de l'étui de sa botte, comme il s'y était entraîné.

« Je me présente : Robert Dalton. Vous avez émis un mandat d'arrêt à mon encontre et vous détenez mon frère Grat en prison. »

Le procureur se rassit et s'essuya la bouche avec sa serviette, qu'il reposa ensuite.

« En effet.

– Or vous pourriez convaincre le jury d'accusation de prononcer un non-lieu.

– Et c'est exactement mon intention.

– Vous allez le laisser s'en sortir comme ça ? bredouilla Bob, décontenancé. À si bon compte ? »

Le procureur mâcha une bouchée de foie.

« Vous ne me remerciez pas ? »

Le cheval de Bob se berça d'une patte sur l'autre. De la queue, il répandit un sac de farine sur le plan de travail. Les fillettes jaugèrent les dégâts.

« Excusez-moi, mais je suis un tantinet déconcerté, insista Bob. Pourriez-vous m'expliquer pourquoi vous relâchez mon frère ?

– Ce sont les faits qui le dictent. Il a été arrêté parce qu'on le soupçonnait d'avoir dérobé des chevaux à Bob Rogers, mais aucun des mustangs en sa possession ne portait la marque de Rogers. Le fait que l'officier responsable de l'arrestation ait bénéficié de l'assistance d'un groupe de justiciers autoproclamés pose aussi problème. Et l'avocat de votre frère entendait faire appel au juge Isaac Parker comme témoin de moralité. Ça aurait pu être humiliant. C'est une affaire compliquée. J'ai largement de quoi faire rien qu'avec les dossiers les plus faciles. »

Mon frère était suspendu aux lèvres du procureur comme s'il avait pu l'écouter pendant des heures.

« Mince alors, s'émut-il. D'un seul coup, je regrette d'avoir salopé votre baraque.

– Ça ira, mais ne vous éternisez pas », répliqua la plus âgée des deux filles.

Et Bob emprunta la porte de derrière et repartit par le potager.

Mon frère Grat fut libéré de prison le lendemain matin et, reprenant notre formulation, l'édition du 8 mai de l'*Elevator* soutint qu'il n'existait « aucune preuve l'incriminant dans une affaire de vol de chevaux ».

Grat quitta la ville à pied, les mains dans les poches. Il supportait l'incarcération mieux que toute autre personne de ma connaissance. Parker avait déjà fait exécuter bon nombre de voleurs de bétail, mais Grat n'envisageait jamais le pire avant de devoir y faire face ; durant tout son séjour en prison, il avait imité des hoquets et des bruits de strangulation, chaque fois que l'un de ses geôliers longeait sa cellule et s'était confectionné avec des lambeaux de draps déchirés un nœud coulant qu'il arborait sous son col telle une cravate. Et il l'avait toujours autour du cou lorsque j'ai escaladé le talus au-dessous du pont, un cheval et une mule derrière moi.

« Tu ferais mieux de ficher le camp, Em, m'a-t-il soufflé. Je te parie que je suis filé.

– J'ai déjà vérifié. Un gosse avec des jumelles planqué dans un peuplier nous surveille en ce moment même. Ne te retourne pas. » J'ai tendu à Grat un Colt Dragoon de gros calibre enroulé dans son ceinturon. « Tu es censé te diriger vers une gare plus au nord et utiliser le billet pour la Californie que j'ai collé dans ta sacoche. Bob a prévenu Littleton et Bill par télégramme et voilà cinquante dollars pour la route – c'est tout ce qui nous reste comme fonds. »

Grat grimpa en selle.

« Et vous, les gars, où est-ce que vous serez ?

– On passe à la cadence supérieure, Grat. On a une bande, maintenant – Newcomb, Bryant, McElhanie… On part errer du côté de Silver City dans l'espoir de reconquérir notre royaume perdu. »

Grat sourit de toutes ses dents marron.

« Embrasse pour moi une pute métisse si tu peux. »

Il pressa les flancs de son cheval et s'en fut au trot, suivi de sa mule.

Et ce fut ainsi que Grat quitta l'État sain et sauf et que la bande des Dalton entreprit de traverser l'Arkansas et les Badlands jusqu'au territoire du Nouveau-Mexique le long des rails de chemin de fer, quittant de temps à autre la voie pour observer au milieu des broussailles les énormes locomotives et les voitures noircies par la fumée qui nous dépassaient, tandis que nous agitions nos couvre-chefs à l'attention des passagers aux fenêtres.

C'est au pas que nous avons pénétré dans Silver City, tassés sur nos selles, le chapeau jauni par la poussière et bruni par la sueur au niveau du galon. Nous avions de grands foulards rouges, des jambières en cuir et des imperméables, jadis blancs. Un gamin qui pompait de l'eau dans un abreuvoir nous a ignorés, et j'ai su que j'allais me plaire dans cette ville.

Plusieurs cow-boys étaient affalés sur des chaises sur la véranda d'un hôtel et ne faisaient rien. Quatre vieux sans chapeau étaient assis dehors autour d'une table à pique-nique et jouaient aux cartes à cinq cents la partie. Une femme habillée d'une robe pâle en vichy et coiffée d'une capeline a changé de trottoir, un panier au bras. Bob a talonné son cheval pour se porter à la hauteur de la dame, mais elle lui a objecté qu'elle ne parlait pas aux étrangers.

« Peut-être que je pourrais trouver quelqu'un pour nous présenter », a suggéré Bob, mais l'inconnue s'est réfugiée à l'intérieur d'un magasin de vêtements.

Bob s'est avancé jusqu'à un homme en chapeau melon dont le veston n'était boutonné qu'au col de manière à exhiber son gilet à carreaux et sa chaîne de montre. Bob lui a expliqué qu'il cherchait un endroit où se loger et où prendre un bain en ville, ainsi qu'un maréchal-ferrant à même de soigner nos montures qui avaient bien besoin d'avoine, de nouveaux fers et souffraient toutes de fistules.

L'homme a répondu à Bob sans extraire les mains de ses poches et nous avons tous les cinq attaché nos chevaux devant une pension tenue par une veuve qui avait placardé l'avertissement suivant :

PAS DE GENS DE COULEUR,
PAS DE CHINOIS, PAS DE MEXICAINS,
PAS D'IRLANDAIS.

Nous avons trimballé nos selles jusqu'à une chambre à l'étage renfermant six lits simples et une commode, plus une cuvette de toilette et un broc en porcelaine. Il y avait un vase de nuit au-dessous de chaque lit. Nous y sommes chacun allés de cinq cents et la veuve nous a fait frire des tomates et du pain, elle nous a préparé un pot de café et elle a brossé nos manteaux et nos chapeaux avec une balayette. Nous avons dormi sans nous dévêtir jusqu'à trois heures de l'après-midi, puis nous nous sommes délassés dans des baquets en acier qu'une jeune fille avait remplis d'eau fumante avec un seau. Enfin, nous avons patienté dans le petit salon en contemplant l'horloge à balancier dans nos costumes noirs froissés, jusqu'à ce que Bob redescende de la chambre avec des enveloppes d'argent de poche qu'il nous a distribuées sur le pas de la porte. Après quoi, nous nous sommes séparés pour vaquer chacun à notre bon plaisir.

Blackface Charley Bryant, qui connaissait la ville, nous abandonna sans même un au revoir et, la tête rentrée dans les épaules et le col de manteau relevé, franchit un pont en planches qui enjambait un arroyo. Il acheta des bocaux de poivrons verts et de piments séchés à un Mexicain et s'accroupit dans la poussière pour manger. Un chien s'approcha pour renifler et Charley le laissa lécher un piment qu'il tenait par la queue. L'animal grimaça autant qu'en est capable un chien, ce qui fit bien marrer Bryant. Il avala le piment et s'essuya les mains sur le pantalon. Le Mexicain fixait le visage hideusement boursouflé de Charley.

« Tu vends du peyotl ? » se renseigna Bryant.

Le Mexicain fronça les sourcils.

« Et du tabac, tu en as ? »

Le Mexicain lui en vendit une blague pour cinq cents et ils s'assirent tous deux par terre pour rouler et fumer.

« Qu'est-ce que tu penses de ma cicatrice ? » reprit Charley.

Le Mexicain plissa les yeux et tira sur sa cigarette.

« Je crois que je préférerais encore avoir un bec-de-lièvre, affirma Bryant. Ça remonte à quand j'ai mis en cloque une bonne femme, à San Antonio. À l'approche du terme, elle s'est lancée à ma poursuite et elle m'a trouvé dans un bouge avec une pute à six doigts. Elle a essayé de me coller une prune dans l'oreille avec un pistolet à percussion et a éventré l'oreiller sur lequel j'avais la tête. La poudre m'a cramé la gueule comme du goudron brûlant. Cette pouffiasse m'a défiguré, mais je lui ai fait bouffer toutes ses dents avec la crosse de son flingue. J'ai veillé à ne pas en oublier une seule. »

Bryant, demeura immobile un instant ou deux, puis se redressa en époussetant son pantalon.

« T'aurais pas une frangine par hasard ? »

Le Mexicain conduisit Charley jusqu'à une baraque qui n'avait qu'une seule pièce. Une couverture tenait lieu de porte. À l'intérieur, deux jeunes Noires et une Mexicaine de quarante ans fumaient la pipe. Les Noires restèrent assises sur leurs lits à le regarder ; la Mexicaine se renversa en arrière contre un coussin et releva le devant de sa jupe.

Bryant se rendit ensuite dans une blanchisserie chinoise où il se procura de l'opium, ainsi qu'une petite pipe en métal et où une vieille lui caressa la joue avec un couteau en os et lui appliqua des herbes sur le visage pendant qu'il dormait. Puis il avait regagné la pension où chaque membre de la bande avait évoqué ses divertissements.

Bitter Creek Newcomb se faisait appeler « Slaughter Kid » en ville, histoire que tout le monde le prenne pour un Texan. Il avait passé sa première après-midi à tailler une flûte en roseau et sa soirée à récolter des poux de corps en compagnie d'une fille de ferme obèse du Missouri. Après s'être offert un bain chaud additionné de pétrole lampant, il s'était dès lors consacré au jeu, jusqu'au moment où, autour d'une table tapissée de velours vert, un gars de l'Alabama l'avait traité de sale tricheur. Newcomb avait frappé l'impudent à la pomme d'Adam avec une bouteille de whisky du Kentucky, le garçon était lourdement tombé sur le sol, et il aurait avalé sa langue comme une truite fraîchement pêchée si le barman ne l'avait rattrapée avec des pinces.

Newcomb s'était imaginé que l'altercation allait en rester là et il était sur le point de rafler un pot de quatorze dollars quand, deux heures plus tard, le jeune homme l'avait assommé par-derrière avec la poignée d'une pompe à bière et l'avait étalé par terre. Newcomb avait tendu la main vers son revolver, mais son agresseur lui avait marché sur la main et lui avait cassé l'ongle du pouce avec le talon de sa botte.

« C'est fini, maintenant ? avait maugréé Newcomb en suçant son doigt.

– Oui, je crois bien », avait confirmé le garçon.

Sa bouche tremblait et il avait les larmes aux yeux. Newcomb était resté un moment encore hébété sur le sol, à considérer le bas ensanglanté de sa chemise, dans lequel il avait enveloppé sa main.

William McElhanie et moi courions les bordels – même si Bill fut le seul à baisser son pantalon. Après un petit déjeuner à vingt-cinq cents composé de crêpes, d'un steak et de quatre œufs, nous mettions le cap sur les lupanars de l'autre côté de l'arroyo et nous nous postions sous quelque véranda, un brin d'herbe entre les dents, suffoquant de chaud dans nos costumes trois-pièces qui nous grattaient. Nous lorgnions les filles qui sortaient des cabinets à l'arrière, qui allaient chercher de l'eau au puits artésien ou qui étendaient leur linge dehors. Celles qui étaient indisposées se chargeaient des tâches ménagères le matin. Elles ne s'habillaient pas pour séduire. Elles avaient les cheveux défaits et leurs longues robes grises présentaient des taches noires au niveau des aisselles. On aurait pu les confondre avec des fermières revenant du poulailler avec des œufs. Le soir, calé dans les sièges en chintz du petit salon, McElhanie me confiait à voix basse les on-dit qu'il avait entendus à propos de celles qui étaient disponibles. « À ce qu'il paraît, elle est sèche comme de la pierre ponce », m'exposait-il. Ou encore : « Elle rembourre son chemisier avec des sandwichs. » McElhanie n'avait que seize ans à l'époque. Je me suis toujours demandé comment il avait tourné.

Pendant le plus clair de sa première semaine en ville, mon frère se comporta comme un politicien. Il écoutait avec une attention exagérée, serrait quantité de mains, se présentait aux notables comme un ancien marshal adjoint et abreuvait les autochtones de bon whisky, alors que sur le chapitre de l'alcool, il était aussi intransigeant qu'une bonne femme d'une société de tempérance.

Mais s'il récoltait des renseignements, il n'en dispensait guère, si bien qu'il y avait parfois des moments de silence et de gêne considérables quand il déjeunait avec des inconnus. C'était alors que je m'avérais utile, car j'étais capable de pérorer comme un vendeur de bicyclettes. Lorsqu'un banquier discourait sur la Bourse des céréales de Chicago, que ses idées commençaient à se tarir et qu'il se mettait à étudier sa fourchette, Bob m'adressait un signe de la tête et j'entreprenais de jacasser sur Billy le Kid, dont le véritable nom n'était pas William H. Bonney, mais Henry McCarty, né à Brooklyn ; il avait débarqué dans l'Ouest en voiture Pullman, vécu à Coffeyville quand il avait douze ans et débuté dans la carrière criminelle après s'être échappé par la cheminée de la prison de Silver City, où il était détenu pour avoir volé du linge. « Ce n'est pas reluisant, concluais-je, mais ce sont les faits. » Bob se carrait ensuite dans son fauteuil et dévisageait le banquier stupéfait. Je suis persuadé que mon frère devait avoir quelque surprise en réserve pour Silver City, mais on le présenta alors à Miss Eugenia Moore et il fut distrait de ses projets.

C'était un jeudi soir, durant notre troisième semaine en ville. Je bavassais sur des sujets auxquels je ne connaissais rien devant un auditoire qui se réduisait à Bob et à Ben Canty, le marshal municipal, quand une femme est entrée dans le restaurant. Canty avait la bouche pleine de pommes de terre à l'eau, mais il les a recrachées dans sa cuillère et s'est levé, la serviette encore nouée autour du cou.

« Tiens, quelle agréable surprise ! » a-t-il lancé.

L'intéressée s'est approchée avec un sourire. Elle a salué Ben, minaudé, serré la main des deux frangins Dalton, discuté avec moi du comté de Cass, dans le Missouri, où Bob et moi étions nés, où elle avait été élevée dans sa plus tendre enfance et où, semblerait-il, elle est aujourd'hui enterrée. Bob m'a, comme à son habitude, laissé mener la conversation et s'est calé contre le dossier de son siège, un cure-dent à la bouche.

Eugenia Moore était un pseudonyme ; son nom de baptême était Florence Quick. Elle mesurait un mètre soixante-quinze, était âgée de vingt-cinq ans et ses cheveux blonds étaient ramassés en chignon. Elle avait des yeux marron, des dents si blanches qu'on aurait dit qu'elle n'avait jamais bu de thé et était jolie, quoique un pcu garçonnière. Elle avait une voix sensuelle et, bien que de constitution robuste et large d'épaules, sa poitrine était plutôt modeste ; elle avait des mains vigoureuses, calleuses, zébrées d'égratignures ; elle se rongeait tellement les ongles qu'ils se confondaient presque avec ses cuticules. Quand elle n'était pas en bottes, elle était pieds nus, mais ce soir-là, elle était vêtue d'une robe de calicot blanc dont les manches étaient ornées de nœuds et elle ressemblait plus à une dame qu'elle ne l'était en réalité. Elle avait étudié à Holden College et avait été maîtresse d'école pendant deux ans, ce qui se sentait pas mal à sa façon de s'exprimer, comme quand elle n'avait pas entendu exactement ce que vous disiez et qu'elle répliquait : « Plaît-il ? » Elle avait des mèches blondes, qu'elle n'arrêtait pas d'écarter du doigt lorsqu'elle parlait. Elle a affirmé que cela avait été un plaisir de nous rencontrer et, d'un pas aérien, est allée s'asseoir à une table plus petite, près d'une des fenêtres aux rideaux de grosse toile donnant sur la rue. Elle avait le visage hâlé par le soleil.

Bob s'est penché en avant, les avant-bras sur les accoudoirs de son fauteuil, et l'a observée. Il a paru sur le point d'ouvrir la bouche, mais s'est ravisé. Il s'est mis debout en se cognant contre la table et a annoncé à Canty :

« Excuse-moi, il y a une question que je voulais lui poser. »

Puis il s'est dirigé vers Miss Moore et s'est installé à califourchon sur une chaise en face d'elle.

« On dirait que quelqu'un a le béguin, a commenté Canty.

– Il va terminer la soirée au pieu avec elle, ai-je pronostiqué. C'est toujours comme ça. Tu vas voir. » J'ai découpé mon steak en une quarantaine de morceaux et j'ai ajouté : « C'est pas juste. »

Bob a sollicité la permission de se joindre à elle et Miss Moore a acquiescé de la tête.

« En fait, vous vous appelez Florence Quick, pas vrai ? a-t-il déclaré.

– Ça se pourrait, a-t-elle concédé. Où avez-vous entendu ce nom ?

– C'est encore ce que je pourrais vous raconter de moins intéressant.

– Je déteste ce prénom – Florence. Il empeste le crochet, les commérages et les bouffées de chaleur qui vous terrassent au beau milieu de l'après-midi.

– Alors que, d'après mes informations, vous êtes une voleuse de bétail et vous avez échoué à Silver City parce que vous étiez recherchée. Quelque indiscret m'a même rapporté que vous aviez coutume de revêtir des jambières en peau de chèvre angora et de vous faire passer pour un garçon du nom de Tom King. C'est ce que j'ai entendu de plus bizarre de toute ma vie. »

Son interlocutrice rougit légèrement et tourna l'une des pages du menu qu'elle avait devant elle ; mon frère s'est emparé d'une seconde carte des plats et l'a examinée en se balançant sur son siège.

« Je peux manger avec vous ? Je suis affamé.

– Je vous en prie », a répondu Miss Moore.

Bob lui a jeté un coup d'œil.

« Alors, c'est pas ce que vous avez entendu de plus bizarre de toute votre vie ? » l'a-t-il relancée.

Elle a souri.

« Beaucoup de gens sont affamés. Souvent deux ou trois fois par jour. »

Bob a laissé sa chaise retomber en avant.

« C'est de ces histoires de vol de bétail et du reste que je vous cause. Il paraît que vous vous êtes évadée de toutes les prisons dans lesquelles on vous a enfermée. On prétend que vous vous agenouillez devant les adjoints.

– Ça vous dégoûte ? »

Bob a croisé les jambes.

« Ça pique ma curiosité. »

La cuisinière, qui avait les mains rougies et humides et les cheveux noirs et ébouriffés, est sortie de la cuisine d'un pas lourd et a pris leur commande, les poings sur les hanches. Lorsqu'elle fut repartie, mon frère a levé son verre d'eau pour porter un toast.

« Maintenant que j'y songe, je dois avouer que vous êtes la femme la plus belle et la plus fascinante dont j'aie partagé la table. »

Miss Moore l'a remercié avec une expression d'ennui.

« Ce n'est pas de la flatterie. Si vous étiez quelconque, je préférerais encore attraper des mouches au vol quelque part sur une véranda. Quand je dis que je vous admire, j'entends être pris au sérieux.

– Cela m'est quelque peu difficile, compte tenu des circonstances. Cela vous irait si je fronçais les sourcils de temps à autre ? »

Bob s'est balancé en arrière, puis a laissé les pieds avant de sa chaise s'abattre par terre et s'est penché par-dessus la table.

« Vous êtes une femme seule dans une ville bourrée à craquer de cow-boys qui se pignolent, de mineurs qui partagent le même sac de couchage et de placiers incapables de se rappeler la dernière fois où la catin au-dessous d'eux n'avait pas les yeux rivés sur l'horloge – et tous ces incorrigibles optimistes sans exception vont vous glisser des mots d'amour et vous assurer que vous ressemblez à une rose alors que tout ce qu'ils espèrent, c'est réussir à fourrer leurs pattes sous vos jupes. Personnellement, je m'en abstiendrai, merci bien. Je suis uniquement là pour vous dire que vous m'intéressez, voilà tout. »

Miss Moore l'a considéré avec un certain amusement.

« Vous avez un côté emporté.

– En effet », a convenu Bob avec un hochement de tête.

La cuisinière leur a servi leur dîner comme si quelque chose l'agaçait et a renversé un peu du ragoût de bœuf de mon frère et de la soupe aux pois cassés et au jambon d'Eugenia lorsqu'elle a déposé sur la nappe leurs bols et une panière de biscuits beurrés tout chauds. Mon frère a fixé des yeux la soupe d'Eugenia.

« Je pourrais avoir ça, plutôt ? a-t-il quémandé.

– Vous vous toquez de tout et n'importe quoi, pas vrai ?

– On peut échanger ? J'ai une envie subite de pois cassés et de jambon. Je crains que le ragoût de bœuf me reste sur l'estomac. Je crois que je ne pourrais même pas l'avaler. »

Les yeux de mon frère étaient si implorants qu'elle lui a abandonné sa soupe et il lui a souri, la cuillère à la bouche.

« Vous êtes souvent assailli par ce genre d'envies ? s'est-elle informée.

– Ouaip. Même qu'en général, on me les passe. »

Je n'entendis pas toute cette conversation – je ne voudrais pas qu'on me prenne pour un espion. J'en tiens une partie de confidences ultérieures de Bob et l'autre de lettres que Miss Moore m'écrivit en prison. Canty a ingéré deux parts de tarte à la pomme et je suis demeuré affaissé face à lui, le poing au creux de la joue. Il a raclé son assiette avec sa cuillère et décoché un regard en direction de mon frère et Miss Moore.

« Ça a été le coup de foudre, pas vrai ? m'a-t-il soufflé.

– Je pigerai jamais.

– J'ai vu des dames fondre pour des joueurs, des souteneurs et toute sorte de pécheurs. J'ai le sentiment que même les meilleures des femmes aiment à s'encanailler un peu. »

Canty et moi avons quitté le restaurant et j'ai passé deux heures dans son bureau à feuilleter des clichés brunis de hors-la-loi morts, ramenés par des chasseurs de prime et photographiés raides comme des planches, appuyés contre le mur de la prison.

Mon frère et Miss Moore restèrent au restaurant jusqu'à la fermeture. Assis au fond de sa chaise avec un cure-dent à la bouche, il l'écouta lui faire part de tout ce qu'elle savait sur les Dalton et fut enchanté. Elle était très bien renseignée. Enfin, la cuisinière referma sèchement les rideaux de grosse toile, Bob régla l'addition, puis il ôta ses bottes et ses chaussettes en laine pour marcher pieds nus au côté d'Eugenia dans la poussière de la rue douce comme du talc. Ils s'arrêtèrent sous des *mesquites* aux abords de l'église catholique mexicaine et s'installèrent dans l'herbe épaisse avec une flasque bosselée en argent pour siroter du rhum.

« J'avais vingt-quatre ans, j'étais institutrice, je me lavais le visage avec du savon parfumé au lilas et je lisais des romans de William Dean Howells, lui dévoila Miss Moore. Le soir, je corrigeais des copies sur la véranda, je cuisinais ou je scellais des bocaux de confiture de pomme avec de la cire fondue. Le seul homme que je voyais était le propriétaire du logement que je louais. Il sentait, il était décrépit et il parlait du temps qu'il faisait avec solennité. Un jour, il m'a demandée en mariage et il m'a fallu une semaine pour refuser. C'est alors que j'ai repris mes esprits et que j'ai saisi que je ne voulais pas d'une glacière ni d'un intérieur de style Chippendale, ni même des assiduités envahissantes d'un mari, tous les soirs, dans un lit à baldaquin.

Je n'avais aucune envie de devenir l'une de ces épouses maussades qui dardent des regards furieux en direction de l'objectif devant une cabane en gazon anonyme.

– Je peux comprendre.

– Quel âge avez-vous ?

– Vingt ans.

– Et Emmett ?

– Dix-huit. »

Elle retroussa sa robe au-dessus de ses genoux afin de profiter de la fraîcheur nocturne.

« Je suis tombée sur votre nom sur un avis de recherche cloué à un poteau de télégraphe, à Dodge City, dans le Kansas. Votre portrait n'avait pas le moindre air de parenté avec vous, mais ça ne m'a pas empêchée de m'adonner à des pensées répréhensibles. De songer à tous les bons offices que je rendrais à ce Bob Dalton pour lequel on offrait cinq cents dollars. »

Ils discutèrent jusqu'à ce que la ville soit silencieuse, puis gagnèrent l'étroite chambrette d'Eugenia au-dessus d'une épicerie. Ils se déshabillèrent et Bob se lava dans la cuvette en porcelaine en étudiant son reflet dans la glace ronde constellée de mouchetures. Sa face, son cou et ses mains étaient rouges, le reste de son épiderme blanc comme du lait. Il avisa Miss Moore pelotonnée sous une couverture navajo, qui l'observait avec un demi-sourire. Il s'avança vers elle en dissimulant sa virilité de la main. Elle était vêtue d'une chemise de nuit en flanelle jaune, qu'elle lui permit de repousser au-dessus de ses seins lorsqu'il usa de son corps.

Le lendemain, elle prépara du café dans l'âtre, ainsi que des biscuits tartinés de miel en rayon et des quartiers d'oranges de Californie, qu'ils mangèrent nus, en tailleur sur les draps, en confrontant leurs ambitions.

« Nous étions quinze enfants et nous vivions dans une ferme misérable – d'abord aux environs de Belton, puis de Coffeyville. L'écurie penchait, les serpents grouillaient sous la véranda, les rats se déchaînaient chaque fois que je rentrais dans le grenier à maïs. En mars, les vents emportaient le toit à raison de neuf ou dix bardeaux par jour. Mes sœurs en étaient réduites à parcourir plus de six kilomètres à pied jusqu'en ville les jours où des produits à trois cents étaient soldés à deux. Mon père n'était pas un très bon soutien de famille. Il a tenu un saloon, échangé des chevaux pour l'armée, travaillé comme aboyeur de fête foraine et été violoneux de quadrille à cinq cents la prestation. Ça ne rapportait presque rien. Un hiver où nous étions fauchés, j'ai dû porter les bottines de ma mère. Et je me souviens d'avoir un jour aperçu mon père qui causait avec deux acheteurs de bétails près du portail. Ils avaient des chapeaux de fermier gris à calotte arrondie et des manteaux en laine noirs qui révélaient de gros calibres quand ils se penchaient sur leur selle. Des années plus tard, quand la bande des frères James et Younger s'est fait tailler en pièces lors de l'attaque de la banque de Northfield, dans le Minnesota, mon père nous a déclaré un soir à table : “Bon, maintenant, je crois que je peux le dire. Ces deux bonshommes-là, c'étaient Jesse James et Cole Younger.” Il a glissé ses pouces sous ses bretelles et il a souri comme s'il était l'homme le plus riche du monde. Je crois que c'est à ce moment-là que j'ai décidé de devenir quelqu'un dont les gens se rappelleraient plutôt qu'un moins que rien qui s'escrime comme un abruti sur un violon pour quelques cents ou qui se promène avec les bottines de sa mère aux pieds. »

Bob se leva du lit et s'accroupit devant la cheminée pour se resservir une tasse de café.

« Un matin, je me suis regardée dans la glace et j'ai remarqué des rides aux coins de ma bouche, lâcha Eugenia. Il ne m'en a pas fallu davantage. »

6

La bande des Dalton tint villégiature à Silver City tout l'été et une partie de l'automne, tant que nos finances nous le permirent. Bob et sa compagne qui se faisait appeler Eugenia Moore étaient inséparables. Ils assistèrent avec les gosses à la parade du cirque depuis le seuil de l'épicerie et caressèrent le nez d'un chameau. Ils écoutèrent, assis dans l'herbe à côté de l'école itinérante, un récital de piano. Et ils posèrent pour cette photographie qui circule encore de nos jours : Bob, dans son costume quelque peu étriqué, ocre à fines rayures roses, avec un col blanc fripé, a des airs d'adolescent sévère sortant de chez le coiffeur ; Eugenia Moore, debout, coiffée d'un chapeau pour dame du XIXe siècle et empaquetée dans six mètres de robe bleue dont dépassent un col et le volant blanc d'une manche de chemisier, a la main gauche sur l'épaule gauche de mon frère ; ni l'un ni l'autre ne font face à l'appareil et tous deux paraissent quelque peu contrariés, comme si ce cliché n'était qu'un simple document historique, une obligation envers leurs biographes dont ils souhaitaient s'acquitter au plus vite.

Et Julia dans tout ça ? Il se trouve que je ne la revis pas pendant plus d'un an – mais nous entretînmes une correspondance qui aviva bien mieux la flamme que n'y était parvenue ma cour maladroite. J'ai toujours été quelque peu intimidé par la sensibilité féminine et absolument sidéré par la manière dont les femmes prodiguent l'amour, comme s'il ne s'agissait pas d'une denrée qu'il convenait de préserver et de conserver en réserve, de sorte qu'il valait sans doute mieux que je sois loin, car ma dulcinée traversait une crise de romantisme qui aurait eu tôt fait de me fatiguer.

À l'époque où ma famille habitait encore aux environs de Coffeyville, Julia rendait par exemple visite à ma mère pour bavarder à mon sujet en préparant une tarte à la cerise. Elle s'asseyait avec mes sœurs sur le lit en fer-blanc où j'avais dormi et, tandis que Leona tournoyait dans une robe de sa propre confection, Julia fermait les yeux et s'efforçait de m'imaginer endormi à côté d'elle – les ressorts comprimés du sommier, mon bras bronzé accaparant un oreiller, mon nez plaqué contre sa cuisse. Elle se mettait à ma place et contemplait la tache de noir de fumée au plafond, le plâtre écaillé près du châssis de la fenêtre, les graffitis sommaires au crayon sur le papier peint proclamant : « Je DÉTesTe LE cHOu. » Elle découvrit des chemises qui m'appartenaient dans le placard et les repassa rien que pour pouvoir les presser toutes chaudes contre son visage.

Elle alla séjourner une semaine chez mon frère Ben pendant que son épouse se remettait après la naissance de leur quatrième enfant ; Julia y consacra ses soirées à étudier Ben tandis qu'il construisait un nichoir à roitelets sur la table de la salle à manger et à me retrouver dans ses sourcils et sa mâchoire. « Tu as des poils bruns sur les poignets, comme lui », constata-t-elle, et Ben lui renvoya un regard perplexe. Et quand mes frères Charles ou Henry s'arrêtaient pour prendre le café, elle leur faisait des cookies au caramel, rien que pour pouvoir les retenir le temps de les questionner.

« Tu ne t'adresses pas au bon gus si tu veux en savoir plus sur Emmett, lui répondit Henry. Tout ce dont je me souviens, c'est qu'il faisait croire qu'il était le fils de Jesse James. Il devait avoir onze ans. Il en était vraiment convaincu. Tu te rappelles, Ben ? Il avait tout goupillé pour venger son paternel en tuant Robert Ford. C'était déjà un sacré numéro. Il ne pouvait pas aller aux cabinets sans enjoliver.

– Ça, pour être haut en couleur, il l'était, acquiesçait Ben. D'autant qu'il a des poils bruns sur les poignets exactement comme moi. »

Julia dénicha la bible de famille et mémorisa toutes les dates de naissance et de décès. Certains jours, elle se levait en même temps que son père et, telle une épouse modèle, l'accueillait avec des crêpes aux myrtilles et des feuilletés aux saucisses quand il rentrait des corvées matinales et retirait ses bottes dans le garde-manger. « Qu'est-ce que ça veut dire ? » grommelait-il.

Elle brossait ses longs cheveux noirs avec une photographie de moi dans son giron, en chemise de nuit en flanelle. Elle dédiait de longues heures à son journal intime, y consignait chaque soir les fluctuations de son cœur, s'y adonnait à des expérimentations sur son futur nom : « Julia Dalton », « Mrs Julia Dalton » ou encore « Mr et Mrs Emmett Dalton » – puis, à la réflexion : « et fils. » Ses lettres parfumées s'achevaient par de tendres lamentations telles que : « Pourquoi n'es-tu pas ici ? » Ou : « Te reverrai-je jamais ? » Et : « Que pourrais-je te promettre pour hâter ton retour ? »

Il était agréable d'être révéré et désiré, mais je n'avais pas grand-chose à offrir en retour et la seule réponse dans mes cordes était : « Tu me manques drôlement. Je t'aime, Emmett. »

Et quand je la revis, le sortilège fut rompu.

La bande se réunit pour la première fois depuis longtemps un jeudi soir d'octobre dans la chambre que louait Miss Moore. Nous étions enthousiastes, joviaux, et nous avons bruyamment gravi les escaliers avant de faire une entrée tonitruante digne de l'esprit de Noël. McElhanie avait dans les bras un sac en papier brun rempli d'eau minérale de Congress, près de Saratoga, de soda au gingembre et de bière de St Louis. Newcomb avait des épis de maïs et il a attisé le feu pour les faire griller. Bryant s'est assis au bureau dans son attitude habituelle, sans quitter son manteau, la face à moitié enfouie dans une écharpe en laine marron. Newcomb a ouvert la fenêtre, le feu a aspiré la fraîcheur du dehors et je me suis mis à jouer de l'harmonica, annonçant au préalable le titre de chaque morceau : « Shenandoah », ai-je commencé. « Oh, Susannah. » « Shoo, Fly, Shoo. »

Miss Moore a mis la dernière main à une nature morte au fusain sur du papier chiffon épais, qui représentait des fruits sur une assiette. Bob s'est penché pour l'examiner et nous en avons tous fait autant.

« Eugenia a fait ça à main levée, nous a appris Bob.

– C'est très fidèle, Miss Moore », l'a félicitée Bryant.

Bob s'est assis par terre à côté de sa dame, il a ôté ses bottes et fourré ses chaussettes en boule dedans. Eugenia était vêtue d'une robe de chambre blanche sous laquelle on discernait l'ombre de ses aréoles. Bob a demandé à McElhanie d'éteindre la lanterne à pétrole, si bien que seule subsistait dans la pièce la lueur orange du feu sur nos visages.

« “Auld Lang Syne”, ai-je indiqué.

– Tu dois être habité par la musique, Emmett, a ironisé Newcomb, parce que, clairement, elle refuse de sortir. »

McElhanie a ricané.

Mon frère a passé un bras autour des épaules de sa chère et tendre et lui a posé la main sur un sein.

« C’est agréable… », a-t-elle soufflé.

Nous avons tous les six bu de la bière et mangé du maïs grillé, puis Bob s’est léché les doigts et a interpellé Bryant à l’autre bout de la pièce :

« Combien d’argent il te reste en poche ? »

Bryant a renâclé et jeté son épi de maïs par la fenêtre ouverte.

« Et toi, Bitter Creek, tu en es où ?

– Je suis tellement gêné aux entournures que je peux plus me retourner. »

Bob a regardé Eugenia.

« Je leur dis ?

– Si tu veux.

– Miss Moore et moi avons tourné et retourné dans notre tête un plan pour rafler le pactole. »

Il nous a expliqué qu’ils avaient décidé de dévaliser une *cantina* mexicaine située plus au sud entre Silver City et Santa Rita, dans un patelin si petit qu’il en avait oublié le nom. Il n’y avait qu’une douzaine de bâtiments, habités par des mineurs, des immigrants et des autochtones colonisés. Mais quand Eugenia y avait effectué une reconnaissance, un samedi soir, elle avait comptabilisé plus de trois mille dollars sur les tables de jeu.

« Et en prime, la maison triche, a conclu mon frère. Un petit groupe peut s’emparer de l’argent en cinq minutes avec la bénédiction de presque tout le monde ;

les seuls dont nous aurons à nous soucier, ce sont les rares Mexicains pouilleux qui voudront récupérer leurs deux dollars de gains. Canty est le seul représentant de la loi dans les parages et Eugenia se chargera de lui. »

Il y eut un silence pendant que chacun digérait l'idée, puis McElhanie a suggéré :

« Et si on fêtait ça par un petit hourra ?

– Assis », a grondé Bryant.

Nous sommes partis de Silver City à cheval dans l'après-midi du samedi. Miss Moore ne nous accompagnait pas. Nous n'avons pas forcé l'allure, car il faisait encore une chaleur brûlante dans le désert et nous voulions que nos montures soient reposées. Nous les avons attachées en ville au crépuscule et nous nous sommes attablés sur des nattes dans un restaurant chinois depuis lequel nous entendions la musique de la taverne.

« Cet orchestre est rudement entraînant, hein ? » a lâché McElhanie.

Personne n'a fait de commentaire. Bob a commandé le même menu pour la bande entière et personne ne s'en est vraiment plaint, car nous nous méfiions tous de la cuisine chinoise. Il s'est avéré que l'entrée était une soupe de céleri translucide à la surface de laquelle flottait une pellicule graisseuse ambrée. Puis on nous a servi un truc avec des pousses de soja, des tubercules blanchâtres et du malachigan qui se délitait, encore plein de sable de la rivière.

Nous avons siroté du thé vert jusque vers huit heures, puis traversé la large rue de la ville avec nos pétards qui saillaient sous nos impers. Nous avons poussé la double porte en bois à vitraux. La *cantina* s'étirait comme une ruelle et baignait dans une fumée de tabac bleutée ; le plancher était ciré, le plafond orné de fleurs de lys vertes en fer-blanc et un groupe mexicain tapageur jouait sur une scène à l'opposé de l'entrée. Des mineurs aux fringues noires comme de la suie et des cow-boys avec des coups de soleil jusqu'aux yeux, d'impressionnantes moustaches et d'imposantes molettes d'éperons, se tenaient devant le bar en acajou, une botte sur la barre en cuivre du repose-pieds.

La gauche et le fond de l'établissement étaient occupés par des tables de jeu en acajou elles aussi, autour desquelles étaient installés toute sorte d'as de la gâchette qui s'exprimaient pour la plupart en espagnol et dont certains flattaient au travers de robes de mousseline brunâtres la croupe de putes mexicaines dépourvues de sous-vêtements.

Bryant s'assit en compagnie de quelques Mexicains, déboursa vingt-cinq cents en échange d'une lampée de mescal et décrocha le gros lot, car il récolta le ver de la bouteille, qu'il mâcha avec un grand sourire – ce qui ne lui valut pas que des amis.

McElhanie paya une bière chaude à l'une des deux prostituées blanches de la maison et lui parla à l'oreille pendant près d'une demi-heure, avançant de temps à autre la langue pour lui lécher le cou tandis qu'elle grimaçait. Enfin, il parvint à un accord avec elle et la suivit derrière un rideau en velours vert jusqu'à une cambuse basse de plafond à peine assez grande pour un lit et une cuvette. McElhanie se contenta de se déboutonner et il fut de retour avant que Bob et Bitter Creek n'aient le temps de trouver des places libres à une table de faro.

Ce jeu était en vogue à l'époque ; presque plus personne n'y joue de nos jours. Les treize cartes de pique étaient dessinées à la laque sur la table et vous misiez sur autant d'entre elles que vous le souhaitiez. Sur sa gauche, le banquier retournait la première carte du jeu. Sur sa droite, il révélait la seconde et toutes les mises sur la carte peinte de rang identique étaient perdues. Il posait la suivante à sa gauche et tous ceux qui avaient parié sur la carte de pique correspondante gagnaient. Même les imbéciles étaient capables de jouer à ce jeu, ce qui fut sans doute à l'origine de sa disparition.

À la *cantina*, le rôle de banquier avait été attribué à un joueur professionnel officiant sous le nom de Fancy Jack, « Jack l'élégant ». Il avait aux pouces des bagues qui scintillaient de l'éclat du verre et un chapeau blanc à plume rouge. C'était là toute l'étendue de son élégance. Ses ongles étaient ourlés de noir et son costume sombre maculé de taches blanches de sueur. Bob et Newcomb se sont finalement attablés en face de lui et, tout en distribuant les paires de cartes, Fancy Jack les harcelait de questions comme : « Vous avez voté lors des dernières élections ? » Ou « Vous avez déjà mangé des moules d'eau douce ? »

Je me suis assis dans un coin à une table d'inconnus et me suis fait lessiver en un rien de temps par un Mexicain aux dents couleur maïs qui s'esclaffait et tapait de la main sur le sabot, chaque fois qu'il ratissait mon argent dans sa chemise. Chaque fois que quelqu'un perdait, il avait soin de se dandiner un peu de manière à faire tinter les pièces en argent.

Je me suis posté au comptoir pour faire le guet, mal à l'aise à la vue des centaines de revolvers disséminés dans la salle. Bob m'a offert un doigt de whisky et nous avons discuté du fusil Remington Rolling-block de calibre .50, aussi connu sous le nom de Remington Buffalo Gun.

« M'est d'avis que cette beauté a un sacré coup de reins, ai-je supputé. Il paraît qu'un mineur de Creede, dans le Colorado s'est fait tirer dans la tête avec un de ces engins alors qu'il ouvrait une boîte de sardines et qu'on a retrouvé des cheveux à lui jusque chez l'essayeur de métaux de Pueblo, à plus de deux cents kilomètres de là.

– Ces jeux sont truqués, a répliqué Bob. Personne ne risquera sa peau pour la maison. J'en ai le pressentiment. »

Et il m'a laissé devant son verre de whisky, que j'ai bu par minuscules gorgées, tous les quarts d'heure à peu près.

Pendant ce temps-là, à Silver City, Miss Eugenia Moore achevait de dîner avec le marshal Ben Canty. Celui-ci trempa une tranche de pain dans le jus de sa viande et sauça son assiette. Tout en mâchant, il se lissa la moustache avec un petit peigne et Miss Moore l'informa que nous étions partis chercher du boulot dans cette région mal définie à la jonction du Texas, du Kansas et du Colorado surnommée No Man's Land et qu'elle-même s'apprêtait à partir pour Denver, plus au nord, à la fin de la semaine.

Canty la dévisagea.

« Navré d'apprendre que Bob et vous, vous vous séparez comme ça », lâcha-t-il finalement.

Il la raccompagna chez elle, s'assit sur le lit et se pencha pour examiner les fusains étalés dessus.

« Vous avez un sacré coup de crayon », la complimenta-t-il.

Elle lui apporta du café dans une tasse en fer-blanc et ils burent face à face.

« Quel genre de boulot ils recherchent ? se renseigna encore Canty.

– Une place dans un ranch, je suppose.

– Je croyais que c'étaient des esprits forts ces temps-ci. Je croyais qu'ils se passaient d'emploi régulier. »

Eugenia prit place à côté de lui et se laissa aller en arrière contre un oreiller, écrasant un dessin de fleurs dans un vase.

« Vous faites allusion au vol de chevaux… Je suis à peu près certaine qu'ils y ont renoncé. Mais je comprends l'attrait de la vie de hors-la-loi. Prenez un métier comme le vôtre. Vous êtes entravé, borné par ces lois et ces règles mêmes qu'il vous revient de faire respecter. »

Il s'appuya en arrière sur une main et abîma un croquis d'arbres dominés par la flèche d'une église.

« Vous voulez que je fasse traîner quelque chose, c'est ça ? Qu'est-ce que j'en retirerais en échange ?

– C'est ma dernière soirée en ville, a répondu Eugenia. J'aimerais qu'elle soit inoubliable. »

Canty réfléchit, fit tourbillonner son café au fond de sa tasse et le but. Il considéra Miss Moore, puis ses bottes :

« Des fois, on ne fait rien d'important de la journée, philosopha-t-il. Des fois, elle s'étire en longueur. »

Sur le coup de dix heures, toute la bande s'est retrouvée accoudée au bar, à rouspéter à voix basse auprès d'inconnus contre la façon dont les banquiers distribuaient les cartes, histoire que nous ayons l'air d'avoir une excuse pour ce que nous nous apprêtions à faire. Newcomb a été le dernier à perdre tout son argent, victime d'un tirage chanceux en faveur de la banque au dernier tour. Il s'est levé en renversant sa chaise et s'est campé à l'écart du reste d'entre nous pour boire. Il a ouvert son manteau et découvert la crosse de son revolver. Le barman lui tournait le dos et lavait des verres dans un bac en écoutant une *señorita* qui lui parlait.

« Sur qui il faut cogner pour qu'on vous serve dans ce tripot ? s'est exclamé Newcomb.

– C'est à moi que tu causes, nabot ? a rétorqué le barman.

– En tout cas, c'est pas au crachoir », l'a remballé Newcomb.

Le barman a tendu la main vers la poignée d'une pompe à bière, Newcomb a dégainé et le reste de la bande a brandi ses Colt dans tous les sens. On aurait pu être des machines agricoles tellement on a réagi au quart de tour, en même temps.

« Mains en l'air ! s'est écrié Bob. Tout le monde ! »

« *Bandidos !* » a hurlé l'une des putains.

La musique s'est interrompue. Fancy Jack a prestement enroulé ses billets de banque et les a dissimulés dans sa bouche. Tous les types véritablement dangereux dans la salle se sont bornés à nous foudroyer du regard et à lever les mains avec lenteur.

« Vous n'avez pas l'air bien apeurés, ai-je gueulé, mais vous devriez. J'ai limé la gâchette de ce joujou et la détente est des plus chatouilleuses. Que personne bronche, c'est pigé ? Sinon vous risquez d'écoper d'un tunnel gros comme une bouteille de bière dans la tronche. »

Blackface Charley Bryant avait un flingue dans chaque main – un pistolet pour dame et un Peacemaker – et il n'arrêtait pas de pivoter sur lui-même au milieu de la foule. McElhanie et Newcomb ont raflé l'argent sur les tables et fouillé les croupiers, afin de leur soutirer leurs portefeuilles et leurs ceintures porte-monnaie. Bob s'est avancé sur le comptoir en décochant des coups de pied dans les chapeaux, ainsi que dans les verres ou les bouteilles qui fracassaient la glace en se brisant, et il a fait main basse sur les billets retenus par des ressorts dans le tiroir-caisse.

Le petit Newcomb a délesté Fancy Jack, le banquier qui l'avait arnaqué, de son or et de son argent, puis l'a presque distraitement frappé à la bouche avec son arme. Du sang et des molaires ont giclé sur une huile de coucher de soleil suspendue au mur. Fancy Jack est tombé à genoux. Il m'a paru avoir sacrément mal. Il a recraché un rouleau de billets ensanglantés.

Chaque membre de la bande était muni de deux chaussettes rouges en laine reliées par une solide ficelle ; nous les avons passées derrière notre nuque et le poids des pièces les a maintenues en place. Nous ne nous sommes pas embarrassé des bijoux, des montres, des diamants ou de ce que les prostituées pouvaient cacher sur leur personne. En moins de quatre minutes, nous nous sommes repliés vers la porte à reculons dans un silence uniquement troublé par les éperons texans de Bryant.

« Ça vous apprendra à être hospitaliers avec les étrangers », a proclamé Bob.

Nous avons sauté sur nos chevaux et fait feu sur les vitraux. J'ai caracolé sur mon cheval en tirant au hasard jusqu'à ce que McElhanie empoigne les rênes de la mule, puis nous avons tous les cinq décampé en canardant à tout va. Les volets de quelques habitations se sont ouverts avec fracas et quelques types se sont penchés au-dehors, mais une douzaine de joueurs seulement se sont précipités dans la rue les armes à la main. Presque aucun d'entre eux n'a fait feu sur nous.

Nous avons galopé jusqu'à ce que les bêtes n'en puissent plus, jusqu'à ce que nous n'apercevions quasiment plus les lumières de la ville ; nous nous sommes ensuite aventurés à reprendre le pas et à compter le butin que contenaient nos chaussettes en fumant des cigarillos que nous a offerts Bryant. Nos montures frissonnaient tandis qu'elles se refroidissaient. Newcomb a jeté toute sa petite monnaie.

Nous nous soulagions et nous abreuvions nos chevaux quand l'aube a commencé à révéler les contours des alentours. Bob a grimpé en selle et scruté le paysage ras derrière nous. Il a repéré ce qu'il a d'abord pris pour une tornade, avant de reconnaître la poussière soulevée par une cavalcade. J'étais en train d'ôter des têtes de grateron de mon pantalon quand il s'est retourné vers moi.

« Emmett, je crois qu'on nous cherche noise », m'a-t-il dit sur le ton d'un père qui soupçonne son fils d'avoir abandonné l'école et pour qui c'est une terrible déception.

Newcomb a entendu et il a sauté sur sa monture sans prendre la peine de se refagoter. Il s'est dressé dans ses étriers et le temps qu'il crie à McElhanie et à Bryant de se remettre en selle, nous entendions déjà le roulement de tonnerre de chevaux lancés à toute allure.

Nous avons talonné nos montures et nous nous sommes engagés à fond de train dans une ravine asséchée qui débouchait dans un canyon jonché d'arbres morts échoués telles des traverses de chemin de fer. Nous avons fait faire demi-tour à nos bêtes et sorti nos fusils de nos fontes de selles, puis nous avons reculé vers la falaise jusqu'à ce que la queue de nos chevaux effleure la paroi abrupte.

Le détachement de la *cantina* se composait de sept hommes, dont cinq coiffés de sombreros. Ils ont tiré sur leurs rênes et se sont immobilisés à une distance d'un pâté de maisons pour délibérer de la situation tandis que leurs montures se bousculaient et se chamaillaient. Ils étaient si loin que je distinguais seulement leurs bêtes et leurs chemises blanches dans la pénombre matinale.

« J'ai bien l'impression qu'on est en position défavorable, a estimé Bob. Ça nous réussirait sans doute mieux d'être plus bas. »

Nous avons sauté à terre et nous nous sommes enfoncés dans la boue jusqu'aux chevilles. Bob s'est abrité au milieu des racines touffues d'un arbre. Je me suis accroupi dans une mare verdâtre grande comme une nappe. Les autres se sont dispersés.

« Je m'endors, là », a fanfaronné Newcomb, mais seul McElhanie a rigolé.

Nos poursuivants ont poussé des cris en espagnol et agité leurs pistolets, puis ils ont chargé droit sur nous avec ce que d'aucuns plumitifs auraient qualifié de clameurs à vous glacer le sang. Ils ont abaissé leurs armes et leurs bras se sont cabrés lorsqu'ils se sont mis à faire feu. Des éclats de pierre ont rejailli sur les chevaux, qui se sont ébroués et écartés, les yeux exorbités. McElhanie a été le premier de la bande à riposter, puis Bob, Newcomb, Bryant et moi l'avons imité. Les Mexicains ont répliqué et leurs mains armées ont à nouveau tressauté, tandis qu'ils freinaient et voltaient de-ci de-là sur leurs montures.

Les impacts piquetaient la muraille en terre ; l'un des chevaux des Mexicains s'est effondré après qu'un tir de Bryant lui a fendu un sabot. J'ai visé à la gorge un type avec deux cartouchières croisées en bandoulière et, à la place, je l'ai atteint à la cuisse. La plaie s'est épanouie en rosette et l'homme a tendu la main vers elle en faisant pivoter son cheval.

C'est alors qu'une balle perdue tirée par un Mexicain a ricoché sur une poêle sanglée sur la mule et s'est logée dans mon épaule droite. Le choc m'a projeté en arrière et je me suis retrouvé assis dans l'eau à contempler ma douleur. J'avais la sensation d'avoir reçu un coup de pied-de-biche dans le bras. Du sang me dégoulinait entre les doigts.

Bob m'a demandé si ça allait et j'ai hoché la tête.

« Et si on passait à l'attaque ? » s'est-il exclamé, avant de s'élancer vers l'ennemi en bondissant par-dessus les arbres morts.

Tandis que les Mexicains vidaient leurs barillets et rechargeaient, perchés sur leurs montures qui piaffaient et regimbaient, la bande des Dalton s'est hissée en selle et a piqué des deux en vociférant en direction du détachement, avant de le pourchasser quand celui-ci a commencé à battre en retraite. Bob et les autres avaient dégainé leurs pistolets et une des dragées de .45 de Bob a labouré l'encolure d'un des canassons, qui a chuté. Son cavalier s'est dégagé et a vidé son revolver en boitillant. Trois des Mexicains avaient la tête enfouie dans la crinière de leurs chevaux et fuyaient vers l'est ; l'homme à pied est monté en croupe derrière un de ses compagnons avec un stetson noir et sous peu, nos frileux poursuivants avaient disparu, repartis plus vite encore qu'ils étaient arrivés.

McElhanie a poussé des hululements et des glapissements ; Newcomb s'est pavané sur ses ergots en braillant des injures dans la direction du détachement ; Bryant a attaché les chevaux et abattu celui qu'il avait blessé. Bob a essuyé sur la jambe de son pantalon la poudre noire qui encrassait son revolver, puis a plaqué le canon contre ma joue.

« Sens-moi ça, m'a-t-il glissé. Il est brûlant.

– J'en déduis qu'on les a mis en déroute.

– "Le méchant fuit alors même que personne ne le poursuit" », a récité Bob.

J'ai enlevé mon manteau, puis ma chemise et j'ai versé de l'eau sur ma blessure avec une gourde. Des lambeaux de peau pareils à de la dentelle pendillaient. Le sang me recouvrait le bras, tel un manchon.

Bob s'est agenouillé et a tripatouillé le trou avec inquiétude, retirant des morceaux de fil et de tissu.

« Je dirais que tu as bien mérité ta part, Em », a-t-il lâché.

J'ai tamponné la plaie avec la manchette de ma chemise.

« Je sens le pruneau avec le doigt, Bob. Je le devine aussi nettement qu'une boule de gomme dans ta joue. Tout ce qui me faut, c'est un bon feu, un couteau bien aiguisé et du whisky.

– C'était bien comme ça que je le voyais. »

La nouvelle de l'attaque parvint au marshal Canty alors qu'il prenait son petit déjeuner. « Eh ben ça, pour une surprise… » marmonna-t-il. Il commanda une autre tasse de café, puis entreprit de rassembler un détachement d'hommes de confiance. Et comme il était si chamboulé, il était presque midi lorsqu'il finit par seller son cheval – encore une de ses journées qui s'étiraient en longueur.

Miss Eugenia Moore quitta Silver City ce dimanche après-midi-là à bord d'une victoria tirée par un attelage de location qu'Eugenia ne devait jamais restituer. Tous ses objets de valeur étaient rangés dans des cartons à chapeau. Elle fit halte à une cabane de pionnier à l'abandon, où elle revêtit une chemise bleue d'uniforme de cavalerie, un pantalon fauve en velours et se noua un bandeau autour de la tête sans mettre de chapeau. D'un claquement de langue, elle fit bifurquer ses bêtes sur une piste déserte qui s'enfonçait dans le territoire de l'Oklahoma et s'arrêta pour prendre en charge deux hommes debout à côté de leurs montures, qui se roulaient des cigarettes avec du tabac Bull Durham. L'un d'eux était Blackface Charley Bryant, l'autre Emmett Dalton. J'avais le bras en écharpe et je faisais la grimace au moindre mouvement. J'ai pris place à l'avant et Bryant s'est allongé à l'arrière pour fumer.

« Bob et McElhanie sont dans un train à destination de la côte Ouest avec la mule et six cents dollars, ai-je annoncé. Ils vont chez mon frère Bill, près de Paso Robles, en Californie. Mon frère vous préviendra une fois qu'il sera installé là-bas. Je devrais être avec eux, mais je me suis fait assaisonner par une saleté de Mexicain. Il m'a eu à l'épaule.

– N'importe qui d'autre serait au tapis », m'a consolé Eugenia avec une expression compatissante.

Je n'ai rien répondu. Je me suis contenté d'observer le panorama sans relief tandis que nous cahotions en direction de l'est et du ranch isolé de Big Jim Riley où nous devions nous planquer tous les trois cet hiver-là ; Newcomb, lui, avait regagné sa concession près de Guthrie.

J'ai passé cette nuit-là tassé dans mon manteau, tourmenté par des élancements à l'épaule aussi aigus que le crissement d'une lame de scie ripant sur un clou dans une planche. Je ne pouvais pas somnoler ; je ne pouvais pas imaginer les femmes pâles et dénudées du jeu de cartes de McElhanie ; je ne pouvais que me rappeler l'odeur du fût huilé de mon fusil contre ma joue et du reflet bleuté du canon quand je l'avais braqué sur le cheval cabré de cet homme aux cartouchières croisées.

C'est alors, dans cette voiture gémissante, que j'ai entrevu à quel point la mentalité de hors-la-loi était effrayante. Acculés comme nous l'étions, l'idée de viser à la gorge un type auquel je n'avais rien à reprocher quelques minutes plus tôt m'avait paru la chose la plus naturelle et la plus raisonnable du monde et mon doigt s'était refermé sur la détente aussi spontanément que si je m'étais gratté l'œil.

J'ai considéré Bryant, voûté en avant à côté de moi, qui conduisait l'attelage et assénait de temps à autre un coup de rênes sur la croupe d'un des chevaux, pendant que Miss Moore dormait, pelotonnée sous une couverture tirée d'un carton à chapeau.

« À l'endroit où la balle est rentrée, ça fait du bleu, du rouge et une nuée de petits points blancs – ça doit être des esquilles, ai-je déclaré, faute de sujet de conversation. Je pense que ça va bien cicatriser. »

7

Grattan était entre-temps arrivé à la ferme céréalière de mon frère Bill, mais il n'y séjourna pas longtemps. Sa belle-sœur se plaignit de lui, de même que l'épouse de mon frère Littleton, aussi s'en fut-il avec son sac de couchage sous le bras et emménagea-t-il au Grand Central Hotel de Fresno où le mobilier n'était pas aussi fragile et où il pouvait s'envoyer des putes à trois dollars dans sa chambre et boire jusqu'à ce qu'il donne du front sur la table.

En ce temps-là, il avait adopté la profession de joueur professionnel. Il abordait au bar n'importe quel inconnu affublé d'un pantalon rayé ou d'une veste à carreaux, se montrait aimable et souriait de toutes ses dents brunâtres pendant une heure environ. Il entraînait ensuite le quidam jusqu'à une table de jeu, où il se mettait à tricher impudemment, comme s'il jouait à un niveau intellectuel supérieur. Il fusillait du regard tous ceux qui remettaient en cause son interprétation des règles jusqu'à ce qu'ils se lèvent de leur chaise et s'en aillent. Un jour, il estourbit un type avec un crachoir, puis le traîna dehors, où il lui écrasa la figure contre le bord du trottoir. L'homme roula sur lui-même, en sang, mais ses dents restèrent incrustées dans les planches. On aurait dit un bracelet blanc perdu là par quelqu'un.

Patrick J. Conway, le barman, ami d'un temps de mon frère, s'arrangea pour faire circuler cette effroyable anecdote et les gains de Grattan s'accrurent sensiblement, bien qu'il en reversât dix pour cent à son acolyte.

Grat finit cependant par remarquer, carré dans un fauteuil à oreilles, un résident de l'hôtel qui fumait tous les soirs jusqu'à la bague un long cigare en observant mon frère à l'œuvre au stud à cinq cartes. Il s'agissait d'un homme de grand gabarit, avec une moustache noire, dont le visage était défiguré par des ulcères bruns suintants qui rongeaient le rose de ses joues et qu'il tamponnait avec un mouchoir. Il ne devait pas vivre beaucoup plus vieux que Grat.

Un soir, l'inconnu acheta le journal local de Fresno et en lut les douze pages d'un bout à l'autre ; après quoi il replia le quotidien, le laissa tomber à ses pieds et alla s'asseoir à la table de mon frère, qui battait des cartes, seul.

« À quel jeu jouez-vous, Mr Dalton ?

– Je les connais tous. Qu'est-ce qui vous ferait plaisir ? »

Son interlocuteur sourit et se pencha en avant, les mains sous la table. Grat reçut un coup avec le canon d'un revolver dans l'entrejambe. Il réprima une plainte et tenta d'attraper l'arme, mais le chien cliqueta.

« Une femme m'a un jour demandé quel effet ça faisait, un gnon dans les roustons, médita l'agresseur de mon frère. Je lui ai répondu que c'était un peu comme se faire arracher un œil à la petite cuillère. Cela vous semble plutôt exact ? »

Grat s'écarta de quelques centimètres de la table.

« Mon nom est William Smith, poursuivit l'homme. Je suis le chef des enquêteurs spéciaux de la compagnie de chemins de fer Southern Pacific. Je n'ai pas une mine plaisante et ma personnalité est encore plus déplaisante. Voilà pour les mises en garde. Vous êtes l'un des frères Dalton. Les circulaires des chemins de fer indiquent que vous vous êtes bien amusés à l'est, dans les Territoires, à voler des chevaux, etc. On raconte que vous êtes des cousins de Cole Younger et que vous avez été représentants de la loi. Je vous avouerais qu'avec pareil pedigree, je ne vous fais pas confiance pour deux sous.

– Vous pourriez éloigner ce pistolet ? le pria Grat. Ça a tendance à me distraire. »

Smith se rassit au fond de sa chaise et reprit :

« La Southern Pacific de Mr Leland Stanford et la Wells Fargo Express Company se sont fait dévaliser douze mille dollars par des bandits à Pixley en 1889 et vingt mille de plus cette année. Ces deux attaques sont pour moi des flétrissures plus infâmes encore que la bouillie qui me sert de gueule. Ce sont des hontes personnelles telles que je n'en tolérerai plus d'autre. Que ce soit bien compris : vous vous approchez d'un de mes trains, je vous troue la cervelle. »

Grat eut un sourire et se pencha à son tour en avant, les joues calées sur ses poings.

« Vous impressionnez peut-être les trimardeurs, les bagagistes et les gosses qui jettent des mottes de terre sur les wagons en les menaçant de leur couper leur petit oiseau, mais j'ai déjà arraché le lobe d'oreille d'un type avec les dents avant de l'avaler, donc vous m'excuserez si je ne me pisse pas franchement dessus après votre petit laïus. »

L'homme de la Southern Pacific se leva de sa chaise et rengaina son revolver nickelé dans son étui de ceinture :

« On m'avait bien averti que vous étiez stupide. »

Grattan n'était pas le seul des Dalton que Smith avait à l'œil en Californie. Il surveillait aussi notre frère Littleton, qui était bien plus âgé que nous et aussi pépère qu'une salopette, ainsi que Bob et McElhanie, qui débarquèrent chez notre cousin Sam Oldham à Kingsburg en novembre. Il affirma même que McElhanie n'était autre qu'Emmett Dalton sous un faux nom. Je suppose qu'on se ressemblait un peu. Et Smith surveillait aussi mon frère Bill, qu'il tenait pour le plus dangereux d'entre nous.

William Marion Dalton mesurait un mètre quatre-vingt-cinq et, en 1891, il avait vingt-huit ans, soit sept de plus que Bob et deux de moins que Grat. Il avait épousé en 1883 une dénommée Jenny Blivens du comté de Merced, la fille d'un agriculteur prospère. Bill était un homme heureux, prompt à décocher des clins d'œil et à donner des claques dans le dos, un homme qui avait la mémoire des noms, de grandes ambitions politiques, les yeux bleus et une barbe semblable à celle du défunt président Lincoln. Il parlait comme un éditorialiste et il était aussi populaire à Clovis et à Paso Robles que le clown de la classe dans une école de garçons. Les compagnies de chemin de fer et leurs représentants étaient ses ennemis intimes, le « ils » récurrent de toutes ses phrases. Il avait été directeur de campagne pour Ed O'Neill lorsque celui-ci avait été élu shérif du comté de Fresno sur la liste électorale hostile aux chemins de fer, et il était le fils que n'avait jamais eu T. W. Breckinridge, un avocat pénaliste respecté.

Il les avait tous deux invités à dîner avec leurs épouses et, après le rôti de porc et la tarte à la rhubarbe, il était allé embrasser ses enfants dans leur lit, puis avait rejoint ses amis au salon pour fumer des cigares verts pendant que les femmes faisaient la vaisselle et chantaient des cantiques. Ils évoquèrent tous trois une éventuelle candidature à l'assemblée de Californie. Bill pouvait se présenter soit en tant que démocrate, soit en tant que populiste, et il bénéficierait vraisemblablement du soutien financier d'Adolph Sutro, le pamphlétaire hostile aux chemins de fer. Mon frère avait écouté les louanges qu'on lui adressait en faisant rouler son cigare entre ses lèvres.

C'était alors qu'un certain Mr Smith de la Southern Pacific, tout en sourcils et en épaules, avait frappé à la porte avec circonspection et que Bill lui avait ouvert.

« Vous êtes un électeur ? » s'était enquis mon frère avec un grand sourire.

Smith se présenta, Bill répliqua en plaisantant qu'il le laisserait quand même entrer et le responsable de la sécurité s'installa sur le bord d'une chaise qu'on avait ramenée pour lui de la salle à manger en appliquant un mouchoir sur ses joues. Breckinridge se servit un bourbon et se posta à l'écart, d'où il observa le shérif O'Neill, dont le trait le plus saillant était son nez (à tel point qu'on le surnommait « le mulot » quand il était gamin), qui causait boutique avec Smith histoire de meubler la conversation. O'Neill demanda à Smith ce que donnaient les bénéfices de la Southern Pacific et si on avait déterminé qui étaient les auteurs des deux dernières attaques. Breckinridge rapporta un verre à Bill et se rassit. Mon frère et lui prêtaient l'oreille comme s'ils n'avaient rien de mieux à faire. O'Neill voulut savoir si la Southern Pacific avait adopté des mesures de précaution supplémentaires pour empêcher les coups de main contre les voitures de messagerie.

« On est à l'affût des suspects potentiels, déclara Smith. C'est le plus important.

– Ah, fit Breckinridge. C'est bien.

– Il y a ici beaucoup de non-dit, alors je vais mettre les pieds dans le plat, lâcha Smith en se tournant vers mon frère Bill. Je vous prédis un avenir radieux, Dalton. Peut-être même que vous serez un jour président. Gardez simplement vos distances avec vos frangins.

– Mes frères sont des gens très bien, objecta Bill. Ils sont jeunes, c'est tout.

– Ils sont casse-cou, ils sont irréfléchis et ils ne vivront pas vieux », lui opposa Smith – sur quoi il se leva et partit.

Mon frère Bob et McElhanie avaient dans un premier temps dormi dans le cellier à fruits de mon frère Littleton, qui avait dans les trente-cinq ans, mais se comportait comme s'il était bien plus âgé. Il avait une épouse sévère, une barbe noire qui le faisait ressembler à un mormon, il ne décrochait presque jamais un mot et sa femme et lui allaient se coucher tous les soirs à huit heures. Bob décréta que c'était le purgatoire, aussi McElhanie et lui passèrent-ils ensuite le plus clair de leur temps chez notre cousin Sam Oldham, qui possédait une maison à un étage près de Kingsburg, à jouer au rami ou au *pitch*[1] et à marcher dans la rue à la hauteur de filles qu'ils ne connaissaient pas, en vue de s'aboucher. Ils se rendirent un samedi soir à un bal à l'hôtel Brick, où ils jouèrent les durs et se pavanèrent du côté de la salle réservée aux dames, le pistolet dans le pantalon, disposé de manière à suggérer une érection. Pour finir, un conseiller municipal mielleux flanqué de deux gros bras avait interrompu Bob durant une danse pour l'informer que les voyous armés n'étaient pas les bien-

1. Jeu de cartes similaire à la belote. (*N.d.T.*)

venus en ville, puis plus tard, Bob avait eu une empoignade avec deux cochers et, au matin, il s'était réveillé sur un oreiller encroûté de sang.

Le lendemain, Bob et McElhanie abandonnèrent Kingsburg ; ils embarquèrent leurs chevaux dans le wagon à bestiaux et prirent place dans la voiture fumeurs à l'avant du train numéro 17, surnommé l'Atlantic Express, qui reliait San Francisco à Los Angeles. Ils séjournèrent pendant deux jours dans une station thermale, où ils prirent des bains de vapeur, burent de l'eau minérale et jouèrent au bowling sur une pelouse verdoyante. Bob écrivit une lettre à l'intention d'Eugenia Moore qu'il adressa au ranch de Jim Riley. Ils mangèrent des oranges cueillies à même l'arbre et retroussèrent leur pantalon pour patauger dans le Pacifique. McElhanie s'avança dans l'océan jusqu'aux genoux et se retourna vers mon frère, radieux.

« Je dirais que c'est là un bien bel exploit pour un simple vacher de l'Arkansas, se rengorgea-t-il.

– William, tu auras une vie longue et heureuse », commenta Bob.

Lorsqu'ils retournèrent chez notre frère Bill, Bob offrit à ses nièces des poupées avec des têtes en porcelaine et envoya à notre mère deux billets de cinquante dollars à l'effigie de Ulysses S. Grant.

Le shérif O'Neill ne vint pas pour le repas de Noël, alors qu'il avait pourtant accepté l'invitation et Breckinridge s'attarda à peine le temps de se rendre compte depuis le seuil que Bob était là et de placer ses cadeaux sous le sapin.

« Qu'est-ce qu'il y a ? s'émut Bob. On est contagieux ?

– Non, c'est juste que vous êtes des suppôts de Satan », blagua Bill.

Un matin, comme il ressortait des cabinets, uniquement vêtu de son pantalon, Bob remarqua un homme avec des ulcères violacés sur le visage qui le fixait, juché sur son cheval, mais l'inconnu s'éloigna sitôt que mon frère soutint son regard. Quelques instants plus tard, alors qu'il traversait la cuisine en boutonnant sa chemise, Bob avisa Bill debout près de la fenêtre du séjour, dont il tenait écartés les rideaux de dentelle.

« Je crois qu'il est temps que vous nous quittiez », annonça Bill.

Bob et McElhanie obtempérèrent. Ils chevauchèrent jusqu'au comté de Tulare, où ils plantèrent le camp près d'une voie ferrée, au milieu d'arbres fruitiers, et bouquinèrent des livres qu'ils avaient empruntés, imprimés sur du papier si fin que vous discerniez vos doigts au travers, et dont Bob se lassait au bout de dix ou douze pages, de sorte qu'il était sans cesse en train de fourrager dans le sac. Grat lui apporta une lettre écrite à l'encre rouge qu'Eugenia Moore avait postée six semaines plus tôt et qu'elle avait signée Daisy Bryant. Elle y disait qu'elle en avait assez de jouer à la maman et à la nounou avec tous « les cow-boys à six mains » du ranch de Jim Riley.

Des flocons mouillés tombaient derrière la vitre, elle écrivait à la lueur d'une bougie et Bob lui manquait terriblement. Mon frère lut la lettre à voix haute à McElhanie, puis se la fit relire par Bill. Quand McElhanie et lui firent un saut à Fresno pour le week-end en février, Bob oublia derrière lui, près du feu, une paire d'éperons dont le cuir était craquelé et dont l'une des molettes étoilées était grippée par la rouille. Ces éperons se transformèrent en pièces à conviction.

Car le 6 février 1891, trois bandits masqués prirent d'assaut l'Atlantic Express de la South Pacific lors d'un ravitaillement en eau à Alila. Ce n'était pas nous, mais ce fut quand même les Dalton que l'on accusa. La gaucherie même des malfaiteurs, si peu caractéristique de nos méthodes, constituait la meilleure preuve de notre innocence. Il n'y avait pas eu d'argent volé, car le mécanicien avait fait feu à quatre reprises sur les voleurs, qui s'étaient dégonflés et avaient bondi hors de la voiture en tirant au petit bonheur la chance, comme si leurs pistolets leur tremblaient dans les mains. Le chauffeur avait cependant été touché à l'estomac alors que les criminels fuyaient en direction de leurs montures et il était mort le lendemain dans l'après-midi, en crachant du sang dans une bassine.

La Southern Pacific avait affecté à l'enquête sur cette tentative de vol à main armée et ce meurtre l'agent spécial W. E. Hickey, qui s'était vu assigner le détective Will Smith comme assistant. Et ce fut avant même d'avoir entrepris la moindre investigation que Smith s'installa à un bureau à cylindre au dépôt ferroviaire de Fresno pour rédiger un télégramme à l'attention de Hickey, à San Francisco. À la suite des mots « Principaux suspects » figuraient Grattan Dalton, William Marion Dalton, Robert Renick Dalton, Emmett Dalton et Jack Parker.

Parker étant la marque du stylo à encre qu'il utilisa.

Mon frère Bob et McElhanie, le garçon auquel je ressemblais, résidaient à ce moment-là avec Grat à l'hôtel Grand Central de Fresno, où ils consacrèrent la majeure partie de leurs journées à jouer jusque vers le milieu du mois de mars, et ils prenaient leur petit déjeuner à une table couverte d'une nappe en lin quand, un beau jour, après avoir enfourné un toast dans sa bouche, Conway, le barman avec qui Grat s'était lié et qui vivait sur place s'approcha pour évoquer avec Grat l'attaque d'Alila et la traque des meurtriers. Il n'arrêtait pas de répéter : « Je me demande bien qui a pu faire le coup. » Puis, avant le début de sa journée de travail qui débutait à deux heures, il s'était rendu au bureau du shérif O'Neill, où il avait relu la circulaire affichée au mur promettant « une récompense de 5 000,00 $ pour l'arrestation et la condamnation de tous les individus impliqués dans la tentative de vol ».

Pendant ce temps-là, des hommes de Smith fumaient des cigarettes roulées et prenaient des notes, perchés sur leurs chevaux devant le domicile de Bill. Ils suivaient Grat partout et le 3 mars, le shérif O'Neill l'arrêta, puis le conduisit aux frais de la Southern Pacific jusqu'aux bureaux de la sécurité de la compagnie à San Francisco, où, d'après un quotidien de la ville, l'*Examiner*, étaient aussi interrogés Cole Dalton et Jack Parker. Ce qui n'était que foutaises.

Attablé dans sa cuisine en compagnie de Breckinridge, Bill ne put qu'enrager en parcourant les journaux locaux.

« Tu penses qu'il y a moyen de sauver les meubles ? s'inquiéta mon frère.

– Honnêtement, il est trop tôt pour le dire. »

Bob, qui avait toujours su quand s'éclipser, ficha le camp de l'hôtel Grand Central et vécut pendant quelques semaines dans une écurie de louage, dans une ville où l'on produisait du vin et où McElhanie fut un temps embauché pour attacher des ceps de vigne à des échalas.

Grat fut libéré à San Francisco, mais interpellé de nouveau à Fresno par William Smith, qui s'imaginait que ce genre de harcèlement inciterait le reste de la bande à se montrer. Lorsqu'il constata qu'il n'en était rien et qu'il se lassa de s'entretenir avec mon frère,

Smith le relâcha et, sitôt hors de prison, Grat se rendit au bordel, où il passa la nuit, avant de faire halte chez un cireur de chaussures, puis au saloon de l'hôtel Grand Central. Conway, son ami d'un temps, enfila son tablier blanc, lui offrit cinq whiskies et le questionna :

« C'est toi qui as fait le coup, pas vrai ? Tu peux me le dire. C'est toi qui as attaqué ce train à Alila. La description qu'ils donnent, c'est ton portrait craché. »

Grat siffla son dernier whisky et Conway sortit un pistolet de dessous le bar.

« Regarde un peu ce que j'ai dans la main.

– Je crois que j'ai déjà vu un de ces trucs, ironisa Grat. Ça sert à faire du bruit, non ? »

De la main gauche, Conway abattit une fiche cartonnée sur le bar et ânonna ce qui y était inscrit :

« Grattan Dalton, en qualité de citoyen, je vous arrête pour avoir tenté de dévaliser le train 17 dans la soirée du 6 février. »

Grat haussa les épaules, descendit de son tabouret au comptoir et patienta pendant que Conway ôtait son tablier et rangeait l'arme à côté de la caisse enregistreuse avant d'escorter le prévenu jusque dans la rue.

Ce soir-là, se fondant sur des renseignements fournis par le shérif O'Neill, Smith, accompagné de deux adjoints, alla jusqu'à Clovis pour exécuter un mandat d'arrêt à l'encontre de Bill, qui, après avoir boutonné sa veste de costume et embrassé Jenny et les enfants, s'avança dehors avec un grand sourire, les mains bien au-dessus de sa tête. Il salua l'un des adjoints et lui demanda si ça bichait.

Smith entraîna le fils de Bill âgé de quatre ans jusqu'à la véranda à l'arrière de la maison, lui tendit une pastille à la menthe et lui demanda où était Bob. Je n'ai jamais pigé où le petit avait pêché cette idée, mais il répondit : « Oncle Bob est à Seattle. » Smith prit cela pour parole d'évangile et Bob ne fut jamais inquiété par ses poursuivants.

Bill et son escorte se mirent en selle et se dirigèrent au pas jusqu'à la prison du comté, située à Visalia, où, à la clarté jaunâtre d'un bec de gaz, Smith fit à Bill une seconde lecture du mandat d'arrêt à l'intention d'un journaliste.

« Ce que j'aimerais savoir lire comme toi, Smith ! s'extasia Bill. Je parie que les femmes doivent te bouffer dans la main. »

Les preuves contre Bill se limitaient à une paire d'éperons en cuir craquelé censés lui appartenir et avoir été découverts dans une planque des Dalton. Grat et Bill furent inculpés de complicité par instigation, car il fut établi que tous deux se trouvaient dans un rayon de quatre-vingts kilomètres d'Alila le soir du crime. Bob et son acolyte, les auteurs désignés, apprirent cela le 26 mars dans une circulaire ferroviaire qui complétait celle de la fin février et réduisait le montant de la récompense à 3 600,00 $. Au lieu de prendre immédiatement la fuite, ils gratifièrent leurs chevaux d'une ration d'avoine et de maïs et baguenaudèrent l'après-midi entière autour d'une table de billard, appuyés à leurs queues. Ils firent un copieux dîner dans un restaurant où ils ne réglèrent pas l'addition et, vers huit heures, quittèrent la Californie en direction de l'est.

Tandis que, torse nu et un foulard rouge sur la tête, McElhanie et le prince des Dalton cheminaient vers Needles à travers le désert de Mojave, le 6 avril, mes frères Grat et Bill furent introduits dans une salle de tribunal en bois vernis sombre. L'audience était présidée par le juge Wheaton A. Gray, ami de Bill et beau-frère de l'avocat de la défense, T. W. Breckinridge. Celui-ci plaida non coupable et sollicita que Bill soit remis en liberté sous caution personnelle.

« J'admets une certaine sympathie pour vous, exposa Gray, mais je ne peux me permettre davantage de partialité avec mes amis qu'à l'égard d'un étranger. La caution est de quatre mille dollars. »

Comme Bill n'avait pas une telle somme, on le renvoya en prison avec Grat. Le procès fut fixé au 18 mai, puis repoussé à juin. On accumula les preuves peu probantes, que l'on versa au dossier en tant que pièces à conviction. On produisit deux chevaux découverts en train d'errer en liberté et l'on affirma qu'il s'agissait de ceux utilisés pour fuir après l'attaque d'Alila.

« Oh, un peu de sérieux ! » protesta Breckinridge.

Mais ce fut tout. Il tenait pour acquis que le procès n'aurait jamais lieu et en confia la préparation à l'un de ses assistants.

Depuis notre retraite du territoire du Nouveau-Mexique, Bryant, Miss Moore et moi séjournions chez Big Jim Riley, à un peu moins de cent kilomètres de Kingfisher, dans une maison blanche de deux étages pourvue d'une dizaine de gables et d'une véranda ornée de volutes tarabiscotées. Riley était un gros type jovial et fier-à-bras dont le rire imprévisible était aussi retentissant qu'une porte qui claque. Il avait pour épouse une squaw bistrée qui paraissait se tenir à longueur de journée à côté de la bouilloire dans la cuisine et se déplaçait pieds nus dans la maison, les jupes retroussées au-dessus du genou. Grattan avait vendu pour le compte de Riley des caisses de whisky bourbeux aux Indiens et ces transactions avaient été si lucratives pour notre hôte qu'il se sentait redevable à tous les Dalton. Pour un dollar par semaine chacun, il nous logeait donc tous les trois dans une longue pièce jaune ensoleillée au parquet en chêne, qu'un décorateur de l'Est avait envisagée comme une salle de musique et à travers laquelle Bryant tendit des cordes à linge afin qu'Eugenia puisse y suspendre des couvertures de démarcation.

Bryant dormait par terre sur un matelas rayé comme une salopette de cheminot et tellement taché que je m'attendais presque à ce que des légumes en germent au printemps. Je disposais pour ma part d'un lit de camp en acier, d'une courtepointe à carreaux et d'un fauteuil à bascule dans le dossier duquel étaient sculptées des nymphes jouant du flûtiau dans une clairière. Je pouvais demeurer des heures dans ce rocking-chair, à contempler la neige qui se déposait sur les meneaux des fenêtres ou à écouter le grattement du stylo d'Eugenia rédigeant une lettre pour mon frère Bob.

Elle resta pour l'essentiel sur son quant-à-soi cet hiver-là. Allongé sur mon lit, je relevais parfois du bout du pied la couverture de séparation et j'entrevoyais les poils blonds de ses chevilles comme elle allait jusqu'à sa table à rallonge ou une bottine verte qui montait et descendait, actionnant la pédale de sa machine à coudre, ou un pied nu qui s'élevait du lac étale de son peignoir sur le sol, avant de l'entendre tordre l'éponge dans sa cuvette blanche en terre de fer tandis que des gouttes d'eau s'écrasaient au sol et pailletaient un magazine abandonné par terre. Le samedi, elle avait le droit de se servir de la baignoire à pattes de lion de la cuisine et après le dîner, elle et moi, nous fumions ensemble des cigarillos noirs pendant qu'elle me faisait la lecture à haute voix. Les cow-boys du ranch lui rendaient constamment visite ; ils lui faisaient cadeau de boîtes de confiseries, de dattes, de fruits secs et se comportaient avec elle comme si la reine leur avait fait l'honneur d'une audience. Entendre la voix d'une femme et la gratifier d'un baisemain au moment de prendre congé leur suffisait – même si certains tendaient à se montrer inconsidérés quand ils étaient ivres, si bien que j'étais obligé de les assommer avec un cendrier en bronze de l'hôtel Savoy.

Mes frères nous avaient adressé depuis la Californie des lettres et des télégrammes nous informant des menées de la Southern Pacific, aussi Eugenia ne fut-elle guère surprise quand, en mars, le marshal adjoint Ransom Payne se présenta pour interroger Riley sur Newcomb, Bryant et McElhanie, qui avaient une fois ou deux été aperçus sur ses terres. Eugenia polissait l'argenterie, les manches de sa robe remontées au-dessus du coude, et elle écartait de son front l'une de ses mèches blondes lorsqu'elle ouvrit la porte à Payne, qui la prit pour Daisy Bryant, la sœur de Blackface Charley – certitude dont il ne démordit pas jusqu'à la fin.

Payne était un ancien agent immobilier d'une quarantaine d'années qui était né dans l'Iowa et avait étudié dans le Kentucky, mais c'était surtout un grand escogriffe vaniteux qui se donnait des airs de libertin. Il avait une moustache blonde cirée qui faisait sa fierté et était aussi large que ses oreilles et il eut bien soin de ne pas froisser son pantalon lorsqu'il prit place dans le petit salon pour poser ses questions. Eugenia prépara du thé et Payne causa de lui-même pendant deux heures, faisant au passage mention de son enquête sur la bande des Dalton pour une compagnie ferroviaire californienne. Il n'eut par la suite de cesse de revenir et d'apporter à Miss Moore tantôt des bulbes d'iris, tantôt un mezzotinto de la tour Eiffel toute neuve, tantôt un œuf de Pâques en chocolat à l'intérieur duquel vous discerniez, en l'approchant de votre œil, un séduisant Jésus assis parmi des petits enfants – de sorte qu'Eugenia obtint de Payne des renseignements si complets concernant les événements en Californie que nous en savions plus long à mille six cents kilomètres de distance que les malfaiteurs présumés.

En avril, j'étais presque résolu à embarquer dans un train à destination de Fresno ou de San Francisco afin de me livrer à l'agent spécial Hickey, dans l'espoir que l'apparition du fameux Emmett Dalton chamboule le dossier de l'accusation, quand Miss Moore apprit par le truchement de Ransom Payne que Bob Dalton avait fui l'État, aussi me suis-je borné à attendre que mon frère me fasse part de son avis, en observant le plafond, étendu sur le dos, et en écoutant Bryant qui se rognait les ongles des pieds avec un couteau, tenait des propos incohérents dans sa barbe au sujet d'un dénommé Esterhazy ou démontait, puis remontait son pistolet, une montre de gousset à côté de son genou – son record étant de seize reconstructions en une heure.

Je m'étais entre-temps remis à faire la cour à Julia Johnson et je n'étais guère désireux de repartir, car elle n'était plus aussi éberluée par Emmett Dalton, ni aussi sûre d'elle depuis qu'elle était au courant que j'avais dévalisé cette taverne. Je gagnais Bartlesville à cheval, par les routes glissantes, je me pointais, tout penaud, sur sa véranda avec mes jambières en peau de chèvre encroûtées de gadoue, le visage moucheté de projections de boue pareilles à des taches de rousseur et des grains de beauté, je grattais mes cheveux embroussaillés par le port du chapeau et, le visage barré par un sourire idiot, je lâchais : « Je suis un vrai souillon, hein ? »

Je me lavais dans la cuisine, je salissais les torchons en me séchant les mains et je semais des miettes de cookie partout en louant la beauté de Julia. Débarquait alors un pharmacien local vêtu d'un costume immaculé à fines rayures claires pour inviter Julia à une soirée de l'église – ou un topographe de l'armée en uniforme bleu avec un sabre, qui rentrait d'une soirée avec un demi-litre de crème glacée fondante et qui me transperçait d'un regard hautain de lieutenant, avant de s'éloigner au galop. Julia était flattée d'être courtisée par tous les célibataires des environs et je n'avais rien de l'homme idéal. J'étais un vacher mal dégrossi, dépenaillé, maladroit, sans éducation, sans le sou, sans même une certaine beauté rude, qui n'avait guère plus à offrir à la fille qu'il aimait que les avis de recherche à l'effigie de ses frères et de lui-même. Le vague à l'âme de Julia me contaminait. J'étais si préoccupé par ce dont nous allions bien pouvoir discuter que j'ébauchais des conversations à l'avance et que je m'entraînais à disserter avec esprit de sorgho, de gouttières ou de cartouches à percussion annulaire. J'élargissais mon vocabulaire auprès d'Eugenia, puis incorporais astucieusement ce nouveau lexique à mon laïus, concluant par exemple : « Mais je suis trop prolixe, n'est-ce pas ? » Ou, comme je bâillais dans mon fauteuil : « Décidément, les mois froids me rendent torpide. »

Ainsi, peut-être était-ce en désespoir de cause que j'avais invité Julia au ranch afin qu'elle puisse rencontrer la bonne amie de Bob, Miss Eugenia Moore, dont je lui avais tant parlé. Elles étaient aussi différentes que l'huile et le vinaigre, mais je me disais que chacune n'en serait que plus amusante et engageante aux yeux de l'autre. Ça n'a pas été l'une de mes plus brillantes idées – à vrai dire, elle ne valait pas un kopeck. Riley avait emmené sa squaw à Dallas pour un rodéo, Bryant était au bordel en quête de nouvelles expériences et nous avions la maison pour nous tout seuls. Tandis que je faisais le pied de grue derrière elles dans la cuisine, Julia et Eugenia s'efforcèrent de mitonner un repas extravagant sans cesser de se rentrer dedans. Miss Johnson renversa par terre les tasses métalliques graduées contenant les condiments de Miss Moore et Miss Moore tamponna avec une marmite d'eau qu'elle désirait faire bouillir la casserole de Miss Johnson déjà sur le feu. Elles avaient systématiquement des visées sur la même cuillère, la même louche, la même boîte de sel et leur collaboration, qui avait commencé avec des rires bon enfant, avait au bout d'une heure tellement viré à l'aigre qu'Eugenia s'était exclamée : « Voulez-vous bien dégager de mon chemin ? »

Nous avons mangé autour d'une table cirée aux reflets violets. Le papier peint insistait pour que les roses éclosent d'autres roses et le lustre en verre au-dessus de nous dégouttait de cire de bougie blanche. J'ai joué les vieux seigneurs enjoués avec ces dames à ma droite et à ma gauche, qui, si elles me souriaient en retour, ne levaient que rarement les yeux vers leur engageant vis-à-vis, et lorsque les babillages se sont éteints pour céder la place à un blanc de cinq minutes meublé de cliquetis de couteaux et de fourchettes, Eugenia a entrepris de le combler à l'aide de confidences sur son passé.

« J'ai été expulsée de Holden College, dans le Missouri, pour dépravation, nous a-t-elle avoué. J'ai été surprise *in flagrante delicto*…

– Qu'est-ce que ça veut dire ? suis-je intervenu.

– C'est du latin, a-t-elle expliqué. Ça signifie “en flagrant délit”. J'étais avec un professeur de géographie célibataire qui avait une grande barbe pareille à un bavoir. Il m'a entraînée jusqu'à une table du réfectoire, il a troussé mes jupes jusqu'aux épaules et il a parcouru les contours de mon corps de ses mains moites. Mon principal regret quant à cette brève étreinte restera toujours qu'il ait entendu des pas et paniqué avant de m'avoir déshonorée. »

J'ai bien tenté de caser un « Ho, ho, ho ! » guilleret au milieu de ce récit, mais personne d'autre n'a semblé amusé et Julia avait le visage en feu.

« Après avoir promptement mené à bien ma déchéance, j'ai essayé de me racheter en devenant institutrice dans l'Oklahoma, mais j'ai trouvé ça ingrat. J'ai ensuite habité avec un joueur indien du nom de Jesse White Wings, Jesse "Ailes blanches", qui m'a enseigné comment voler des chevaux. Et j'ai appris à sortir de prison sans être inquiétée rien qu'en accédant aux désirs secrets des geôliers – une simple pose lascive était parfois suffisante. Rien de tout ça ne m'est apparu bien rebutant.

– Eh bien, que de talents ! l'a raillée Julia. J'imagine que vous ne serez jamais sans emploi.

– Ho, ho, ho ! me suis-je esclaffé à nouveau.

– Je dois dire que je n'ai jamais considéré la virginité comme une condition enviable, a riposté Eugenia. Et l'innocence ne me paraît pas davantage faire le bonheur que l'analphabétisme. Je ne tiens pas à être une de ces gentilles filles surprotégées et effacées dont l'inébranlable chasteté constitue la plus grande fierté. »

J'ai adressé un regard implorant de moribond à Miss Moore, mais elle dut l'attribuer à la cuisine de Julia, car elle poursuivit :

« Je ne veux pas devenir une de ces vieilles tantes minaudières, geignardes et stériles qui craignent pour le salut de leurs âmes dès qu'elles tardent un peu à faire la vaisselle. La seule approbation à laquelle j'aspire est la mienne. »

La pensée que ma soirée de rêve était en train de capoter m'avait alors déjà traversé l'esprit et j'ai tenté de sauver la situation en recourant à l'une de mes expressions érudites :

« Je suis navré de te voir prendre ombrage de la sorte, Eugenia », ai-je débuté.

Mais Julia a contre-attaqué :

« J'en déduis que vous recherchez les sensations fortes, c'est ça ? Vous êtes une de ces femmes qui ne supportent pas l'ennui, qui souhaiteraient que la vie soit plus intéressante. Franchement, j'en ai ras-le-bol qu'il arrive quelque chose à tout instant. Pourquoi faut-il que tout le monde soit célèbre ? Pourquoi tout un chacun désire-t-il que son nom figure dans le journal ? Qu'y a-t-il de si merveilleux à être fascinant ? Personnellement, je préfère encore être gentille, surprotégée et effacée plutôt que d'être obsédée par la notoriété.

– Vingt dieux ! me suis-je écrié. Rien de tel qu'une bonne discussion bien animée. »

Eugenia m'a ignoré.

« Oh, ma chère, je vous ai toute perturbée… Je vous ai coupé l'appétit ? Pardonnez mes mauvaises manières. Je crois que je ferais mieux de me retirer pour aller semer l'émoi chez les vachers. »

Elle m'a souri en se levant de table et comme elle longeait le couloir, je l'ai entendue proférer, d'un ton de tragédienne : « Forces du mal, je m'offre à vous ! »

« Eh bien, voilà qui donne à réfléchir, hein, Julia ? » ai-je hasardé.

Elle fixait son assiette et prenait sur elle-même pour ne pas pleurer.

« À mon avis, si vous faisiez l'inventaire, vous vous apercevriez que vous avez beaucoup en commun, toutes les deux, ai-je continué. Vous n'avez pas la même philosophie, c'est tout.

– Non, m'a opposé Julia. Je crois surtout que Bob lui manque. »

Je dus admettre que c'était vrai. La présence de mon frère aurait soulagé bien des gens.

Fin avril, Bob et McElhanie atteignirent la frontière de l'Arizona et descendirent sur leurs montures la pente orangée et glissante de la berge ouest du fleuve Colorado. Ils abreuvèrent leurs bêtes et les firent paître, puis les tirèrent dans l'eau rougeâtre et s'agrippèrent à la corne de leur selle. Les animaux ballottés et effrayés renâclèrent et, le temps de parvenir de l'autre côté et de laisser derrière eux la Californie, le courant les avait déportés d'un kilomètre et demi.

McElhanie et mon frère dessellèrent leurs chevaux et s'étendirent sur le dos dans l'herbe, en appui sur les coudes, pendant que leurs montures se roulaient dans la poussière.

« J'ai pas la cervelle assez agile pour les attaques à main armée, Bob, déclara McElhanie. Je suis seulement heureux avec des outils entre les mains.

– Comment ça ?

– J'en peux plus d'être traqué, voilà ce que je veux dire. J'ai l'estomac tout retourné.

– Tu veux laisser tomber, résuma Bob.

– C'est ça, acquiesça McElhanie. Tu as mis en plein dans le mille. »

Ils vendirent donc leurs chevaux à un berger et sautèrent dans un train à destination du territoire de l'Oklahoma, où ils se séparèrent. Puis le « Narrow Gauge Kid » regagna l'Arkansas à pied, où il fit un jour l'acquisition d'une petite ferme et mourut dans son lit en caressant un chaton, avec la radio allumée dans la cuisine.

Bob aurait bien rejoint le domicile familial à Kingfisher, si ce n'est qu'après avoir fait le guet tout une après-midi dans les Badlands, perché dans les branches supérieures d'un peuplier de vingt mètres de haut, il avait constaté qu'il était filé par un détective des chemins de fer vêtu d'un costume sombre et d'un stetson gris d'homme d'affaires, qui s'accroupissait de temps à autre à côté d'une empreinte et bourrait sa pipe avec une allumette en jetant des coups d'œil alentour.

Bob se cloîtra dans une chambre à vingt-cinq cents dans l'ancien village d'esclaves de Dover, au nord de Kingfisher. Des cow-boys en chapeaux mous à larges bords et en imperméables y paradaient au petit trot dans la rue principale, sourcils froncés, crachant par terre, avec des airs d'aristocrates, mais le reste de la population se composait de Noirs avec des bretelles et des chemises de grosse laine, de Noires avec des foulards et d'enfants aux cheveux attachés qui lançaient des trucs sur Bob, puis s'enfuyaient. Ma mère lui rendit visite une après-midi et ils se retrouvèrent derrière l'église baptiste. Ils se promenèrent bras dessus, bras dessous sous les arbres en fleurs et elle sourit lorsqu'il lui parla de Littleton, de Bill et de ses petits-enfants. Elle mentionna à Bob que les mines de charbon embauchaient, mais s'abstint de toute autre allusion à l'argent ou à un métier.

Bob cessa de se raser, s'initia au *snooker* avec quelques autochtones et se dégotta, moyennant finance, une adolescente qui exhalait la même odeur que le sol d'une cave et s'était défrisé les cheveux avec un fer à repasser.

Il rentrait un soir après une partie de billard lorsqu'il avisa les rideaux de sa chambre à l'étage qui flottaient par la fenêtre. Il gravit l'escalier quatre à quatre, pistolet armé à hauteur d'épaule et poussa la porte non verrouillée, derrière laquelle il découvrit Eugenia qui fumait une cigarette à la lueur d'une unique lampe à pétrole. Elle se retourna avec un sourire et s'approcha de lui en déboutonnant son chemisier.

« J'espère qu'il te reste encore quelques forces », fit-elle.

8

Plus tard, assis tous les deux au fond du lit étroit avec une bouteille de vin rouge de Californie que Bob avait enveloppée dans un sac de jute, ils échafaudèrent des projets. Mon frère déclara qu'il en avait assez d'être pauvre, assez d'être traité comme du bétail et qu'il voulait frapper un grand coup au lieu de se borner à réagir aux actions des chemins de fer. Eugenia lui assura que Bryant et Newcomb étaient tellement aux abois qu'ils étaient prêts à tout et que ce serait Emmett qu'il serait nécessaire de convaincre – même si elle avait l'intuition que j'avais envie de me faire un nom et de réussir un coup qui me garantirait un joli pactole, histoire de ne plus avoir à me lamenter d'être fauché.

Le lendemain matin, ils prirent le train pour Wharton – Bob dans une voiture non-fumeurs, propre et rasé, une selle sous le pied et un cheval dans le fourgon à bestiaux ; Eugenia dans la voiture fumeurs, vêtue du costume avec lequel Bob avait été photographié, les cheveux oxygénés, lissés en arrière avec de la pommade, ressemblant à un homme à femmes.

Bob s'installa sur un banc devant la gare de Wharton avec le journal du cru, tandis que l'homme avec qui il avait pris pied sur le quai entrait pour discuter avec l'employé des messageries. « Bonjour ! » s'écria Miss

Moore, mais ce fut tout ce que Bob entendit. On débarqua son cheval par la rampe de la bétaillère en le cajolant ; Bob le fit boire, dessilla les paupières de l'animal, collées par le sommeil, et le sella. L'homme qui portait le costume de mon frère ressortit et se dirigea vers la pompe à eau avec une louche. Bob fit de même avec une gourde.

« Comment ça se passe, là-dedans ? s'informa-t-il.

– Je lui ai raconté que j'étais un agent des télégraphes de New York et que j'étais ici pour soigner mes poumons au bon air de l'Ouest. Il m'a confié qu'un transfert de fonds allait avoir lieu à bord du Santa Fe-Texas Express, qui fera halte à Wharton à dix heures et demie le 9. » Elle but, s'essuya la bouche sans façon, comme un homme, et afficha un sourire. « Il m'a paru un rien méprisant. Je crains qu'il ne me trouve efféminée. »

Bob sourit et reboucha sa gourde.

« Il ne me connaît pas comme tu me connais », ajouta-t-elle.

C'était le 6 mai. Le 9, Bob, Newcomb, Bryant et moi avons emprunté sur nos montures la piste de terre reliant la bicoque de Newcomb, près de Guthrie, aux parcs à bestiaux au sud de Wharton, qui n'était qu'un patelin à vaches comptant cinq ou six boutiques en planches brutes. C'est plus grand maintenant ; ça a été rebaptisé Perry. Nous étions tous les quatre habillés de chemises en chambray, de jambières râpées et de foulards rouges vrillés autour du cou. Nous avons suspendu nos éperons à la corne de nos selles, attaché nos chevaux à la barrière de l'enclos à bétail de la gare et remonté les voies aux environs de dix heures en chargeant nos revolvers dans l'ombre des bâtiments.

Bryant boitait salement et traînait la patte à chaque pas. Il avait déjà son foulard sur le nez, ce qui nous aurait trahis si quiconque avait été éveillé en ville. Il a remarqué que Bob observait son infirmité.

« Une putain m'a refilé la chtouille. J'ai les couilles grosses comme le poing et la braguette verte de pus le matin. J'en chiale quand je pisse. Il paraît que tu peux te retrouver avec des plaies suppurantes et des chancres gros comme des cerises. Je préférerais encore me faire sauter la mâchoire avec un fusil de chasse ! » Il a adressé un regard à Bob. « Tu vois ce que je veux dire ?

– Quand tu voudras en finir, préviens-moi et on ira faire un tour ensemble derrière la grange, a répliqué Bob. Mais ne fais pas le con rien que pour partir en beauté. »

Ne sachant trop quelle mine adopter, Bryant a souri sous son foulard.

« Tu ne tues personne, c'est compris ? a insisté Bob. Si tu tiens à ce qu'on t'abatte, je m'en chargerai. J'ai pas besoin d'un meurtre sur le dos en plus du reste. »

Il a fixé Bryant jusqu'à ce que celui-ci se détourne en maugréant :

« Holà, je voudrais surtout pas contrarier qui que ce soit. Jamais de la vie. »

Bitter Creek et moi avons poussé jusqu'à la gare. Un voyageur aux vêtements tachés dormait sur un banc vernis. Le préposé de nuit aux billets et au télégraphe, un jeune garçon dont le nom n'est pas resté dans les mémoires, astiquait ses souliers du dimanche. Newcomb lui a demandé la louche dont Eugenia s'était servie et est allé jusqu'à la pompe en reconnaissance ; j'ai examiné les avis de recherche concernant trois autres hommes, ainsi qu'un autre, jaunissant, qui décrivait les

Dalton. Je me suis approché du comptoir et m'y suis accoudé, bras croisés.

« Plutôt calme », ai-je commenté.

Le garçon a inspecté la chaussure qu'il briquait, au bout de sa main.

« Vous avez votre billet ? » s'est-il informé.

Je n'ai pas répondu. Newcomb est revenu en essuyant l'eau qui perlait dans sa moustache et sa barbiche rousses et nous sommes repartis.

« Les forces de l'ordre doivent être au lit à huit heures dans le coin, a annoncé Newcomb. J'ai parcouru toute la grand-rue et j'ai pas entendu un matelas grincer. »

J'ai baissé les yeux vers lui.

« D'après toi, comment il a fait pour se retrouver guichetier à même pas seize ans ?

– Peut-être que c'est pas si difficile que ça, Emmett. Peut-être qu'il a simplement répondu à une annonce. Tu veux que je demande un formulaire de candidature pour toi ?

– Ça m'a pas l'air désagréable, comme vie. Je parie qu'il doit avoir un beau costume bleu chez lui. Et pouvoir prétendre à une pension des chemins de fer. Je parie qu'il a même une boîte à sandwichs noire qu'il emporte tous les matins au boulot. Personnellement, je cracherais pas là-dessus. »

Bryant était accroupi au nord du ballast, près du poste d'aiguillage à la jonction des voies, et fumait une cigarette brunâtre. Bob était appuyé à la potence à laquelle on suspendait le sac postal, sa montre de gousset ouverte dans la main. Je l'ai rejoint et Newcomb a traversé les voies pour s'asseoir dans l'herbe noircie par la suie, adossé à un tas de vieilles traverses.

Bob a regardé dans la direction d'où le Santa Fe-Texas devait arriver.

« Je me rappelle, la première fois que j'ai pris le train. Les fermiers s'arrêtaient de labourer et leurs épouses sortaient de la maison en se séchant les mains dans leur tablier. Les gosses se plantaient en rangs dans l'herbe jaune au milieu des champs et ils agitaient les bras à n'en plus pouvoir.

– Ça va être quelque chose, hein, quand la nouvelle parviendra jusqu'en Californie ! me suis-je réjoui, passant du coq à l'âne. Les détectives des chemins de fer seront furibards. Grat va tellement se bidonner qu'il en aura les larmes aux yeux. »

Les rails se mirent à résonner, Bryant jeta sa cigarette devant lui et j'aperçus le train – la cheminée, la fumée, le chasse-pierres, les jets de vapeur blancs jaillissant des freins... La chaudière de la locomotive ahanait, les roues crissaient sur les rails et le chauffeur, pendu à la poignée de la cabine par une main, leva la lanterne qu'il balançait au bout de son bras, révélant Bryant. Newcomb surgit de l'herbe au pas de course en relevant son foulard sur son nez. Bob et moi l'avons imité et nous nous sommes campés face au train, tels deux duellistes, sur le remblai qui trépidait. Bob brandit son pistolet au-dessus de sa tête et fit feu, esquissant une grimace à cause des étincelles de poudre noire.

Dans un fracas mécanique, le train dépassa Bryant qui rugit : « Les freins ! » Il tira en direction du foyer de la chaudière et le projectile tinta sur une surface métallique avant d'achever sa course ailleurs. Newcomb, qui s'était bouché les oreilles à cause des hurlements de l'acier, s'élança à la hauteur de la locomotive et, sitôt qu'elle ralentit, bondit sur le marchepied. Il grimpa les deux marches avec difficulté, puis incrusta son revolver dans la tête du mécanicien, derrière l'oreille, avec une telle force qu'un filet de sang se mit à couler et que le cheminot posa le genou droit par terre. Bob pénétra à son tour dans la cabine, foulard sur le nez et chapeau enfoncé sur la tête. Il propulsa le chauffeur contre la chaudière et le gifla avec le plat de son pistolet. L'homme geignit et s'affaissa sur le plancher, la joue dans la main. Bob foudroya le mécano des yeux, l'empoigna par sa veste rayée et l'éjecta de la locomotive à l'arrêt. Le malheureux atterrit sur le ballast raide comme une chaise et je lui décochai un coup de pied qui le souleva du sol alors qu'il était à quatre pattes, avant de lui écraser la gorge avec le talon de ma botte et d'armer le chien de mon revolver. J'avais trop peur de moi-même pour ouvrir la bouche. Mon pistolet tremblait entre mes mains.

Dans la cabine, le chauffeur avait les yeux brillants de larmes. D'après les journaux, il avait cinquante-deux ans. Sa joue gauche était aussi gonflée qu'une chaussette en laine roulée en boule et sa paupière tuméfiée s'affaissait peu à peu.

« Qu'est-ce que vous nous voulez ? s'insurgea-t-il. Dites quelque chose !

– Descends de là », lui répondit l'un des bandits masqués.

Le chauffeur posa avec précaution un pied sur l'une des marches, puis obtempéra d'un bond.

Bryant longeait à reculons les voitures de passagers en claudiquant tel un infirme avec une chaussure à semelle compensée en bois de quinze centimètres d'épaisseur. Il tenait son pistolet devant lui à deux mains et le pointait d'une fenêtre à l'autre. Des visages disparaissaient derrière les vitres.

Dès qu'il avait entendu le coup de feu de Bryant, le guichetier de Wharton avait quitté son comptoir et se dépêcha d'éteindre toutes les lampes. Le chef de train retira sa casquette et se laissa tomber sur son escabeau, pétrifié. Quant au convoyeur dans le wagon postal – le messager comme on l'appelait à ce temps-là –, il avait poussé le verrou du haut de la porte et actionné les deux loquets au-dessus de la poignée, après quoi, il avait sorti toutes les grosses coupures du coffre et les avait entassées dans le poêle.

Dans la voiture de seconde classe, un marshal adjoint de grande taille, à la moustache cirée et en costume trois-pièces, qui parcourait peu auparavant des mandats d'arrêt fédéraux, les avait abandonnés à sa place et longeait le couloir en surveillant Bryant au-dehors.

Lorsque le chef de train reconnut l'insigne du marshal, il lui confia :

« Mon cœur est sur le point de jaillir de ma poitrine.

– Mon nom est Ransom Payne, répliqua l'autre en se penchant par la fenêtre. C'est moi qu'ils veulent, pas l'argent. »

Il ouvrit la portière gauche de la voiture, suspendit son grand chapeau blanc à la poignée et s'enfonça avec la lenteur d'un futur marié dans un champ de tournesols, au milieu duquel il s'accroupit, pistolet en main.

Entre-temps, mon frère et Newcomb avaient gravi les marches du wagon postal vert et Newcomb s'était attaqué à la porte avec une hache d'incendie. Elle se fendit en son milieu au deuxième coup et Newcomb introduisit la main à l'intérieur pour tirer les verrous.

Le messager était recroquevillé dans un coin à l'écart près d'un portemanteau. Des classeurs vernis garnissaient la paroi droite, face à Bob et Newcomb, tandis que des malles de voyage et des sacs en toile s'empilaient par terre. Au centre du wagon, un petit poêle à circulation d'air servait à chauffer la voiture en hiver. En dehors des gros billets que le convoyeur y avait cachés, il était vide. Ni Bob ni Newcomb ne songèrent un instant à jeter un coup d'œil à l'intérieur et le messager se vit par la suite remettre une montre en or pour ce trait de génie.

Bob le fusilla du regard et tapota le coffre-fort avec le canon de son pistolet.

« Ouvre, ordonna-t-il.

– Là, je ne peux pas vous aider, affirma le messager. Je ne connais pas la combinaison. »

Bob continua à tambouriner sur le coffre avec agacement.

« Les coffres-forts sont verrouillés à Kansas City et la combinaison est transmise à Gainesville par câble. On ne me communique pas le moindre chiffre. »

Comme c'était contraire aux renseignements d'Eugenia, Bob logea une balle dans le portemanteau. Le convoyeur reçut un éclat dans l'œil, qui rougit aussitôt.

« Il pense que c'est des salades », traduisit Newcomb.

Le messager prit appui sur une chaise derrière lui et se releva en pressant un mouchoir sur sa paupière. Newcomb déboutonna sa chemise, déplia un sac de grosse toile qu'il avait glissé sous sa ceinture et se posta à gauche du convoyeur pendant qu'il manipulait les boutons du coffre. Le mécanisme joua, le messager abaissa la poignée, puis il tendit à Bob un gros paquet que mon frère prit pour une importante somme d'argent, mais qui n'était en fait que des documents de transport, des télégrammes oblitérés et des lambeaux de journaux. Nous ne devions nous rendre compte de la ruse qu'au petit matin.

Bob fourra le tout dans le sac, de même qu'un ballot plus petit contenant les billets de un et deux dollars dont nous avons dû nous contenter lors du partage. Puis Newcomb enroula l'ouverture du sac bien lesté autour de sa main et le laissa pendre à la hauteur de son genou.

À l'extérieur, Bryant veillait sur le chauffeur et le mécanicien étendus à plat ventre sur le remblai pendant que je m'occupais des chevaux.

« Faites semblant d'être des limaces », leur suggéra-t-il.

Il se mit à canarder n'importe où, au hasard, avec son pistolet.

« En ce moment, vos passagers doivent se chier dessus », s'amusa-t-il.

J'étais le corniaud de service sur ce coup-là et je dus courir jusqu'aux parcs à bestiaux et ramener les bêtes au trot en les tirant à bout de rênes. Bob et le petit Newcomb descendaient lourdement les marches du wagon postal quand je revins et à mon approche, Newcomb leva en l'air le sac plein et sourit sous son foulard. Bob et lui se hissèrent tous deux en selle en courant, sans utiliser les étriers, puis ils talonnèrent illico leurs montures et escaladèrent un petit escarpement, avant de s'enfuir par la route au sommet dans un roulement de sabots.

Je m'attardai sur mon cheval, fusil en joue, épiant les alentours tandis que Bryant relâchait le mécanicien et le chauffeur, puis s'avançait vers moi en clopinant.

« Vas-y, me cria-t-il. Je tiendrai ces poltrons en respect.

– Tu es sûr ? »

Il cracha un jet de tabac. Sa cicatrice au visage paraissait violacée.

J'éperonnai ma monture et rattrapai mon frère et Newcomb qui attendaient au milieu de pommiers dans une cour de ferme plongée dans le noir.

« Qu'est-ce que fabrique Bryant ? » s'impatienta Bob.

Je haussai les épaules.

« Quand Charley a une idée en tête, je m'abstiens de m'ingérer. »

Bob m'a fixé en fronçant les sourcils.

« Où es-tu allé pêcher des mots comme ça ? »

Les chevaux se berçaient, piaffaient, se frottaient le menton contre les étriers. Nous avons compté les pièces et piécettes que renfermait le sac.

Bryant était campé jambes écartées sur le ballast et considérait le train silencieux, fusil au creux du bras. Il déboutonna son pantalon, entrouvrit sa braguette et resta une minute à frissonner en vain. Il s'essuya les yeux de sa main gantée et mit le pied gauche à l'étrier. Il rengaina son revolver et observa, en serrant son fusil dans ses bras, le chauffeur et le mécanicien, à gauche du train, qui rampaient sous l'attelage entre deux wagons. Des passagers se mouvaient à l'intérieur des voitures. Bryant pressa sa monture des genoux et repassa lentement devant la gare en soliloquant.

Le voyageur sur le banc à l'intérieur de la gare sortit, persuadé que les bandits avaient disparu. Le guichetier alluma une lampe à pétrole, la suspendit près du calendrier, au-dessus de l'interrupteur du télégraphe, et ouvrit son répertoire de morse.

Bryant le vit commencer à émettre des signaux. Du coude, il releva légèrement le canon de son fusil et fracassa la vitre d'une balle qui atteignit le guichetier dans les côtes. Le corps du garçon ne comprit pas ce qui lui arrivait. Il pivota sur lui-même, recula avec une expression sidérée en trébuchant sur la chaise pourvue de roulettes et entraîna dans sa chute le distributeur en bois de billets de train.

Bryant lança son cheval au trot et ne souffla pas mot du crime, de sorte que nous ne l'avons appris que plusieurs jours plus tard. Et que nous n'avons alors pas su comment réagir. Bob n'y fit pas allusion dans son journal.

Une fois que le calme se fut prolongé une minute ou deux, Ransom Payne se redressa et remonta avec solennité dans le train. Il rédigeait déjà mentalement son rapport.

« C'était la bande des Dalton », proclama-t-il.

Le chef de train ne put que le dévisager.

Ladite bande des Dalton avait malmené ses chevaux pendant une trentaine de kilomètres, puis nous avions ralenti et poursuivi au pas en file indienne en direction du sud-est jusqu'à Orlando, une ville saloon où officiaient dix-neuf prostituées éreintées. Bryant tâchait de dormir, tête baissée ; je jouais « Just a Closer Walk with Thee » à l'harmonica ; Bob s'était confectionné avec le tabac Mail Pouch de Newcomb une chique qu'il s'était calée sous la lèvre inférieure, si bien qu'on aurait dit qu'il poussait celle-ci avec sa langue. La respiration des chevaux était sifflante, ils dodelinaient de la tête à chaque pas et, de temps en temps, s'arrêtaient net pour arracher les feuilles d'un arbuste.

« Tu vas aimer là où on va, Bob, a lancé Newcomb par-dessus son épaule. La sœur d'Ol Yountis, le proprio, est laide comme un pou, elle bouffe du tabac à priser et un des clébards fait "Ouah ! Ouah !" quand il aboie comme s'il avait lu ça dans une vignette dessinée. »

Nous sommes parvenus à la ferme de Yountis vers quatre heures du matin. Deux chiens au ventre et aux pattes marron de boue ont surgi de dessous la véranda pour nous indiquer les limites de la propriété. Nos montures les ont ignorés. Bryant a expédié un coup de crosse de fusil sur la tête du chien qui faisait « Ouah ! » et les deux cerbères se sont écartés pour nous guetter au milieu des hautes herbes en jappant et en haletant.

Yountis est sorti avec un fusil, nu comme un ver. Il avait des cheveux sales et touffus, des mains qui paraissaient bleues et des chicots tellement de guingois qu'il semblait montrer les dents. Il a pissé depuis le bord de la terrasse pendant que nous dessellions les bêtes, puis trempé la main dans la gamelle d'eau des chiens pour se débarbouiller le visage.

« Combien vous vous êtes fait ? » s'est-il informé.

Nous avons pénétré dans sa baraque et vidé le sac sur la table. La sœur d'Ol a émergé de sa chambre nippée d'une robe grise et a peigné sa chevelure noire avec ses doigts en essuyant le tabac à priser qu'elle avait sur les lèvres. Elle a coqueté un peu à l'intention de Newcomb, qui la pratiquait quand il était en manque, puis a entrepris de préparer le petit déjeuner comme Bob ouvrait le plus gros paquet et découvrait les papiers sans valeur, qu'il balança contre le mur et qui s'éparpillèrent sous le choc en voletant.

Refusant de croire que nous avions été roulés, Newcomb s'est rué à la poursuite de chacun des documents de transport et des chèques annulés pour s'assurer que ce n'était pas de l'argent. Bob a déchiré le second ballot et constaté qu'il s'agissait de billets de un et deux dollars, que je me suis mis en devoir d'empiler en liasses de cinquante. Yountis est revenu de sa chambre habillé d'une affreuse salopette et s'en est allé bouder dehors quand on lui a annoncé que le butin total se montait à peine à cinq cents dollars, sur lesquels il n'eut droit qu'à vingt pour le couvert et la location de son pré.

Esther Yountis a cuisiné des haricots à la graisse de rognons et des crêpes, puis s'est assise dans une bergère en souriant à quiconque regardait dans sa direction pendant que nous mangions en silence. Je me suis laissé aller contre le dossier de ma chaise et j'ai déclaré que c'était très bon. J'avais pour credo de faire contre mauvaise fortune bon cœur.

« Non, m'a opposé la sœur de Yountis. Ce n'est pas tellement bon. Mais merci quand même. »

Bob s'est tourné sur sa chaise pour lui confier que lui et moi avions été représentants de la loi dans les Territoires et que nous y étions bien en cour.

« J'arrête pas de demander à Ol d'abattre ces arbres, a répondu Esther Yountis. Je trouve qu'on est pas bien du tout, dans la nôtre, de cour. »

Bob s'est retourné vers son assiette et la conversation en est restée là – il a simplement ajouté au-dessus de son café que ça n'avait pas d'importance, combien nous avions récolté, vu que maintenant on était entraînés pour la prochaine fois.

Esther a entassé les plats, puis nous a précédés sur un étroit sentier à vaches. Les arbres étaient trop nombreux et trop rapprochés, tels des proches en deuil massés autour d'une tombe, et tout était couvert de mousse. Au pied des arbres poussait une herbe verte, des plantes rampantes vertes, du lierre vert. Les chiens bondissaient au milieu de la végétation d'où leur queue dépassait à peine. Des rais de soleil tombaient en biais comme de la pluie. Nous avons établi notre camp dans une petite clairière entre deux dalles de rocher et un ruisselet limpide qui se jetait en chuchotant dans

Beaver Creek. Esther avait ensuite rebroussé chemin, raccompagnée par Newcomb ; ils avaient fait halte à mi-parcours sur un matelas de plantes d'où s'échappait un lait blanc quand elles se cassaient et, moyennant un peu de persuasion, elle avait retiré sa robe pour qu'il lui fasse son affaire.

Nous dormions tous sous des couvertures quand, vers midi, Eugenia Moore se fraya un passage à travers les fourrés, au pas sur son cheval. Elle était vêtue d'un pantalon en daim et d'une chemise d'homme en laine, qu'elle retira au bord de la rivière pour se laver avec du savon à la lavande et se débarrasser de l'odeur de sa monture. Puis elle se glissa nue sous la couverture de Bob et le réveilla en défaisant sa ceinture. Il sourit et ils s'embrassèrent sans un mot. Elle déboutonna sa chemise, il s'extirpa de son pantalon, elle introduisit une main dans les sous-vêtements de mon frère et s'offrit à ses doigts.

À cinq mètres de là, sur le flanc, Bryant les épiait. Il les observa un long moment, puis roula de l'autre côté.

Ol Yountis fit son apparition vers deux heures de l'après-midi avec un gros panier qui ballottait contre sa jambe droite. Il eut un sourire à la vue du couple sous la couverture et tira de son panier les vêtements que Miss Moore avait abandonnés.

« Je me suis dit que ça se pourrait que ce soit à vous », lâcha-t-il.

Eugenia se leva et boutonna sa chemise sans faire mystère de sa personne, puis alla jusqu'à son cheval pour récupérer une jupe longue.

« Pas prude pour deux sous », commenta Yountis en souriant.

Bob dégaina son .45 et arma le chien.

« Je t'interdis de venir fouiner dans le coin. Je t'interdis de la guetter ou de la convoiter ou de rêver d'elle. Je te surprends au voisinage de Miss Moore et tu finis ligoté derrière un canasson. »

Yountis, qui s'était accroupi telle une grenouille, se redressa.

« Je suis très content de mes putains habituelles, répliqua-t-il. Y en a deux qui en connaissent un sacré rayon sur les hommes. »

Il posa son panier près de l'endroit où Bitter Creek et moi étions endormis, nous réveilla d'un coup de pied et nous servit une collation composée de pain de maïs, de joues de porc et de haricots rouges et arrosée de café grenu dans des bocaux. Puis il regagna sa bicoque.

Pendant ce temps-là, Ransom Payne chevauchait sur notre piste à la traîne derrière un détachement de policiers cherokees à qui il déclamait des gros titres imaginaires sur son compte, tandis que, devant, cinq marshals de l'Oklahoma et un ancien shérif du Kansas ouvraient la voie, Ed Short, un robuste gaillard qui ne se doutait pas qu'il ne lui restait plus que trois mois à vivre, avant que Blackface Charley Bryant l'abatte dans un wagon à bagages.

Ils reçurent tant de renseignements erronés qu'ils ne tardèrent pas à renoncer. Ils n'approchèrent jamais à moins d'une trentaine de kilomètres de nous, tant la bande des Dalton avait d'amis et les compagnies de chemin de fer, d'ennemis.

Nous avons séjourné trois jours à la ferme misérable des Yountis. Chaque fois qu'Ol s'absentait pour aller labourer, Newcomb rendait visite à Esther. Bryant, Newcomb et moi jouions aux cartes et aux dominos sur un tapis de selle étalé dans le pâturin et l'ail des vignes.

Bob et sa dame descendaient jusqu'à la rivière, où ils se lavaient l'un l'autre à genoux dans l'eau vive si peu profonde que le cliquetis des pierres immergées était audible depuis la surface.

« Est-ce que toutes les femmes défaillent quand elles posent les yeux sur toi ? s'enquit Eugenia alors qu'elle nettoyait le buste de mon frère avec une éponge.

– Non. Elles prennent plutôt un air ennuyé.

– C'est parce qu'elles se savent vaincues d'avance. Elles te jugent sans doute inaccessible.

– Si c'est pas réconfortant…

– Je n'ai laissé qu'un seul autre homme user de moi en ton absence cet hiver. Il était corpulent, c'était un informateur et je n'ai pas esquissé un mouvement jusqu'à ce qu'il s'en aille. J'ai passé mes après-midi à rêver de toi, à te sentir loin et à souhaiter, chaque fois que je voyais mon lit, y trouver Bob Dalton, avec son revolver sur la couverture et son torse osseux, une lueur dans les yeux. Je ne suis pas du tout une femme convenable. Je suis capricieuse, bizarre et aussi peu exclusive qu'un hôtel, mais je t'aime, Bob Dalton – tu es mon résident permanent. »

La seule réponse de Bob fut de l'embrasser et de l'attirer à lui.

Et cette après-midi-là, elle repartit pour prendre des dispositions en vue d'acheter un terrain à Hennessey.

Cent vingt-cinq dollars par tête étaient loin de nous suffire, aussi ce soir-là, vers minuit, après quelques rasades d'alcool de patate, Newcomb et moi nous sommes éloignés du camp en rigolant comme des gosses et nous nous sommes enfoncés à travers les ronces et les broussailles jusqu'à un parc à chevaux appartenant à George et William T. Starmer. Nous avons pissé contre un piquet, enlevé nos bottes et nos chapeaux et nous nous sommes discrètement avancés dans l'herbe humide jusqu'à ce que nous apercevions une douzaine de chevaux et de poulains qui dormaient debout ou broutaient du trèfle. Je me suis approché en leur parlant sur un ton rassurant jusqu'à ce que je réussisse à caresser les naseaux veloutés de l'un d'eux, puis je lui ai donné du sucre et je l'ai entraîné jusqu'à Newcomb la corde au cou. Certains se sont formalisés et ont regimbé, mais la plupart se sont contentés de hennir doucement et de nous suivre comme des somnambules, si bien que vers trois heures du matin, nous en avions une dizaine, avec lesquels nous sommes rentrés au trot en une caravane tapageuse à cause des deux chiens des Yountis. Nous avons attaché notre troupeau à des piquets au milieu du lierre, avec l'intention de le déplacer au matin, une fois que nous aurions modifié les marques.

George Starmer remarqua la disparition de ses bêtes en sortant avec ses seaux de lait. À six heures et demie, il avait rallié son frère, ainsi qu'un certain William Thompson et quatre fermiers dont il avait parrainé l'immigration depuis la Suède. Et comme Yountis était négligé et que tout le comté le détestait, ce fut par sa propriété qu'ils débutèrent leurs recherches.

Les deux bâtards d'Ol accueillirent les chevaux nerveux de Starmer et de ses compagnons. Yountis apparut sur le pas de sa porte en salopette et se frotta les yeux tandis que ses visiteurs l'interpellaient, puis il leur tourna le dos et claqua derrière lui la porte treillissée sans répondre, si bien que les fermiers s'aventurèrent par eux-mêmes dans l'arrière-cour, où un enchevêtrement d'empreintes de sabots, des tiges de plantes brisées et l'herbe foulée attirèrent leur attention. Ils se précipitèrent à notre poursuite en se penchant plus bas que l'encolure de leurs montures pour échapper aux griffures des arbres, mais Bryant, que la douleur privait de sommeil, les avait entendus sitôt que les chiens avaient commencé à aboyer et quand nos poursuivants mirent pied à terre, toute la bande s'était volatilisée entre les troncs.

William Starmer avait servi dans l'armée durant la guerre de Sécession et, à la tête des autres, il entreprit de ratisser la forêt, mais cela s'avéra vain, car nous avions ôté nos bottes et nos vêtements, avant de nous noircir de boue et de nous tapir au milieu des frondaisons pendant que Bryant emmenait les chevaux en direction du sud, jusqu'à la route. Nous nous sommes mis alors à faire du bruit dans les buissons, à iodler ou à jeter des pierres pour leurrer nos poursuivants où nous le désirions.

Les fermiers n'étaient pas de taille. Ils réagissaient comme un club de paroissiens de sortie pour une partie de chasse au lapin. Ils tiraient au moindre cri, sur des ombres ou des silhouettes entraperçues courant entre les arbres. À midi, ils avaient vidé quatre boîtes de cartouches à sept et ils étaient pile là où Bob le voulait – au milieu d'un bouquet de bambous, à plus d'un kilomètre et demi de Beaver Creek, à chasser de leurs yeux des moucherons, à arracher avec les dents des orties enroulées autour de leurs poignets, à s'efforcer d'ignorer la brûlure de la sueur sur leurs égratignures. Bob, Bitter Creek et moi étions agenouillés dans l'ombre entre les troncs, derrière les vestiges d'un arbre frappé par la foudre, et nous guettions nos proies empêtrées dans les halliers depuis des hauteurs connues sous le nom de Twin Mounds.

Bryant nous avait rejoints et il était assis, le pantalon autour des chevilles, sur une pierre plate chauffée par le soleil sur laquelle il reposait ses parties génitales malades. Il a chargé les deux canons d'un fusil de chasse qu'il avait acheté à Yountis pour trente dollars, puis remonté son pantalon et boité jusqu'à moi.

« Qu'est-ce qu'on a comme cibles ? » s'est-il renseigné.

Les immigrants suédois s'apostrophaient dans leur langue et faisaient feu sur l'invisible, mais nous nous sommes abstenus de riposter jusqu'à ce que nous distinguions la première ligne de l'ennemi, qui progressait avec difficulté dans les buissons. « Maintenant ! » a soufflé Bob, et nous avons levé nos fusils par-dessus le tronc, puis lâché une salve en contrebas sans prendre la peine de nous redresser pour vérifier si nous avions touché âme qui vive.

L'un de nous a atteint William Thompson du premier coup et il s'est affaissé contre un arbre. Quand un de ses amis l'a relevé, le devant de sa chemise était empesé de sang. Nous avons réitéré quelques volées sporadiques, en économisant les quelques cartouches inutilisées que nous avions encore dans nos pistolets et les six autres que nous serrions dans nos mains.

Deux des fermiers ont traîné Thompson par le col de son manteau jusqu'à une trouée ombragée tapissée de feuilles humides.

« Ce que j'ai mal au bide, s'est-il plaint. Doux Jésus, quel supplice… ! »

Il roula sur le flanc et vomit de la nourriture et du sang. Les spasmes se succédèrent jusqu'à ce qu'il ait le ventre vide et qu'il régurgite par le nez. L'un de ses amis lui essuya le visage de la manche.

« C'est comme de l'acide et des lames de rasoir », a-t-il ajouté.

Pris d'une rage folle, William Starmer s'est élancé droit vers les deux mamelons où nous étions cachés en nous mitraillant jusqu'à ce qu'il ait écorcé une bonne partie du tronc et épuisé toutes ces munitions. Les herbes hautes l'entravaient tels des molosses pendus à ses jambes et il se démenait au ralenti, la face labourée d'éraflures, pour dégager la manche de son manteau d'un épineux quand Bryant surgit dans un rayon de soleil et lui fit sauter la mâchoire avec son fusil de chasse.

Quand il quitta Twin Mounds au petit trot, le bord du chapeau relevé à l'avant tel un soldat de cavalerie, Bitter Creek Newcomb avait cent quinze dollars dans son sac de couchage et il remorquait l'un des alezans de Starmer derrière lui. Il s'arrêta cette après-midi-là dans une petite ville où il mangea un *chili con carne* et but une bière tiède additionnée d'un jaune d'œuf dans une taverne. Il trouva la prostituée du coin en train de faire sa lessive dehors dans une bassine et ils fricotèrent contre un treillage sur lequel poussaient des haricots verts. Elle mesurait une dizaine de centimètres de plus que lui. Ses manches mouillées étaient fraîches sur la peau de Newcomb.

Il s'était approprié six hectares et demi de terres inexploitées près de Guthrie et il arriva à sa ferme un dimanche. Il échangea le cheval de Starmer contre une mule et du matériel agricole, puis consacra les trois journées qui suivirent à jurer après l'animal en manœuvrant une charrue à versoir. Le reste de son été se passa ensuite à déambuler entre ses rangs de plantes pour les arroser avec un seau sous le soleil brûlant, un bandana imbibé d'eau sur la tête.

En juin, par l'entremise de quelqu'un qui avait de l'instruction – peut-être Rose Dunn, une jolie fille à qui il faisait la cour –, il adressa à mon frère une lettre dans laquelle il exposait : « Je pense que tu devrais envisager d'agrandir la bande et de recruter Bill Doolin, Bill Powers et Dick Broadwell, qui sont des types exceptionnels, qui en ont dans les tripes et qui n'ont pas peur de faire le coup de feu. Les chemins de fer sont sur les dents. Des renforts ne seront pas de trop. »

Comme j'étais plus près de Guthrie que lui, Bob m'a envoyé discuter de cette proposition avec Newcomb, qui a accepté d'entamer les démarches nécessaires. Et cette nuit-là, alors que je fumais une cigarette sur mon lit, j'ai surpris Newcomb installé dans un rocking-chair au sommet d'une éminence couverte de soude roulante et d'herbe blonde au milieu de sa propriété, faisant cliqueter entre ses doigts le barillet du revolver qu'il avait sur les genoux, pareil à un aveugle. Le vent d'été gonflait sa chemise. Il a contemplé les étoiles jusqu'à ce qu'il en ait mal au cou.

Lorsque la bande s'était dispersée à Twin Mounds, Bob m'avait confié les bêtes de Starmer et s'était permis de débarquer à Kingfisher à cheval pour y prendre un bain et se faire couper les cheveux avant de dîner le même soir avec notre mère et notre sœur Nannie Mae et son mari, J. K. Whipple. Ce dernier était propriétaire d'une boucherie à Kingfisher et, plus tard, il nous espionna pour le compte du marshal en chef William Grimes, le meilleur représentant de la loi du territoire, qui devint par la suite gouverneur sous l'étiquette républicaine. Whipple avait offert un cigare à six cents à mon frère.

Puis Bob avait longé la rivière dans l'eau et gravi la berge vaseuse sur sa monture pour atteindre l'endroit où j'attisais un feu sans fumée. Les chevaux volés avaient tous le nez dans l'herbe tendre ; ils battaient de la queue, frétillaient des épaules pour chasser les mouches et se déplaçaient en tapant des sabots. Comme je nettoyais un mors englué de salive séchée verdâtre, je n'ai pas pris la page du journal répertoriant les fermes à céder quand Bob l'a dépliée devant moi.

« Laquelle ? me suis-je informé.

– Celle qui est entourée, ahuri. Soixante hectares, avec sa propre source. »

J'ai lu l'annonce concernant la vente consécutive à un décès récent. La famille devait venir de Wichita le jeudi pour adjuger la propriété aux enchères. Cela signifiait que nous pouvions y cacher notre armada pendant un jour ou deux.

« Il y a du fourrage dans l'écurie ? » me suis-je inquiété.

Bob a hoché la tête et s'est servi un doigt de café dans une tasse.

« Je suis allé vérifier cette après-midi. Il n'y avait personne. Autant planquer les chevaux dans des stalles jusqu'à ce qu'Annie Walker dépêche son acheteur. »

J'ai suspendu les brides à une branche et nous nous sommes accroupis tous les deux autour du feu qui s'est éteint peu à peu.

« Je n'ai pas dormi de la nuit, hier, m'a avoué Bob. Je suis resté tassé contre un arbre à faire des dessins dans la boue avec un bâton et à essayer de décider si j'avais des remords, pour ces gars qu'on a plombés. Je n'éprouve rien. Des fois, je me demande si je suis humain.

– À ce qu'il me semble, c'est la faute des compagnies de chemin de fer, ai-je fait valoir. Elles s'approprient la terre et elles escroquent les fermiers alors qu'elles font des bénéfices pas croyables. C'est pas juste. Elles détiennent tout l'argent qu'il y a dans ce pays et elles payent presque pas d'impôts. La vérité, c'est que c'est les ennemies des travailleurs – et c'est valable ici comme en Californie. Et si un type prend parti pour elles et qu'il reste sur le carreau, eh ben c'est dommage, ça me désole, mais c'est comme ça dans n'importe quelle bataille. C'est la guerre civile. »

Bob a sorti un cigare, l'a allumé sur une braise et s'est relevé.

« Je ne me sens pas coupable, juste triste, s'est-il expliqué. Mais je suppose que ça aussi, ça passera.

– Tu repars ce soir ?

– Ouaip'.

– Qu'est-ce que je fais ? Je t'expédie ta moitié au bureau de poste de Hennessey ?

– Au nom de Daisy Bryant. »

Il a grimpé sur sa monture et fait demi-tour. J'ai versé ce qu'il restait de café sur le feu qui a bruissé quelques instants.

J'ai fixé des yeux le cadran de ma montre de gousset et je me suis concentré pour me réveiller à trois heures du matin. J'ai ouvert les yeux à trois heures dix, plongé la tête dans la rivière, boutonné ma chemise en laine et attaché les onze chevaux avec une corde que j'ai enfilée dans les anneaux des mors. Et malgré leurs ruades, leurs bousculades et leurs protestations indignées, à neuf heures, ils étaient à l'abri dans l'écurie vacante. J'ai fourché de l'ensilage dans les râteliers, puis j'ai fait la tournée des stalles avec un seau d'avoine en les empêchant de fourrer le nez dedans. Lorsqu'ils se sont refroidis, ils se sont mis à exhaler des effluves de pommes brunies.

J'ai fermé l'écurie à clef et traversé la cour miteuse pleine de machines, d'outils et d'équipement rouillés qui attendaient d'être vendus aux enchères : trois parcs à cochons sur cales, une ruche, un tas de harnais et de jougs en cuir, un rouleau de barbelé enfoui dans l'herbe et deux chariots en bois brut avec des rayons supplémentaires pour les roues à l'arrière. J'ai brisé l'un des carreaux de la cuisine avec un balai à franges desséché et flâné à travers la maison condamnée où tous les objets de valeur avaient été entassés sur la table de la salle à manger ou par terre dans le séjour. Les rideaux se sont gonflés lorsque j'ai poussé la porte d'une des chambres et j'en ai déduit que Bob s'était introduit par la fenêtre à guillotine et l'avait laissée entrouverte. Les étiquettes imprimées des objets qu'il avait volés étaient encore sur le couvre-lit lavande – « Cristallerie de New York, 1848 », « Argenterie de prix, Paul Revere », « Belle huile authentique représentant Vénus et les quatre saisons ».

J'ai ouvert la porte d'un placard et y ai découvert un sac de linge sale suspendu par un cordon. J'ai déversé son contenu sur quatre paires de chaussures montantes cirées et je suis ressorti de la pièce avec un coupe-papier en teck, un flacon de parfum encore dans son écrin de velours et une paire de jumelles de l'armée d'une vingtaine de centimètres de long dans un étui noir dont les arêtes râpées étaient marron.

J'ai fait cuire trois œufs, frire des pommes de terre en tranches et du bacon dans une poêle et je me suis attablé dans la cuisine avec un café, les jumelles aux yeux, pour compter les merles et les passereaux dans un charme à huit cents mètres de là. Puis j'ai fait la vaisselle, pris place dans un fauteuil vert à oreilles et braqué les optiques en direction du nord, où un cavalier approchait au pas dans l'ornière droite de la piste. L'homme se balançait sur une selle de vacher mexicaine, un cure-dent entre les incisives ; son nez paraissait écrasé contre une vitre.

L'acheteur d'Annie Walker. Charlie Pierce. Un type au gabarit de jockey, la quarantaine, au visage strié de profondes rides verticales. Le frère de lait de Newcomb.

J'ai couru jusqu'à l'écurie et j'ai entraîné dehors deux chevaux qui se sont avancés dans le soleil de l'après-midi comme si chacune de leurs pattes pesait quarante kilos. Charlie Pierce s'est redressé sur sa selle à la hauteur d'un nichoir, puis il a donné un coup de rênes et sa monture s'est engagée dans la cour.

« Je t'ai vu venir à un kilomètre et demi », ai-je lancé.

Il a éternué dans un mouchoir blanc plié. Son nez était aussi plat qu'un pouce.

« Et alors ? a-t-il rétorqué.

– Ça me semble plutôt extraordinaire. »

Il est descendu de cheval et a désigné les jumelles du menton.

« C'est à toi, ces trucs ? Une invention à toi ? »

Il s'est dirigé vers une des pouliches que je tenais par la longe et a parcouru sa robe des deux mains. Il a soulevé l'un des sabots, l'a laissé retomber.

« Regarde-moi comment ces clous sont tordus, s'est-il indigné. C'est un scandale ! »

Il a ouvert la bouche de l'animal, s'est essuyé les doigts sur son pantalon et lui a inspecté les dents, avant de me planter là et de pénétrer directement dans l'écurie. Ses bottes étaient plissées aux chevilles tels les patins à glace d'un enfant. Il s'est campé face aux stalles pour observer les bêtes, puis est revenu vers moi en séchant l'intérieur de son chapeau avec le coude de sa chemise. Ses cheveux gras portaient encore la marque du stetson.

« Emmett, tu as là une jument baie au chanfrein busqué qui m'a tout l'air d'être levrettée ; une autre dont l'intérieur de la bouche est si dur qu'il doit falloir la conduire par les oreilles. Si j'étais un marchand de chevaux comme ton père, je dirais que trois de ces bourrins vont finir bancroches. En plus, tu as un rouan qui a les quatre chaussettes et la face blanches. C'est une bête à deux dollars et tu le sais. Tu ferais aussi bien de l'emmener dans un coin tranquille et de l'abattre. »

J'ai flatté l'encolure du yearling que j'avais à côté de moi.

« Jette donc un œil par là, Charlie. Il est pas de conformation supérieure, celui-là ? »

Pierce a fait le tour de l'animal en lui parlant et en le caressant.

« L'angle de l'épaule est bon, l'élasticité des côtes aussi ; le canon tourne un peu en dehors, mais ça va. Joli arrière-train, même s'il a les jarrets un peu trop rapprochés. » Il a pris l'un des sabots arrière entre ses jambes et a enfoncé son canif dedans. « Tendre comme du biscuit. Si j'avais assez d'argent pour des carottes et de l'avoine sucrée, je m'occuperais bien de lui moi-même. » Il a raclé le vernis au-dessus du fer, puis s'est écarté en repliant son couteau. « Je vais devoir tailler dans le vif et les bouffer pour me débarrasser de ces marques », a-t-il soupiré. Il a produit un morceau de papier sur lequel il a griffonné avec un bout de crayon. « Vous autres, hors-la-loi, vous commencez à inquiéter le gouverneur du territoire. L'honorable George W. Steele prétend que vous retardez l'accession au statut d'État de l'Oklahoma. »

Il m'a tendu le papier, sur lequel était tout simplement écrit « 300,00 $ ». J'ai hoché la tête et ouvert en grand les portes de l'écurie.

« D'après un paragraphe que j'ai lu dans le journal, Grimes et une cinquantaine d'autres représentants de la loi sont à nos trousses.

– Il règne *mucho* consternation, faut bien le reconnaître », a admis Pierce.

Il a défait la boucle d'une de ses sacoches de selle et compté quinze billets de vingt dollars prélevés dans une enveloppe blanche flétrie parsemée d'empreintes de doigts marron. Il a noué la bride de chaque cheval à la queue de celui qui le précédait et lorsqu'ils ont tous été en file derrière lui, il s'est hissé en selle et a tamponné son nez gros comme le pouce avec son mouchoir blanc.

« Je ne suis que le garçon de courses d'Annie Walker, a-t-il déclaré. Elle n'en ferait pas un drame si je rendais mon tablier pour m'adonner à des activités plus gratifiantes.

– Je le signalerai à Bob, ai-je répondu.

– Et moi, j'inscrirai ton nom dans ma bible de famille », a-t-il répliqué.

Blackface Charley Bryant habita pendant la moitié du mois de juin au Rock Island Hotel, à Hennessey, une trentaine de kilomètres au nord de Kingfisher. L'hôtel devait son nom à l'embranchement ferroviaire qui desservait la ville et il était géré par une ravissante tenancière du nom de Jean Thorne et son frère, qui avaient connu Bryant du temps où il était cow-boy. Pour un dollar par jour, Bryant jouissait d'un lit à ressorts, d'une commode et d'un fauteuil rembourré de coton garni d'une têtière en crochet sur laquelle il avait épinglé l'avis de recherche émis à l'encontre du meurtrier du guichetier de Wharton. Miss Thorne lui montait ses repas sur un plateau, appliquait des cataplasmes sur son estomac et ses cuisses marbrées de rouge à cause de l'infection et lavait son visage en sueur avec un gant de toilette. Mais il se lassa d'être materné et, un mardi à la tombée de la nuit, il descendit en boitant, écorça une branche arrachée à un arbre de la cour afin de se confectionner une canne et se rendit à un camp de vachers de Buffalo Springs, où étaient regroupés cinq cents têtes de bétail et quelques cow-boys dormant sous des tentes de l'armée confédérée. Il payait cinq cents pour la soupe, dormait sur sa couverture sous un lit de camp militaire et, certains après-midi, accomplissait plus d'une soixantaine de kilomètres pour se faire soigner par la squaw de Jim Riley. Tous les vachers ne juraient que par elle. Elle était capable de guérir la calvitie, le croup et les rhumatismes – ainsi que les verrues, en urinant sur vos mains. J'ignore ce qu'elle faisait à Bryant, hormis qu'elle utilisait une pipette en verre de chimiste.

Mon frère eut vent de ce traitement et, pour asticoter Bryant, lui adressa, chez Jean Thorne, la réclame suivante, découpée dans le journal : « Petites natures ! Hommes à la vitalité déficiente, par suite d'excès d'étude ou de travail, de tension nerveuse ou de mélancolie, de surmenage sexuel à l'âge mûr ou de folies de jeunesse… Triomphez sans mal de tous ces désordres grâce au nouveau remède fortifiant des docteurs Searles & Searles. »

Au-dessous de quoi Bob avait rajouté : « Sinon, tu peux aussi envisager les comprimés Ripans. Ils soulagent l'estomac, le foie et les boyaux. C'est l'antidote idéal contre les affections hépatiques, la néphrite chronique, le catarrhe, la colique, l'urticaire, les nausées, la gourme, la scrofule, la paresse hépatique, les remontées acides et les plaques sur le visage. »

Mon frère Bob avait vingt fois plus de cran que moi. J'aurais été terrifié que Bryant me tue pour un truc comme ça, mais pour autant que je sache, Charley se contenta de jeter la lettre au feu.

Cet été-là, je pris mes quartiers à environ vingt-cinq kilomètres du bâtiment principal du ranch de Jim Riley, dont je surveillais la clôture sud pour deux dollars par semaine, tout en creusant à la pelle et à la pioche un abri de cinq mètres et demi de côté que j'avais délimité avec des crampons de chemin de fer. Bryant y faisait parfois halte pour me regarder en crachotant du tabac à chiquer, appuyé sur sa canne en frêne, tandis que j'excavais l'argile rouge, pieds et torse nus. J'obtins une fosse d'à peu près un mètre vingt de profondeur, que je pourvus d'une charpente de grosses branches, et lorsque j'eus fini, je disposais d'une cabane pouvant héberger six personnes au milieu de fourrés de cèdres en bordure de la South Canadian, un affluent du fleuve Oklahoma. Le toit était en gazon et, pour qu'il reste vert, j'avais prévu un arrosoir ; à l'intérieur, j'avais fabriqué des lits de camp et ménagé des meurtrières dans les parois pour pouvoir tirer et pour l'aération. Bryant suspendit une couverture navajo à l'entrée en guise de porte, chaparda une cheminée quelque part et confectionna un fourneau en briques à quatre feux. Pierce nous rejoignit une fois qu'il eut vendu les bêtes de Starmer pour le compte d'Annie Walker et mania la machette pendant trois jours dans des buissons d'osier afin de créer un corral de branchages qui lui arrivait à la hauteur du cou et qui était assez grand pour accueillir une trentaine de canassons. À cent mètres de distance, notre repaire était à peine visible ; à quatre cents, c'était comme s'il n'était pas là.

Après le dîner, je pansais les chevaux, j'enlevais la crasse à la surface de leur eau, puis, avec mes jumelles, je faisais quelques kilomètres à pied dans l'herbe à bison jaune si haute qu'elle ensemençait mes poches de chemise. Je m'accroupissais au sommet d'une butte et j'observais, à huit kilomètres de là, une ferme où une femme se lavait les cheveux dans un abreuvoir, le haut de sa robe grise rabattu jusqu'à la taille. Ou j'épiais un homme qui dodelinait sur une haridelle apathique sur le chemin de charroi des monts Gloss – quand je ne me bornais pas à admirer mon œuvre de loin. Vers la fin de l'été, Bill Powers prit l'habitude de venir fumer sa pipe calebasse sur le pas de la porte et Dick Broadwell de dévaler la ravine conduisant à la rivière, puis de reparaître au bout d'un moment en se reboutonnant et en rentrant sa chemise rouge dans son pantalon. C'était une résidence estivale agréable et lorsque la nouvelle se répandit, tout ce que l'Oklahoma comptait de mauvais garçons divers et variés commença à nous rendre visite, à s'y donner rendez-vous ou à venir y dormir une nuit au frais. L'endroit acquit même une certaine réputation. Quand j'ai épousé Julia et déménagé en Californie après avoir purgé ma peine de prison, puis été policier à Tulsa, l'une des premières choses que j'ai faites a été de proposer à un type de lui creuser un sous-sol pour cinquante dollars. C'était en 1918. Ça fait maintenant presque vingt ans que je suis entrepreneur du bâtiment.

Bryant logeait à son camp de vachers de Buffalo Springs, tandis que les rodéos et les courses de chevaux occupèrent Pierce tout l'été ; quant à Broadwell, Doolin et Powers, ils ne survinrent guère avant juillet, de sorte que la seule autre personne en dehors de moi qui habitait en permanence à l'abri était un cow-boy noir de quarante-quatre ans nommé Amos Burton, qui avait été élevé par des Blancs et était un bon ami de Bob. Il allait chercher en victoria de la farine, des haricots et du bicarbonate de soude au hameau de squatters de Taloga ou chargeait son fusil et longeait la rivière en remplissant au fur et à mesure un sac à céréales de lapins, d'écureuils, de tétras et de dindons sauvages. Quant à moi, l'après-midi, je m'allongeais sur mon lit sous un carré de lumière et je parcourais le catalogue de vente par correspondance Sears Roebuck en montrant du doigt les objets qui me faisaient envie, pendant qu'Amos fredonnait tout seul en taillant des appeaux à canards dans des faines de hêtre.

En juin, un dimanche, j'avais effectué une visite à Bartlesville chez Julia Johnson, qui était parvenue à persuader ses parents comme elle-même que les allégations des chemins de fer et de la Wells Fargo à mon encontre étaient grotesques ; pourtant, en dépit de mes efforts acharnés pour faire de l'humour, elle me semblait distante et maussade et j'ai eu peur de la perdre à jamais. Nous nous sommes promenés sous les arbres fruitiers et j'ai pataugé dans la Caney, le jean remonté jusqu'aux genoux, contemplant l'eau qui se mouvait sur mes orteils. J'ai dîné de jarret de porc et de haricots blancs à la même table que des femmes vêtues de robes malodorantes et des ouvriers agricoles à bretelles dont les chemises blanches étaient souillées de taches marron aux aisselles. Puis j'ai fumé une cigarette sur la véranda en compagnie de Texas Johnson et je l'ai écouté fustiger Benjamin Harrison, le président d'alors, et les républicains. Il était déjà résolu à voter pour le démocrate Grover Cleveland en 1892, du moins si Jerry Simpson, le populiste, n'était pas candidat.

« Ce qu'il nous faut, c'est un bonhomme capable de tenir tête aux banques nationales et de les forcer à penser de nouveau aux agriculteurs. Et après ça, il faudrait qu'il se retrousse les manches et qu'il s'attaque aux chemins de fer. Tu sais que c'est trois fois plus cher d'acheminer du blé d'ici jusqu'à Chicago que de Chicago à New York, qui sont plus éloignées ? Du temps où le maïs se vendait dix cents le boisseau au Kansas – dix cents ! –, le transport en coûtait neuf. Un fermier devait récolter un boisseau pour ses gosses et un autre pour les chemins de fer. Ça me paraît pas normal. Je suis d'accord avec Mary Lease, du parti populiste : on devrait semer moins de blé et plus de désordre. Les chemins de fer ont oublié les petits depuis longtemps. Ils donnent la priorité aux grosses cargaisons par rapport aux plus modestes, aux grandes villes par rapport aux communes rurales ; ils ont la mainmise sur toutes les assemblées législatives à l'ouest de Susquehanna – ils te mettent pas en boule, toi ?

– Ils auraient bien besoin qu'on leur explique deux-trois trucs, ai-je acquiescé.

– Et c'est pas rien de le dire. » Il a bourré sa pipe et gratté une allumette sur l'assise de son fauteuil à bascule. « Tu as l'intention de louer une ferme ou d'être cow-boy ? »

Je lui ai expliqué que j'étais journalier et que je vivais dans un dortoir au ranch de Riley, mais que j'avais dans l'idée de briguer un poste de marshal adjoint dès que Grat et Bill seraient acquittés en Californie.

« Je crois que la vaisselle est terminée », a-t-il lâché en se levant de son rocking-chair.

Julia et moi avons marché jusqu'à l'étang, près duquel des vaches Hereford broutaient l'herbe tendre, l'œil fixe, et où des lenticules empiétaient sur la surface de l'eau.

« On s'est bien entendus, ton père et moi, ai-je affirmé. On voit pareil sur plein de choses. On est comme deux larrons en foire. »

Julia s'est éloignée pieds nus dans l'herbe, la tête baissée, et j'ai galopé après elle dans mes bottes pour la rattraper. Je lui ai passé un bras autour des épaules.

« Quand ma sœur n'est pas là, je m'enferme à clef dans la chambre et je pleure dans mon oreiller ; ou parfois, je me déshabille et je vais nager dans l'étang pour qu'on ne remarque pas mes larmes, m'a-t-elle confié. Si j'avais une maison, j'aurais une pièce spéciale avec des murs bleu foncé, un divan en cuir et un tiroir rempli de mouchoirs.

– Qu'est-ce qui te rend si triste ? » ai-je demandé.

Elle m'a considéré un moment, puis elle est repartie en direction de la maison et s'est installée sur la balançoire, la joue contre l'une des cordes, pendant que je jouais doucement de l'harmonica, adossé à un sapin du Canada. Vers neuf heures, elle m'a raccompagné jusqu'à mon cheval et je lui ai offert le coupe-papier en teck et le flacon de parfum encore dans son écrin en velours que j'avais récupérés dans la ferme en vente aux enchères.

À cet instant, j'aurais voulu lui dire que je l'aimais ; que j'allais dégotter un boulot stable et l'épouser – ou décrocher le pactole et m'enfuir avec elle –, mais elle a posé un doigt sur mes lèvres et m'a tendu une page de son journal intime pliée en quatre.

« Ne lis pas tout de suite. Garde ça pour plus tard. »

Comme je m'éloignais, j'ai discerné sa silhouette devant la porte treillissée, puis celle-ci s'est refermée et j'ai arrêté mon cheval au milieu de la route sous la lune blanche. J'ai déchiré la feuille en la dépliant et je l'ai approchée de mon nez jusqu'à ce que je puisse déchiffrer ce qui était écrit. C'était un passage de la Bible : « Nous vous exhortons, frères, à faire encore de nouveaux progrès : ayez à cœur de vivre dans le calme, de vous occuper de vos propres affaires, et de travailler de vos mains, comme nous vous l'avons ordonné, pour que votre conduite soit honorable au regard des gens du dehors, et que vous n'ayez besoin de personne. *Première épître aux Thessaloniciens*, chapitre 4, versets 10 à 13. »

Et là, ça a à peu près fini par rentrer.

Newcomb s'est activé, il a pris des contacts et trois des vachers aux côtés desquels j'avais manié le lasso au ranch Bar X Bar – les trois auxquels Bob m'avait soustrait car il les tenait pour de mauvaises fréquentations, Dick Broadwell, Bill Doolin et Bill Powers – ont débarqué fin juin et élu domicile à l'abri.

Dick Broadwell était un type comique et pétulant, le fils cadet d'une famille prospère d'Hutchinson, dans le Kansas. Il avait épousé à Fort Worth, au Texas, une jeunette qui avait décampé avec tout ce qu'il avait au bout de deux semaines à peine et il avait regagné, morose, le territoire sous le pseudonyme de Texas Jack Moore. Il était mince, pâle, docte, soupçonneux. Il portait des lunettes en toile pour se protéger des rafales de poussière et était dégarni sur tout l'avant du crâne, mais il avait de longs cheveux bruns d'une vingtaine de centimètres qui lui arrivaient dans les yeux quand le vent les ébouriffait comme les pages d'un livre. Il était du genre à relever n'importe quel défi – sauter du toit d'un wagon de marchandises, avaler une cigarette allumée, lancer un couteau entre ses orteils… Il se présenta à l'abri avec un chaton noir qu'il avait baptisé Turtle et qu'il nourrissait de sardines en boîte. Il avait sur les doigts des verrues qui évoquaient des choux-fleurs.

J'ai repéré Bill Powers à plus de quatre kilomètres de distance quand il s'est pointé au pas sur son cheval, au milieu de l'herbe qui s'élevait jusqu'à ses étriers en bois. Il observait solennellement les cèdres et le scintillement du soleil sur la rivière. Je me souviens qu'il avait un foulard rouge sur le nez à cause du pollen, le col de chemise boutonné, un fusil en travers de la selle et un étui à violon dans la main gauche. Il se faisait alors appeler Tim Evans. Je n'ai jamais découvert pourquoi. C'était un homme grand, propre, beau, bien élevé ; il portait une grande moustache, mais pas de favoris et il était aussi discret et flegmatique qu'un bon majordome. Il parlait couramment espagnol ; il était capable de faire durer une pipe deux heures ; il avait des ongles ébréchés aussi blancs que des touches de piano. Il avait coutume de s'asseoir sur la couchette inférieure des lits superposés avec une pipe en écume, un bidon d'huile et, étalés sur la couverture, les centaines de rouages, de chevilles et de rondelles d'un réveil, qu'il nettoyait tour à tour avec un mouchoir et accouplait les uns aux autres jusqu'à ce qu'il puisse se coucher avec le tic-tac du mécanisme près de son oreille. Il aimait déjeuner au soleil, les yeux fermés, ainsi que se balader au bord de la Canadian avec mes jumelles et un exemplaire des *Oiseaux d'Amérique* de John James Audubon pour identifier les espèces locales. Chaque fois, Broadwell lui criait : « Si jamais tu aperçois une poule sauvage à croupion rebondi, tu me préviens, d'accord ? » Et Powers souriait en frottant une allumette contre le foyer de sa pipe.

Le dernier à nous rejoindre fut Bill Doolin, qui venait de Eureka Springs, dans l'Arkansas, où il était aller prendre les eaux pour soulager ses rhumatismes et avait courtisé une fille de pasteur dénommée Edith Ellsworth, destinée à devenir sa femme. Doolin eut par la suite sa propre bande, dont fit partie mon frère Bill, mais alors, ce n'était qu'un cow-boy rouquin aussi dégingandé qu'un portemanteau, avec des yeux bleus de simplet, un air abattu et une moustache qui lui recouvrait la lèvre du bas. Une mule attachée à la queue de son cheval transportait sous une bâche ses poêles, ses moules à gâteau et ses bocaux d'épices – poivre de Cayenne, arrow-root et ciboulette, macis, graines d'aneth et clous de girofle, romarin, gingembre, basilic et thym. C'était un bon cuisinier, il passait aux fourneaux plus souvent qu'à son tour et il aurait pu rester avec nous plus longtemps s'il n'avait pas été si intimement persuadé qu'il valait bien deux hommes, qu'il était plus malin que Bob et qu'il était *de facto* le chef naturel de toute coterie à laquelle il appartenait. Il affichait un sourire narquois, n'écoutait pas ou émettait des objections chaque fois que mon frère prenait la parole. Il était par moments aussi rétif qu'un adolescent. Il se fit descendre au fusil de chasse par un membre d'un détachement commandé par le marshal adjoint Heck Thomas, dans un champ de maïs en 1895, après quoi on prit une photographie de son cadavre assis dans un fauteuil, torse nu, fixant le plafond de ses yeux bleus. Les impacts de chevrotine sur sa poitrine ressemblaient à des piécettes.

Après qu'il m'eut laissé avec les chevaux volés fin mai, mon frère loua un chariot et gagna une grande ferme à un peu moins de quarante kilomètres à l'ouest de Hennessey, que retapaient, décapaient et repeignaient en blanc trois Noirs embauchés à Dover. Bob gravit les marches de la véranda de derrière avec un filet d'oranges et l'un des ouvriers, sur une échelle, ôta son chapeau en feutre.

« La maîtresse de maison est par là ? s'enquit Bob.

– Mrs Jones, elle est dedans avec un aut' missié. »

Ledit monsieur n'était autre que Blackface Charley Bryant qui avait fait halte pour une visite de courtoisie sur le chemin de l'hôtel Rock Island. Il avait abandonné ses bottes éculées près de la baratte, à l'arrière, et il était affalé sur un divan rouge, les pieds sur une table basse, tandis que Miss Moore, perchée sur un tabouret, suspendait des draperies blanches. Elle perçut le pas de Bob sur le carrelage de la cuisine et laissa choir ses rideaux. Bob entra, vêtu d'un pantalon en velours côtelé noir et d'une chemise bleue avec des boutons en nacre, venant de se recoiffer avec de l'eau de la cuisine.

« Ravi de faire votre connaissance, Mrs Jones, fit-il.

– Ça fait presque une semaine, répondit-elle.

– Je sais. » Il s'avança dans le salon et salua Bryant de la tête, tel un gars de la campagne. « Salut Charlie. Comment va ? »

Bryant croisa les jambes.

« Plutôt mollement. »

Bob sourit à Eugenia, la souleva de toute la force de ses bras du tabouret, la déposa par terre et leva le filet qu'il avait à la main.

« Je t'ai apporté des oranges. »

Elle l'embrassa.

« Je crois que nous devrions nous retirer à l'étage », suggéra-t-elle.

Ils montèrent jusqu'à une chambre percée de six hautes fenêtres et pourvue d'un lit en noyer sculpté, où ils passèrent l'après-midi. Ils entendaient les couteaux à mastic racler et chanter sur le bois, ainsi qu'une échelle à deux plans bringuebalante que l'on déplaçait autour de la maison. J'imagine que Bryant devait encore être sur le divan, en train de rogner la chair après la peau d'une orange quand Bob et Eugenia reparurent pour dîner de chili et de pain de maïs. Bryant récura le moule à pain avec son couteau et confectionna des boulettes avec les miettes.

« Je suis allée essayer des tabliers brodés dans un magasin de nouveautés à Hennessey et après avoir sollicité l'avis de plusieurs dames, je leur ai confié que je venais de divorcer d'une brute du nom de Harry Jones dans le territoire du Dakota et que j'avais pu racheter et remettre en état cette propriété grâce aux indemnités de divorce, raconta Eugenia. On n'avait jamais vu autant de compassion. »

Bryant eut un grand sourire.

« C'est pas la plus maligne, hein, Bob ? »

Mon frère tapa sur la table avec sa cuillère.

« En mon absence, cette maison t'est interdite, Charley. Je ne veux pas que tu t'approches d'Eugenia. Dès que tu t'en vas, je jette tes couverts au compost. »

Bryant se borna à sourire.

Bob se servit un café, puis reposa la cafetière sur le fourneau et examina le tablier qui y était accroché.

« C'est censé être quoi, sur les poches ? Des lys ? »

Miss Moore lança un coup d'œil, puis se retourna vers la table.

« Oui.

– Ne le mets jamais. Il me file des frissons dans le dos. »

Ce soir-là, après le départ de Bryant, Bob transbahuta à l'intérieur tout ce qu'il avait entassé dans le chariot : un rocking-chair à balustres et deux lampes décorées de fleurs roses, une couette ornée de cercles entrelacés, une chevrette, un cageot de pêches rembourré de papier journal contenant de la cristallerie de New York datant de 1848. Plus : deux recueils de poésie, l'un de Tennyson, l'autre de Longfellow ; un stylo à plume et un encrier ; de l'argenterie de prix Paul Revere, une table à abattants en cerisier et une belle huile authentique représentant Vénus et les quatre saisons.

« On ne peut pas acheter mieux, Miss, se vanta Bob. Vous avez déjà vu aussi somptueux dans le coin ? Hein ? La réponse est non. Ces articles sont d'une qualité digne de San Francisco – du premier au dernier. »

Plus tard, alors qu'ils étaient assis nus sur le lit à l'étage avec du champagne tiède, à la lumière orangée d'une bougie blanche posée sur une chaise, elle le questionna :

« Ça te plaît qu'on ait peur de toi ?

– Oui.

– Tu préférais ton père à ta mère ?

– Oui.

– C'est Emmett, ton frère préféré ?

– Oui.

– Hum… Si tu avais le choix, tu désirerais plutôt vivre en ville ou à la campagne ? »

Bob versa du champagne dans sa flûte en cristal et déposa la bouteille sur le sol. Il but en dévisageant Eugenia.

« En ville. À La Nouvelle-Orléans, peut-être. Au bord de l'océan.

– Tu rêves de moi ?

– Des fois.

– Je suis nue ?

– Oui. »

Elle eut un sourire et l'embrassa sur l'épaule. Elle se leva, vida le reste de la bouteille dans son propre verre et souffla la bougie.

« Quand tu es en moi, c'est comment ? »

Il baissa les yeux vers son verre et le finit.

« Pose-moi une autre question. »

Eugenia regarda par les hautes fenêtres. Le vent taquinait les rideaux. Elle fit rouler sa flûte contre sa joue.

« D'accord. Prends ton temps pour celle-là. Ne te contente pas d'une réponse rapide. À quoi penses-tu quand tu es tout seul ? »

Bob se balança en avant, le visage enfoui dans un oreiller qu'il tritura en marmonnant. Puis il trempa les lèvres dans le verre d'Eugenia et ferma les yeux.

« À quand je serai célèbre. Et à comme c'est pour bientôt. »

Il rouvrit les yeux comme s'il en avait assez dit.

« Tu peux faire plus long que ça, j'en suis sûre, insista-t-elle.

– À… quand… je… serai… célèbre… répéta-t-il au ralenti. Et… à… comme…

– Nigaud… »

Il lui baisa la main, appuya la tête sur les cuisses de Miss Moore et écarta les mèches blondes qui lui tombaient sur le front.

« Mon nom sera dans tous les journaux de New York, de Chicago et de Denver, reprit-il. Des gars qui m'ont tout juste croisé une fois prétendront qu'on faisait marcher une botteleuse ensemble et des gus de l'Est qui n'ont jamais marché dans une bouse inventeront des aventures dont je serai le héros pour les romans à dix cents de la collection Beadle. Je serai aussi réputé que Jesse James et quand je serai mort, on me volera mes vêtements, on vendra mes pistolets aux enchères et des inconnus se recueilleront sur ma tombe. J'ai hâte d'y être. »

Eugenia demeura immobile dans le noir.

« Tu veux que je te pose des questions à mon tour ? » proposa-t-il.

Et il ne m'en fit jamais part.

9

L'été fut pour eux une longue lune de miel. Ils faisaient la grasse matinée jusqu'à dix heures, ils allaient se baigner dans Canton Lake et, au crépuscule, ils musardaient sur la balancelle jaune de la véranda. Ils ne cultivaient même pas la propriété. Mais en juillet, ils disposèrent des tables dans la cour pour un repas en plein air auquel participa la bande des Dalton au grand complet – Bob, Eugenia, Julia et moi, Doolin, Broadwell et Powers, Bitter Creek Newcomb et son compère Charlie Pierce, Blackface Charley Bryant, qui s'était présenté avec Miss Jean Thorne, et Amos Burton, le cow-boy noir, accompagné de trois prostituées de Dover qui, après avoir déjeuné sur la véranda de derrière, s'enfoncèrent dans l'ombre des pommiers sauvages avec les amateurs.

Comme les serpents à sonnette pullulaient dans la région, Newcomb et Broadwell ont rentré leur pantalon dans leurs bottes et ont écumé les ravines asséchées, les sols brûlés et les éboulis dans les collines avec des bâtons fourchus et des sacs en toile ; ils sont revenus vers deux heures de l'après-midi avec une douzaine de reptiles encore vivants que Broadwell a brandis au-dessus du billot pour qu'ils se débattent et tirent la langue, avant de les décapiter à la hachette. Powers les a dépiautés, Doolin les a fait griller et nous les avons mangés avec des œufs brouillés et des framboises sur des biscuits. Lorsque le soleil n'a plus été qu'une lueur dans le feuillage des arbres et que nos ombres noires ont commencé à s'allonger sur l'herbe, Eugenia s'est mise debout au bout de la table et a levé son verre de thé tiède.

« Au banditisme ! » a-t-elle proclamé.

Newcomb et Pierce sont allés s'entraîner à sauter en selle depuis le toit en tôle de la remise. Broadwell, écarlate et ahanant, et Doolin, hilare, avec son rire bizarre – « Hayuk, hayuk, hayuk ! » – ont fait un bras de fer dont l'enjeu était d'écraser le poing du perdant dans une assiette de beurre. Et Julia a prêté l'oreille à Bill Powers le gentleman, qui résinait son archet face à elle.

« Mes tomates ont été calcinées par le soleil, cette année, a-t-il expliqué. Mes plants de maïs ont bruni et se sont décomposés avant d'arriver à hauteur de genou. J'ai coupé la tête de treize crotales qui rôdaient près des cabinets. Je ne me déplaçais jamais sans ma binette et j'étais bien content de ne m'être jamais marié. Il fait trop sec dans l'Ouest pour jardiner. »

Julia paraissait d'autant plus distinguée en si fruste compagnie. Elle avait une ombrelle sous laquelle elle s'est abritée pendant le plus clair de cette torride après-midi et elle avait soin de soulever le bas de sa robe quand elle marchait dans l'herbe. Mon frère et moi avons joué aux dames à table et Julia est demeurée assise à côté de moi en silence, pendant qu'Eugenia la croquait en train de s'éventer avec un exemplaire du magazine *Woman's Home Companion* (« Le Compagnon de la ménagère »). Comme je lui prenais un pion et arrivais à dames, Bob s'est penché pour examiner le carnet de dessin de Miss Moore.

« C'est très réussi », a-t-il commenté.

Eugenia a essuyé sur un pan de sa chemise le fusain qu'elle avait sur les doigts.

« Julia est facile à dessiner, a-t-elle affirmé. Elle peut rester si longtemps sans bouger. La plupart des gens souffrent de la danse de Saint-Guy.

– Ça lui est passé quand elle était plus jeune, ai-je expliqué.

– Tu sais, Julia, c'est vraiment remarquable, a déclaré Bob. Comment tu t'y es prise pour devenir adulte si vite ?

– Tu me taquines, pas vrai ?

– Non ! Je t'assure, tu es en avance de dix ans sur moi.

– Tu es vraiment très mûre », a renchéri Miss Moore.

Julia s'est tournée vers moi.

« Ils se moquent de moi, hein ?

– Non, je pense qu'ils sont sincères. »

Elle a timidement souri à Miss Moore.

« Je peux être effroyablement sainte-nitouche, parfois. »

Puis la nuit est venue, tout le monde s'est séparé et Charlie Pierce a raccompagné Julia chez elle à bord d'un cabriolet qu'il avait acheté à quelqu'un au Kansas.

Blackface Charley Bryant avait loué une victoria pour emmener Miss Jean Thorne et j'ai ainsi débarqué à l'hôtel Rock Island à l'issue d'un trajet inconfortable à l'arrière de la voiture, à battre des pieds au-dessus de la route, pendant que Bryant conduisait sur la banquette avant, voûté, le col de chemise rabattu par-dessus sa cicatrice. Il l'avait crépie de poudre de riz, ce qui lui conférait un teint crayeux. Un vilain chancre lui déformait la lèvre.

Il était dix heures du soir quand nous avons attaché l'attelage à Hennessey. Des ballons en papier en forme d'ânes étaient accrochés à la barre d'attache. Des torches de signalisation ferroviaire crachotaient et crépitaient dans la rue et des représentants de commerce qui s'étaient retrouvés à l'hôtel Rock Island se les lançaient les uns aux autres. Des cheminots les observaient, debout, les mains dans les poches de leur salopette. Bryant est allé s'asseoir sur un banc à la gare avec Miss Thorne et je me suis installé dans un fauteuil en chintz dans le salon de l'hôtel pour lire les journaux.

Un grand type blond en pantalon et veste à fines rayures couleur craie est sorti de sa chambre et a verrouillé la porte. Les manches de sa chemise blanche étaient retroussées et il avait sur la tête un épi qu'il avait tenté d'aplatir avec de l'eau. Il devait peser dans les quatre-vingt-dix kilos. Il a demandé à Mr Thorne le registre et a noté tous les noms dans un calepin. Il m'a montré du doigt.

« Et lui, qui c'est ? »

Thorne a répondu qu'il n'en savait rien. Le marshal s'est campé au milieu du tapis du salon, les mains dans les poches.

« Comment tu t'appelles ? » m'a-t-il apostrophé.

Je lisais un article à propos d'un garçon de ferme de Tulsa qui était capable de balancer des balles plongeantes au base-ball.

« Charlie McLaughlin, ai-je salué. Bonne journée ? »

Il a dédaigné ma question.

« D'où tu es ?

– Liberal, au Kansas, vous connaissez ?

– J'étais le marshal de Woodsdale à l'époque où Liberal et Hugoton étaient en bisbille pour devenir le chef-lieu du comté de Stevens.

– Effectivement, c'est tout près. »

Il a consulté son calepin.

« Comment ça se fait que tu sois pas dans le registre ?

– Je suis juste venu lire les journaux. »

J'ai replié celui que j'avais entre les mains et regagné la rue.

J'ai aperçu Bryant qui était assis, seul, sur un tas de traverses de chemin de fer, tandis que derrière lui, des serre-freins marchaient sur le toit de wagons de marchandises et tournaient les volants de freinage. Je ne lui ai pas demandé pourquoi Miss Thorne n'était plus avec lui. Je l'ai seulement informé de la présence en ville du marshal adjoint Ed Short et lui ai recommandé de se trouver un autre point de chute. Il prit donc la direction de Mulhall, à l'est, où son frère Jim possédait une propriété, mais un type n'avait de cesse de passer et repasser devant la maison à longueur de journée, au pas sur son cheval, et Bryant en déduisit que ce devait être un détective, aussi repartit-il et élut-il domicile au camp de vachers de Buffalo Springs jusqu'à la fin juillet.

Le sieur Short était un mercenaire engagé sur des fonds fédéraux par le marshal en chef William Grimes pour appliquer la loi dans le second district judiciaire. Short avait chaussé ses lunettes et parcouru les dossiers des hors-la-loi locaux que tenait à jour au tribunal de Guthrie un marshal adjoint dénommé Christian Madsen, et il avait reconnu en un cow-boy du Texas du nom de Blackface Charley Bryant l'un des bandits de Wharton décrits par le chauffeur et le mécanicien du Santa Fe-Texas Express. Short avait donc loué un bureau à Hennessey et pris une chambre à l'hôtel Rock Island, où un client de passage lui avait raconté que vivait la bonne amie de Bryant, et il allait régulièrement observer à la jumelle, juché sur son cheval, en bordure de terrain, le bâtiment blanc d'un étage appartenant à celle qui, d'après ses renseignements, était Daisy Bryant, la sœur de l'homme qu'il recherchait. Apparemment, il ne repéra jamais mon frère. Bob avait le chic pour ce genre de truc.

À partir d'août, à l'abri, notre ordinaire s'était agrémenté de légumes sauvages et de veau égaré. Le soir, Doolin et moi allions pêcher des poissons-chats avec des cannes en bambou au bord de la rivière pendant que, autour d'un feu de camp, les autres faisaient tourner de main en main une cruche d'alcool et tapaient en rythme sur leurs genoux avec des cuillères pendant que Powers jouait du violon. Je n'ai effectué qu'une visite chez Julia, un samedi après-midi où nous n'avons rien fait, car c'était tout ce qui était dans mes moyens. Elle portait une robe jaune avec un col de dentelle ; nous nous sommes amusés à lancer des pelotes de laine sur les camées du piano. J'ai réussi à planter un couteau dans un arbre à trois mètres de distance et je me suis assis dans la terre aux pieds de Julia qui, perchée sur le siège de la balançoire, m'a mouillé les cheveux et m'a fait la raie au milieu. Elle m'a questionné à propos de Miss Moore, mais elle lui en voulait encore. Julia avait le sentiment qu'elle me dévoyait. J'avais dix-neuf ans ; elle en avait dix-huit.

Bryant avait une mine affreuse. Il avait les yeux verdâtres, le teint jaunâtre et il n'arrivait pas à garder un repas dans l'estomac. Chaque fois que je le voyais, il avait un gant sur le visage, les mains sur l'entrejambe et se berçait de droite et de gauche sur sa couche. La maladie lui rongeait le cerveau : il lui arrivait de bouder sous un arbre, la bouche tordue comme s'il vociférait à l'adresse de railleurs dans son propre saloon privé ; soudain, il se relevait d'un bond, se précipitait au soleil en distribuant des coups de poing à toute volée, avant de retourner s'asseoir et de reproduire encore et encore l'échauffourée jusqu'à ce que Pierce ou Powers le secoue.

Le 1er août, il partit pour Mulhall, où résidait le médecin de son frère, avec une flasque de whisky corsé comme du Tabasco dans sa chemise, les jambes ficelées à sa selle. Mais il s'évanouit et faillit s'étouffer avec son vomi avant de parvenir à éperonner sa monture jusqu'à la véranda en bois de l'hôtel Rock Island à Hennessey, où il dut appeler pour qu'on vienne le chercher.

On le transporta jusqu'à une chambre à l'étage, où Miss Thorne lui fit sa toilette. Puis, pendant qu'un médecin de la ville s'occupait de Bryant, elle gagna, de l'autre côté de la rue, un bureau qui avait été celui d'un avocat, où, à la lueur d'une lampe à pétrole, Ed Short démontait son revolver sur une serviette à carreaux étalée sur sa table de travail. Il leva les yeux vers la femme sur le pas de la porte.

« Il est là », annonça Miss Jean Thorne.

Le lendemain matin, elle entra dans la chambre de Bryant avec son petit déjeuner sur un plateau recouvert d'un torchon blanc. Charley était étendu sur le dos, sa Winchester contre la jambe, sur les couvertures. Seuls ses yeux bougeaient.

« Je ne crois pas être en état de manger », dit-il.

Elle déposa le plateau sur la commode et laissa la porte ouverte, puis le marshal fédéral adjoint Ed Short apparut sur le seuil, en costume noir, dissimulant un pistolet sous le chapeau gris qu'il tenait à la main.

« En route pour Wichita, Charley », lâcha-t-il.

Short confisqua la Winchester et fourra dans la poche de sa veste le six-coups de Bryant. Il autorisa le hors-la-loi à se servir du bassin et à se laver dans la cuvette, puis le menotta et poussa un Bryant claudicant dans le couloir où la femme de chambre enceinte nettoyait le noir de fumée au plafond. Short et son prisonnier passèrent la nuit dans le bureau du marshal adjoint à manger des gésiers de poulets et à jouer aux cartes. Enfin, dans l'après-midi du 3 août, une foule les suivit jusqu'à la gare de Hennessey et demeura plantée derrière eux pendant qu'ils attendaient sur un banc un train à destination du nord. Un grand type à l'expression fixe affirma à Short qu'il avait ouï dire que les Dalton allaient risquer une tentative de sauvetage désespérée.

« Qu'ils essayent ! » répliqua Short.

Peu après, le train s'était présenté en haletant et ils avaient gagné leurs places dans l'une des voitures.

Durant l'arrêt suivant, à Enid, Bryant émit le souhait de fumer et ils allèrent s'installer à l'avant, dans la voiture fumeurs, où Short roula deux cigarettes – une pour Bryant, une pour lui –, puis considéra les fumeurs dans les fauteuils autour d'eux, avec leurs moustaches en guidon de vélo, en costume sombre et chapeau melon, qui lisaient les journaux ou la Bible. L'un d'eux ouvrit sa montre de gousset, la referma avec un claquement. Les voitures se remirent en branle en s'entrechoquant et la fumée de tabac s'étira en direction du haut des fenêtres ouvertes où le vent la happa. Tout le monde lorgnait Bryant, qui devait lever ses deux mains menottées pour ôter sa cigarette de sa bouche.

« Ils me reluquent, grogna Bryant en relevant le col de sa chemise.

– C'est parce qu'ils n'ont jamais vu de meurtrier.

– C'est qu'une excuse. Ils guignent ma cicatrice. »

Il avait parlé si fort que tous les curieux se détournèrent.

Une fois qu'ils eurent terminé, Short écrasa leurs mégots sur le sol et ordonna à Bryant de se lever. Ils traversèrent en tanguant deux voitures Pullman oscillantes et leurs plates-formes jusqu'au fourgon à bagages, dont Short martela la porte du poing.

« Tu seras moins incommodé, ici », expliqua-t-il.

Le guichet s'ouvrit, se referma, la porte coulissa et le marshal adjoint poussa son prisonnier à l'intérieur. Le bagagiste chauve, en pantalon à bretelles et en sous-vêtements longs jaunis et maculés de taches de nourriture au voisinage des boutons, se rassit sur une chaise près d'une malle. Une barbe de deux centimètres et demi lui courait le long de la mâchoire.

Short lui tendit son propre revolver.

« J'ai laissé son fusil dans la voiture passagers. Tu peux le surveiller pendant que je vais le récupérer ?

– Va, Ed, de toute façon, je faisais pas grand-chose. »

L'employé des chemins de fer remisa l'arme dans un casier à courrier au-dessus de lui. Bryant s'assit sur une caisse, les mains entre les genoux. Il se balançait tranquillement, bercé par le roulis du train. Lorsqu'il se concentrait, il n'était pas zinzin du tout.

« Cette cicatrice remonte à quand j'avais quatre ans, confia-t-il au cheminot. Je dormais trop près du poêle et ma mère a trébuché sur moi un matin. »

Le bagagiste lui lança un coup d'œil.

« Ça se remarque à peine », assura-t-il.

Il coupa avec une pince un morceau de barbelé qu'il agrafa sur une planche.

« C'est un hobby, c'est ça ? demanda Charley.

– Ma collection de barbelé.

– Je parie que tu dois avoir des tas de spécimens, vu comme tu voyages. »

L'employé de chemin de fer tourna vers Bryant une planche sur laquelle étaient fixés douze tronçons de fil de fer.

« T'es un ancien cow-boy ? » se renseigna-t-il.

Bryant plissa les yeux.

« Celui du haut, c'est du Kelly avec des barbes en crampon.

– Breveté en 1868. Et celui-là ? »

Bryant se leva et s'approcha.

« Bah, c'est que du Glidden à deux fils.

– Quand est-ce qu'il a été breveté ?

– Comment je le saurais ?

– Moi, je le sais. 1874. Je suis un érudit en la matière.

– Le dernier me dit que dalle. »

Le bagagiste baissa les yeux.

« Celui-là ? C'est du A. Ellwood écarté. »

Bryant donna un coup de pied dans la planche et s'empara du pistolet de Short dans le casier. Il arma le chien et s'écroula sur la malle. Il ahanait après ces quelques mouvements.

« Bouge pas. Continue à faire ce que tu faisais. Pour l'instant, j'ai aucune raison de te faire du mal.

– Pourtant, je le mériterais, vu comme j'ai été stupide. »

Bryant s'efforça de reprendre son souffle et s'essuya le visage sur l'intérieur de sa manche.

« J'aurais pas deviné que t'étais aussi moribond, fit le cheminot.

– Je suis aussi mal en point qu'on peut l'être sans avoir d'asticots dans les trous de nez. Tous les matins, je suis surpris de me réveiller en vie. C'est pour ça que j'ai besoin de ce flingue. J'en peux plus de languir.

– Un dernier rodéo, c'est ça ? »

Pendant ce temps-là, Short se frayait un chemin à travers le train, la Winchester de Bryant à la main. Un porteur noir se tenait sur la plate-forme entre la voiture Pullman et le fourgon à bagages, un escabeau en appui sur le genou. Short retira son chapeau et se pencha sur le côté du train. Le courant d'air aplatit ses cheveux blonds sur son crâne.

« Quel est le prochain arrêt ? s'informa-t-il.

– Waukomis, dans deux minutes à peu près. »

Blackface Charley Bryant entendit la voix de Short et ouvrit brusquement la porte du fourgon à bagages en brandissant le revolver du marshal adjoint.

« Tu devrais voir ta tronche, Short ! » ironisa-t-il.

Short foudroya Bryant du regard, puis redressa le canon de la Winchester qu'il tenait à hauteur de hanche et fit feu comme Charley pressait la détente du pistolet. Le bruit fut semblable à deux portes qui claquent et l'air vira au bleu. Bryant fut projeté contre le chambranle en acier de la porte ; Short vacilla en arrière avec un trou noir dans son gilet, qu'il épousseta comme pour se débarrasser de miettes de nourriture. Charley grimaça, commença à s'affaisser. Le marshal adjoint tira à nouveau et Bryant tomba assis par terre.

Il vit ses jambes agitées de soubresauts et une tache d'urine s'épanouir sur son pantalon, mais il avait l'échine brisée et la moelle épinière sectionnée : la douleur n'était guère plus forte qu'une brûlure d'estomac. Il ferma les yeux, abaissa son arme et Short crut qu'il était mort. Le marshal adjoint s'agrippa à la rambarde, le gilet imprégné de sang, et discerna, à moins de cinq cents mètres de distance, la gare et des femmes en robe à tournure sur le quai. Il s'écarta du garde-corps pour traîner son prisonnier hors de la vue de ces dames qu'il voulait ménager, mais avant qu'il n'ait pu faire un demi-mètre, Bryant braqua à nouveau son pistolet sur lui, brûla cinq cartouches et fit encore cliqueter le chien à trois reprises avant de laisser retomber l'arme sur ses jambes.

Short heurta la porte de la voiture Pullman sous l'effet des impacts et fut touché au poumon, au rein, au foie et à la rate. La fumée tourbillonna entre les wagons, puis fut aspirée sur les côtés comme les roues crissaient sur les rails sous l'action des freins. Le porteur et le chef de train étaient recroquevillés contre la paroi de la voiture Pullman et les passagers accroupis sur le sol. Le bagagiste ouvrit en grand la porte du fourgon à bagages, arracha le revolver de la main de Bryant, le tira par le col de la chemise et le roua de coups de pied jusqu'à ce que la tête de Charley roule mollement.

« Espèce de salaud ! Espèce de salaud ! » cria-t-il.

Avec effort, Short franchit les quelques pas qui le séparaient du fourgon à bagages. (Je n'ai jamais entendu parler d'un bonhomme aussi solide.) Tout le devant de son costume était en sang.

« Étendons-le sur cette malle », préconisa-t-il.

Le bagagiste le dévisagea, incrédule. Short empoigna Blackface Charley Bryant par les chevilles, le bagagiste l'attrapa par les épaules et ils soulevèrent le cadavre. Charley avait les yeux fermés et du sang s'écoulait de sa bouche comme de la bave.

« Je me sens un peu dans les vapes », déclara Short.

Il s'assit sur le plancher, s'appuya sur un coude, puis s'affala contre la malle. Il ferma les yeux.

« Tu t'es déjà couché sur un matelas en plumes après avoir chevauché pendant deux jours à toute allure sans dormir ? » murmura-t-il.

Lorsque le train fit halte à Waukomis, il était mort.

10

Cet été, Grattan Dalton le passa dans une prison californienne. Vers la mi-mai, Will Smith, le détective des chemins de fer, s'était présenté devant sa cellule avec un journal de l'Oklahoma. Il avait enfilé ses lunettes et lu à voix haute plusieurs articles sur l'attaque du Santa Fe-Texas à Wharton ; cette poule mouillée de Ransom Payne figurait parmi les témoins cités. Smith avait replié ses binocles et fait des gorges chaudes :

« J'ai beau me casser la nénette, je ne pige pas pourquoi tes frangins feraient un coup pareil alors que ton procès est pour bientôt. Il me semble que ça risque de monter un peu les jurés contre toi. »

Grat était étendu sur son matelas, les mains derrière la tête.

« Peut-être qu'ils n'avaient rien de mieux à faire, conjectura-t-il. Peut-être que la répétition de la chorale avait été annulée. »

Smith avait porté ses pas six cellules plus loin, jusqu'à celle où Bill Dalton compulsait un ouvrage de droit en suivant les mots du doigt. Smith avait pris des nouvelles de la famille de Bill et du procès qui approchait, mais mon frère avait entrepris de réciter le texte à voix haute jusqu'à ce que le détective s'en aille.

Bill comptait tellement d'amis dans le comté qu'il

paraissait peu probable au procureur d'obtenir une quelconque condamnation, aussi mon frère fut-il libéré sitôt après sa mise en accusation. Les choses furent différentes pour Grat, qui fut inculpé de « tentative de vol à main armée » à Alila. Le procès eut lieu au tribunal du comté de Tulare, à Visalia, le 18 juin 1891. Breckinridge, l'avocat de mon frère, pénétra dans la salle d'audience en parcourant pour la première fois le dossier préparé par son assistant. Il serra la main des représentants du ministère public et de plusieurs cadres de la Southern Pacific présents dans l'assistance, avec qui il échangea quelques mots à voix basse et rit un peu plus longtemps qu'eux. Il sentait l'hamamélis lorsqu'il prit place à côté de Grat. Mon frère, lui, avait le crâne rasé à cause des poux qui infestaient les oreillers de la prison. Ses oreilles ressortaient ; il avait le teint blafard. Il était vêtu d'une chemise blanche trop grande pour lui, ainsi que d'une cravate qu'il avait déjà dénouée.

« Vous n'êtes pas du tout inquiet ? s'étonna Breckinridge.

– J'ai étudié un peu le droit quand j'étais marshal dans le territoire d'Oklahoma et je sais de fait qu'il est impossible de condamner quelqu'un pour complicité à moins que l'un des auteurs présumés du crime n'ait été arrêté. Je vois mal comment ce procès pourrait durer plus d'une après-midi.

– On a déjà vu plus étrange », fit Breckinridge en défaisant les fermoirs de son cartable.

Le procès s'éternisa trois semaines et Breckinridge, le soi-disant avocat de la défense, ne se leva pas plus d'une dizaine de fois de son siège pour formuler une objection. Il ne soumit ni Smith ni aucun autre détective à un contre-interrogatoire. Il accepta que soient retenus en tant qu'éléments à charge les éperons usés de Bob, de même que les deux rosses prétendument utilisées lors de la fuite, et jusqu'au témoignage du mécanicien de la locomotive, d'après qui Grat devait être l'un des bandits, car il était « de taille similaire ».

En juillet, alors qu'il revenait de la pause déjeuner en soufflant sur son peigne à moustache, Breckinridge confia à mon frère :

« Je viens de manger le meilleur poulet avec des boulettes de ma vie.

– Sensass, répliqua Grat. J'ai l'impression que vous avez bien besoin d'énergie. »

Breckinridge le fusilla du regard.

« La meilleure façon de traiter cette affaire, c'est simplement de la laisser suivre son cours. Que l'accusation fasse toutes les erreurs ; nous décrocherons le non-lieu rien que pour insuffisance de preuves.

– Si je suis un tantinet grincheux, c'est peut-être parce qu'un avocat du nom de John Ahern m'a affirmé que j'étais en train de me faire embobiner. D'après lui, la Southern Pacific aurait fait de vous un homme riche.

– C'est ridicule. »

Mon frère gratta ses mains qui le démangeaient. Ses jointures étaient grosses comme des billes d'acier.

« C'est bien là mon sentiment, Mr Breckinridge. Vous auriez dû m'entendre défendre votre honneur face à ces calomnies. J'étais d'une de ces véhémences… ! »

Le 7 juillet, les jurés déclarèrent Grattan Dalton coupable. Breckinridge annonça immédiatement qu'il allait se pourvoir en appel devant la Cour suprême de Californie. Tandis qu'il rangeait ses affaires dans sa serviette, Will Smith, le détective de la Southern Pacific enjamba la barrière en chêne, un mouchoir pressé sur les joues, et s'avança jusqu'à Grat.

« Je t'avais bien dit que je t'aurais », fanfaronna-t-il.

Le prononcé de la sentence fut fixé au 29 juillet, puis reporté au 21 septembre afin que les greffiers puissent transcrire les minutes du procès en vue de l'appel.

Grat marina par conséquent tout l'été dans une cellule de prison suffocante pourvue d'un lit à lames, d'une couverture en laine grise, d'un pot de chambre et d'une cruche d'eau. Il lisait le *Weekly Delta* de Visalia jusqu'à ce qu'il en ait mal aux yeux (ce qui ne prenait guère longtemps), somnolait sur son lit en sentant la sueur ruisseler le long de ses côtes ou s'accrochait aux barreaux la nuit et crachait du tabac à chiquer, pendant qu'une partie des prisonniers en usait avec d'autres comme avec des femmes.

Après la mort de Bryant, Bob et Eugenia quittèrent tous deux la maison de Hennessey pour l'est ; Miss Moore assista aux obsèques au nom de toute la bande, puis gagna la ville de Wagoner, dans l'Oklahoma, cinquante-cinq kilomètres au sud-est de Tulsa. Elle se fit passer pour une journaliste du magazine *Harper's Weekly* envoyée pour écrire une série d'articles sur le territoire, la fin de la conquête de l'Ouest et les derniers bandits de la Frontière. Elle s'aventurait timidement dans une banque et, assise au bord de son fauteuil dans le bureau du directeur, prenait des notes, comme une étudiante. Elle déjeuna ainsi avec un représentant des chemins de fer qui s'aspergea la barbe de soupe à la tomate et une grosse légume des messageries l'accompagna à un Chatauqua[1] pour une conférence dominicale

1. Rassemblements éducatifs de plusieurs jours, souvent en milieu rural, lors desquels la population locale pouvait assister à des conférences et des pièces de théâtre. Le nom fait référence au lac Chatauqua, dans l'ouest de l'État de New York, où fut organisée la première manifestation de ce genre. (*N.d.T.*)

sur les leçons de la Grèce antique à laquelle elle assista à l'abri de son ombrelle ; son cavalier lui paya une citronnade et lui avoua qu'il la trouvait ravissante.

Elle loua un fiacre tiré par un cheval pour se rendre à la gare de Leliaetta, une petite dizaine de kilomètres au nord, où elle partagea le banc d'un télégraphiste fortement moustachu qui n'arrêtait pas de chasser des mouches sur son visage et dont les sourcils étaient pareils à deux bouts de chatterton noir.

Il lui montra le réservoir d'eau, l'aiguillage, le parc à charbon et les lignes de télégraphes avec leurs isolateurs en porcelaine. Il s'accota à un grand sémaphore noirci par la poussière de charbon.

« Leliaetta n'est qu'un arrêt facultatif, expliqua-t-il. S'il y a le moindre danger ou du courrier ou des passagers à embarquer, on lève ce bras-ci, avec la lentille rouge, devant le fanal et le train s'arrête. »

Elle nota tout comme si elle était un peu lente à la comprenette.

« Donc, rouge veut dire "stop", résuma-t-elle.

– C'est ça, acquiesça-t-il avant de tapoter le bras muni d'une lentille verte. Sinon, je hisse la verte et le train se contente de ralentir un peu jusqu'à la sortie de la ville.

– Vert veut dire "allez-y". »

Il eut un soupir.

« Sauf que c'est là que ça se complique. Depuis que la bande des Dalton s'est mise à attaquer des trains et à faire du grabuge, on a tout chamboulé. » Il enfonça les mains dans ses poches et suivit les rails des yeux. « Le mécanicien envoie un coup de sifflet avant de s'engager dans cette courbe. Je jette un coup d'œil aux alentours et si je réponds d'abord par le signal vert, puis par le rouge, c'est que je vois personne de suspect et qu'il peut freiner pour récupérer le courrier. » Il la dévisagea. « Ça doit être vachement déroutant pour une femme.

– Mais vous expliquez très bien », le rassura-t-elle.

Bob traversa la Prairie en compagnie de Pierce et Newcomb et ils arrivèrent à l'abri en gazon sous une pluie de septembre si drue qu'elle bosselait nos chapeaux. Doolin, Powers, Broadwell et moi nous pressions sous un peuplier, des gouttes plein la figure, en ciré ou sous des couvertures de laine. Broadwell avait fourré son chat Turtle sous sa chemise et lui soufflait de la fumée de cigarette au nez. Amos Burton, lui, était parti à Dover pour conter fleurette à des filles de couleur la semaine précédente et nous ne l'avons pas revu avant 1892.

Bob portait le ciré blanc qu'il mettait pour voler des chevaux en hiver. Son chapeau était tellement imbibé de flotte que le bord s'affaissait plus bas que ses oreilles et son nez et qu'il lui fallait renverser la tête en arrière pour nous apercevoir. Il a souri.

« Et si on dévalisait un autre train ? » a-t-il proposé.

Nous avons érigé un dais de fortune avec quatre grosses branches et une couverture et Doolin a préparé un pot de tisane au-dessus d'un feu fumant. Comme de coutume avec les habitations en gazon, la mienne se dissolvait sous la pluie. L'eau dégouttait à travers le toit de terre et d'herbe et tambourinait sur les lits et le fourneau comme des grains de café. Nous sommes donc restés accroupis dehors sous la pluie, à discuter de la Missouri, Kansas and Texas, aussi surnommée MK&T ou Katy. La récolte de coton de l'été était en train d'être vendue et on acheminait l'argent par train jusqu'aux banques de Fort Worth et Dallas. D'après Bob, un petit groupe d'hommes pouvait s'en emparer. Eugenia avait engrangé les renseignements nécessaires et nous rejoindrait le lendemain dans l'après-midi. Doolin avait écouté un moment, puis il était allé disposer des bouilloires dehors pour recueillir de l'eau de pluie, car celle de la rivière avait un goût de gypse qui gâtait ses gâteaux et son pain.

Le lendemain matin, la pluie s'était tarie et nous avons passé l'après-midi à l'intérieur de l'abri au milieu de ribambelles entrecroisées de chaussettes, de chemises et de sous-vêtements longs qui séchaient sur des cordes à linge. Newcomb a épluché du maïs, débarrassé ses oignons, ses poivrons verts et sa laitue de la terre du potager et étalé le tout sur la table en vue d'un festin destiné à célébrer notre retour aux affaires.

Puis, pendant que Bob, Doolin et Powers pénétraient dans l'eau marron de la Canadian et se récuraient avec du savon, je me suis accroupi, nu, sur la berge, avec un rasoir, une bande de cuir pour l'aiguiser et un morceau de miroir tacheté. Powers était blanc comme de l'albâtre, à l'exception du visage et des mains ; Bob était uniformément bronzé, à force de nager nu avec Miss Moore. Broadwell est descendu jusqu'au bord en glissant, ses plus beaux vêtements sur le bras, un blaireau et un bol dans la main droite.

« Regarde-moi Doolin qui s'observe la bistouquette, a-t-il lâché, avant de s'écrier : Qu'est-ce que tu fiches, Bill, tu pêches à l'asticot ? »

Doolin afficha un sourire.

« J'ai bien le droit d'espérer une touche ! » a-t-il fait valoir.

Broadwell a attendu que mon rasoir soit à deux doigts de ma joue couverte de mousse et m'a flanqué une claque sur la cuisse.

« Emmett, mon gars ! Content de te voir !

– Ce que tu peux être pénible parfois, Dick ! » ai-je soupiré.

Mon frère, dans l'eau jusqu'aux chevilles, a souri à Broadwell en se séchant.

« Ça va être une sacrée java, pas vrai ? a-t-il lancé.

– Est-ce que je pourrai danser joue contre joue avec elle, Bob ? »

Powers s'est éloigné de la rive à la nage et a flotté sur le dos jusqu'à un bouquet de joncs.

À la nuit tombante, je me suis perché sur le toit, les jumelles aux yeux, tandis que les autres, à croupetons, fumaient des cigarettes et se passaient un miroir et un peigne.

« Je ne veux pas de langage grossier, ni de sous-entendus obscènes, ni de blasphèmes, a rappelé mon frère. Souvenez-vous comment on vous a appris à vous comporter avec les dames. »

Enfin, Miss Moore a fait son apparition, accueillie par sept bonshommes radieux, en chemise blanche et cravate, le chapeau à la main et la tignasse disciplinée avec de l'essence de rose.

Bob l'a soulevée de terre et l'a fait tournoyer, puis ils se sont embrassés pendant deux ou trois minutes et nous les avons sifflés et chahutés. Je suis rentré à l'intérieur pour alimenter le fourneau et j'ai entendu Bob refaire les présentations au cas où Eugenia aurait oublié certains noms. Quelques instants plus tard, elle est venue me trouver et m'a gratifié d'une accolade et d'un baiser fraternel. Je crois qu'elle m'aurait volontiers ébouriffé les cheveux, mais j'étais trop grand pour ça.

J'ai fait frire des steaks de chevreuil et Doolin a cuisiné le reste du repas avec un caleçon noué sur la tête telle la toque d'un chef. Nous nous sommes ensuite installés dehors dans la fraîcheur de la brise et Miss Moore nous a parlé de Leliaetta et de la ferme qu'elle venait de louer à Woodward pour l'hiver. Bob a distribué des fiches indiquant le rôle de chacun et Powers a sorti son violon et son archet. Bob s'est mis à taper dans ses mains et à annoncer les figures d'un quadrille intitulé « Turkey in the Straw », puis de quelques branles, pendant que Broadwell et Pierce dansaient ensemble, en se croisant avec Newcomb et Eugenia.

Pour finir, Bob et sa dame se sont retirés pour la nuit dans l'abri, où deux des lits avaient été accolés l'un contre l'autre, tandis que nous six dormions sur nos sacs de couchage sous la lune laiteuse. C'était presque l'automne, mais nous étions environnés de bruits estivaux : grenouilles dans la rivière, grillons dans l'herbe, cigales stridulantes s'extirpant de leurs mues pareilles à des cloques marron sur les arbres. Des oiseaux nocturnes enchaînaient piqués et rase-mottes.

« Bob est un satané veinard, quand même », a chuchoté Newcomb.

Powers s'est détourné.

« C'est vraiment la belle vie ! » s'est extasié Pierce.

J'ai contemplé les lucioles qui viraient au vert doré çà et là dans la nuit. J'ai repensé à ce que Julia m'avait dit, comme quoi elle pleurait dans son oreiller, et j'ai eu envie d'être riche au plus vite.

Dans la soirée du 15 septembre 1891, sept hommes en imperméables noirs patientèrent donc pendant une heure avec leurs chevaux sous des peupliers face à la gare de Leliaetta. Trois d'entre eux fumaient ; assis sur une souche, Broadwell nettoyait les verres de ses lunettes anti-poussière avec le foulard bleu qu'il s'apprêtait à porter. Juché sur le troussequin de ma selle, les chevilles croisées sur le pommeau, je répartissais du tabac dans une feuille à rouler. Nos montures avaient brouté le peu de verdure qu'elles avaient trouvé et secouaient leurs rênes, plantées là, avec des regards abrutis, à se déboîter la mâchoire et à agiter la queue de droite à gauche. Soudain, Powers s'est penché en avant avec sa pipe calebasse et il a scruté la voie de chemin de fer en plissant les yeux ; Bob et lui ont émis un claquement de la langue et dirigé leurs chevaux vers la voie en contrebas, où un couple de Noirs muni d'un seau marchait sur le ballast.

Ils avaient tous deux un châle sur la tête et la femme avait l'œil droit blanchâtre à cause de la cataracte. L'homme, âgé, se tenait une cinquantaine de centimètres en retrait derrière sa compagne et touchait le manteau de celle-ci de la main.

Bob s'est retranché derrière le col de son manteau ; Powers a relevé son chapeau en guise de salut à l'adresse de la femme.

« Vous cherchez quelque chose ? » s'est-il renseigné.

Son interlocutrice a cramponné son seau à deux mains. L'homme a lentement levé la tête. Il avait des lunettes, mais l'un des verres manquait.

« Ce vieil homme et moi, on essaye de dénicher un peu de charbon égaré pour réchauffer not' cabane, a expliqué la femme. On est par là-bas, au bord des rails et l'aquilon fait un raffut affreux. Ça pince salement la nuit.

– Vous n'auriez pas de la besogne pour un gars comme moi, messieurs ? a ajouté l'homme.

– Rien dans vos cordes, a répliqué Powers. Mais remontez donc la voie jusqu'au portique à signaux et jetez un coup d'œil après le passage de l'express. »

Une fois le couple reparti, mon frère a félicité Powers.

« C'est bien, ce que tu as fait, Bill.

– Merci. »

J'ai léché ma feuille de papier à cigarette, je l'ai enroulée et j'ai gratté une allumette sur mon étrier. La vieille a regardé le bout rouge de ma clope dans la nuit en s'éloignant. Broadwell a soulevé l'arçon de sa selle, histoire de donner un peu d'air à son cheval, puis il a resserré la sangle. Newcomb est descendu de sa monture en râlant :

« Qu'est-ce qu'il fabrique, à jacasser avec des négros ? »

Il a écarté son grand imperméable qui lui arrivait jusqu'aux chevilles, déboutonné sa braguette et s'est appuyé de la main contre un érable. Nos selles en cuir grinçaient. Quelque part, dans la ville enténébrée, un chien a aboyé.

« J'ai mal au dos », s'est plaint Doolin.

Bob et Powers se sont attardés au bord de la voie. Le remblai crissait sous les sabots de leurs chevaux qui piaffaient. J'ai épié l'employé courbé depuis la tombée de la nuit au-dessus d'un bureau à l'intérieur de la gare, qui tournait les pages d'un livre et remplissait au crayon toutes les lettres fermées – chaque a, e, g, o, b, d, q et p.

Bob a éperonné sa monture, qui a enjambé les rails et trotté le long de la voie jusqu'au sémaphore ; Powers a contourné mon frère avec une branche fourchue qu'il avait écorcée et taillée au couteau sur le trajet.

Le préposé de nuit a jeté un regard à la pendule derrière lui, puis quitté sa table, ouvert la porte et s'est avancé sur le quai de chargement, aux aguets, les bottes bien campées sur les planches. Deux sacs de courrier étaient posés sur un chariot. À moins de cinquante mètres de là, Bob et Powers plaquaient leurs mains gantées sur le bout du nez de leurs chevaux, mais les yeux du préposé n'ont pas eu le temps de s'accoutumer à l'obscurité avant qu'il n'entende la locomotive et commence à refermer la porte de la gare derrière lui. Il nous a alors aperçus au milieu des arbres, en face du quai, et s'est figé avec une expression de stupeur des plus comiques avant de claquer la porte derrière lui et de pousser le verrou.

Je l'ai entrevu faire le tour de son bureau, puis il a échappé à mon regard. Pierce a sifflé comme un goglu, Powers a poussé avec sa branche la lentille verte du sémaphore vers le haut et l'y a maintenue jusqu'à ce que le train parvienne à la hauteur d'un haut poteau indicateur blanc et que le mécanicien actionne le sifflet. Powers a laissé retomber un bras, remonté le second et la lanterne s'est teintée de la lueur rubis du signal danger. La locomotive a commencé à freiner.

Mon frère a ôté mes jumelles de devant ses yeux et son voisin d'à côté a déclaré avec solennité :

« C'est une sacrée bonne femme que tu t'es dégottée.

– Tu l'as dit », a acquiescé Bob.

Les cinq d'entre nous qui étaient encore sous les arbres ont engagé leurs chevaux dans la pente. Le mien venait d'arracher quelques feuilles à un orme, mais il n'avait pas l'air de trop apprécier le goût.

« Bryant est mort, a proclamé Doolin. Évitons tout meurtre gratuit. »

Mon frère a fait gravir à son cheval les marches en bois du quai et il est allé jusqu'à la porte de la gare, à l'intérieur de laquelle la lampe à pétrole avait été soufflée. Il a mis pied à terre et pris position à côté de la porte, le pistolet à hauteur de joue.

« Hé ! Hé ! j'aimerais bien que tu survives à ce soir. »

Il a entendu un tiroir s'ouvrir, puis se refermer. La chaise du bureau a gémi.

Entre-temps, Newcomb et moi nous étions postés à l'est de la voie et Broadwell et Pierce à l'ouest. Nous avons ajusté nos foulards bleus sur notre nez et avons fait reculer nos chevaux tandis que la cloche tintait et que le sifflet retentissait à nouveau, et j'ai été saisi par cette pétoche qui vous prend au voisinage de certaines machines monstrueuses. La locomotive était noire, bouillonnante, grande comme un magasin de chaussures. Il y avait des brins de soude roulante dans le chasse-pierres et le phare de devant crasseux était maculé d'insectes. Une fumée brune roulait de la haute cheminée et s'effilochait, grisâtre, entre les arbres, tandis qu'une vapeur blanche s'échappait de partout par des tuyaux, des buses et des évents. Ma monture a détourné la tête de la vapeur comme d'une mauvaise odeur. Je me suis bouché les oreilles à cause du bruit et j'ai contemplé les rails en acier qui s'écrasaient sur les traverses, puis soulevaient leurs crampons et s'écrasaient à nouveau sous les roues. Le tender, le wagon postal et le fourgon à bagages m'ont dépassé dans un cortège de grincements et lorsque le train s'est arrêté avec une secousse, je me suis retrouvé face à l'unique voiture Pullman. Il n'y avait pas de voiture-restaurant ni de voiture fumeurs – seulement trois voitures de voyageurs et le fourgon de queue. J'ai remarqué, debout près d'une fenêtre de la voiture Pullman, une femme qui soutenait son sein veiné de bleu avec le dos de la main. Son bébé perdit son long mamelon brun et gigota jusqu'à ce qu'il l'ait à nouveau en bouche.

Doolin, qui s'était accroupi près de l'aiguillage noirci, son pistolet entre les jambes, courut gauchement pendant une quarantaine de mètres avant de pouvoir sauter sur le marchepied de la cabine. Bob attendit sur le quai tel un passager, son revolver dans la main gauche, et il monta à bord du tender en relevant son foulard. Le chauffeur, qui était sur le point de rapporter du charbon jusqu'à la chaudière, lâcha bruyamment sa pelle à la vue de l'arme de mon frère.

Newcomb, masqué, les manches d'imperméable retroussées, était toujours en selle et avait calé le canon de son fusil sur la plate-forme ouverte qui séparait le wagon postal et le fourgon à bagages. J'ai longé au pas sur mon cheval les voitures passagers presque entièrement dans le noir jusqu'au fourgon de queue vide. Afin de démontrer à Dieu comme aux hommes que j'étais un jeune dur, j'ai brisé la lanterne de queue avec la crosse de mon revolver et le vent a soufflé la flamme. En me penchant, je voyais les pattes des chevaux de Pierce et Broadwell. J'ai remarqué un type qui allumait une cigarette sur la plate-forme d'une des voitures passagers du milieu et j'ai braqué mon fusil en l'air, adressé un signe de tête à Newcomb et nous nous sommes livrés à une volée de tirs d'avertissement, imités par Broadwell et Pierce, si bien qu'on aurait dit des portes en acier qui claquaient dans une maison avec de nombreuses pièces. La cigarette tomba du bec du bonhomme et il bondit se réfugier à l'intérieur. Suivirent des hurlements et des cris trompetant qu'il s'agissait d'une attaque et qu'on dévalisait le train. Dans toutes les voitures, les lumières s'éteignirent. Les visages aux fenêtres disparurent. De la vapeur s'exhalait sous les roues.

Powers émergea des ténèbres tel un inspecteur ferroviaire et se hissa sur la plate-forme du wagon postal en s'aidant de la rambarde. Il tenta le coup avec la poignée, puis expédia dans la porte quatre coups de pied avec le talon de sa botte.

« C'est un casse ! Ouvrez !

– Pas question et vous pouvez pas m'y forcer, répliqua le messager. Toutes les portes sont cadenassées. »

Powers fit feu à trois reprises dans l'avant-toit au-dessus de lui et des lambeaux de goudron retombèrent mollement sur le toit du wagon.

« Vous pouvez bien canarder jusqu'à la fin des temps, j'ouvrirai pas, riposta le convoyeur.

– Oh, j'ai de quoi t'encourager – de la dynamite, en l'espèce… D'après l'étiquette, on devrait pas te revoir avant une demi-semaine. »

Bob et Doolin se présentèrent en poussant le mécanicien et le chauffeur. Les deux cheminots étaient en salopette et coiffés de casquettes à rayures, mais le chauffeur n'avait pas de chemise et sentait pire encore qu'une nichée de moineaux brûlant dans une cheminée. Doolin arma le chien de son revolver, pressa l'arme contre l'entrejambe du mécanicien et lui susurra à l'oreille, tel un amant :

« Prie donc ton collègue d'avoir l'obligeance de faire ce qu'on lui demande ou je réduis ta vie sexuelle à néant. »

Le mécanicien émit un glapissement convaincant et, après un silence de mort d'une minute, la porte latérale s'ouvrit en coulissant et le messager recula jusqu'à son bureau. Broadwell rappliqua au trot sur son cheval, le fusil à l'épaule ; Bob lança la patte et grimpa à bord du wagon, où il parcourut du regard les sacs en toile, le fourneau, le classeur à courrier occupant toute une paroi et la boîte à repas sur la table. Il souleva les plaques en acier du fourneau et constata que celui-ci était vide, puis tira le verrou de la porte communiquant avec la plate-forme. Powers entra, aperçut le convoyeur et lui colla son poing dans la gorge. L'autre posa le genou droit au sol et manqua d'avaler sa langue, mais il en réchappa.

Dans les voitures passagers, les hommes passaient la tête par les fenêtres pour se faire une idée de la situation. Deux d'entre eux étaient armés, mais ils rechignaient à l'évidence à prendre le moindre risque, de sorte que je choisis de ne pas leur prêter attention et qu'ils se rassirent lourdement sur leurs banquettes capitonnées. Cinq ou six des plus téméraires se concertaient sur la plate-forme arrière de la voiture Pullman. Un type avec un chapeau melon se pencha par une portière et m'apostropha :

« C'est quoi, le nom de votre bande ? »

Mon cheval caracolait en s'ébrouant et en trépignant des antérieurs. De l'autre côté du train, j'entendais Pierce gueuler à des passagers de remonter à bord.

« C'est vous, la bande des Dalton ? insista l'homme au melon.

– Comment ça se pourrait, Manion ? le morigéna un voyageur arborant une moustache rousse tombante. Ce garçon n'a pas quinze ans !

– Les Dalton ne sont pas aussi vieux qu'on pourrait le croire.

– Ils ont plus de quinze ans !

– J'en ai dix-neuf, intervins-je.

– Tu vois ? triompha l'homme au chapeau melon.

– Leur cause pas », m'enjoignit Newcomb.

Doolin était sur son cheval quand le convoyeur flageolant s'avança en traînant entre ses jambes un lourd sac de farine à moitié rempli de pièces en argent, qui éraflait le vernis du plancher. Au même moment, Pierce alpagua par le col du manteau un jeune gueulard qui se tenait sur les marches de la plate-forme d'une voiture de passagers vers l'arrière. Deux voyageurs sautèrent alors sur le ballast à sa suite et empoignèrent la manche de l'imperméable de Pierce, ainsi que la bride de sa monture. Pierce décocha un coup d'œil quelque peu embarrassé à Broadwell et Bob tandis que ses agresseurs le malmenaient.

« Rentrez sur-le-champ ! s'écria Broadwell. Vous voulez que je vous rosse à coups de sangle ? »

Un gros type en gilet à carreaux tira un pistolet de petit calibre d'un étui d'épaule et entreprit de s'approcher des desperados rassemblés devant le wagon postal.

« Ce que les andouilles de ce genre me fatiguent ! » soupira Doolin en dégainant son revolver et en faisant faire demi-tour à son cheval. « Regardez ça, il va en avoir les cheveux qui se dressent sur la tête.

– Reste à ton poste », ordonna Bob.

Mais Doolin s'élança avec force hurlements et hululements, en faisant tournoyer son pistolet et en tiraillant. Il galopa droit sur les passagers pétrifiés, l'imperméable flottant au vent, le bord du chapeau rabattu en arrière, et ils détalèrent devant lui. Il fit volte-face à la hauteur du fourgon de queue et chargea à nouveau le long du train, comme lors d'une joute. Le gros en gilet à carreaux bascula à la renverse sur le ballast, se protégea le visage derrière ses bras et Doolin fit valser son chapeau d'un coup d'étrier avant de s'immobiliser à côté de Powers avec un grand sourire, hors d'haleine.

« Je te les ai dispersés comme de la volaille ! » fanfaronna-t-il.

Powers, qui avait le pesant sac de butin sur l'épaule, l'attacha à la corne de la selle de Doolin, qui s'inclina sur le côté.

« Bob est un chouïa fâché contre toi, l'informa Powers. Il dit que c'est à toi de porter ça.

– C'est l'équivalent du bonnet d'âne, pour lui, de se trimballer tout le blé ?

– Je ne sais pas, répondit Powers. Je n'ai pas pensé à demander. »

Mon cheval lambina pour revenir de l'arrière et franchit la voie comme une mijaurée, si bien que je rejoignis la locomotive avec du retard, mais à temps pour mettre en joue mon fusil pendant que Bob faisait remonter les machinistes dans la cabine. Broadwell referma avec effort la porte coulissante du wagon postal et Pierce lui amena sa monture.

« D'après mes calculs, exposa mon frère au mécanicien, vous avez perdu environ cinq minutes. Vous feriez mieux de filer d'ici à toute vapeur si vous voulez atteindre Dallas à l'heure. » Il descendit de la locomotive et ajouta depuis le quai : « Oh, et quand vous parviendrez au portique à signaux, ralentissez et que le chauffeur balance un peu de charbon par-dessus bord. Et ne lésinez pas sur la dose sinon je vous ferai de gros ennuis. »

Le chuintement de la vapeur s'assourdit, les excentriques s'abaissèrent, les roues motrices d'un mètre et demi commencèrent à tourner, les attelages se tamponnèrent et les voitures se mirent en branle avec des gémissements.

Newcomb se dressa sur sa selle, puis il escalada le toit de la gare et longea le faîte avec agilité jusqu'aux isolateurs en porcelaine et aux lignes du télégraphe. Je ne sais pas pourquoi il se donna cette peine. Peut-être par pure malice. Les fils fusèrent de ses pinces, il se suspendit à la gouttière et se laissa retomber sur sa monture ; puis Bob et lui descendirent les marches en bois du quai et piquèrent des deux sur les traverses où il restait de la créosote à la suite du train qui s'éloignait.

Le gros en gilet à carreaux agitait le poing depuis la dernière voiture ; au bord de la voie, la vieille Noire pliée en deux ramassait du charbon. C'était un tableau attendrissant à souhait et cela ne nous fit pas tort dans la région de voler aux riches et de donner aux pauvres. Cette pelletée de charbon nous assura le soutien de bien des gens jusqu'à la fin.

Nous avons cette nuit-là dormi tous les sept sous un tapis de feuilles jaunies. Le lendemain matin à cinq heures, je me suis redressé à l'odeur du café et j'ai vu Bob passer d'homme en homme et jeter un sac en toile tintinnabulant dans les feuilles près de la tête de chacun.

« On dirait le Père Noël », ai-je commenté.

Il a souri.

« Je ferai le partage avec toi plus tard. »

J'ai affirmé ailleurs que le magot s'élevait à dix-neuf mille dollars. En fait, il avoisinait plutôt les dix mille. Divisés par sept, cela représentait presque quinze cents dollars par tête, mais Bob versa seulement aux cinq membres de la bande qui n'étaient pas de la famille une indemnité au lieu d'une part : quatre cents dollars pour une nuit de travail.

Newcomb s'est approché du feu, il s'est servi un quart de café et s'est accroupi pour compter les pièces d'argent et papier-monnaie dans son chapeau.

« J'arrive pas à y croire, Bob ! s'est-il exclamé.

– À croire quoi ? »

Sans bouger la tête de sa selle-oreiller, Doolin a empilé l'argent sur les feuilles. Il a fusillé Bob du regard.

« Où est le reste, Dalton ?

– Le compte est là.

– Je me suis coltiné le sac, a protesté Doolin. Il devait y avoir trois mille dollars rien qu'en pièces !

– C'est exact, a confirmé Bob, mais il y a aussi l'approvisionnement de l'abri, les obsèques de Bryant, les outils, les ustensiles, les pots-de-vin pour les autorités locales, plus Jim Riley qui touche aussi un petit quelque chose pour nous accueillir sur sa propriété. Vous n'y pensez pas, à ça…

– … Ce qui veut dire que toi et Emmett, vous vous partagez quinze mille dollars, s'est emporté Pierce.

– Je ne sais pas d'où tu sors tes chiffres, lui a opposé Bob. Quatre cents dollars fois huit…

– Huit ? a tiqué Doolin.

– Miss Moore, ai-je clarifié.

– Ça fait trois mille deux cents dollars, a poursuivi Bob. J'ai compté le pacson trois fois et il ne se monte qu'à trois mille huit cent quarante-cinq dollars. Tout le reste, c'étaient des titres non négociables que j'ai fichus au feu.

– Ah ! tu les as brûlés, a ironisé Doolin. Dans ce cas, me voici entièrement tranquillisé.

– Bon sang, quand on a attaqué le Santa Fe-Texas à Wharton, on s'en est à peine tiré avec cent vingt-cinq dollars chacun à quatre. Demande à Bitter Creek si tu me crois pas. »

Newcomb a jeté une branche au feu.

« C'est vrai, a-t-il confirmé. Ça m'a même pas fait tout l'été.

– Ce n'est pas une occupation aussi lucrative que ça », a conclu Bob. Il a empoigné sa selle par la corne et enfoncé son chapeau sur sa tête avec un sourire. « C'est juste que c'est mieux que d'escorter du bétail à travers la Prairie et de manger du petit salé aux haricots. »

J'ai bien entendu pris parti pour mon frère, mais les autres ont maronné entre eux pendant le plus clair de la journée. Nous avons suivi l'Arkansas, la Cimarron et la Canadian jusqu'à l'abri en gazon, courbés sur nos selles, en file indienne, à travers les herbes hautes. J'ai dû briser une pellicule de glace matinale pour me laver dans la rivière, puis je me suis rasé à l'aide de mon bout de miroir piqueté de taches pendant que Doolin mitonnait une grosse casserolée avec les provisions qui restaient. Bob a roulé toutes ses affaires dans son sac de couchage, qu'il a attaché sur son cheval, avant de nous rejoindre tous les six, alors que nous étions assis autour du feu avec nos bols.

« *Adios*, a-t-il lancé.

– Où tu vas, là ? a voulu savoir Doolin.

– Qu'est-ce que ça peut te faire ?

– Comment on va s'y prendre pour préparer le prochain coup ?

– Il n'y aura pas de prochain coup, Bill. Pour Emmett et moi, c'est terminé. »

Broadwell s'est étranglé.

« Terminé ! T'es zinzin, Bob ? Je viens à peine de commencer !

– Tu es plein de surprises, aujourd'hui », a renchéri Pierce.

La prise de bec consécutive a duré presque une heure, mais je n'ai pas ouvert la bouche et Powers s'est borné à écouter, les yeux fermés. J'ai été laver mon bol dans la rivière, j'ai enfilé la plus propre de mes chemises sales, j'ai empaqueté le restant de mes effets dans mon imperméable… J'ai entendu Doolin faire valoir que les messageries alignaient les biffetons sur un plateau, avec un petit nœud, et que la bande n'avait qu'à tendre la main et à dire merci. Je suis allé chercher une mule dans l'enclos et j'ai sanglé mon matériel, mes bottes et tout mon fourbi sur le bât.

J'ai grimpé en selle. Bob expliquait qu'il se battait l'œil de tous les marshals adjoints massés sur nos talons ; ce n'était pas par manque de cran qu'il voulait quitter la bande, c'était tout simplement une question de bon sens : on ne peut pas s'adonner très longtemps au banditisme en toute impunité.

Un truc de ce genre. Je n'écoutais pas très attentivement.

« J'ai vingt et un ans et je sais ce que je veux, a-t-il achevé. Vous et moi, on s'est toujours compris et je sais qu'il en ira de même aujourd'hui. C'est ici que nous nous arrêtons, Emmett et moi – c'est irrévocable. »

C'est avec une sincère tristesse que j'ai pris congé, noté des adresses et suggéré qu'on se retrouve tous pour Thanksgiving. Bob et moi nous sommes ensuite mis en route pour la réserve de Fort Supply, au nord-ouest, où Miss Moore avait loué une maison dans la ville de Woodward. Les autres s'en sont retournés vers le feu en boudant et en ruminant tels des vagabonds dans un dépôt de chemin de fer, puis Newcomb a arraché la couverture indienne de l'entrée de l'abri, Broadwell en est ressorti avec son chat Turtle dans sa chemise de flanelle et Powers s'est glissé sous la barrière du corral fabriqué par Pierce et a sellé sa monture.

Avant la fin de l'après-midi, il s'est mis à faire très froid pour un mois de septembre. Le ciel était pavé de nuées, la rivière violette, parsemée de flottilles de feuilles. Le vent ébouriffait la robe d'hiver des vaches qui se serraient le long des clôtures. À la tombée de la nuit, les empreintes de sabots dans la boue étaient gelées et j'avais les jointures des doigts rougies. J'ai enfilé une veste en peau de mouton et me suis appliqué à maintenir une distance de dix mètres entre mon frère et moi jusqu'à ce qu'il fasse halte à Canton Lake.

« Regarde là-bas », m'a-t-il dit.

J'ai aperçu au loin, de l'autre côté de l'eau, un attelage de quatre chevaux et un chariot. La bâche blanche portait l'inscription « U. S. GOVT. » et je distinguais, bringuebalés à l'arrière, des représentants de la loi appuyés sur leurs fusils.

« Un détachement à nos trousses, a repris Bob. Tu te rappelles, quand on en était ? Ça me semble si loin. »

Le chariot avait disparu entre les arbres.

« Tu sais ce que j'aimerais, Bob ? lui ai-je confié. J'aimerais pouvoir prendre un chiffon humide et effacer l'année 1891 de l'ardoise. Ça fait neuf mois que je n'ai que misères et tracas.

– Ça va changer, m'a-t-il juré avant de m'emprunter ma blague à tabac et mes feuilles et de se confectionner une cigarette. Tu as marché dans ce que j'ai raconté tout à l'heure ?

– Je saurais pas dire exactement. »

Il a souri.

« Il y a trois mille cinq cents dollars dans chacune de mes sacoches. Sept mille dollars, Emmett. Ça te va, comme revenu annuel ? »

Je suppose que j'aurais dû souligner que ce n'était pas juste de flouer et de plumer des amis, que « comme vous voulez que les hommes agissent envers vous, agissez envers eux », etc., mais sur le coup, les mots m'ont fait défaut.

« Je vois que ton frère te déçoit, a-t-il deviné.

– Pourquoi tu as fait ça, Bob ? »

Il a eu un sourire en coin et a pressé son cheval avant de s'écrier en me tournant le dos :

« Par cupidité, mon cher Emmett ! L'un des sept péchés capitaux ! »

11

En Californie, Grat était toujours en prison. Avec une aide considérable de la part de mon frère Bill, il avait rédigé plusieurs comptes-rendus sur les mauvais traitements et les vexations qu'il avait subis durant son incarcération, et qui avaient été publiés dans le *San Francisco Examiner*. Et c'est en parcourant les dernières pages de ce même journal qu'il remarqua deux courts articles faisant état d'une attaque de train le 15 septembre, à Leliaetta, dans le territoire de l'Oklahoma, ainsi que d'une seconde le 16, à Ceres, en Californie, à trois cent vingt kilomètres de Visalia.

Nous n'étions bien sûr pour rien dans celle de Ceres. Un cheminot de la Southern Pacific du nom de John Sontag avait été victime d'un accident du travail assez grave, mais la compagnie ferroviaire avait refusé de le dédommager. Sontag s'était donc associé avec un certain Chris Evans et, ensemble, ils s'étaient livrés à plusieurs petits coups de main dans tout l'État. À mon avis, c'étaient aussi eux les auteurs de l'attaque d'Alila, dont on avait fait porter le chapeau à Grat et à Bill. En tout cas, pour Ceres, je suis catégorique. Mais les Dalton étaient célèbres à l'époque et on nous attribuait pratiquement tous les méfaits commis dans les quarante-quatre États de l'Union.

Grat replia le quotidien à la page des réclames, qui vantaient des costumes à dix dollars « façonnés à partir d'une honnête pièce de cashmere ». Dans l'allée entre les cellules, un détenu chargé du ménage poussait avec un balai à franges un seau à roulettes qui clapotait. C'était un colosse noir aux gestes lents, affligé d'un mal de dos incurable à force de cueillir du coton à Sarepta en Louisiane. Il s'arrêta devant Grat et l'interpella :

« T'es au courant que la volaille vient encore d'alpaguer ton frangin Bill, histoire de lui poser des questions sur ces attaques de trains ? »

Grat se lécha le pouce et tourna la page du journal ; soudain, il avisa une lame de scie à métaux sous le pied de son interlocuteur. Il la dissimula dans la couture intérieure de son pantalon pendant que l'autre rajustait la languette de ses chaussures montantes.

« Pas la peine de me remercier, lâcha le Noir. J'ai été payé. »

Il s'éloigna en tirant derrière lui son balai, qui laissa une traînée humide sur le sol, et disparut.

Les évasions n'étaient pas très difficiles en ce temps-là. Mon frère sciait ses barreaux pendant la nuit, puis maquillait les dégâts avec du noir de fumée et du savon. Le dimanche 18 septembre au soir, après le dîner, trois jours avant que sa sentence soit prononcée, Grat Dalton fit sauter quatre des barreaux de sa fenêtre, qui tombèrent dehors dans le gravier avec un « bong », il escalada son lit et se coula dehors ; deux autres prisonniers quittèrent leurs cellules à sa suite et atterrirent dans la poussière derrière lui.

Ils volèrent devant une église baptiste un boghei léger tiré par un attelage de chevaux gris assez robustes pour tirer un chariot à bière. À Goshen, les deux compagnons de Grat embarquèrent clandestinement à bord d'un train de marchandises, tandis que mon frère effectuait une quinzaine de kilomètres supplémentaires jusqu'au ranch d'un joueur professionnel de sa connaissance, un dénommé Middleton. Ledit Middleton était un type édenté qui portait constamment la même chemise blanche qu'il lavait une fois par semaine. Il offrit à Grat un matelas pour la nuit et alla abandonner le boghei et les chevaux à Tulare pour entraîner les détectives sur une fausse piste, puis prêta à mon frère un cheval Appaloosa, une tente en toile et la moitié de sa penderie. Enfin, il lui dessina une carte des contreforts de la sierra au-dessus de la ville de Sanger.

« Je te rejoindrai là-bas dans une semaine avec du tabac et de la viande fraîche, lui déclara Middleton. Il se peut qu'un autre évadé du nom de Riley Dean y soit déjà. Tu as du pèze pour la bouffe ?

– Il devrait y avoir un chèque qui m'attend à Visalia.

– D'accord. Plante le camp dans ce coin-là…

– À l'endroit de la croix.

– Histoire que je puisse te retrouver. »

Grat rangea la carte pliée dans sa chemise en flanelle bleue, qui était imprégnée de l'odeur grasse comme du bacon du *rancher*, se vissa sur la tête un chapeau gris au sommet arrondi et signifia à l'Appaloosa de se mettre en marche d'un coup de rênes.

Une fois mon frère parti, Middleton se rendit à Visalia pour y lire les avis de recherche et encaisser le chèque de cinquante dollars envoyé poste restante par Eugenia Moore à l'intention de Grat. Middleton s'en servit pour acheter un bureau pourvu de douze tiroirs et de trois compartiments secrets, puis il frappa à la vitre du bureau du shérif du comté de Tulare. Un adjoint se retourna sur sa chaise et Middleton ouvrit la porte.

« Je me demandais si vous et moi, on pourrait causer », commença-t-il.

Mais Grattan était plus futé que la plupart des gens le croyaient. Mon frère et sa monture s'élevèrent dans l'air ténu par une piste cavalière sinueuse qui obligeait Grat à se baisser pour passer sous de hauts séquoias, les pans d'une veste en grosse laine à carreaux serrés sur la poitrine, un fusil simple action au creux des bras. Il déchira la carte, en dispersa les morceaux et prit à droite et non à gauche comme indiqué.

« Qu'est-ce que cet imbécile t'a fait aux poumons, mon cheval ? grommela-t-il. Tu souffles comme une locomotive. »

L'après-midi, Grat dormait sur le sol noir et les aiguilles de pin ou pêchait la truite dans un torrent tumultueux si glacial qu'il avait mal aux sinus quand il y buvait. Il se tailla des fourchettes et des cuillères en bois vert qu'il durcit au-dessus du feu. Il collectionnait dans une boîte de bicarbonate de soude toute neuve des pierres qui, à ses yeux, ressemblaient à des animaux – un lion, une pie, une tête de bison. La nuit, étendu à l'intérieur de la tente, les mains derrière la tête, il observait la fumée de ses cigarettes qui montait et s'étalait contre la toile, ou déboutonnait son pantalon en imaginant des femmes plantureuses puis laissait son sperme sécher sur son estomac.

Il se faisait frire un écureuil en guise de petit déjeuner un matin lorsqu'il vit une levrette tout en côtes et en queue s'avancer en tapinois entre les arbres. Grat lui lança un bout d'écureuil dans la poussière et la chienne se précipita dessus ; elle engloutit un biscuit après l'avoir cassé en deux, s'étouffa avec et Grat lui versa de l'eau dans son chapeau. Riley Dean, l'autre fugitif, apparut entre les troncs, vêtu d'une chemise et d'un pantalon déchiré, une grande branche à la main.

« Je vois que vous avez déjà fait connaissance, commenta-t-il. Vous auriez de quoi manger ? Je ne me nourris que de chauves-souris des cavernes et elles me pèsent sur l'estomac comme des presse-papiers en verre. »

Mon frère et Dean Riley se cachèrent ensemble jusqu'à ce que surviennent les pluies d'hiver californiennes qui, à cette altitude-là, se condensaient en neige. Au mépris des éléments, des escarpements et des à-pics, un détachement se fondant sur les renseignements fournis par Middleton entreprit l'ascension de Mill Creek Canyon pour capturer les deux dangereux fuyards. Ils surprirent Dean alors que celui-ci se frayait un passage à travers des congères en chemise et en pantalon. Grat et la levrette étaient à la recherche d'un petit miroir de poche que mon frère avait fait tomber quand la chienne leva la tête et gémit. Grat se redressa, épousseta la neige qu'il avait sur les genoux et discerna le grincement d'un chariot ainsi que la respiration rauque et sifflante de trop nombreux chevaux ; il regagna la tente tandis que la levrette lui jetait un regard, puis fixait l'origine du bruit en contrebas en grondant, le poil hérissé. Grat enveloppa ses habits dans une chemise et fourra les provisions qu'il avait dans les poches et les manches de sa veste en grosse laine. Le temps qu'il ramasse sa gourde et son fusil, la levrette aboyait de toutes ses forces et mon frère décampa en direction d'une ravine enneigée en bondissant par-dessus des broussailles et des souches couronnées de neige. Il entendit la chienne réitérer encore et encore son propos aux chevaux et s'allongea à plat ventre dans la neige, à travers laquelle pointait une herbe jaune. Le vent faisait s'entrechoquer les branches des trembles ; un oiseau déplia ses ailes dans le bleu du ciel et plana dans le vert des pins. Mon frère aperçut les pattes veinées de *quarter horses* rouans, puis reconnut le bruit des ressorts de suspension d'un chariot et d'autres chevaux qui dérapaient sur les pierres dans la montée.

La chienne les invectivait au milieu des cendres blanches du feu. Riley Dean était ligoté et bâillonné à l'arrière du chariot. Un adjoint du shérif et six autres types à chapeau melon ne tardèrent pas à encercler la tente avec des fusils et des carabines qu'ils cramponnaient à deux mains comme si leurs armes étaient anormalement lourdes.

« On te tient, Dalton, cria l'adjoint. Sors de là les mains en l'air. »

Grat s'installa profondément dans la neige, à l'abri des ramures d'un chêne et contempla les représentants de la loi en vestes sombres et manteaux de fourrure, le bas du pantalon enfoncé dans des bottes en caoutchouc. Un jeune homme à moustache avec un long cache-nez déchargea son fusil de chasse sur le rabat de toile de la tente, puis un second coup partit et tous ouvrirent le feu. Les piquets cédèrent, la toile claqua sous la grêle d'impacts et la fumée des armes se répandit entre les arbres. À la pétarade succéda le silence et Grat dévala le flanc schisteux de la montagne en traînant ses affaires derrière lui dans la neige. La chienne s'élança sur ses talons et un adjoint du shérif avec une cravate ficelle se campa au sommet de la pente pour tirer sur la levrette et les bribes de veste à carreaux qu'il entr'apercevait. Grat traversa avec fracas un roncier alourdi par la neige, louvoya entre les troncs et, après avoir franchi en pataugeant un torrent scintillant, s'assit dans la boue de la berge et leva les yeux. Les feuilles des trembles se ratatinaient à cause de la fumée et les hommes du détachement canardaient dans tous les sens. Puis ils durent se décourager, car ils cessèrent et Grat ne les revit plus jamais.

La chienne fit son apparition de l'autre côté du cours d'eau en boitant. Une balle lui avait mutilé la patte avant droite. Du sang lui avait giclé sur le museau.

« Reste là, tu piges ? Me suis pas. Pas bouger. »

La levrette s'assit dans la neige et lécha son propre sang. Grat confectionna des bandoulières pour son fusil et sa gourde, puis parcourut vingt-neuf kilomètres dans des bottes glacées et trempées à travers les frémontias, les pieds-d'alouette et les rais de lumière verticaux jusqu'à ce qu'il parvienne à une ferme située au fond d'Harmon Valley, où un homme du nom de Judd Elwood, avec un collier de barbe, pelait au-dessus d'un sac en papier une pomme à la peau brune, adossé au piquet d'une clôture. Des traits reliaient son attelage de deux chevaux à une lourde chaîne de débardage attachée autour d'un séquoia ébranché à la hache. Elwood se retourna lorsqu'il entendit Grat émerger de la forêt tel un homme des montagnes, avec sa veste et sa barbe qui se confondaient, son large chapeau enfoncé sur la tête et son fusil en travers du bras.

« Est-ce qu'un détachement a fait halte ici l'autre nuit ? » se renseigna Grat.

Le fermier s'accroupit dans la neige et lança un regard en direction de sa hache, toujours plantée dans l'arbre.

« Je suppose que c'était après vous qu'ils en avaient, déduisit-il.

– Dételle tes chevaux et enlève le harnais de celui qui est le plus près », répliqua Grat.

Elwood grommela, laissa retomber sa pomme dans le sac en papier et fit ce qu'on lui demandait. Mon frère vola ensuite un sac de jute gelé dans la remise de la ferme et des bocaux de conserves dans le cellier. De la poussière s'exhala du sac quand Grat y déversa le fruit de ses rapines.

Afin d'en apprendre plus sur sa situation, de Merced, Grat rallia Tulare par une piste de terre aujourd'hui goudronnée et connue sous le nom de Highway 99, sur laquelle des coupés Chevrolet noirs roulent à cinquante-cinq kilomètres-heure. Il puait comme un putois, il avait la tignasse embroussaillée et sa barbe hirsute était parsemée de graines jaunes, de sorte qu'il pouvait arpenter les trottoirs en planches de Tulare avec un imperméable par-dessus sa veste de grosse laine sans risquer d'être reconnu par quiconque, hormis un membre de sa famille. Même les shérifs s'écartaient de son chemin.

Cette après-midi-là, un gosse courut jusqu'à lui et lui remit un mot lui enjoignant de se présenter le soir même à l'arrière d'un hôtel bleu. Il y découvrit un cheval indien dont les sacoches étaient bourrées de biscuits et de bœuf séché ; trois gourdes étaient suspendues à la corne de la selle. Grat leva les yeux vers une fenêtre du premier étage et adressa un signe de tête à mon frère Bill qui était assis à côté d'une lampe à pétrole.

Grat pourvut sa monture de fers épais à Bakersfield, la capitale des cow-boys, puis s'engagea sur la piste de Tehachapi qui le mena à Barstow et au désert des Mojaves, puis, de là, il poursuivit sa route jusqu'à Needles avant de traverser l'Arizona, le Nouveau-Mexique et le Texas, dormant l'après-midi dans des grottes ou dans l'ombre tarabiscotée de *mesquites* ou d'arbres de Josué, se nourrissant de lézards des palissades, de salamandres ou de pécaris bien gras et buvant de l'eau sulfureuse. À l'exception des buissons de soude roulante, des carcasses d'animaux et des montagnes mauves au loin, le paysage était aussi dénudé qu'un tapis élimé. Grat distinguait la fumée de feux hopis ou navajos à vingt-cinq kilomètres de distance, mais le temps qu'il arrive sur place, les pierres du foyer étaient froides, les huttes de branchages vides et des chiens de trait hargneux lui aboyaient après et faisaient mine d'attaquer son cheval. Des moutons le regardaient passer la nuit, tassé sur sa selle ; des serpents à sonnette se détendaient pour mordre ses étriers, puis se réfugiaient en ondulant dans des buissons d'armoise ; de petites tarentules s'aventuraient sur son visage pour s'abreuver au coin de ses yeux dans son sommeil.

Il perdit quatorze kilos, s'arracha une dent douloureuse à l'aide d'une fourchette, se fit des ampoules au talon jusqu'à l'os, au point de vider du sang de ses bottes lorsqu'il les retirait. J'imagine que la solitude lui esquinta un rien le cerveau, parce qu'il s'inventa un cow-boy du nom de Dangerous Dan qui chevauchait apparemment une mule albinos, capable d'attraper des tourterelles à main nue et qui lui ouvrit les yeux à propos des chemins de fer et de la manière de leur rendre la monnaie de leur pièce. « Ce vieux Dan, il était de bonne compagnie », me confia Grat. Son voyage de la Californie à l'Arizona lui prit cent sept jours.

12

Mon frère Bill était alors déjà dans le territoire de l'Oklahoma. Peu après l'évasion de Grat, les détectives des chemins de fer avaient mis au jour des éléments de preuves qui paraissaient incriminer Sontag et Evans dans l'attaque de train de Ceres, et peut-être même dans les trois précédentes. Dans ces circonstances, le procureur du comté de Tulare estima qu'il serait trop difficile d'obtenir la condamnation d'un autre Dalton et il ordonna que mon frère Bill, âgé de vingt-huit ans, soit relâché sous caution.

Bill regagna sa ferme des environs de Paso Robles à temps pour la moisson, puis loua une chambre d'hôtel à Tulare et s'installa sur la véranda bleue de l'établissement où, tout en sculptant des têtes de poupées en bois, il s'attira un auditoire grâce à sa verve : « Un cadeau pour mes gamines, exposait-il. Ce n'est plus comme quand j'étais petit. Dans mon enfance, on était tellement pauvre qu'on pouvait même pas se permettre de prêter attention. » Rires timides. « Je me suis plaint : "Maman, j'ai rien pour jouer." Elle a coupé le fond de mes poches de pantalons. » Gloussements. « J'ai dit à mes parents que je voulais aller au zoo. Ils m'ont laissé regarder quand ils faisaient la bête à deux dos. » Un homme ricana ; d'autres éclatèrent de rire. « Pas que ça m'ait appris grand-chose. J'étais tellement nigaud à l'époque que je croyais que les filles étaient simplement des garçons avec des grosseurs. » Et ainsi de suite.

Personnellement, je trouve ce genre de badinage fatigant, mais la gent masculine de Tulare se gondolait tant et plus, tandis que Bill arborait un sourire complice. Une fois que toutes les chaises de la véranda étaient occupées et qu'il y avait même des gars assis sur les barres d'attaches pour les chevaux, mon frère entreprenait de saupoudrer ses badineries de sermons politiques et de prêches sur les chemins de fer jusqu'à ce que, au coucher du soleil, il se lève et s'étire. « Oh bé, ce que je suis fourbu, annonçait-il. J'ai l'impression qu'on m'est passé sur le corps et qu'on m'a abandonné dans un fossé. » Le plus souvent, quelqu'un l'invitait à dîner et à boire tout son soûl au saloon, pendant que, une rue plus loin, un autre homme – un homme en costume avec un gilet gris, des chaussures marron, un pistolet dans un étui d'épaule noirci par la sueur et un insigne de la Southern Pacific dans la poche – le surveillait, à l'affût d'indices ou de renseignements susceptibles d'aboutir à l'arrestation de Grattan Dalton.

Mon frère Bill était conscient de ce fait, ainsi que de la présence de détectives sur leurs chevaux à l'ombre d'un olivier de Bohême aux abords de sa ferme de Paso Robles. Pourtant, il demeura à Tulare, au vu et au su de tous, jusqu'à ce que débutent les pluies d'hiver et qu'il avise, sur le trottoir en planches de l'autre côté de la rue, un sauvage barbu et crasseux qui empestait comme un putois. Bill envoya un gosse lui porter un mot et, une centaine de dollars plus tard, attacha un cheval indien derrière son hôtel, d'où, derrière le rideau de sa fenêtre, il observa son frère Grat engoncé dans des épaisseurs de vêtements qui repartait pour l'Oklahoma.

Bill fit sa valise et apporta son plus beau costume en serge sur un cintre un peu plus loin dans la rue, chez un ami acteur du nom de Lonnie, me semble-t-il, qui, sur ce, se tailla la barbe jusqu'à ce qu'elle reproduise celle de Bill. Il s'avéra être un bon imposteur.

Les détectives des chemins de fer perdirent la trace de Bill à Tulare, mais ceux qui étaient de faction à la ferme de mon frère déclarèrent qu'ils l'avaient retrouvé. Deux semaines durant, ils adressèrent à San Francisco des rapports indiquant que Bill bricolait dans sa remise, pique-niquait à Pismo Beach le dimanche ou conduisait son épouse en ville en boghei, vêtu de son costume bleu en serge.

Ce ne fut qu'alors, deux semaines après que Bill eut pris un train de nuit pour le territoire de l'Oklahoma, que les détectives se rendirent compte qu'ils avaient été bernés.

Et ce fut à peu près à cette époque-là que le marshal en chef William Grimes et la direction de la Southern Pacific décidèrent de mettre en commun leurs ressources en hommes et leurs informations pour appréhender les illustres Dalton. Ainsi fut détaché à San Francisco un nouveau marshal adjoint d'El Reno du nom de Christian Madsen.

Ce fut lui qui causa notre perte.

Madsen était un homme sobre aux yeux bleus, carré, bâti au-dessus de la taille comme s'il aurait dû mesurer deux mètres, mais monté sur des jambes d'avorton qui l'amputaient de trente-cinq centimètres. Il avait les pattes rasées jusqu'au sommet des oreilles, une moustache brune de quinze centimètres de large qui lui barrait le visage et il perdait ses fins cheveux blonds clairsemés. Il était âgé de quarante et un ans, né à l'étranger, d'origine danoise ; patient, méthodique, organisé ; c'était un ancien intendant militaire de Fort Reno, qui avait par le passé acheté des quartiers de bœuf à J. K. Whipple, le mari de ma sœur Nannie, et il nous connaissait, mes frères et moi (ainsi qu'Eugenia Moore, qu'il qualifiait de « garce coriace ») depuis que mon frère Frank s'était fait abattre et avait décroché une place au paradis.

Chris Madsen possédait une liasse d'avis de recherche retenus par trois anneaux et, dans un classeur à tiroirs en acajou, un dossier sur chaque criminel ayant, si brièvement que ce soit, séjourné dans les Territoires. Lorsqu'il grimpa à bord du train pour San Francisco, il avait avec lui une pile d'enveloppes de papier kraft attachées avec de la ficelle, sur chacune desquelles était inscrit un nom : R. Dalton, E. Dalton, George Newcomb, etc. Et quand, durant le ravitaillement en eau du train à Kingfisher, il leva les yeux de ses notes, il découvrit mon frère Bill qui faisait le pitre, le nez écrasé contre la vitre, de sorte qu'il ressemblait à Charlie Pierce. Bill s'écarta avec un grand sourire, se frotta le nez et s'écria :

« Salut, Chris !

– Comment es-tu revenu ici ? »

Bill porta une main en cornet à son oreille.

« Qu'est-ce que tu dis ? »

Madsen le foudroya du regard.

« Peut-être pourrons-nous bavarder un peu plus longuement la prochaine fois que tu seras dans les parages », suggéra Bill avant de s'éloigner sur le quai et de rentrer dans la gare tandis que le train s'ébranlait.

Madsen s'arrêta d'abord à Visalia pour discuter avec le shérif Kay et voir le coffre-fort vert fabriqué à Londres dans lequel on conservait les trois mille dollars de récompense pour la capture de Grattan Dalton, livré mort ou vif. Puis Madsen s'entretint avec un détenu chargé du ménage à la prison de Tulare, avec le shérif Ed O'Neill, avec Will Smith, le chef des enquêteurs des chemins de fer, et enfin avec Breckinridge, l'avocat de Grat, qui devait mourir peu après, un verre de porto à la main et plus riche, paraît-il, de cinq mille dollars grâce à sa défense de pure forme. Après quoi le marshal adjoint Chris Madsen s'en retourna à Guthrie, la capitale du territoire avec ce matériau supplémentaire et trois nouvelles photos.

La ferme de Kingfisher qu'exploitait ma mère Adeline avec deux de mes sœurs se situait à moins de cinquante kilomètres à l'ouest de Guthrie. Bill y avait pelleté de l'ensilage, cloué du papier bitumé sur le toit et s'était enduit le bras de lard avant de le fourrer dans une vache pour s'assurer que son veau à naître se présentait bien par le siège. Très vite, il n'était plus guère resté de corvées physiques à effectuer, aussi avait-il emprunté une jument et s'en était-il allé à Woodward, où Eugenia Moore louait un petit pavillon plongé dans une obscurité complète en raison des pins qui l'entouraient.

Bob et moi y étions claquemurés depuis Leliaetta en septembre, on était en novembre et j'étais grognon quand Bill fit son apparition dans la cour. Il était sept heures du matin et j'étalais avec les doigts du cirage marron sur mes bottes, assis sur la balancelle à deux places de la véranda. J'ai entendu un cheval émettre un petit hennissement et j'ai armé le pistolet caché sous mon manteau. Bill a écarté une branche du linteau, déclenchant une avalanche d'aiguilles vertes.

« Excusez-moi, je cherche le légendaire Pecos Pete, a-t-il plaisanté.

– Tu as devant toi ce qui s'en rapproche le plus », ai-je répliqué avec un large sourire.

La voix de Bill est parvenue jusqu'à Bob, qui a enfilé à la hâte une salopette en sautillant dans sa chambre, ouvert la porte treillissée à la volée, asséné une claque dans le dos de son frère aîné et l'a serré dans ses bras pour lui souhaiter la bienvenue avant d'appeler Eugenia pour qu'elle fasse sa connaissance.

La chevelure blonde défaite de Miss Moore lui tombait en cascade sur les épaules, par-dessus un peignoir blanc qu'elle a noué en nous rejoignant. Elle a serré la main de Bill, sur la réserve, puis a incliné la tête pour se mettre un peigne dans les cheveux. Je crois que Bill ne lui a pas beaucoup plu.

Bill a revêtu un tablier, préparé une omelette espagnole avec des pommes de terre sautées et nous nous sommes assis tous les quatre pour un long petit déjeuner durant lequel Bill nous a exposé ses projets. Il avait envie de prendre un nouveau départ, de se lancer dans le foncier en Oklahoma, de s'y réinstaller avec son épouse Jenny et ses enfants, d'étudier le droit. Il avait l'intention de régler ses comptes avec les chemins de fer, de s'adresser aux gens du commun et d'être candidat au parlement de l'État. Il serait gouverneur à quarante ans. Il serait la façade honnête des Dalton, notre couverture. Il investirait notre argent volé et nous enverrait ce dont nous aurions besoin en Argentine. Et il serait en mesure d'espionner pour notre compte, de nous préserver, de faire mariner les forces de l'ordre et peut-être même de réussir à obtenir un jour notre pardon.

« Ça marchera, Bob, a-t-il conclu. Bon Dieu, ça marchera !

– J'en déduis que vous souhaitez que Bob vous finance, est intervenue Eugenia, sèche comme un coup de trique.

– Ce que je souhaite, Miss Moore, c'est un prêt, voilà tout, a rectifié Bill, avant de me décocher un clin d'œil. J'emprunterais bien à la Katy, mais j'ai ouï dire qu'ils n'étaient plus très en fonds. »

Bob s'est balancé sur sa chaise, amusé. Il a croisé les bras et considéré sa compagne, à l'affût de sa réaction.

« Même en cherchant, on pourrait pas trouver plus mirobolante comme idée », ai-je déclaré.

Eugenia a tourné sa tasse de café.

« Vous avez de l'expérience dans le domaine foncier, Bill ? »

Bill a roulé des yeux à l'intention de Bob.

« Je vous avoue, Miss Moore, que je ne me suis jamais livré à de telles transactions foncières, du moins pas dans la région, mais je vous garantis que, depuis que je suis sorti de l'œuf il y a trente-neuf ans, je ne suis pas exactement resté les doigts dans le fion et le nez en l'air !

– Je suis constamment sollicité, Bill, a expliqué Bob. J'essaie de mettre le holà. Combien est-ce qu'il te faudrait ? »

Bill acheta une ferme à Bartlesville, qui était alors une région pétrolière, à environ huit kilomètres du domicile de Julia Johnson et à une petite cinquantaine de notre Coffeyville natale, où il se rendit en train peu après son arrivée. Il y logea deux jours à l'hôtel

Eldridge House et reçut dans sa chambre des hommes d'affaires avec qui il dégusta du whisky Jack Daniel's Green Label. Il se fit couper les cheveux par Carey Seaman, le coiffeur, acheta des galoches à boucle chez Charles Brown, le cordonnier, et reprit contact avec les banquiers C. T. Carpenter, de la banque Condon, et Thomas J. Scurr Jr., le président de la First National Bank. Ils se montrèrent d'abord suspicieux, car les exploits des Dalton avaient eu un grand retentissement dans le coin, mais il était difficile de se défier de Bill très longtemps et, avant la fin du deuxième jour, il les convainquit que Bob, Grat et moi étions les seules brebis galeuses de la famille.

Il commença alors à procéder à des achats. Un fermier mourait, sa veuve brûlait de repartir dans l'Est… Bill se chargeait de la vente. Des pionniers de l'Est qui s'étaient rués vers les Territoires pour s'emparer de la terre à bas prix s'apercevaient que la travailler était pénible, que le climat était âpre et ils bradaient tout le bazar – grange, charrue, attelage de bœufs, maison à sol en terre battue et puits artésien – pour à peine cinq ou dix dollars. Bill récupérait le titre de propriété et partageait le bénéfice de la revente avec les services fonciers des sociétés ferroviaires, qui recherchaient des colons désireux de venir s'installer dans l'Ouest. Et il nous réserva des concessions le long de la Canadian bien avant que le gouvernement fédéral en ratifie la vente publique, ce qui nous donnait une longueur d'avance.

Quand j'étais en visite chez Bill à Bartlesville, je bouquinais dans son rocking-chair, un de ses ouvrages de droit sur les genoux, pendant que Julia s'entraînait à la broderie à côté de moi et qu'à la table de la salle à manger, à la lueur d'une lampe à pétrole, mon frère composait des lettres de dix ou douze pages à son épouse, de longs essais sur l'économie, la Farmers Alliance[1], les Royal Neighbors of America[2], les loups de Wall Street et les chemins de fer – la Southern Pacific, la Atchison & Topeka, la MK&T, la Rock Island, la Santa Fe. Julia faisait chauffer une bouilloire en terre de fer sur les bûches de la cheminée, puis la retirait du feu avec un torchon.

« Vous voulez du thé, Mr Dalton ? » s'informait-elle.

Bill levait vers elle un regard vitreux.

« Désolé, j'ai oublié votre nom, s'excusait-il.

– Julia, lui rappelais-je.

– Voilà, c'est ça, acquiesçait-il avant de lui poser la main sur la joue comme si c'était sa fille aînée. Non, Julia, je suis très occupé pour le moment. Je dois coucher ces idées sur le papier avant qu'elles soient perdues à jamais. »

Julia m'apportait du thé et une demi-douzaine de macarons et me soufflait à l'oreille :

« Il plaisante, hein ? »

Je me bornais à boire ma tasse à petites gorgées et à observer mon frère.

Jenny répondait aux lettres de son époux par des billets quotidiens qu'elle expédiait poste restante à quelque guichet reculé que Bill estimait sûr cette semaine-là – Cleo Springs, Anadarko, Bushyhead, Sapulpa... Chaque fois qu'il devait s'acquitter de frais juridiques, Bill gratifiait son interlocuteur d'un petit extra. Où qu'il aille, il faisait ami-ami avec le shérif et

1. Organisation visant à lutter contre l'érosion du cours des denrées agricoles en promouvant la coopération entre agriculteurs de manière à court-circuiter les intermédiaires. (*N.d.T.*)

2. Société de secours mutuels, ancêtre des mutuelles actuelles. (*N.d.T.*)

assistait aux procès locaux en prenant des notes sur tel ou tel aspect de la procédure au dos des enveloppes de sa femme. Il flattait les enfants, blaguait avec eux et leur distribuait des pastilles de marrube ; il avait sa table personnelle au Silver Dollar Saloon de Guthrie, où, un verre à whisky posé sur une liasse de billets verts, il servait des « godets » à des inconnus en dissertant comme un éditorialiste de monopoles et de jurisprudence. Il arriva à persuader les gens que les Dalton étaient de leur côté – quasiment des saints – et qu'en dévalisant les chemins de fer, nous rendions service à tout le monde.

Bill palabrait et se pavanait, Bob et moi faisions profil bas. Je dormais dans le dortoir du ranch de Jim Riley et surveillais ses clôtures pendant quelques semaines, j'effectuais des séjours à Dover, où je faisais la conversation à ma mère et pêchais dans la Cimarron, je vivais un mois à la ferme de mon frère à Bartlesville où je lisais sur un lit pliant au milieu de divers antiques et épais ouvrages appartenant à Bill en écoutant le grincement d'un derrick, entre deux visites à Julia à la grande pension de son père, qui n'était pas loin.

Je dévorais une pêche, je lançais le noyau contre sa vitre et elle venait se blottir contre moi dans les herbes au bord de la Caney, sa chevelure brune contre ma joue, une couverture matelassée sur les épaules.

« Tu as besoin d'argent ? » me suis-je un jour renseigné.

Elle a fait non de la tête.

« Parce que j'en ai, ai-je insisté. Plein. Plus que je peux en dépenser.

– C'est très gentil, mais non merci.

– Tard la nuit, quand je sors fumer une cigarette et regarde les étoiles en marchant sur la route, je sais pas comment, mais je te vois endormie, nue sous le drap, et j'ai envie d'être à côté de toi et de t'embrasser sous l'oreille et que tu te retournes vers moi dans le noir.

« J'ai envie que tu sois avec moi quelle que soit la maison où je me trouve, j'ai envie de t'entendre chanter dans la pièce voisine quand je lève le nez de ma table de travail, j'ai envie que tu m'apportes de l'eau de la pompe quand il fait chaud et que je suis en train de faucher les mauvaises herbes au soleil. Je serais prêt à payer cher pour ça. Je t'offrirais ce que je peux me permettre de mieux. J'ai de l'argent à ne plus savoir qu'en faire.

– Mais il est mal acquis, pas vrai ? a objecté Julia en me dévisageant. Pas vrai ? Du coup, c'est impossible. Du coup, ton rêve n'est qu'un conte de fées, pas vrai ?

– Quant à savoir si cet argent est mal acquis ou non, il ne faut pas voir les choses de cette façon. Les Indiens ont mangé le cœur du père Marquette, celui qui a découvert le Mississippi, et des fermiers ont volé les terres des Cherokees ; dans le Mississippi, on violait et on vendait des esclaves mulâtres et l'armée de l'Union a pillé Savannah ; les contremaîtres des chemins de fer utilisaient des Chinois avec des explosifs attachés dans le dos pour creuser les tunnels et aujourd'hui, les voleurs de train repartent avec des sacs bourrés d'argent. Un déséquilibre se fait jour, puis le monde recouvre son assise. Chaque entreprise humaine s'accompagne de son lot de misères et l'appréciation de ses retombées, aussi bien positives que négatives, dépend pas mal de la personne à qui tu t'adresses à un moment donné. »

Julia m'a fixé avec une expression inquisitrice.

« Et avec qui donc as-tu débattu de la question ?

– Bill », ai-je confessé.

Elle a reposé la tête sur mon épaule.

« Bill. C'est ce que je pensais. Au moins, Bob joue franc-jeu.

– Oui, ai-je convenu. C'est sa plus grande qualité. Bob ne fait ni dans les détours ni dans les faux-semblants. »

13

Un dimanche, Miss Moore accomplit en diligence le trajet de son pavillon de Woodward à la ferme de ma mère à Kingfisher, où elle aida à préparer des conserves et de la compote de pommes et dissimula une boîte à cigares contenant deux cents dollars derrière les bocaux d'abricots. Après quoi, lors de l'habituel repas de midi en famille, elle annonça son intention de déménager à Guthrie afin de dénicher une place de couturière. Ben et Littleton continuèrent à manger comme des machines, mais mon frère Bill laissa sa fourchette retomber dans son assiette avec un tintement et considéra Eugenia en buvant un verre de lait.

À l'autre bout de la table, J. K. Whipple, le mari de ma sœur Nannie Mae, se pencha par-dessus sa purée de pommes de terre pour observer Miss Moore et trempa sa cravate dans le jus de viande.

« Et Bob ? l'interrogea-t-il. Où est-ce qu'il se cache, ces jours-ci ?

– Honnêtement, je ne saurais vous répondre, assura Eugenia. Bob et moi avons rompu. À tout jamais.

– Eh ben, ça, pour un coup de théâtre ! » s'émut Ben.

Ma frêle mère plia sa serviette.

« Quoi qu'il en soit, tu restes quand même la bienvenue ici, ma chérie. Ce n'est pas parce que tu n'es plus avec Bob que tu n'as plus le droit de nous rendre visite. »

Whipple chuchota quelque chose à l'oreille de son épouse et pouffa. Nannie Mae fronça les sourcils.

« Oh, chut ! » le supplia-t-elle.

Le lendemain matin, Eugenia, emmitouflée dans un manteau et un châle, partagea avec Whipple le sulky décoré de ce dernier. La livrée de givre blanc de la futaie se vaporisait telle de la sueur au soleil. Miss Moore distinguait le souffle du cheval qui avançait au pas ; de la condensation s'élevait en tourbillonnant du dos de l'animal.

« J'ose croire que ce que vous racontez à propos de votre séparation avec Bob est vrai. Ce n'est pas une feinte ?

– Je ne comprends pas.

– Vous auriez à mon sens à y gagner si vous aiguilliez certaines personnes sur une fausse piste. »

Miss Moore se rencogna dans son manteau.

« Tout était devenu incroyablement compliqué. C'était ce qui me paraissait le plus simple. » Elle avisa Whipple qui souriait stupidement au harnais et aux rênes, des résidus de poussière jusqu'en haut du cou, le nez constellé de points noirs – une trogne de ramoneur : « Bob va beaucoup me manquer, mais je doute que je le reverrai un jour. Je vous confie ça parce que vous êtes de la famille : il a dissous la bande et renoncé aux attaques de trains. Il part bientôt pour Tampa, en Floride.

– Vous êtes une source intarissable d'informations, jeune dame », la congratula Whipple avec un sourire timide qui se voulait amical.

La clôture de barbelés à la droite de Miss Moore se parait de touffes brunes de poils de vache. Un groupe de Hereford aux cils blancs, plantées dans l'herbe givrée, fixait Eugenia. Des bouvillons se grimpaient les uns sur les autres.

« Miss Moore, reprit Whipple, je suis propriétaire d'une boucherie et j'ai à Guthrie un partenaire avec qui j'essaye de faire affaire. Un dénommé Mundy. Mr Mundy. Il ne s'est jamais marié. Il a vécu avec sa sœur pendant trente-deux ans, jusqu'à ce qu'elle rende l'âme. Il est à la recherche d'une gouvernante et puisque vous êtes à la recherche d'un emploi, je me dis qu'il y aurait là moyen de résoudre un certain nombre de difficultés. Maintenant, Mundy n'est ni aussi jeune, ni aussi séduisant, ni aussi exaltant que Bob, mais il est équilibré, honnête, il possède sa propre maison et sa boucherie et à mon avis, vous seriez la plus extraordinaire des femmes sur qui il ait posé les yeux. Il m'en serait redevable pendant des années si je m'entremettais. »

La femme en châle à côté de lui eut un sourire.

« Présentez-nous donc ce midi. »

Au restaurant, Whipple parla affaires et essuya son assiette avec du pain blanc jusqu'à ce qu'elle reluise tandis que Mr Mundy souriait à Miss Moore. Il portait un pull en laine grise par-dessus son tablier de boucher maculé de sang. Il avait un nez semblable à un croquenot, des poches sous les yeux et une fine moustache qui lui donnait l'air d'un Belge. Il paya l'addition, suspendit son tablier à un clou dans sa boutique et escorta Eugenia jusqu'à une maison blanche pourvue d'une véranda à volutes et d'un jardin qu'il entretenait avec une lourde tondeuse à gazon en acier et qui était délimité par une barrière blanche. Il montra à la jeune femme le salon vert sombre, la cuisine, où casseroles, poêles et marmites étaient pendues au-dessus du fourneau, et la salle à manger, où une tasse, une soucoupe et des couverts étaient déjà posés sur la table en vue du dîner. Ils montèrent jusqu'aux chambres par un escalier garni d'un tapis silencieux.

« Vous aurez celle de ma sœur, exposa Mundy. Les tiroirs de la coiffeuse sont libres. Il y a quelques robes qui peuvent vous intéresser dans la penderie. »

Il se dirigea jusqu'à une porte en noyer qui s'ouvrit sur une pièce sentant le tabac à pipe. Ses mains tremblaient le long de son corps.

« Et voilà où je dors. »

Eugenia le frôla et alla s'asseoir sur le couvre-lit matelassé. Les trois stores marron éraflés des fenêtres étaient tirés et les rayons de soleil qui filtraient évoquaient des cheveux blonds. Les peignes, les blaireaux, le bol et les rasoirs de Mundy étaient disposés avec soin sur la table de toilette. Miss Moore passa en revue les livres empilés juste à côté.

« Oh ! Vous avez le catalogue de vente par correspondance Montgomery Ward !

– Il se peut que vous ayez besoin d'articles ménagers. Moi, je n'y connais rien. Si vous voulez quoi que ce soit, passez simplement commande. »

Eugenia s'allongea sur le lit, les mains derrière la tête, et sa robe dénuda ses chevilles. Mundy s'approcha du lit, puis s'immobilisa. La teinture noire dont il se servait pour ses cheveux dégoulinait de son cuir chevelu, mêlée à la sueur. La main gauche de Miss Moore effleura la jambe de pantalon de Mundy.

« Est-ce que je pourrai venir vous trouver la nuit ? » demanda-t-elle.

Il avait la main gauche dans la poche ; il tendit la droite pour caresser les cheveux d'Eugenia. Elle lui baisa la paume et le regarda dans les yeux tandis qu'il faisait glisser une main le long de sa joue, puis de son cou, jusqu'au corsage de dentelle de son chemisier. Il reprit sa respiration et frémit.

« Vous pouvez me toucher ici… poursuivit Miss Moore.

– Oh, Seigneur… »

Elle guida la main de Mundy plus bas.

« Et là. »

Il s'effondra à genoux et pressa contre ses yeux la robe de Miss Moore.

« Je… je n'y crois pas. J'attends depuis si longtemps. J'ai été si seul – elle me traitait comme un enfant ! »

Eugenia lui passa une main dans les cheveux.

« Nous dirons à tout le monde que nous sommes mariés, murmura-t-elle. Je serai Mrs Mundy. »

Tous les matins, elle lui servait une saucisse au porc accompagnée de quatre œufs, puis faisait la vaisselle du petit déjeuner. Ensuite, elle sortait pour faire du lèche-vitrines, en robe à tournure avec un chapeau bleu à voilette, et prenait le thé en face du local où le marshal adjoint Chris Madsen travaillait à un bureau à cylindre, avec ses dossiers et ses coupures de journaux – il avait perdu la trace de Bob, ainsi que celle de Daisy Bryant ; d'après la rumeur, ils étaient partis pour Tampa. Le grand Heck Thomas, à qui une balle tirée par le hors-la-loi Sam Bass avait valu une cicatrice semblable à un bec-de-lièvre, était l'ami le plus proche de Madsen et lui apportait des bocaux de poivrons ou de piments marinés ; le marshal adjoint Ransom Payne s'arrêtait aussi pour bavarder et se balancer sur une chaise, son sombrero blanc sur la pointe de sa botte ; d'autres fois, Bill Tilghman, qui était toujours très digne et devait plus tard devenir le chef de la police d'Oklahoma City, traversait la rue en halant quelque gredin menotté à lui afin que Madsen puisse consigner une déposition à notre sujet – nous projetions une attaque de banque à Carthage, dans le Missouri ; nous avions volé vingt-six caisses de dynamite à l'armée ; Bob et un autre membre de la bande s'étaient battus et Bob s'était fait énucléer un œil avec une cuillère. Chris Madsen vérifiait chaque mensonge. Et Mrs Mundy notait tout. Après quoi, accoutrée de jambières, d'un manteau en peau de mouton et d'un chapeau de cow-boy, l'écharpe en laine rouge de Bob sur le nez, elle en rendait compte à Bill dans des magasins glacés d'aliments pour bestiaux, à Stillwater, à Vinco ou à Agra.

Quelquefois, mon frère était en compagnie de Doolin, qui fumait sa pipe en rafle de maïs sur une chaise et se détournait dès qu'on mentionnait Bob. À Stillwater, au milieu d'une tempête de neige, Miss Moore partagea avec mon frère Bill, Powers et Broadwell l'arrière d'un chariot sur le plateau duquel on avait boulonné un poêle bedonnant. Ils firent griller du maïs, trinquèrent aux vacances avec de l'alcool de grain et se firent du café avec de la neige dans une poêle. Puis ils décidèrent d'aller rendre visite à Bitter Creek Newcomb au ranch voisin de Bee et Rose Dunn – Rose de la Cimarron, une belle brune qui avait été à l'école chez les sœurs et fut pendant plusieurs années la bien-aimée de Newcomb et Doolin avant de devenir l'épouse d'un homme prospère dont je ne divulguerai pas le nom. Son frère, Bee Dunn, était lui-même un hors-la-loi, de sorte que les canailles et les crapules en tout genre étaient les bienvenues chez lui ; ce fut même lui qui construisit le célèbre Rock Fort de Deer Creek qui tenait lieu de refuge pour criminels en fuite.

Mon frère Bill fit faire le tour du propriétaire à Eugenia. La tête rentrée dans les épaules à cause des bourrasques de neige humide, ils se frayèrent un chemin à travers les congères sur leurs montures ; tout à coup, Bill sauta de selle en capote à col de fourrure, costume trois-pièces et galoches, et se dirigea tant bien que mal dans la neige jusqu'à un amas de branches d'arbres sur lequel il s'escrima jusqu'à ce que se dévoile une grotte. Miss Moore mena son cheval vers l'entrée.

À l'intérieur, Bill souriait, les mains sur les hanches, devant des tonnelets d'eau gelée, des provisions et une caisse en bois contenant des fusils et des carabines, le tout sous des bâches qu'il venait d'écarter.

« Qu'est-ce que vous en dites ? s'exclama-t-il d'une voix réverbérée par l'écho. Plutôt classe, hein ? Qu'on m'en laisse le temps, Miss Moore, et j'aménagerai des planques comme celle-ci dans chaque comté. Nous aurons le meilleur réseau d'évasion et de renseignement jamais vu dans l'Ouest. J'achèterai tous les shérifs, je graisserai la patte de tous les juges itinérants et toutes ces fesses molles de politiciens trembleront pour leur place. Il se peut même que je finisse à la tête d'une société de chemin de fer. »

Eugenia se tamponna le nez avec un mouchoir, puis releva son écharpe.

« Peut-être que vous feriez mieux de mettre la pédale douce, Bill. Bob et moi avons vraiment l'intention d'émigrer en Argentine. »

Bill se souffla dans les mains.

« Mon petit frère n'est pas le seul sur terre qui sache attaquer des trains. J'ai un peu discuté avec Bill Doolin. Il se pourrait qu'on trouve un accord un de ces quatre. »

Des flocons fondaient sur le visage d'Eugenia. De la main, elle les balaya de ses cils.

« On rentre ? suggéra-t-elle.

– On pourrait attendre la fin de la tempête ici. On a de la nourriture en réserve, des matelas, des couvertures.

– Non, merci. »

Bill rabattit les bâches sur les provisions et remit en place les branchages. Il introduisit une de ses galoches dans un étrier, se hissa sur sa monture et épousseta la neige de son pantalon. Il tourna son cheval en direction d'Ingalls, au sud-est.

« Allons boire un grog au saloon du vieux Murray, dit-il, avant de se retourner sur sa selle. Du moins, si ça vous convient… »

Elle éperonna son cheval et doubla mon frère.

« Ça me va. »

Il lui emboîta le pas et ne leva pas les yeux des profondes empreintes de la monture de Miss Moore pendant cinq kilomètres.

« Je ne suis pas un si mauvais gars que ça, Mrs Mundy, lâcha-t-il lorsqu'ils attachèrent les bêtes à Ingalls. La plupart des gens qui me connaissent m'aiment bien. »

Eugenia s'affala dans un fauteuil du saloon pour boire du whisky avec Doolin, Newcomb, Broadwell et Powers ; avec ses jambières crasseuses, sa peau de mouton hirsute et son chapeau rabattu sur le visage, elle ressemblait à n'importe quel vacher. Bill suspendit sa capote au portemanteau de l'entrée et fit le tour des tables dans son costume à fines rayures couleur craie, avec les boucles de ses galoches qui tintaient, serrant des paluches, trouvant à rire de tout et dégainant à tout va une pince à billets en argent pour offrir des verres.

« C'est l'argent de Bob que Bill distribue à la ronde », maugréa Eugenia.

Doolin jeta un coup d'œil à mon frère qui paradait, puis reporta son attention sur Miss Moore.

« Allons, comment ça se pourrait ? fit-il d'une voix mielleuse. L'attaque de Leliaetta n'a rapporté à Bob que quelques malheureuses centaines de dollars, comme à nous tous. Moi, il me reste plus rien. Et toi, Bitter Creek ?

– Argent volé, argent vite dépensé, comme on dit. Ça fait six semaines que j'en ai plus vu une miette. »

Doolin se carra dans son fauteuil et fusilla son interlocutrice du regard.

« Tu vois ? Tu dois te gourer. »

La maison close de *Madame*[1] Mary Pierce était située dans le même pâté de maisons et quelques-unes des filles firent leur entrée en secouant la neige de leurs manteaux avant de s'installer au bar pour feuilleter des catalogues et jouer avec leur gomme à mâcher. Bill s'accouda à côté d'une prostituée aux yeux verts et aux cheveux teints au henné qui paraissait âgée de seize ans environ.

« Tu connais Tom King ? lui fit Bill.

– Est-ce qu'il est parfois dans le coin ? répliqua l'autre.

– Il est là ce soir. C'est un as de la gâchette qui vient de loin. Il a envoyé plus d'un dangereux desperado nourrir les pissenlits. C'est lui, à la table du fond. »

La fille suivit son regard et aperçut un cow-boy qui avait une jambe par-dessus le bras de son fauteuil, une écharpe en laine rouge enroulée autour du visage et faisait tourner un verre à whisky vide.

« Le gus avec le cache-nez ?

– Il est carrément en pâmoison depuis que vous êtes arrivée.

– Vous voulez dire qu'il a envie de moi ? »

1. En français dans le texte. (*N.d.T.*)

Bill préleva dans sa liasse un billet de deux dollars.

« Il m'a prié de vous donner ceci. »

La fille ramassa sur le comptoir son sac en laine et s'approcha de Miss Moore en le balançant. Il y eut un échange, la femme en jambières crasseuses fusilla Bill du regard, puis, par défi, elle recula son fauteuil en le faisant racler par terre et se hissa sur ses jambes en s'accrochant au bras de l'ingénue.

Doolin se renfrogna et se détourna. Newcomb et Broadwell ricanaient, pliés en deux.

« Serrez-vous bien l'un contre l'autre, mes tourtereaux, il fait froid ! » leur cria mon frère.

Elles bravèrent la neige, Eugenia quitta ses bottes sur un journal disposé sur le tapis et elles gravirent l'escalier jusqu'à une chambre à l'étage.

Plus tard, tandis qu'Eugenia, poitrine nue, assise sur le lit, enfilait ses bottes par-dessus ses chaussettes en laine et son jean, sa partenaire, allongée sur le dos, le drap remonté jusqu'au menton, déclara en fixant la lueur jaune de la lampe à gaz à côté de la porte :

« Les autres m'avaient dit que j'y viendrais, un jour. Elles disaient que ce serait un soulagement. »

Quand Miss Moore rentra à Guthrie le lendemain soir, Mr Mundy était attablé dans le noir dans la salle à manger, couteau et fourchette en main. Eugenia était vêtue d'une robe blanche en coton pourvue d'un col, par-dessus laquelle elle passa un tablier jaune à fleurs. Elle rapporta une chandelle du placard de la cuisine.

« Il fait noir si tôt, ces jours-ci, babilla-t-elle. Tu ne veux pas un peu de lumière ici ? Ton dîner sent vraiment bon. Tu t'en tires très bien sans moi. »

Mr Mundy coupa avec soin deux côtelettes d'agneau, croisa ses couverts dans son assiette et se figea sur sa chaise, les poings sur la nappe. Il entendit Mrs Mundy pomper de l'eau dans le percolateur et soulever les plaques noircies du fourneau.

« Tu veux ton café maintenant ? » demanda-t-elle.

Il ne répondit pas. La flamme de la bougie vacilla. Eugenia poussa la porte battante de la salle à manger.

« Je pourrais aller te chercher de la compote de pommes à la cave, proposa-t-elle. Tu en as déjà goûté, avec les côtelettes d'agneau ? C'est l'un de mes mélanges préférés.

– Pourrais-je savoir où tu étais ? » s'informa-t-il d'une voix rauque.

Elle considéra la chemise blanche, les épaules voûtées, les taches de teinture noire dans le cou de Mundy.

« Bien entendu, acquiesça-t-elle.

– Où ? la relança-t-il après un temps d'attente.

– Une cousine d'Ingalls avait la grippe intestinale. J'ai dû rester avec elle toute la nuit. Miséricorde, j'espère que tu ne l'attraperas pas. Moi, apparemment, je suis immunisée. »

Elle sortit et souleva la large trappe du sous-sol, puis la laissa retomber avec un bruit sourd dans la neige. Elle prit sur une étagère en planches un bocal de compote de pommes rouge, qu'elle dévissa et sentit. Elle appuya son front contre la paroi en terre.

14

Peu après que Bill lui eut soumis sa proposition, Bob partit de Woodward et s'en fut vivre jusqu'à la fin décembre avec un Indien osage dans une cabane en gazon au bord de Bluestem Lake, près de Pawhuska. Ils pêchaient l'achigan et la marigane, qu'ils mangeaient frits avec du pain. Ils fumaient de l'herbe hachée dans des pipes en terre de leur fabrication, assis en plein air sur des chaises branlantes. Tout cela est abondamment chroniqué dans son journal de l'époque – la température ne varia que de treize degrés au cours de cette période, une pellicule de glace recouvrait le lac chaque matin et une fois, un poisson gela près de la surface et les oiseaux n'eurent de cesse de lui tournicoter autour sur la glace en se tordant le cou et en picorant. Il pouvait s'écouler trois heures sans que Bob et son compagnon se parlent. L'Indien était persuadé d'être capable de voler autour de la cheminée la nuit et il avait coutume de regagner la cabane, alors que Bob faisait cuire le petit déjeuner en annonçant : « Je me dégourdissais les bras. »

J'imagine que Bob devait s'ennuyer à mourir, car pour finir, il sella une jument et vint passer un week-end avec moi au dortoir de Big Jim Riley, à jouer au palet avec des pièces, à faire fondre du laiton pour fabriquer un moule à balles et à dévider avec moi du barbelé Glidden dans le froid. Je clouais le fil avec application et quand je levais les yeux, je voyais Bob qui grelottait, le chapeau enfoncé sur les oreilles, le col du manteau relevé, les mains enfouies au fond des poches.

« Merde, faut qu'on se barre dans le Sud, décréta-t-il. J'ai pas piqué des chevaux et dévalisé des trains pour terminer la goutte au nez et les doigts sur le point de se détacher. »

À la même période, Eugenia s'acquitta du premier et dernier mois de loyer d'une petite maison dont la peinture s'écaillait dans le comté quasi désert de Greer, qui appartenait alors au Texas, à cent soixante kilomètres au sud-ouest d'Oklahoma City et quarante de l'agglomération la plus proche. Les meubles et la vaisselle provenaient des entrepôts Montgomery Ward de Fort Worth et avaient été facturés au nom de Mr Mundy.

Bob remplit une valise en mauvais cuir et passa l'hiver là-bas, à construire des nichoirs pour roitelets. Eugenia n'effectuait plus à Guthrie que de brefs séjours destinés à apaiser Mundy, à bourrer une enveloppe de son argent et à feuilleter tous les journaux dans lesquels apparaissait le nom de Bob Dalton. Puis elle rejoignait mon frère dans leur lit grinçant à Greer et lui racontait tout sur le pauvre homme, ainsi que sur des incidents que j'aurais personnellement été enclin à garder secrets –, comme par exemple sa nuit dans la maison close de *Madame* Mary Pierce à Ingalls, avec la fille aux cheveux teints au henné. Bob lui apprit que Bill lui en avait déjà causé.

« Ça te choque ? le sonda-t-elle.

– Je trouve ça mystérieux, c'est tout. J'avais dû oblitérer ça de mes pensées. »

Il sortit et frissonna, nu, dans l'air nocturne, debout sur le plancher en bois tendre des cabinets. Il huma l'odeur d'ammoniac et de lessive de soude. Il se représenta une femme nue agenouillée devant une autre dans un lit. Il revint dans la chambre en se frictionnant les bras car il avait la chair de poule et se campa derrière Eugenia qui ôtait ses épingles à cheveux devant le haut miroir de la coiffeuse.

« Je voulais savoir comment c'était avec une femme, lui expliqua-t-elle. C'était surtout par curiosité. Après coup, j'ai eu peur que tu te sentes menacé. Il ne faut pas, tu sais. »

Mon frère étudia sa propre clavicule, la saillie de sa hanche, la façon dont chacun de ses tendons se rattachait à l'os ; il considéra les seins d'Eugenia sous sa chemise de nuit blanche en flanelle, les veines vertes qui se dissimulaient dans ses mains. Il repoussa les cheveux blonds qui masquaient les yeux bruns de son amante.

« Je t'aime, mais tu ne m'appartiens pas », répliqua-t-il.

Notre pécule s'était évaporé, à l'exception de ce que Bill avait investi et qui d'après lui rapportait autant qu'une petite usine. Nous ne menions pas grand train, comme ce qui précède devrait l'avoir amplement démontré, mais il nous fallait graisser la patte et offrir des cadeaux à chaque pique-assiette, chaque shérif, chaque garçon de ferme morveux capable de nous identifier d'après les photographies dans les gares. Bob paya une étable en pin à quatre cents dollars à un propriétaire de ranch qui avait laissé entendre qu'il en aurait sacrément besoin. Comme nous planquions des chevaux volés dans les stalles d'un fermier dont l'épouse souhaitait que leur fille connaisse les joies de la musique, Bob leur fit livrer un piano à huit cents dollars à bord d'un chariot tassé sur ses suspensions et nous avons dîné avec eux de jarret de porc et de pois chiches avant d'écouter la gamine interpréter le cantique « Lead Kindly Light » en cherchant ses notes. Une caisse de whisky parvenait tous les deux mois à deux adjoints assoiffés de Kingfisher. Et j'ai dans mon bureau un pistolet Hopkins & Allen de 1873 donné par mon frère à un certain Dr Steaman en récompense de ses « services professionnels » – services dont j'ignore la nature, mais après tout, je n'étais pas au courant des moindres faits et gestes de Bob.

Cela coûtait cher, mais cette protection nous était nécessaire, car nous étions aussi traqués que la bande des frères James, pourtant plus implacable et plus active, vingt ans plus tôt. Lorsque, dans la même soirée, deux trains furent attaqués, l'un à St Charles, dans le Missouri, et l'autre à El Paso, au Texas, à plus de seize cents kilomètres de là, on nous accusa des deux crimes, quand bien même nous n'étions coupables d'aucun. Qu'il manque à un *rancher* l'un de ses bouvillons et il soutenait que nous l'avions abattu pour nous tailler des steaks. Une maison cambriolée à Fayetteville, des pupitres renversés, des flacons d'encre brisés sur les tableaux à Durant, un bijoutier cambriolé dans une voiture Pullman lors d'un arrêt nocturne à Amarillo – tous ces forfaits, selon les journaux, portaient indubitablement la marque des Dalton.

Venaient en prime les détectives : Chris Madsen, Heck Thomas, Bill Tilghman, et bien d'autres encore. Des vendeurs d'encyclopédies sans échantillons faisaient du porte-à-porte à Guthrie, lorgnant placards et salons tandis qu'ils dévidaient leur argumentaire mécanique ; des agents de Pinkerton faisaient le pied de grue devant les bazars et les bureaux de poste où Bill avait reçu des lettres de son épouse ouvertes à la vapeur. La Southern Pacific envoya Will Smith à Kingfisher pour interroger Mrs Dalton. Alors que, assis sur le canapé violet rembourré, un sac de grosse toile serré sur l'estomac et un mouchoir pressé contre la joue, Smith attendait que ma mère sorte de la cuisine, sous le regard insistant de ma sœur penchée en avant sur une chaise Shaker, les chevilles collées l'une contre l'autre, mon frère Littleton était apparu dans l'embrasure de la porte, en train de se sécher les mains, et il avait froncé les sourcils. Sa chemise de travail bleue était constellée d'éclaboussures sombres.

« J'ai cru comprendre que vous distribuiez des échantillons de semences potagères, lâcha-t-il.

– Il patiente jusqu'à ce que maman ait fini de préparer le ketchup », expliqua ma sœur en se retournant.

Smith écarta son sac et se leva.

« Vous êtes Littleton, n'est-ce pas ? fit-il.

– Nous ne sommes pas des mouchards, Mr Smith, s'irrita mon frère. Nous en avons assez des gens de votre espèce.

– Je sais exactement ce que vous ressentez. Faut-il que je n'aie plus aucun amour-propre pour tenter ma chance avec ce déguisement de pacotille ! » Il ramassa son sac et se dirigea vers la porte. Il remarqua un merle migrateur dans l'herbe jaune de la cour. « On dirait que le printemps va être en avance, hein ? »

Il claqua si violemment la porte derrière lui que le calfeutrage se défit en partie. Il tourna cependant à nouveau la poignée et se pencha à l'intérieur.

« Je prie chaque soir pour que votre frère Grat ne soit pas en train de se faire dévorer par les vautours. Au milieu du désert. Où je ne peux pas le voir. »

Toutes mes années de méditation et de repentance n'ont à ce jour pas réussi à atténuer mon mépris pour cet homme.

À l'issue de son odyssée record de plus de trois mille périlleux kilomètres en cent sept jours, mon frère Grat arriva à cheval en Oklahoma, au corral de branchages que Charlie Pierce avait aménagé près de mon abri, au milieu de fourrés de cèdres, dont un pique-assiette lui avait indiqué le chemin. Il n'y avait bien sûr personne, ce qui surprit Grat, car il ne savait pas que Bob avait dissous la bande. Il dénicha des conserves de jambon à la diable, de sardines et d'abricots que j'avais cachées dans la terre meuble à côté du fourneau. Il s'affala sur le matelas d'un lit de camp, ouvrit les boîtes avec son canif et engouffra la nourriture avec les doigts. Il dormit ensuite jusqu'au lendemain, se lava avec un bloc de savon à lessive dans la South Canadian et se laissa rôtir, nu, sous le soleil printanier, sur les pierres tièdes, jusqu'à ce qu'il soit sec, dans l'attente qu'on le découvre.

Le pique-assiette qui l'avait expédié là-bas nous en a informés et a obtenu dix dollars en guise de dédommagement – la moitié de ce qu'il exigeait. Je me suis rendu à l'abri et j'y suis tombé sur un piteux énergumène, barbu et émacié, tout en orbites, en pommettes et en côtes. La première chose dont il m'a fait part, c'est que son copain Dangerous Dan était capable de faire tenir en équilibre un poignard sur sa langue.

J'ai accompagné Grat jusqu'à un hôtel de Dover et il m'a parlé d'une femme de l'Est qu'il avait peut-être

– mais peut-être pas – rencontrée au cours de ses pérégrinations.

« Je lui ai dit que j'avais lu tout ce que je voulais savoir sur New York, m'a-t-il exposé. Je lui ai dit : "Vous avez des tramways, des musées d'art et des étrangers qui vendent des bretzels chauds. Vous avez Wall Street, des voleurs à la tire et des dandys qui portent des demi-guêtres et mâchouillent des cerises enrobées de chocolat." Je lui ai dit : "Je suis content que vous ayez décidé de vous aventurer dans l'Ouest pour faire la connaissance de véritables êtres humains."

– Et ça t'a mené quelque part avec elle ? me suis-je renseigné comme un pedzouille.

– Ça fait si longtemps que je fais sans, Emmett, que j'ai même plus l'inclination. Et j'aime pas cette odeur qu'ont les femmes. »

La famille célébra en grande pompe le retour de mon frère. Bob loua un restaurant de Dover et le clan au complet, y compris Eugenia et hormis ma bien-aimée, se rassembla pour un repas du dimanche servi par de timides jeunes femmes noires aux cheveux retenus par un foulard, dont les allées et venues à la cuisine étaient coordonnées par Amos Burton, le vacher noir. Les femmes étaient de bonne humeur, les hommes mangèrent le fusil en travers des genoux et les filles chantèrent « A Frog Went A-courtin' » et « Shoo, Fly, Shoo », pendant que je montais la garde, appuyé contre le jambage de la porte, un fusil de chasse dans les bras, contemplant les flaques de pluie dans la rue, à guetter l'instant où les forces de l'ordre attaqueraient en masse et nous anéantiraient. Il aurait été facile de nous avoir ce jour-là.

Ma mère garda une main sur le poignet de Grattan et se contenta de regarder chacun d'entre nous tour à tour pendant la majeure partie du dîner. Elle pesait dans les quarante kilos et son œil droit défaillant avait la paupière tombante.

« Tous mes garçons seraient-ils enfin de retour ? » avait-elle chevroté avec un sourire.

À la fin du repas, Bob s'était éclipsé dehors pendant une heure avec Eugenia pour s'entretenir avec elle de la reconnaissance qu'elle avait accomplie à la gare de Red Rock. Puis, sur le seuil, il nous avait adressé un signe de tête à Grat et à moi. J'avais récupéré mes sacoches de selle et ma mère m'avait suivi.

« Vous repartez déjà, les garçons ? » s'était-elle désolée.

Bob s'était accoté contre le chambranle et lui avait fait quelque réponse filiale. Elle l'avait dévisagé, les traits tirés.

« Eh bien, ne perdez pas courage et quittez ce pays de sauvages avant de faire du mal à qui que ce soit. On dirait qu'il est trop tard pour faire autrement. » Elle posa une main sur mon poignet et sur celui de Grat, qui paraissait hypnotisé par une lanterne suspendue au-dessus de l'entrée. « Promettez-moi que vous vous serrerez toujours les coudes, mes enfants. »

Nous avons poussé la porte et nous sommes allés détacher nos chevaux.

« J'ai horreur de ces simagrées, a lancé Bob. Pas vous ? »

J'étais presque en selle quand Eugenia m'a fait penser à mon harmonica. Elle a retenu mon cheval par la bride et je suis retourné chercher mon instrument à table. Ma mère m'a adjuré de prier avec elle. J'ai retiré mon chapeau et baissé la tête en lorgnant du coin de l'œil les cadets de la famille qui se payaient ma fiole.

« Que le Seigneur te bénisse et te protège, puisse-t-Il t'éclairer de Sa lumière dans ce monde comme dans le suivant », a-t-elle récité.

Je n'ai pas réagi.

« Dis : "Amen", m'a-t-elle enjoint.

– Amen », ai-je répété, avant de bondir en selle sitôt dehors et de détaler au galop aussi vite que je le pouvais.

Je ne me souviens plus avec précision de toutes ces dates. Je sais seulement qu'en mai, mon frère Bill, toujours aussi enjôleur et persuasif, en jodhpur et cravate marron, s'est rendu en compagnie de Bill Doolin à Ingalls, à Stillwater et à un parc à bétail au Texas afin de rassembler Charlie Pierce, Bitter Creek Newcomb, Bill Powers et Dick Broadwell. Et que le 1er juin 1892, la bande des Dalton – moins Bill, comme toujours, mais avec Grat, enfin – s'est mise en route pour la gare de Red Rock, dans la réserve des Otoe.

C'était alors, et c'est encore, un patelin de rien du tout – une gare, une maison de cheminots et une boutique encombrée dont l'inventaire complet était répertorié à l'extérieur sur tout un mur. Red Rock se situait à une vingtaine de kilomètres au nord de Wharton, sur la ligne Atchison, Topeka & Santa Fe qui reliait Wichita, Kansas, à Guthrie et Oklahoma City.

Nous avons ralenti à l'entrée de l'agglomération et nos montures ont relevé le nez en faisant cliqueter leur mors de la langue. Grat était si excité qu'il n'a pu se résoudre à réduire l'allure et a continué à galoper devant, avant de revenir jusqu'à la boutique pour nous attendre, son grand chapeau mou écrabouillé dans une main. Il n'y avait aucun couvert dans les environs, car c'était une région céréalière, à fourrage et à bicyclette, mais nous portions la même tenue qu'à Leliaetta – imperméables noirs, chapeaux noirs, foulards bleus –, de sorte que nul ne nous remarqua, perchés sur nos chevaux dans la rue principale à une cinquantaine de mètres du pont sur chevalets : huit types solides, violents, intrépides, le plus gros effectif qu'ait jamais compté la bande. Doolin et Pierce, qui se partageaient un paquet de Bull Durham, ont allumé leurs pipes avec la même allumette. Newcomb a retroussé les longues manches de son manteau. À un peu plus de trente kilomètres, j'apercevais un rideau de pluie suspendu à des nuages d'orage. Un éclair rétif se fit expulser avec fulgurance des nues violettes et se ramifia en trois segments qui se divisèrent chacun comme des baguettes de sourcier, mais seul me parvint un très léger bourdonnement évoquant un vieil homme lisant à voix haute dans sa chambre de pension.

Au même moment, à Kingfisher, mon frère Bill pénétrait dans le hall d'un hôtel, les mains dans les poches et un cigare vert aux lèvres. Cette après-midi-là, un jury d'accusation du cinquième district judiciaire avait interrogé seize fermiers et commerçants du cru quant à l'endroit où se terraient Bob et Emmett Dalton et les avait sommés de confirmer si la rumeur selon laquelle Grat était de retour dans les Territoires était vraie ou non. Les jurés n'avaient pas pu leur arracher un mot. Bill avait les noms des témoins et il n'avait pas hésité à aller frapper à leur porte pour leur remémorer certains cadeaux et faveurs et leur rappeler combien nous pouvions être ombrageux et vindicatifs, avant de leur sourire comme il le faisait lorsqu'il s'affala sur un canapé en satin doré face à Chris Madsen et au juge et au procureur fédéraux. Il cala son cigare au coin de sa joue, plia les bras et gratifia chacun des trois hommes d'un large sourire.

« Bon, déclara-t-il, vu qu'il est neuf heures du soir et qu'on a rien à faire, si on jouait aux devinettes ? »

À Red Rock, Bob avait mis pied à terre ; il m'a confié ses rênes, il a vérifié si la porte de la gare était verrouillée et contourné le bâtiment jusqu'à la véranda sur le côté. Il a collé le visage à la fenêtre, les mains de part et d'autre des yeux, puis a réitéré l'opération à l'arrière de la gare. Il discernait une table inégale sur laquelle étaient posés une lampe à pétrole et quatre journaux jaunissants, une barrière en chêne, un portillon, l'interrupteur du télégraphe, une seconde lampe éteinte, un guichet grillagé, le bord d'un bureau en chêne. Il a eu le sentiment que la gare n'était pas vide, que le chef de gare était accroupi derrière la grille ou sous le bureau. Il a plaqué son oreille contre la vitre, fermé les yeux, puis il m'a rejoint. Il a enfourché sa monture et l'a fait reculer dans l'ombre d'un peuplier.

« Faisons-nous donc un peu discrets et évitons toute illumination », a-t-il préconisé.

J'ai jeté un coup d'œil par-dessus mon épaule et pressé ma jument de faire marche arrière ; les autres nous ont imités et Grat, qui était allé marcher le long de la voie, a rappliqué au pas de course en se grattant les doigts.

« Je crois que j'ai entendu le train », a-t-il annoncé.

Bob a souri.

« C'est vrai ? Alors il est en avance.

– À mon avis, tu anticipes, Grat, a fait Pierce.

– Il n'y a personne, Bob ? me suis-je informé.

– Je n'arrive pas à déterminer ce qui cloche, a-t-il confessé. Peut-être que le préposé est en train de dîner. »

Bitter Creek a sorti une tabatière et s'est coincé une pincée de tabac sous la lèvre, tandis que, à sa gauche, Grat extrayait chaque cartouche de son barillet, puis la remettait en place.

« Ne soyez pas trop déçus si nous laissons passer cette occasion », a prévenu Bob.

Broadwell a parlementé à voix basse avec Powers, mais celui-ci s'est abstenu de toute réaction. Doolin a mordu sa pipe et s'est incliné en avant par-dessus la corne de sa selle pour fusiller Bob du regard, sans mot dire. Grat a craché dans la poussière la soupe de tabac brune qu'il avait dans la joue. Le filet de chique a atterri sur la route avec le même bruit que des billes.

À Kingfisher, le juge fédéral s'était déjà retiré dans sa chambre, écœuré. Le procureur du cinquième district faisait tourner son madère dans un verre ballon et écoutait mon frère Bill faire son numéro. (Chaque fois que je mets NBC à la radio et que j'entends Jack Haley badiner dans le Maxwell House Show Boat, un sourire me vient en songeant à Bill. Il savait s'y prendre avec les gens. Après avoir raconté quelques anecdotes à Madsen et au magistrat, Bill se mit à faire des remarques à voix haute sur les femmes autour d'eux – « Mazette, visez un peu comme elle est galonnée celle-là ! » Ou : « Je parie que ses jambes mènent tout droit au jardin des délices. Qu'en pensez-vous, procureur ? »)

Le magistrat reposa bruyamment son verre sur la table basse et se leva du canapé.

« Marshal, il est neuf heures et demie », argua-t-il.

Il adressa à Madsen un salut de la tête, un regard dédaigneux à mon frère et s'éloigna sur le tapis vert du hall.

« Libre à lui de ne pas être d'accord, commenta Bill. Il n'était pas obligé de partir bouder. »

Carré au bout du canapé, son verre ballon entre les mains, sur les genoux, Madsen considérait mon frère, les yeux plissés.

« Il était peut-être las », suggéra-t-il.

Le procureur gravit l'escalier de l'hôtel, la main sur la rampe. Bill percevait le lent grincement des chaussures du magistrat sur le tapis. Il sourit, narquois, à Madsen et s'exclama :

« Comment pouvez-vous dormir la nuit alors que les Dalton sont toujours dans la nature ? »

Dans la voiture passagers du train de la Santa Fe, un gamin roulé en boule sur une banquette en bois, une femme qui se soutenait le front avec trois doigts et un bonhomme avec des lunettes à double foyer qui se débattait avec un quotidien ouvert et lisait sous une lampe voisinaient avec des types armés de fusils. Un chef de train blanc en uniforme bleu descendit l'allée en touchant le dos de chaque banquette.

« Red Rock, prochain arrêt Red Rock. »

Les hommes en armes quittèrent leurs places et se dirigèrent à la queue leu leu vers la voiture fumeurs. Le premier de la file toqua une fois et la porte s'ouvrit brusquement. Il faisait noir comme dans un cinéma à l'intérieur. Un détective des chemins de fer claqua la porte derrière eux.

« Comment ça se présente ? s'enquit-il.

– Tout est normal, répondit le premier des hommes aux fusils.

– Il y a des sièges libres devant. »

Ils se dépêchèrent de gagner l'avant, pliés en deux, longeant les fenêtres au-dessous desquelles étaient accroupis d'autres hommes avec des fusils qui piochaient dans des boîtes de cartouches ou éteignaient leurs cigarettes.

Le détective des chemins de fer sortit sur la plate-forme avant et sauta sur celle du wagon postal vert. Tout en se retenant à l'échelle, il tapa du coude à la porte.

Celle-ci s'ouvrit et une coulée de lumière se déversa obliquement sur le ballast et dans l'herbe. Le détective entra et l'on referma la porte d'un coup de pied derrière lui. Trois types en costumes étaient assis sur des chaises, le fusil à la verticale tel un lampadaire ; un homme coiffé d'un feutre mou gris était juché sur un coffre-fort vide dans lequel il donnait distraitement des coups de talon. Un autre, qui avait des bretelles et des brassards élastiques aux manches chargeait une carabine près du classeur à courrier en bois ; le messager était adossé contre la porte latérale, un pistolet au bout de la main. L'homme sur le coffre ôta son chapeau et le jeta sur un tas de sacs de courrier.

« Comment avez-vous eu vent de tout ça ? demanda-t-il au détective.

– Grâce à l'un de nos agents à qui Madsen avait confié ce secteur. »

(Eugenia Moore s'était rendue à la gare de Red Rock dans une robe rose à volants et avait eu une conversation avec le garçon qui prenait note des messages télégraphiques. Lors de la permanence nocturne suivante du jeune télégraphiste, Miss Moore s'était laissé emmener dans un placard à balais où elle avait fait au garçon la démonstration du *French Kiss* avant de le questionner sur les trains et les transferts d'argent, puis de guider la main du jeunot sous son chemisier.

Deux ou trois minutes après le départ de Miss Moore, un homme en costume noir et chapeau melon avait débarqué et balancé sur la table un portefeuille contenant son insigne. « J'espère que c'était bon », avait-il lancé au garçon.)

La bande des Dalton avait aperçu le train, son phare sale, sa cheminée, le panache de fumée bouillonnant, le chasse-pierres sur lequel était étalé un merle. Puis dans un raffut à vous rendre sourd – freins à vapeur, cloches, crissement de l'acier sur l'acier –, la locomotive avait décéléré à l'approche de la gare.

« Il y a quelque chose qui ne tourne pas rond, pour que la voiture fumeurs soit dans le noir, ai-je crié par-dessus le vacarme. Regardez-moi ça.

– Je viens de le remarquer à l'instant », a acquiescé Bob.

Grat a talonné sa monture, mais Newcomb a empoigné la crinière de l'animal et l'a forcé à s'arrêter.

« L'usage est d'attendre le signal de Bob. C'est lui le plus prudent. »

Broadwell a quitté le rang et intercalé son cheval à côté de mon frère.

« Il y a quelque chose d'incorrect, Bob, a-t-il affirmé.

– C'était justement le sujet de la discussion. »

J'ai scruté les fenêtres de la voiture passagers – un type endormi, la main d'un bébé contre la vitre, un gars qui tournait la page d'un journal, une lampe à gaz qui brillait faiblement… La voiture fumeurs, elle, était dans l'obscurité : pas même la lueur incandescente d'une cigarette, pas même une lampe allumée, et les stores étaient relevés à chaque fenêtre.

Grat avait sa Winchester pointée en l'air, la crosse en appui sur la cuisse. Il a asséné à Bob une claque sur l'épaule droite du dos de la main.

« Allez, Bob, ahuri ! Tu te comportes comme une vieille dame.

– Ce train roule à vide, Grat. C'est un coup monté. »

Powers a baissé la tête, croisé les bras sur le pommeau de sa selle et fait rouler un cure-dent entre ses lèvres.

« Ça en a tout l'air. On dirait bien une petite embuscade. »

La porte de devant de la gare s'ouvrit ; le guichetier se campa sur le seuil avec un fusil à la main, jeta un coup d'œil de droite et de gauche, mais réussit à ne pas nous voir. Il alla jusqu'au bord de la voie avec de grands yeux écarquillés et cogna deux fois contre la paroi du wagon postal, puis regagna la gare en secouant la sciure qu'il avait sur les genoux, le fusil au creux du bras.

Comme le convoi redémarrait, le chef de train lorgna à l'extérieur, mais ne nous distingua pas à cause de nos imperméables noirs. Il cassa son fusil et le déchargea.

« Prochain arrêt, Wharton ! » annonça-t-il.

Les occupants de la voiture fumeurs se relevèrent en époussetant le fond de leur pantalon et rabattirent en avant le chien de leurs revolvers.

« Je suis vraiment déçu », déclara l'un d'eux.

Dans le wagon postal aussi, les hommes cassaient leurs fusils, oscillant au rythme du train. Celui au feutre mou martelait toujours la porte du coffre de ses talons, les mains sous les genoux.

« Vous savez ce qui va se passer ? proclama-t-il. Ils vont tomber sur la deuxième section et dévaliser le train régulier. Bonté divine, on est malins comme des singes… »

Powers mit pied à terre et souleva sa selle pour aérer sa monture.

« J'ai besoin d'une chique, lâcha Grat. Personne aurait une chique à me prêter ? »

Doolin descendit de son cheval et tira d'un coup sec sur sa sangle de selle, s'attirant un regard de travers de la part de l'animal.

« J'ai l'impression qu'on s'est fait pigeonner », rouscailla-t-il.

Son imperméable crissait au moindre de ses mouvements.

« La bouffe est chiche, mes bottes n'ont plus de talon et ce fichu chapeau pourri me gratte », marmotta-t-il, avant de reprendre à voix haute : « Peut-être qu'il y avait pas de fumeurs dans ce train. T'as envisagé ça ? Peut-être que c'étaient des mormons.

– Il faudrait sans doute mieux qu'on fasse pas de bruit, recommanda Broadwell.

– Je peux savoir pourquoi ? rétorqua Doolin. Pourquoi on reste plantés ici ? Il me semble que ça fait quelques minutes déjà que le mécano a remis la vapeur. »

À ces mots, nous avons entendu un second train et Bob nous a tous gratifiés d'un grand sourire.

« Wouhou !

– Si c'est pas quelque chose ! » me suis-je émerveillé.

Une lanterne à pétrole s'alluma à l'intérieur de la gare et le train est arrivé ; des lampes à gaz brillaient dans toutes les voitures, certains stores étaient baissés, et même Doolin a souri.

« Eh ben, ça alors, s'est-il récrié, ça alors ! »

Sitôt le train à l'arrêt, nous avons éperonné nos chevaux. Grat obliqua seul vers la cabine de la locomotive et bouscula les deux cheminots contre leurs manettes, leurs tirettes et leurs leviers.

Broadwell grimpa dans le fourgon de queue. Il faisait sombre à l'intérieur, mais il discerna des lits de camp.

« Il y a quelqu'un là-dedans ? » hasarda-t-il.

Un homme se redressa sur un coude.

« Qui c'est ? »

Broadwell se percha sur la rambarde et cala son fusil sur son genou.

« La prochaine fois que tu te retrouves dans la même situation et que quelqu'un te pose la question, contente-toi de faire le mort. »

Le reste d'entre nous longea le train à cheval. Nous n'avons pas poussé de cris, nous n'avons pas fait de bruit, ne nous sommes pas servis de nos armes et certains voyageurs endormis dans les voitures n'ont appris que dans les quotidiens du lendemain que le train avait été attaqué.

Deux employés de la Wells Fargo ont plus tard prétendu qu'ils avaient échangé des coups de feu avec nous, mais je ne me rappelle rien de tel. Je me souviens juste que Bob, Doolin et Newcomb ont fait coulisser la porte latérale pendant que je caracolais à cheval au bord de la voie en braquant mon arme de-ci de-là.

Bob enjoignit au convoyeur d'ouvrir la porte du coffre-fort, mais le bonhomme répliqua qu'il ne connaissait pas la combinaison. Bob avait déjà vécu ça à Wharton et il trouva ça un tantinet lassant. Il abaissa son foulard et défit les agrafes de son imperméable pour se rafraîchir. Il s'assit sur une chaise à balustres comme si cette petite comédie l'épuisait et les pans de son manteau bruissèrent sur le sol. Newcomb prit la suite et menaça le messager de toute sorte de représailles et de désagréments, jusqu'à ce que Doolin brandisse une masse qu'il venait de dégotter.

« Ah ! se réjouit Bob. Ça devrait faire l'affaire. »

Avec une horrible grimace, Doolin leva l'outil jusqu'au plafond et se figea, dangereusement près d'encastrer la tête du convoyeur dans sa cage thoracique. Bob eut un hoquet horrifié.

« Non ! Non ! Je voulais dire pour le coffre !

– Oh, je sais, Bob ! Bon sang, c'était juste pour de rire… »

Doolin tapota le mécanisme du coffre avec la masse, pour voir. Il asséna un coup sur la serrure et la porte s'enfonça ; au second, le verrou céda. Newcomb ouvrit le coffre avec un pied-de-biche et transféra l'argent dans un sac postal pendant que Bob bâillait et que Doolin farfouillait dans les colis.

Bob sauta sur le ballast, attrapa les chevaux de Newcomb et Doolin par la bride et les entraîna jusqu'au wagon postal.

Grat dévala les marches de la locomotive et je lui amenai sa monture, tandis que les autres s'éloignaient au trot le long de la voie.

À Kingfisher, mon frère Bill consulta sa montre de gousset.

« Fichtre, dix heures déjà ! s'émut-il. Si je ne file pas très vite au lit, je vais me changer en citrouille. »

Chris Madsen s'essuya la moustache du pouce et posa sur la table basse son verre de madère encore plein.

« Quelle était la raison de ce manège, ce soir ? se renseigna-t-il.

– Vous savez garder un secret ? »

Madsen tira le bas de son gilet par-dessus sa ceinture et dévisagea Bob, impassible.

« J'aurais été dans une vraie panade si je n'avais pas été en mesure de prouver que je n'étais pas à Red Rock ce soir. J'avais besoin d'un alibi béton.

– Qu'y avait-il à Red Rock ?

– Oups ! Voilà t'y pas que je remets ça. Il faut toujours que je fasse des confidences sur l'oreiller. En tout cas, vous devrez apprendre le reste tout seul. Je ne vendrai pas la mèche, même si vous me chatouillez.

– Vos frères ont attaqué un train ?

– C'est vous le détective, Chris. Mon rayon à moi, c'est le foncier.

– Ce n'est qu'une question de temps, Bill », riposta Madsen. Il leva son verre ballon, puis le reposa. « Nous sommes en juin 1892. Avant la fin de l'année, nous les aurons arrêtés. »

À Red Rock, Doolin monta sur son cheval depuis la plate-forme du wagon postal, rengaina son fusil dans sa fonte de selle et s'empara de deux boîtes à repas sur le plancher du fourgon. Le garde et le messager étaient ficelés à côté du coffre-fort défoncé. Ils étaient rouges comme des pommes. Doolin fit don à Grat de la boîte contenant de la saucisse au foie, Broadwell rappliqua du fourgon de queue et la bande des Dalton décampa au milieu d'un champ de tournesols en direction de l'ouest et du rideau de pluie bleuté.

15

Alors débuta la grande chasse à l'homme.

Harry Wilcox, le chef de train, se rua à la gare pour prévenir par télégramme le régulateur de la Santa Fe à Arkansas City, au Kansas, puis libéra les poignets et les chevilles des deux hommes ligotés dans le wagon postal. Le préposé télégraphia la nouvelle de l'attaque aux autres gares de la ligne et à Wharton, le message fut retranscrit par une veuve à lunettes qui avait remplacé le jeune guichetier assassiné l'année précédente par Blackface Charley Bryant. Un détective des chemins de fer montra la transcription à son collègue de la Wells Fargo en costume gris, puis entreprit d'organiser les troupes. L'homme au feutre mou, qui sifflotait sur une chaise, ne parcourut le billet qu'après que les autres l'eurent lu.

« Vous avez une jolie écriture, commenta-t-il.

– Oui, je sais », acquiesça la télégraphiste.

Cette nuit-là, le marshal adjoint Heck Thomas fit du porte-à-porte jusqu'à ce qu'il ait rassemblé un détachement de cinq hommes de confiance, avec qui il quitta aussitôt Guthrie en direction de Red Rock, au nord. Il fut imité environ une heure plus tard par le marshal adjoint John Swayne et les agents spéciaux de la Santa Fe de Purcell, dans l'Oklahoma. Le shérif du comté de

Logan, John W. Hixon, prit le petit déjeuner en compagnie d'un journaliste, puis se fit photographier devant vingt-cinq adjoints fraîchement recrutés avec leurs fusils, leurs poignards, leurs cartouchières en bandoulière et des pistolets dans toutes les poches. « Nous pourchasserons ces bandits jusqu'à ce que nous perdions leurs traces ou que nous les rattrapions », proclama-t-il.

Les marshals adjoints Frank Kress et George Orin Severns, ainsi que treize autres représentants de la loi, décidèrent de nous donner la chasse du côté de Cimarron Hills, un coin stérile comme une briqueterie. Ransom Payne et seize autres hommes chargèrent en direction du comté de Greer, à l'est, d'où leur étaient parvenues des rumeurs concernant une femme mariée susceptible d'être Daisy Bryant. Des policiers cherokees, dont certains avaient été les adjoints de Bob en des temps plus heureux, attendaient, assis par terre, à la gare de Red Rock, en mâchonnant des brins d'herbe, et se joignaient aux groupes qui, selon eux, risquaient le moins de faire chou blanc. Et plusieurs hommes d'affaires de Caldwell, au Kansas, louèrent des chevaux, se munirent chacun de trois armes de plus que nécessaire et s'élancèrent en trombe à la poursuite des criminels, la cravache entre les dents.

Sans résultat. Nous étions d'anciens marshals, des cow-boys, des voleurs de chevaux et nous maîtrisions la géographie de l'Oklahoma à hauteur de selle. Nous en savions vraisemblablement autant que n'importe quel marshal ou Indien à nos trousses, sans oublier que le vaste réseau de renseignement de mon frère Bill jouait en notre faveur et que nous avions bien plus à gagner si nous échappions à ces cinquante ou cent bonshommes que nos poursuivants s'ils nous mettaient la main dessus.

Chaque fois que nous apercevions un troupeau, nous nous faufilions au milieu jusqu'à ce que nos empreintes soient indiscernables. Nous capturions au lasso tous les chevaux sauvages que nous trouvions, nous les emmenions avec nous pour brouiller les pistes, puis nous les laissions filer où bon leur semblait tandis que, tous les huit, nous nous séparions en groupe de quatre, puis de deux, sous la pluie qui nous trempait jusqu'aux oreilles à travers nos chapeaux. Cette nuit-là, Dick Broadwell et moi sommes restés jusqu'à quatre heures du matin sous des micocouliers au bord du lit d'une rivière, à tirer des plans sur le partage en regardant des mottes de terre s'ébouler dans le flot d'eau marron, à l'écoute du crépitement des gouttes dans le feuillage estival verdoyant des arbres.

J'affirme depuis quarante ans que le butin avec lequel nous sommes repartis du train s'élevait à onze mille dollars. La Wells Fargo Express Company estimait, elle, ses pertes à seize cents dollars et c'était plus proche de la vérité, à savoir quatre mille dollars.

Bob a cette fois-là honnêtement divisé l'argent, en présence de toute la bande, près d'une borne topographique, soixante-cinq kilomètres à l'ouest de Red Rock, et nous avons empoché à peu près cinq cents dollars chacun. Or, si cinq cents dollars et quelques vous duraient alors plus longtemps qu'aujourd'hui, en 1937, je voyais mal comment ils allaient me faire toute l'année et, *a fortiori*, nous permettre, à Julia et à moi, de nous installer en Amérique du Sud. Mais je n'en avais pas pour autant le cafard. Je me souviens qu'en dépit de l'épuisement, des douleurs à force de chevaucher et de mes yeux qui me lancinaient après cette nuit de veille, j'ai sorti mon harmonica et que je me suis mis à jouer sans apprêt un air sur une certaine Betsy qui venait de Pike et traversait la Prairie avec son mari Ike, pendant que Bob allait l'amble et nous guidait, Grat et moi, jusqu'au ranch de Lee Moore, au bord de la North Canadian, à vingt-cinq kilomètres de là.

J'ignore où Newcomb, Pierce ou Broadwell se sont rendus à l'issue de la distribution. Peut-être à Cowboy Flat ou au Rock Fort, où Bitter Creek pouvait faire la cour à Rose Dunn. Je sais que Powers et Doolin ont cherché refuge dans un ranch situé non loin du Texas, sur les berges de la North Canadian, dont le propriétaire, un type bien en chair, avait employé Powers, à l'époque où ce dernier utilisait le pseudonyme de Tim Evans, pour maintenir l'ordre avant la mise en place de l'administration locale.

Le *rancher* inspecta leurs montures écumantes, dont il palpa le garrot, la croupe et le canon, il essuya la sueur sur son pantalon et échangea les deux bêtes contre deux chevaux qu'il avait à l'écurie, un pie et un bai.

« À quel point on se fait couillonner, dans cette affaire ? » s'enquit Doolin alors qu'il se dirigeait à reculons vers les stalles.

Le propriétaire du ranch sourit, les mains dans les poches.

« Ça grouille de marshals par ici, fit-il valoir. Il va falloir que je mente drôlement bien. »

Les deux Bill octroyèrent à leurs nouvelles montures un picotin d'avoine chacune, puis ils retirèrent leurs chemises, plongèrent la tête dans l'abreuvoir et remontèrent en selle, dégouttant d'eau. Ils rejoignirent une rivière au petit galop entre deux rangées d'arbres fruitiers et repérèrent trois adjoints à cheval qui longeaient lentement un goulet, les yeux rivés au sol.

« Je pourrais facilement ajouter trois encoches sur ma crosse, crâna Doolin. Je te les dégommerais comme des boîtes de maïzena. »

Powers cura le foyer de sa pipe avec son canif.

« Rappelle-toi, on s'est mis d'accord : pas de violence inutile à l'encontre des marshals, sermonna-t-il Doolin. Bob a bien insisté. »

Doolin chassa un nuage de moucherons qui lui tournicotaient autour de la tête et fit faire demi-tour à son cheval.

« Bob par-ci, Bob par-là », râla-t-il.

Doolin et Powers dénichèrent les trois frangins Dalton au ranch de Lee Moore et, prenant le parti de la discrétion, nous nous mîmes en route l'après-midi même pour Cimarron Hills, une région de collines inhospitalières et escarpées qui regorgeait de recoins et de cachettes. Nous estimions pouvoir nous y perdre pendant deux ou trois bonnes semaines. Toutefois, à peine avons-nous entamé notre approche que nous nous sommes retrouvés face à face avec les marshals adjoints Kress et Severns et leurs hommes, debout dans leurs étriers, qui s'abritaient les yeux de la main pour nous distinguer.

Nous avons tous les cinq cabré nos chevaux et les avons éperonnés en direction d'une pente meuble aboutissant dans une ravine. Nous nous y sommes engagés au galop, nous enfonçant profondément aux endroits où la pluie n'avait pas encore séché. Nos poursuivants se sont répartis le long des crêtes et ont bien failli avoir de la chance une fois ou deux.

Un adjoint s'arrêtait pour éponger l'intérieur de son chapeau avec un pan de sa chemise et découvrait la bande des Dalton au petit trot au milieu des Badlands, moins de cinq cents mètres plus loin, ralentie par un cheval boiteux affligé d'un éparvin et un autre dont le mors dégoulinait de bave blanchâtre, tandis qu'un imperméable noir mal roulé se débinait derrière le troussequin. Mais avant qu'il ait le temps d'épauler son fusil, l'un d'entre nous tendait le doigt vers lui, un autre assurait son chapeau sur sa tête et nous nous ruions dans des défilés envahis d'arbrisseaux ou nous escaladions des éboulis de roches orangées et ne reparaissions pas d'une heure. Les quelques tirs que nos poursuivants tentèrent allèrent se perdre au loin et ricochèrent sur l'argile durcie avec un bruit de scie faussée. En une occasion, Kress avait levé les yeux depuis le fond d'un canyon ombragé et avisé Bob qui lui faisait coucou depuis la crête. Et un matin, comme j'allais remplir d'eau une poêle, j'étais tombé sur un adjoint en sous-vêtements longs au moment où il saisissait par la queue un serpent à sonnette qui claquait des mâchoires et où il le décapitait à coups de machette. Il m'avait remarqué au loin, en sous-vêtements longs et en bottes aussi, et faute d'arme pour me tirer dessus, il m'avait souri et avait brandi bien haut son trophée, dont le sang lui gouttait dans l'aisselle et sur le genou.

Au bout de deux jours de traque, les chevaux étaient à l'agonie. Ça s'entendait à leur respiration. Des mouches noires s'agglutinaient sur leurs yeux et leurs oreilles et je me remémore encore l'impact sur le sol quand l'un d'eux s'est écroulé, terrassé par une insolation. On aurait dit la façade d'un bâtiment qui s'effondrait. Deux autres avaient perdu leurs fers, la monture de Grat avait été prise de ballonnements après avoir bu de l'eau sulfureuse et nous aurions été foutus si Bob et moi n'avions pas réussi à dérober cinq chevaux cherokees en bonne santé.

Nous avons abandonné nos montures recrues à côté d'une vieille cabane de squatters ; quand Severns les trouva et qu'il vit les traces de nos chevaux frais, cela lui fendit le cœur. Peu après, ses hommes et lui avaient embarqué les bêtes survivantes dans un wagon à bétail et ils étaient solennellement rentrés en train à Guthrie. Kress avait pénétré dans la voiture fumeurs en boitant et il s'était affalé, harassé, en face de Severns ; à l'arrêt suivant, le marshal adjoint John Swayne s'était joint à eux.

« Vous aussi, ils vous ont semés ? » s'était informé Swayne.

Severns avait allumé une cigarette, il s'était carré dans son siège et en considérant les Badlands par la fenêtre, il avait lâché :

« Enfants de putain… »

Et le 17 juin, la *Gazette* de Stillwater annonçait : « Tous les détachements sont aujourd'hui de retour et la battue bel et bien finie. »

Courant juin, Ransom Payne et seize autres hommes prirent d'assaut la maison du comté de Greer. Le marshal adjoint s'approcha de la véranda de la cuisine en chaussettes, dans son costume noir maculé de ronds de sueur blancs, et brisa la contre-fenêtre avec la crosse en nacre de son revolver. Il ouvrit les portes vitrées du garde-manger, en retira des assiettes en porcelaine neuves ; un de ses subalternes sonda la glacière marron en bois à côté de l'évier. Au-dessus d'eux résonnaient les pas des hommes qui fouillaient la chambre, extrayaient les tiroirs grippés de la commode et écartaient avec un tintement les robes sur leur cintre dans l'armoire. La femme qu'ils recherchaient n'était plus là. Elle était retournée à Guthrie pour espionner.

Un jour, en son absence, Mundy était entré dans sa chambre, il avait éprouvé les ressorts du sommier et effleuré la pédale de la machine à coudre qu'il lui avait offerte pour qu'elle puisse se confectionner des robes. Il s'était coulé dans sa penderie et avait enfoui le visage dans ses vêtements. Puis, assis sur un divan, binocles sur le nez, il avait lu une lettre adressée à Eugenia qu'il avait dénichée entre les pages des *Voyages en Italie* de William Dean Howells et dont le contenu était le suivant :

« J'ai entre-temps prêté ma part à B. qui était passablement fauché compte tenu de l'arrivée imminente de sa famille. Tu devras donc te procurer mille dollars d'une manière ou d'une autre ! La maison que j'ai en tête se situe en Argentine, aux environs de Buenos Aires, et le mécanicien qui y a habité en parle en termes des plus élogieux. Ses relations se chargeront de la transaction. Elle est en stuc blanc avec un toit en tuiles rouges et possède trois chambres, donc peut-être que E. et J. pourraient y vivre avec nous. Ces mille dollars sont essentiels et si tu ne peux pas les obtenir, je serai obligé de chercher ailleurs et j'y suis réticent. Sinon, nous allons tous bien, ici. Nous l'avons échappé belle à plusieurs reprises, mais chaque fois, nous avions une longueur d'avance. Bien à toi, Bob. » Pas de date.

J'étais avec Bob à la cabane en gazon quand il avait rédigé ça. Les mots « imminente », « transaction » et « réticent » étaient de moi. Mundy n'y comprit rien et rangea la missive dans le livre. Mais ce soir-là, il se leva de son lit, colla l'oreille à la porte de Mrs Mundy et tapota le bois du doigt.

« Je peux entrer ?

– Bien entendu », répondit-elle.

Elle referma *Voyages en Italie* et glissa l'ouvrage sous la coiffeuse. Il se campa à côté du lit dans son pyjama à rayures, les mains agitées de tressaillements le long de ses jambes.

« Je peux venir sous la couette avec toi ? »

Elle sourit et rejeta les couvertures de côté. Il se blottit contre elle, la joue sur sa poitrine, les yeux humides.

« Je ne sais pas ce qui me prend, parfois, confessa-t-il. Je suis soupçonneux, coléreux. Je t'en veux pour tout. Puis je me contredis. J'aimerais déposer le monde à tes pieds, satisfaire tes moindres désirs. Mais je ne suis pas riche, je ne suis que boucher. J'ai déjà dépensé tout ce que j'avais. Tu es une femme belle et distinguée dans une contrée d'hommes mauvais et vulgaires. » Il lui baisa le sein, le mamelon, la main qu'elle lui avait posée sur la tête. « Tout ce que je peux t'offrir, c'est moi. Et j'ai tellement peur que ce ne soit pas assez… »

Mrs Mundy demeura un instant silencieuse avant d'avouer :

« Je t'ai induit en erreur. Je n'ai pas de cousine malade. Si je me suis absentée, c'était pour consulter divers médecins à propos d'une grave maladie que j'ai contractée. Aucun traitement ne semble fonctionner. Mon dernier espoir est une cure de repos à Silver City, dans le territoire du Nouveau-Mexique, mais il paraît que ça coûte plus de mille dollars. Tu as été si généreux envers moi que je ne pouvais mentionner ni le mal ni la prescription, de crainte que tu ne décides de t'occuper de moi alors que nous ne sommes même pas mariés – tu n'es pas responsable de moi, tout ce que tu pourrais faire serait déjà trop, beaucoup trop, et je ne le mérite pas. Je t'ai très mal traité.

– Mille dollars ? balbutia-t-il.

– J'en ai bien peur. »

Il se rehaussa jusqu'à l'oreille de Mrs Mundy et murmura :

« Qui est B ? Qui sont E et J ? Qui est Bob ? »

Ils restèrent longtemps immobiles, puis Mundy s'extirpa du lit, se dirigea vers la porte de sa démarche voûtée de vieillard et s'appuya d'une main contre le mur.

« Je ne veux pas savoir qui c'est, se ravisa-t-il. Et je ne veux plus de toi dans cette maison. »

Pendant ce temps, Jenny, l'épouse de Bill, et deux de leurs six enfants étaient arrivés dans le territoire de l'Oklahoma. Mon frère avait envoyé à sa femme un mandat postal de cent trente dollars afin de régler un billet à ordre à Visalia, mais elle l'avait utilisé pour acheter trois billets de train, ainsi que quelques paniers-repas à vingt-cinq cents, et avait accompli le long trajet en direction de l'est avec un carton à chapeau et trois valises fermées avec de la corde.

Bill confia son fils et sa fille à Littleton, à Kingfisher, et s'en fut avec sa dame à Coffeyville pour une seconde lune de miel. Ils séjournèrent à l'hôtel Eldridge House dans la suite rose et virent l'opérette *Trial by Jury* de Gilbert et Sullivan au music-hall, de l'autre côté de la rue. Bill présenta son épouse à Charles Ball, de la banque C. M. Condon and Company et ils sollicitèrent un prêt pour l'achat d'une maison d'un étage assez grande pour accueillir une famille de huit personnes, à Havana, au Kansas. Mon frère proposa en guise de garantie sa ferme céréalière en Californie, que gérait son beau-père. Mais en cette année 1892, il régnait à Wall Street et à Washington une panique financière presque équivalente à la Grande Dépression dont nous commençons tout juste à nous rétablir et c'était une mauvaise période pour avoir besoin d'argent. Ball leur remit un formulaire de demande de crédit, procédure alors peu commune, et Bill déchira l'imprimé avant de le jeter à la poubelle et de sortir du bureau du banquier comme une tornade. Il traversa la place en briques jusqu'à l'établissement plus modeste de la First National Bank, qui ressemblait à une quincaillerie et où il parlementa un moment avec Tom Ayres, le caissier principal. Sa requête fut à nouveau rejetée. « Je n'essaye pas de me défiler, Bill, exposa Ayres, mais je ne peux tout simplement pas. Cette banque ne saurait traiter avec les Dalton. Tes frères te privent de cette possibilité. »

Bill, son épouse et ses enfants s'étaient attardés à Bartlesville encore une semaine, puis mon frère avait débarqué à l'abri en gazon avec deux gâteaux des anges, son violon et, ce soir-là, nous avons fait la noce – la bande des Dalton plus trois prostituées grassouillettes qui paradaient en gaine et porte-jarretelles et deux aspirants hors-la-loi scrofuleux qui avaient à peu près trois ans de moins que moi et que Bob avait invités à manger, à condition qu'ensuite ils déguerpissent.

Ce genre de visite était devenu de plus en plus habituel à mesure que nous gagnions en notoriété. Laboureurs, tanneurs, poseurs de voies, chapardeurs et autres fermiers mennonites descendaient de cheval à deux ou trois kilomètres de l'abri, puis ils s'avançaient péniblement dans l'herbe ondoyante, manteau boutonné en dépit de la chaleur, souriant à deux cents mètres de distance afin d'établir leur confraternité et leurs bonnes intentions. Tout ce qu'ils souhaitaient, c'était nous voir de près, serrer la pince à l'un d'entre nous et nous assurer que quand il était question des Dalton dans les journaux, ils lisaient jusqu'au dernier mot en désapprouvant tout du long le parti pris de la plupart des éditeurs. Selon eux, nous étions de grands lions des plaines, des légendes vivantes, des saints, nous avions déjà surpassé la bande des frères James et nos noms figureraient en gros caractères dans les annales de l'histoire. À la tombée de la nuit, un soir, une gamine de treize ans avait retroussé sa robe devant Bob et lui avait déclaré : « Je veux porter ton enfant. » Mon frère s'était contenté de répliquer qu'il était en plein milieu de l'*Almanach du fermier* et qu'il avait envie de voir comment ça se terminait. Je ne fus guère surpris quand, plus tard, j'appris que Chris Madsen tenait l'abri sous surveillance et qu'une photographie des lieux figurait dans notre dossier de plus en plus volumineux, si bien que trois bracelets élastiques étaient nécessaires pour le fermer.

Le jour où nous est parvenue la nouvelle que le lâche Robert Ford qui avait abattu Jesse James, avait à son tour été assassiné dans le Colorado, mon frère Bill s'est ramené pour fêter ça avec deux autres gâteaux des anges. Il m'a suggéré d'aller au bord de la rivière et d'amorcer quelques hameçons avec des boules de mélasse et de maïs soufflé pour tâcher d'attraper quelques poissons-chats et comme je n'avais pas d'objection, nous avons paressé dans l'herbe avec des lignes attachées aux orteils, comme dans quelque vignette d'un passé américain plus heureux tirée d'un calendrier.

« J'ai un nouveau coup en projet », m'a annoncé Bill.

J'ai craché quelques coquilles de graines de tournesol.

« Ce serait en terrain familier, à Pryor Creek. Le train qui relie Kansas City, dans le Missouri, à Denison au Texas. Ça devrait être parfait pour nous.

– Il est trop tôt pour dévaliser un autre train, Bill.

– C’est ce que prétend Bob. »

J’ai léché les dernières graines que j’avais au creux de la paume, puis je me suis épousseté les mains l’une contre l’autre.

« Ben, c’est lui le cerveau…

– Tu es son chouchou, touche-lui-en deux mots. Explique à ta proprette idole que s’il attaque ce train, il aura de quoi se payer un billet pour Buenos Aires, Vancouver ou Hartford dans le Connecticut. Ensuite, il pourra bien copuler tout son soûl avec sa blondasse de Woodward et élever toute une chiée de petits cervelets. »

Un raton laveur qui se déplaçait avec lenteur le long de la rive s’est arrêté pour renifler une tête de poisson. J’ai détaché ma ligne et je l’ai enroulée autour de mon poing.

« Tu dois avoir salement besoin d’argent, ai-je commenté.

– J’ai quatre gosses qui se souviennent à peine de moi et qui dorment sur la véranda de la ferme de mon beau-père. J’ai une gamine bancroche dont l’attelle grince et grelotte. J’ai des souris dans le sofa, des crapauds dans le puits et en ce moment, ma situation financière est mille pour cent plus désespérée que celle de papa autrefois. J’ai englouti tous mes prêts, j’ai continué d’emprunter et si ma mule crève, je suis ruiné. Alors oui, j’ai besoin d’argent. Salement. Je suis sur la paille, Emmett. »

Je me suis relevé et me suis mis en marche vers l’abri où les trois prostituées s’extirpaient de leurs robes en brayant.

« Quand ça, Bill ? ai-je lâché.

– Juillet. »

Miss Moore avait regagné le pavillon de Woodward et Bob la rejoignit pour se mettre au vert. Il se trouva ainsi un soir au côté d'Eugenia, sur la balancelle de la véranda, les bottes calées telles des oreilles au sommet du dossier d'une chaise à balustres, à écosser des petits pois au-dessus d'une casserole ternie. Une tonnelle garnie de vesce menait à l'arrière-cour où mon frère avait attaché son cheval à un piquet fiché dans le sol. Une tarte à la rhubarbe refroidissait sous un torchon blanc que prospectaient les mouches. Les plis humides du journal sur lequel ils jetaient les cosses vides viraient au gris.

« Beurk, s'exclama Eugenia en laissant tomber son économe dans la casserole. J'ai l'impression d'être déjà vieille. »

Bob sourit.

« Il faut réagir, préconisa-t-il. Vite, une partie de chat perché. Une dictée ! »

Elle lui tira les poils du bras.

« Tu crois qu'on pourrait sortir se balader dans la rue au mépris du danger, comme des gens normaux, en amoureux ?

– Je pense que oui. »

Ils retirèrent leurs chaussettes et s'aventurèrent dans l'herbe aplatie en direction de la gare de Woodward, avant de jouer les funambules sur les rails encore tièdes de la chaleur du soleil. Ils suivirent ensuite la route en tanguant, serrés l'un contre l'autre. Eugenia gloussait chaque fois que Bob lui murmurait quelque chose. Un vieil homme qui avait ôté sa chemise taillait un buisson de forsythias en faisant claquer ses cisailles pendant que son épouse observait les promeneurs derrière la porte treillissée, les mains dans les profondes poches de son tablier.

« Alors, Pryor Creek, c'est pour quand ? demanda enfin Eugenia.

– Je ne sais pas encore exactement, mais d'après des informations venues d'en haut, il se pourrait que ce soit pour le 15 juillet. »

Elle écarta ses cheveux défaits de son oreille, sentit rouler le biceps de Bob lorsqu'ils s'en retournèrent vers la maison, huma l'odeur de savon de la chemise de mon frère.

« Je vais partir pour Silver City sous prétexte de m'y faire soigner, décréta-t-elle. À peine serais-je arrivée qu'Eugenia Moore succombera à une mort affreuse. J'ai bon espoir de pouvoir persuader Ben Canty de truquer les certificats, etc. Bob Dalton pourrait se noyer cet hiver en pêchant l'albacore dans le golfe du Mexique. Nous ressusciterions en Amérique du Sud.

– Ça me paraît extra », convint Bob.

Eugenia s'activa dans la cuisine pendant que Bob mangeait de la tarte à la rhubarbe avec du sucre. Puis Miss Moore vint s'asseoir avec lui et écrivit une dernière lettre à l'encre bleue. De temps à autre, elle regardait par la fenêtre et cherchait ses mots, puis sa plume se remettait à gratter. Bob lécha les miettes dans son assiette.

Eugenia revissa le capuchon de son stylo à encre et agita la feuille pour la faire sécher. Bob se laissa aller en arrière, les bras croisés. Elle lut :

« Mon très cher Bob, la maladie m'a rattrapée en dépit de mon retour sous le climat vivifiant du Nouveau-Mexique ; je t'écris depuis ce qui sera mon lit de mort avec le fervent espoir que tu vas bien et que celui qui comptait tant pour moi de mon vivant se souviendra un peu de moi quand je ne serai plus. Qu'il est curieux que le mal qui afflige mon cœur ne puisse être guéri par mon excès d'amour pour toi, qui pourtant remédie à mes souffrances, me console de ma solitude et constitue la seule condoléance dont j'aie besoin avant de rendre l'âme ! Mon dernier souffle est proche, je le crains ; je suis sur le point d'entamer le voyage vers Dieu qui constitue l'ultime et la plus grandiose aventure de tout un chacun. Je prie pour avoir à jamais marqué ton cœur de mon empreinte, comme tu as marqué le mien. Bien à toi, Eugenia Moore. »

Bob se pencha par-dessus la table et l'embrassa.

« C'est très touchant, ma douce. Sincèrement. Mince ! Dès que j'ai le dos tourné, tu trouves une nouvelle façon de m'impressionner. »

Moins de deux semaines plus tard, elle descendait d'un train en gare de Silver City. Elle avait patienté au milieu de la vapeur qui jaillissait en sifflant de dessous les roues, relevé la voilette noire de son chapeau et épousseté sa robe noire ornée de velours. Le marshal municipal Ben Canty s'était présenté, il lui avait pris le coude et s'était éloigné avec elle vers le bout du quai, hochant la tête tandis qu'elle lui parlait.

Et moins de trois semaines plus tard, Whipple se précipitait à la boucherie de Mundy, à Guthrie, pour informer ce dernier de ce qu'un marshal venait de lui apprendre : Eugenia Moore était morte. Mundy, qui parait des côtes de bœuf, avait continué jusqu'à ce que Whipple en ait fini. Puis il s'était assis face à son étal, le front dans la main.

16

Quarante-deux jours après l'attaque de Red Rock, nous avons attaché nos chevaux dans un boqueteau aux abords de la rivière Neosho pour y camper une nuit et y attendre le fameux train de Bill – notre premier coup organisé par quelqu'un d'autre que Miss Moore. La topographie n'avait rien de déroutant pour nous, dans la mesure où tous les frangins Dalton avaient grandi dans la ville de Vinita, non loin au nord. La capitale cherokee de Tahlequah, où Grat avait été gardien de la paix, n'était qu'à environ soixante-cinq kilomètres au sud-est et Claremore, où Bob avait accidentellement tiré sur le fils d'Alex Cochran peu avant de remettre sa démission au tribunal de Wichita, était plus près encore. Je ne me rappelais presque plus avoir un jour été du bon côté de la loi. J'avais le sentiment d'avoir été un criminel toute ma vie.

Broadwell avait emmené avec lui son chat Turtle, qui, lui, dormait sur le ventre au soleil, lançait des coups de patte aux papillons de nuit et aux moustiques et chassait le moineau dans les arbres en bondissant de branche en branche. Doolin était pétri de vaudou de l'Arkansas et de superstition et ses yeux se sont faits vitreux quand nous nous sommes accroupis ce soir-là autour du feu pour écouter Bob nous raconter des histoires de cavaliers sans tête ou d'enterrements prématurés. Pour ma part, je me suis borné à transpirer, en proie à des démangeaisons, et à être désagréable avec tous ceux qui étaient assez bêtes pour tâcher de me remonter le moral. J'étais las, infiniment las de nos activités, et depuis quelque temps, Julia m'évitait. Son père lui avait interdit tout contact avec moi.

Le 15 juillet au matin, nous nous sommes rassemblés autour d'une couverture tachetée de soleil sur laquelle Grat distribuait des cartes à jouer indiquant à chacun son rôle. En levant les yeux, j'ai aperçu un adolescent en croquenots montants coiffé d'un large chapeau en paille, qui se débattait au milieu d'un fourré de bâton du diable en se mouchant à cause du pollen. Il a remisé son mouchoir en boule dans sa manche, nous a remarqués, attroupés tous les huit autour de la couverture et est demeuré planté là, dans la chaleur et la poussière avec ses oreilles déployées comme des ailes de papillon qui lui conféraient des airs d'ahuri écervelé. Il arborait un si large sourire qu'on entrevoyait ses molaires.

« On campe ? » a-t-il lancé.

Grat l'aurait volontiers dézingué d'un coup de fusil, mais Bob a coincé le canon de l'arme du pied.

« On fait que passer », a répliqué Broadwell.

Le garçon n'a pas bougé de son fourré. Diverses têtes de plantes étaient accrochées à sa chemise et il avait des cloques d'orties partout sur les mains.

« À tout hasard, pour rigoler : je cherche des gorets qui se sont échappés de la porcherie quand j'ai voulu les nourrir ce matin. Pas moyen de leur mettre la main dessus. »

Aucun d'entre nous n'a répondu et le silence est vite devenu si oppressant que le gamin a compris le message et est reparti jusqu'aux voies de la Katy à travers les broussailles griffues qui lui arrivaient à la hauteur des poches. Je l'ai recroisé en 1907 et il m'a confié qu'il avait gauchement longé les rails en se grattant les mains, haletant, jusqu'à la gare de Pryor Creek. Il avait franchi d'un saut les trois marches du quai et s'était accoté à une porte. À l'intérieur du bâtiment, un homme avec un feutre mou buvait de l'eau avec une louche. Le garçon s'était affalé sur un banc.

« C'est bien les Dalton, avait-il déclaré avant de lever huit doigts. Ils sont huit. Ils campent au bord de la Neosho. »

Son interlocuteur s'était tourné vers le télégraphiste.

« Préviens Kinney à Muskogee. »

Il avait tendu la louche à l'adolescent, qui avait retiré son chapeau et s'était versé de l'eau sur la tête.

« Alors, ça te plaît d'être agent secret, Loren ? »

Loren avait envoyé valser ses chaussures.

« La vache. C'est rudement crevant. »

Les autorités étaient au courant de nos intentions concernant Pryor Creek depuis le 13, jour où les deux misérables qui étaient venus quémander une place et étaient restés pour manger du gâteau avec nous s'étaient fait gauler par des marshals fédéraux alors qu'ils introduisaient du whisky de contrebande dans la réserve de Watonga. Ils avaient proposé de livrer des informations aux représentants de la loi si ces derniers faisaient preuve d'indulgence et s'étaient ainsi retrouvés dans le bureau de Madsen à Guthrie.

L'un des deux était falot et regardait tout par en dessous ; il n'avait de cesse de presser ses boutons et de s'essuyer le pouce sur sa chemise. L'autre était fat, pâlot et il avait la mâchoire pendante, comme Billy le Kid. Il s'était vautré sur sa chaise, frétillant des bottes, et avait dévoilé à Madsen que mon frère l'avait éconduit car la bande était déjà trop grande, mais qu'il s'était néanmoins suffisamment attardé pour donner du bon temps à l'une des prostituées et surprendre une conversation à propos de la MK&T, de Pryor Creek et de la mi-juillet.

« Des tuyaux comme ça, j'en entends à tout bout de champ, avait riposté Madsen.

– Ça veut pas dire que celui-là est faux. »

Le chef des détectives de la Missouri, Kansas & Texas à Muskogee, le capitaine J. J. Kinney, avait été averti le 13 juillet et quand, deux jours plus tard, les soupçons à notre encontre furent confirmés à Pryor Creek par « l'agent » Loren, Kinney appela en renfort le marshal adjoint Sid Johnson, rattaché au tribunal de Wichita, et le chef de la police cherokee, Charles LeFlore – l'Indien le plus propre que j'aie jamais rencontré, toujours en chemise blanche, le cheveu noir, huilé, bien coupé, la raie impeccable.

Cinquante adjoints spéciaux, dont treize appartenant à la société de chemin de fer, se massaient donc sur le quai de la gare de Muskogee par plus de trente-quatre degrés de température, en melons et en sombreros, appuyés sur leurs fusils au canon calé par terre, crachant du tabac sur les traverses et répandant du venin contre nous, tandis que les voyageuses alentour, blêmissantes, serraient la main de leurs enfants et que, à l'écart, des hommes avec des cols en celluloïd discutaient de la sacrée déconvenue qui guettait les Dalton.

Le train de voyageurs numéro 2 se présenta en ahanant et les volontaires montèrent dans la voiture fumeurs flambant neuve, pourvue de banquettes capitonnées vertes, d'un éclairage au gaz et de lustres en verre. Puis le train s'ébranla en direction du nord et de

Pryor Creek et les adjoints spéciaux continuèrent à se vanter ou à vociférer des plaisanteries dans un joyeux vacarme digne d'une sortie entre hommes pour assister à un match de base-ball. On apporta trois bacs remplis de bouteilles de bière tiède « avec les compliments de la Katy ». Le chef de train passa entre les banquettes et en profita pour bavarder avec les volontaires et leur montrer le derringer qu'il dissimulait dans une de ses chaussettes en coton blanc. Johnson, LeFlore et Kinney s'installèrent à l'avant, en vis-à-vis, et évoquèrent, en s'égosillant à cause du raffut, les circonstances dans lesquelles ils avaient fait la connaissance des Dalton – d'abord de Frank, puis de Grattan et enfin de Bob et moi. Sid Johnson considérait toujours Bob comme l'un de ses cinq ou six meilleurs amis, et comme l'un des tireurs les plus accomplis de l'Ouest ; il affirma qu'il avait un jour vu mon frère tourner les pages des livres d'Amos et d'Abdias dans la Bible avec un calibre .22 à la visée faussée.

Dans le wagon de la Pacific Express Company, le convoyeur verrouilla la porte coulissante latérale avec un cadenas de la taille de son poing, puis prit place sur une chaise dans l'obscurité, les mains sur les genoux. Au milieu des sacs de courrier était affalé un mauvais garçon texan réputé qui avait récemment été recruté par la MK&T pour veiller sur les coffres-forts moyennant sept dollars par jour. Il n'adressait jamais la parole au convoyeur ; quand ce dernier se tournait, il distinguait parfois le bout rougeoyant d'une cigarette – et parfois rien du tout.

À Pryor Creek, un agent de sécurité des chemins de fer s'accroupit derrière la gare pour tendre ses lacets entre les crochets de ses chaussures montantes. Sur le quai, un type en melon se pencha et lâcha un crachat cotonneux sur le ballast noirci par la suie. Un gars assis sur une chaise avec un fusil de chasse sur les genoux souffla de la buée sur les verres de ses lunettes. À l'intérieur, le tiroir-caisse avait disparu, le guichet était fermé et deux hommes montaient la garde sur un banc verni, pendant qu'un autre, avec des demi-guêtres blanches se déplaçait de fenêtre en fenêtre. Au mur, une horloge à chiffres romains indiquait neuf heures cinq.

« Je parie qu'ils nous ont repérés et qu'ils ont renoncé, fit le type aux demi-guêtres. Ils ne sont pas idiots, vous savez. »

Entre-temps, les volontaires dans la voiture fumeurs avaient débuté leurs préparatifs. Ils refermaient leurs fusils, remontaient leurs chaussettes, se rendaient sur la plate-forme entre les voitures pour uriner sur les attelages. Puis le chef de train avait ouvert la porte de communication, annoncé : « Prochain arrêt, Pryor Creek » et ils s'étaient rassis comme des écolières dociles.

« Doux Jésus, les Dalton… », balbutia quelqu'un.

Mais la bande des Dalton n'était pas à Pryor Creek. Debout sur la passerelle en acier qui reliait la voiture fumeurs et le fourgon à bagages, Kinney sondait du regard les ténèbres et la fumée, la cravate claquant au vent. Celle-ci s'immobilisa sur son épaule comme le train ralentissait et Kinney discerna trois détectives des chemins de fer campés sur le quai, fusil en main, détendus. Le chauffeur se pencha au-dehors pour s'entretenir avec un homme en demi-guêtres. Ils attendirent trois minutes dans le silence que rompaient seulement les grillons et le lent halètement de la locomotive.

Pendant ce temps-là, les malfaiteurs s'avançaient dans la rue d'Adair, la gare suivante, plus au nord, foulard bleu autour du cou, affublés de toutes sortes de grands chapeaux pouilleux, de chemises rayées sans col et de leurs imperméables noirs caractéristiques. Les chevaux étaient attachés au château d'eau de la ville, au pied duquel Pierce, dans un boghei, frottait son moignon de nez brûlé par le soleil, qui pelait. Plusieurs kilos de revolvers pendaient à nos ceintures dans nos étuis marron crasseux, au voisinage de nos poches de devant. Doolin avait une Winchester en travers du dos ; Newcomb, Powers et Grat serraient leur fusil entre leurs bras, comme on porte une longue miche de pain. Le train du soir était un événement en été dans les petits patelins et Adair était loin d'être endormie. Des rideaux de dentelle voletaient par une fenêtre et j'ai entrevu une gamine dont les courtes jambes dépassaient à peine d'un énorme fauteuil capitonné et qui écoutait son père gratter un banjo tandis que la flamme de la lampe à pétrole vacillait dans la cheminée de verre. Une fillette aux jupons virevoltants sautait à la corde ; une femme courbée en deux qui sarclait des soucis s'est redressée à notre passage. Un adolescent tournait en rond sur une bicyclette avec un moutard poussant des cris aigus juché sur le guidon. Au drugstore, deux médecins examinaient l'étiquette d'une boîte de médicaments marron. Une femme qui prenait l'air, assise sur le rebord d'une fenêtre au premier étage, nous observait comme si nous étions un groupe d'ouvriers des chemins de fer et que nous devions avoir drôlement chaud avec nos manteaux.

J'ai collé le nez à l'une des fenêtres de derrière de la gare, qui fleurait le mastic, et épié le guichetier de la Katy qui se mordillait la moustache et feuilletait une brochure des assurances vie Prudential sans se douter de rien. Bob a ouvert avec fracas la porte de derrière, le guichetier a brusquement relevé la tête et sept géants menaçants sont entrés avec leurs éperons qui cliquetaient et leurs imperméables qui bruissaient, martelant du talon de leurs bottes le plancher plein d'échardes tels des étalons pourvus de lourds fers en plomb : un vilain cauchemar bien méchant, comme dans les livres, du genre à vous refiler des frissons nocturnes, la plus terrifiante horde de desperados que ce guichetier ait jamais vue.

Le portemanteau a chancelé, le petit Newcomb l'a renversé d'un coup de pied et une branche s'est brisée, se mettant à danser sur le sol. Bob a armé le chien d'un calibre .45 et allongé le bras jusqu'à ce que la gueule du revolver touche le nez du guichetier qui se levait de son bureau.

« Garde les mimines en l'air et ne prononce pas un traître mot, a ordonné Bob. Ne songe même pas à parler. Recule et laisse-toi glisser le long du mur jusqu'à ce que tu aies le cul par terre. Si je me retourne et que tes mains ont tant soit peu bougé, je me penche par-dessus le comptoir et je te fais un trou gros comme une bassine dans l'entrejambe. »

Je suis resté planté là, l'air féroce, tandis que Doolin bousculait la chaise à roulettes, posait brutalement les tiroirs sur le bureau et récupérait au milieu du fouillis de papier quelques pièces de monnaie, des allumettes et une boîte blanche de pastilles pour la toux Smith Brothers. Powers était carré dans un rocking-chair silencieux en hickory devant la gare, les chevilles croisées et le fusil en appui sur une cuisse. Dans la pièce du fond, Newcomb éventrait des colis avec une faucille. Broadwell a déverrouillé le tiroir-caisse et tendu à Bob quelques billets chiffonnés à travers la grille. Broadwell a refermé le tiroir avec l'estomac et j'ai avisé le guichetier qui fixait les jambes du jean de Broadwell, piqueté de vulpin et de lampourde et aux ourlets pleins de graines jaunes.

Je ne fichais pas grand-chose. Je faisais le guet, j'imagine. Au mur était épinglé un calendrier sur lequel une semaine était barrée d'une flèche accompagnée de la mention « vacances d'Harold Higgins ». Une pipe noire encrassée reposait dans un cendrier en verre.

Grat, qui embaumait le fromage blanc et la tête de poisson, tournait en rond en faisant du bruit avec un manche de hache décoloré qu'il avait ramassé quelque part, frappant le dossier d'un banc, le rebord d'une fenêtre, une poubelle, une horloge, tel un ours de cirque avec un tambour en fer-blanc. Il a défoncé quelques casiers muraux en acajou et une ribambelle de billets de la MK&T s'en est déversée. Puis il s'est campé devant le guichetier et avant que j'aie le temps de crier, il lui a décoché en plein nez un coup de manche sec comme un claquement de doigts. L'employé a émis une plainte de douleur, du sang lui a giclé sur le menton et sur la chemise et il s'est écroulé sur un coude, le nez tordu, comme pourvu de charnières. Le pauvre homme a décoché des coups de pied dans les tibias de mon frère et s'est insurgé :

« Espèce d'enfoiré, pourquoi tu as fait ça ? »

Bob s'est dressé sur la pointe des pieds et a lorgné la chemise ensanglantée du guichetier.

« Était-ce bien nécessaire, Grat ? » a-t-il désapprouvé.

Grat est sorti par la porte de devant avec un sourire narquois, je suis allé chercher Newcomb et le produit de ses rapines et la bande des Dalton au complet a quitté la salle d'attente au bout de trois minutes à peine, laissant dans son sillage chaos et silence, à l'issue de ce qui était, à ma connaissance, la toute première attaque de gare de l'histoire des États-Unis. Nous avons pris position sur le trottoir en planches ou sur des bancs, échangeant quelques courtes phrases. L'adolescent à bicyclette s'est approché de la gare en tintinnabulant, puis a fait demi-tour. Des moustiques nasillaient dans l'air. Je me suis aventuré sur les traverses et j'ai aperçu une femme qui faisait rentrer ses enfants, une main crispée sur le poignet d'un garçon, tandis qu'un groupe de vieillards chenus conférait en gesticulant sous un orme et qu'un homme en pantoufles descendait les marches de sa véranda en chargeant un fusil de chasse à deux canons. J'ignore ce qu'il est advenu de lui. Suffocant, j'ai coincé un pan de mon imperméable derrière la crosse de mon pistolet et je m'en suis retourné vers la gare, cabotin comme pas deux. Je suais comme si c'était mon activité à temps-plein.

« On dirait qu'on va avoir du public, a constaté Powers.

– Ils ne vont pas s'attarder longtemps », a affirmé Doolin.

L'employé de la gare avait étanché le saignement de son nez avec des torsades de papier à en-tête de la Katy et il a pris place avec obéissance sur un banc devant la gare. Bob a parcouru à la lueur d'une allumette le tableau où figuraient les horaires jusqu'à ce qu'il ait trouvé ce qu'il désirait, puis il a soufflé la flamme.

« Il arrive à neuf heures vingt-deux », a-t-il déclaré.

À moins de cinq kilomètres de là, à bord du train de voyageurs numéro 2, bon nombre des types qui, après l'arrêt de Pryor Creek se piquaient d'avoir repoussé les Dalton et de nous avoir fait tourner casaque, étaient pétrifiés sur leurs banquettes vertes capitonnées et oscillaient à l'unisson avec la voiture en transpirant et en fumant, submergés par la pétoche. L'un d'eux vomit dans son chapeau. D'après certaines sources, au moins trois gus sortis pour pisser balancèrent leurs fusils au loin avant de se précipiter à travers les voitures jusqu'à l'arrière du train et de s'installer à des places plus sûres parmi les passagers, leur insigne planqué dans une poche.

Le mécanicien tira à deux reprises sur le cordon du sifflet et vit s'éclairer le signal rouge d'Adair ; il actionna le long levier de la vanne d'admission et tourna les valves libérant l'air sous pression dans les cylindres. Un panache de vapeur blanche s'épanouit, puis s'effilocha dans l'air, l'aiguille de la jauge de la chaudière bascula vers la gauche et dégringola, tandis que celle de la jauge de pression d'air grimpa et le train poursuivit en roue libre, la cloche sonnant à toute volée. Le mécanicien avait le coude qui dépassait par la fenêtre de la cabine et le chauffeur terminait le fond de son thermos de café – ou plutôt de « jus » comme disaient les cheminots – en rattachant l'une des bretelles de sa salopette. Le mécanicien poussa les leviers commandant les soupapes de frein du cylindre et les roues en acier grincèrent sur les rails.

« Y a deux gonzes en imper' noir sur le quai, remarqua le chauffeur. Ça doit être des agents de sécurité des chemins de fer, je suppose.

– Il devrait y en avoir plus que deux. »

Le chauffeur se pencha pour avoir une meilleure vue, il reçut un coup de manche de hache dans la nuque et les marches résonnèrent sous les bottes de Grat. Pour ma part, je bataillais sur le marchepied de gauche, accroché par un bras, une jambe dans le vide, pistolet armé en main, la crosse calée sur le plancher à côté des poignées du registre du cendrier, si bien que je tenais surtout en respect un pot de suif servant à lubrifier les cylindres.

Le chauffeur caressait de la main le gnon violacé qu'il avait dans le cou. Le mécanicien lui demanda si ça allait.

« J'ai juste la nuque qui picote un peu », le rassura son collègue.

Je m'efforçais toujours de me hisser dans la cabine.

« Hé ! Regarde par là ! » m'écriai-je.

Le mécanicien s'exécuta et se retrouva face à un solide gaillard aux yeux acier qui avait un masque bleu sur le nez, tandis que, une main sur son ecchymose, le chauffeur reculait devant Grat, qui d'un seul coup emplit cet espace carré surchauffé. Mon frère poussa le mécanicien contre la chaudière avec l'extrémité de son manche de hache et tira de toutes ses forces le levier du frein pneumatique. La secousse nous déséquilibra tous et le mécanicien loucha sur le revolver de Grat qui remuait à portée de main dans son étui au-dessous de sa montre de gousset, mais Grat s'en rendit compte.

« Ça te tenterait que je te pète le nez ? proposa-t-il. Je viens de me découvrir un don pour ça.

– Ça m'empêcherait de boire du whisky ? » rétorqua le mécanicien avec un sourire.

Alors que le train roulait encore, Kinney avait soulevé un store dans le wagon-restaurant et repéré Bob et Broadwell, solennels, qui encadraient le guichetier sur le quai de la gare. Sid Johnson, qui avait des pommettes saillantes et des pattes-d'oie à force de plisser les yeux, avait jeté un regard sous un store du côté gauche du train et surpris Doolin qui passait au-dessous de lui en se caressant la moustache, les yeux rivés sur le fourgon de queue. Johnson avait levé son pistolet et murmuré : « Pan. »

Debout à côté de la porte de communication à l'avant de la voiture, LeFlore attendait le signal de Kinney. Tous les autres volontaires avaient ôté leur chapeau et succombaient un par un à la frousse, tassés sur leur siège, leur revolver glacé entre les mains.

« Bon, cette fois, c'est la bonne, avait lancé Kinney en se dressant dans l'allée tel un politicien aguerri. Prêts à sortir les affronter, les gars ? »

Je doute que ses gars lui aient donné la réplique.

Johnson, LeFlore et Kinney se serrèrent sur la plate-forme en acier qui tanguait, ils entendirent le lent cliquetis des roues, puis quelques paroles dans la cabine de la locomotive, soudain couvertes par le gémissement des freins quand Grat tira le levier de freinage. Kinney bondit du marchepied et se plaqua au milieu d'un enchevêtrement de lierre noir de suie qui prenait d'assaut une remise à charbon située à gauche du train. LeFlore et Johnson patientèrent un instant jusqu'à l'arrêt du train, puis s'engouffrèrent à l'intérieur de la remise dont la porte était restée ouverte. Je les entrevis alors qu'ils s'élançaient hors de la voiture fumeurs comme des enfants qui jouaient aux cow-boys, mais je les pris pour des passagers effrayés et ne fis pas très attention à eux.

Kinney rejoignit Johnson et Leflore dans la remise et ils restèrent là quelques minutes, à respirer de la poussière de charbon. Un chat noir sauta sur le couvercle de plusieurs caisses, puis atterrit par terre et vint se frotter contre la jambe de Kinney. Les trois représentants de la loi écoutèrent nos bottes crisser sur les pierres du ballast et Bob commander à Grat de venir jusqu'au wagon postal avec le chauffeur et un pic à charbon. Leurs chemises étaient tachées de transpiration. LeFlore, qui tenait son pistolet armé à la hauteur de son oreille, ne cessait de couler des regards en direction de J. J. Kinney et finalement Sid Johnson lâcha :

« On se les fait maintenant ou on poireaute encore un peu pour ménager le suspense ? »

J'avisai Newcomb et Doolin, plantés dans l'herbe comme des piquets le long du remblai, ainsi que Powers, Broadwell et Bob qui tambourinaient à la porte du wagon postal. Brusquement, les trois représentants de la loi cachés dans la remise à charbon passèrent à l'action, bang ! Un projectile frappa le marchepied, puis une douzaine de tirs atteignirent la chaudière et décrivirent des triangles dans la cabine en acier, si bien qu'aucun de nous n'aurait dû être épargné ; des balles perdues aplaties comme des champignons sifflèrent à deux doigts de Grat, des cheminots et de moi, mais même nos imperméables ne furent pas esquintés. Les impacts et les sifflements nous assourdissaient, des fragments de plomb brûlant nous cinglaient la figure. Toutefois, Grat et moi avions la gâchette rapide et nous avons répliqué par deux tirs pour chacun de ceux que nous recevions, dans la direction générale de la soute à charbon, car, éblouis par le foyer, nous ne discernions rien dans l'obscurité et nous n'étions pas en mesure de viser nos trois agresseurs. Le mécanicien et le chauffeur rampaient sur le sol ; des ricochets allumaient des étincelles sur les disques d'excentriques et une balle perdue fit chuter du tender une pelle à charbon qui se ficha dans l'herbe avec un « poc ! » (si j'ai l'air excité, c'est parce que je le suis – comme je l'étais alors). J'enfilai six cartouches dans mon barillet fumant, je guettai la flamme d'un tir destiné à m'emporter la face et je la mitraillai tant que je pouvais. Je dus remettre ça un certain nombre de fois. D'après un voyageur de St Louis, plus de deux cents tirs furent échangés avant que la fusillade se calme – ce type devait être comptable.

Bob avait dégainé et quand il s'accroupit sous le fourgon à bagages pour dénombrer les tireurs, il les reconnut : LeFlore, assis sur une draisine abandonnée à travers le plancher de laquelle poussait de l'herbe, soutenait de la main son coude gauche, la manche de veste gonflée de sang. Nous avions aussi eu Kinney. Sa chemise blanche froissée sortie de son pantalon révélait son ventre pâle et il ressemblait à un ouvrier roupillant dans l'herbe pendant sa pause déjeuner. Sid Johnson était agenouillé dans un tas de charbon, le bras droit tendu avec raideur, un revolver au canon et au barillet fumants à la main. L'arme se cabrait chaque fois que Johnson pressait la détente, après quoi il raidissait à nouveau le bras.

Bob se faufila sous le train en se dandinant, jusqu'à ce qu'il soit à moins de six mètres de la remise.

« Sid Johnson ! s'exclama-t-il. Espèce de vieille canaille ! »

Le marshal adjoint fit volte-face et l'un de ses cinq ou six meilleurs amis, celui qui était capable de tourner les pages d'une bible avec un calibre .22 à la visée faussée, lui transperça l'épaule d'un pruneau de .45 qui le renversa sur les fesses dans le charbon. Il avait des ronds noirs aux genoux. (Il paraît que quand les médecins ont retiré la chemise de Sid, son épaule pendouillait comme l'extrémité d'un bonnet de meunier. « Eh ben, mon vieux ! se serait récrié Sid Johnson. Bob va m'en reparler de celle-là ! »)

Deux ou trois adjoints spéciaux canardaient depuis la voiture fumeurs et une flamme d'une trentaine de centimètres ponctuait chaque coup, mais ils n'avaient guère de cibles. Environ six volontaires massés sur la plate-forme de la voiture rassemblaient leur courage, le pistolet encore dans l'étui, aussi lents à la comprenette que des bovins, des moutons ou des poules d'eau. À la vue de mon frère Bob qui se relevait de dessous le fourgon à bagages, deux d'entre eux eurent la présence d'esprit de dégainer, mais Bob dégomma au jugé un bec de gaz au-dessus d'eux et ils battirent en retraite dans l'obscurité, comme des limaces.

Quand les tirs en provenance de la remise stoppèrent, Grat et moi descendîmes de la cabine de la locomotive avec le mécano et le chauffeur, qui trimballait un pic à charbon sur l'épaule. Dick Broadwell s'en saisit et planta la pointe dans la porte, dont le bois geignit, glapit et vola en éclats. Il y eut un bruit de clé et de cadenas qu'on déverrouille et la porte coulissa en grondant. Une chaleur de four déferla sur nous et nous nous retrouvâmes face au convoyeur tremblotant, mains en l'air, dont la chemise bleue était noire de transpiration et dont le nez dégoulinait de sueur.

Comme Bob ne pigeait pas pourquoi le messager avait ouvert la porte alors qu'elle était cadenassée, il recula et demanda :

« Il y a que toi là-dedans ? Tu es tout seul ? »

Le convoyeur déglutit et indiqua que non de la tête. Le Texan se laissa retomber au milieu des sacs de courrier.

« Merde, Williams ! Vachement malin ! »

Broadwell et Grat montèrent à bord et mirent en joue le mercenaire dans le coin. Grat balança le fusil du Texan dans la nuit et je vis l'arme étinceler une fois, puis deux au clair de lune en tournoyant.

« Elle te faisait bien envie, cette récompense, hein ? fit Broadwell. Ça aurait été Noël en juillet, pas vrai ? »

Le chasseur de prime l'avait ignoré et avait foudroyé Bob du regard.

« On te filera que dalle », avait-il proclamé.

Mais bien entendu, ils avaient cédé. Ils invoquèrent l'argument éculé selon lequel ils n'avaient pas connaissance de la combinaison, Bob médusa Williams avec un tir qui lui frôla le caillou de si près qu'il lui brûla quelques cheveux et lui retentit aux oreilles pendant presque une semaine entière, et une fois le coffre ouvert, nous versâmes l'argent dans un sac postal et le jetâmes à l'arrière du boghei que Pierce avait ramené du château d'eau.

Ce bœuf de Grat poussa le guichetier, le chauffeur et le mécanicien jusqu'à l'avant du train et leur ordonna de se dépêcher de quitter la ville. Puis il sauta du marchepied et fit choir le guichetier sur les fesses par pure méchanceté.

Doolin et Newcomb s'éloignèrent du train à reculons, fusils braqués sur les volontaires aux mines effarées ; quelque chose fit rire Newcomb et Broadwell et au lieu de nous rejoindre, Bob et moi, ils prirent place à l'arrière du boghei avec Pierce, qui fouetta l'attelage avec les longs traits en cuir, et ils partirent en trombe le long de la voie et des voitures, vociférant et chahutant, vidant leurs pistolets par les fenêtres. Debout sur le plateau, Broadwell, charismatique comme Custer, atteignit un homme âgé de cinquante-cinq ans à l'épaule et logea une praline dans la montre de gousset d'un passager du nom de Frimbo. Lorsque ce dernier en étala le mécanisme sur une feuille de papier devant les hommes de Chris Madsen, elle était tellement en miettes que les morceaux vous glissaient entre les doigts.

Broadwell, Pierce et le petit Newcomb firent deux fois le tour du train en narguant les volontaires et en les défiant de riposter, puis le convoi s'ébranla péniblement en avant avec des chocs et des crissements métalliques.

« Et si on grimpait à bord et qu'on se frayait un chemin à travers les voitures en abattant les affreux ? suggéra Newcomb. Ça foutrait pas la panique, ça ? »

Mais ils virent que ça agaçait Bob et que je leur faisais signe de revenir et ils firent demi-tour sur les rails qui luisaient sous la lune.

« Ce n'était pas Sid Johnson qui nous tirait dessus ? me suis-je enquis auprès de Bob, qui arborait une expression surprise et enchantée, ravie de la vie.

– Et Charlie LeFlore ! s'est-il émerveillé. Tu te figures ça ? Il faut que tu m'aides à trouver un bon moyen de charrier ces vieilles fripouilles la prochaine fois que je les verrai. Quelque chose de bien humiliant. »

J'ai suivi des yeux la lanterne d'une voiture de seconde classe qui nous dépassait.

« Je te parie qu'ils sont déjà si penauds qu'ils te descendront dès que tu mettras le pied en ville, ai-je déclaré.

– Non, tu crois ? Nan… Ils connaissent les règles du jeu. C'est comme à la boxe, Emmett. Tu ne cognes pas sur l'autre en dehors du ring.

– J'avais oublié – on est des gentlemen. »

Bob me dévisagea comme si j'étais simplet.

Johnson, Kinney et LeFlore avaient gravi avec peine les marches de la voiture fumeurs et perdaient leur sang sur des journaux, assis dans l'allée. Le guichetier s'était réfugié à l'intérieur de la gare, il avait verrouillé les portes et devait vraisemblablement prévenir des renforts. Et la bande des Dalton repartit par la grand-rue de la tranquille Adair, essuyant sans réagir quelques derniers tirs en provenance du fourgon de queue.

J'en avais ras le bol des trains, de la routine bornée des attaques et ça me faisait franchement un peu peur qu'on me tire dessus, assez en tout cas pour me ficher mal à l'estomac. Pierce a regagné en boghei l'endroit où les chevaux étaient attachés et le reste d'entre nous a traversé la ville comme nous y étions entrés, poisseux dans nos imperméables bruyants, à grands pas sous les ormes, sauf que nous étions seuls dans les rues, que toutes les lampes étaient éteintes, les portes closes et les gosses recroquevillés au fond des placards comme si nous étions des croque-mitaines. Je n'avais jamais eu aussi chaud et je n'arrêtais pas de chasser des essaims de moustiques qui me tournicotaient autour du visage et des mains. J'ai emprunté le trottoir en planches devant le drugstore et par la vitrine brisée, j'ai aperçu les deux médecins sur le dos au milieu d'éclats de verre.

Bob et moi sommes restés figés là, réduits au silence par ce que nous avions sous les yeux. Le Dr W. L. Goff avait été la victime fortuite d'une balle de pistolet perdue qui lui avait fait exploser l'œil gauche. Il avait la moitié du visage couverte de sang et une flaque se répandait autour de sa tête suivant la pente du sol. Il devait mourir moins d'une heure plus tard. L'autre médecin, un dénommé Youngblood (d'après les coupures de journaux), avait été touché à la gorge par un ricochet. Ses doigts se crispaient et se décrispaient. Remarquant que je l'observais, il a tourné la tête et du sang et de la nourriture se sont échappés de sa bouche comme d'une casserole de soupe renversée sur une table.

« Aidez-moi, nous a-t-il suppliés. Je vous en prie, aidez-moi… »

Je me suis enfui aussi vite que j'ai pu, tandis que Bob continuait à regarder, fasciné, les mains au fond des poches de son imperméable.

17

Nous nous sommes dirigés vers le Kansas, au nord-ouest, et nous sommes enfoncés dans les collines de Dog Creek pendant que trois détachements de plus d'une centaine de pieds tendres trimballant chacun un arsenal cliquetant se lançaient à notre poursuite dans des directions erronées. Vers quatre heures du matin, nous avons procédé au partage du butin d'Adair et Bob s'est chargé des calculs avec, comme toujours, une rapidité déconcertante, digne d'un joueur professionnel avec des cartes.

Bitter Creek Newcomb a chapardé une vingtaine d'œufs dans le poulailler d'une ferme et les a fait frire dans une poêle avec de l'ail des vignes en décrivant la bague de fiançailles qu'il allait acheter à Rose Dunn, sa fiancée. Les autres ont baguenaudé autour du feu ou sont allés se laver le visage dans la rivière, tandis que je tâchais de faire un somme au milieu des feuilles couleur rouille de l'année précédente, en dépit d'un faucheux qui me marchait dans le cou et sur l'oreille.

Si tant est que je dormis, je fis un cauchemar à propos d'Adair. C'était la première fois qu'on nous tirait vraiment dessus pendant une attaque, la première fois que j'avais eu peur de mourir. Au grésillement de l'ail que Newcomb faisait revenir au-dessus du feu de camp se superposaient les cris des détectives des chemins de fer, les détonations des armes, le sifflement des balles qui fendaient l'air à deux doigts de ma tête. Quand j'ouvrais les yeux, je voyais Powers qui bourrait sa pipe en écume ou qui bricolait son réveil, mais dès que je les refermais, je voyais des silhouettes qui couraient, les flammes des tirs, les étincelles jaillissant des barillets près de la remise – ou le drugstore, la vitrine en verre poli et l'œil gauche éclaté du Dr W. L. Goff. Ça ne me semble plus vraiment réel aujourd'hui ; ça m'évoque plutôt des pistolets à amorces, du sang de poulet et des morts qui se relèvent en s'époussetant pour aller manger à la cafétéria des studios RKO. Mais ce matin-là dans les collines de Dog Creek, j'étais sacrément secoué et chaque fois que je songeais au Dr Youngblood, c'était Bob que j'imaginais à sa place ; il s'avisait de mon regard, tournait la tête, du sang lui coulait de la bouche. « Aide-moi, m'implorait-il. Je t'en prie, aide-moi… » Et je fuyais.

J'aurais voulu arrêter, mais pas Bob ; lui n'était pas du tout hanté. Il traita Adair comme tous les autres coups et à l'issue de la distribution, il apporta à Bill son pourcentage dans une boîte à chaussures à Bartlesville et déjeuna là-bas de tomates grillées, avec sur les genoux la petite Grace, dont l'attelle en cuir et en métal était suspendue au dos de la chaise.

Je peignais la crinière des chevaux avec une brosse à cheveux volée quand Bob reparut à la tombée du jour, émergeant des bambous sur sa monture avec des cernes verdâtres sous les yeux et de la poussière mêlée de menue paille dans les moindres replis de ses vêtements. Il nous a commandé de nous mettre en selle et nous nous sommes exécutés. Puis nous avons rejoint au pas

Coffeyville, au Kansas, où nous sommes parvenus à deux heures du matin.

Bob a tambouriné à la porte de l'auberge Farmer's Home, dans la Huitième Rue, un établissement pas plus grand qu'une boutique de photographe. J'ai distingué le propriétaire qui dormait avec son épouse dans un lit en laiton dans la salle à manger ; il a gratté une allumette qu'il a introduite dans une lampe à pétrole, écarté les rideaux de la fenêtre et s'est retrouvé face à un jeune homme au regard sombre et maussade – moi – qui lui braquait sur l'œil un pistolet noir armé.

Le pauvre homme a ouvert la porte à Bob, qui s'est engouffré à l'intérieur, suivi par Powers et le reste d'entre nous, martelant le tapis de nos bottes, ouvrant les vitrines et faisant rouler de la table un verre d'eau qui s'est bruyamment cassé par terre.

La femme du propriétaire s'est redressée dans le lit en tirant le drap par-dessus sa chemise de nuit. Je l'avais jusqu'alors toujours croisée avec les cheveux tressés et enroulés de part et d'autre de la tête comme les écouteurs d'un casque, alors que là, ils lui tombaient pêle-mêle sur les épaules. Bob s'est assis sur le lit en se laissant rebondir, ce qui a fait grincer les ressorts. Il a souri à l'épouse du propriétaire.

« Serais-je le produit de votre imagination ? » a-t-il plaisanté.

Elle nous a préparé un souper, les quatre plus propres d'entre nous se sont succédé dans la même eau dans un bac en bois, puis nous nous sommes retirés à l'arrière du bâtiment pour nous reposer sur des lits de camps en acier, après avoir attribué à chacun un tour de garde d'une heure.

Quand je me suis réveillé à midi, j'ai découvert Bob sur le matelas à rayures voisin du mien, celui-là même sur lequel, un peu moins de trois mois plus tard, je devais agoniser plusieurs jours. Bob avait une tasse en métal remplie de café et, devant lui, le *Journal* de Coffeyville, la *Gazette* de Stillwater et le *Star* de Kansas City dépliés à la page de l'article sur l'audacieuse attaque de train d'Adair. Je me suis calé sur un coude et il m'a tendu une affichette manuscrite des chemins de fer, déchirée aux endroits où elle avait été punaisée. Datée de la veille au soir, elle avait été transmise en urgence à toutes les gares dans trois États et annonçait que la Missouri, Kansas & Texas Railway Company verserait cinq mille dollars pour l'arrestation et la condamnation de chacun des individus masqués impliqués dans le vol, dans la limite de quarante mille dollars. (J'ai encore cette affiche dans mes dossiers.)

Bob me l'a lue avec un grand sourire.

« Quarante mille dollars, a-t-il conclu. C'est la récompense la plus élevée jamais offerte pour une bande de hors-la-loi, sans exception. Sans compter les autres primes en suspens pour la Californie, Wharton, Leliaetta et Red Rock. Je suis diablement fier de moi.

– Eh ben, moi, j'en ai tout bonnement ma claque, des trains, ai-je râlé. Je ne veux plus entendre un mot à ce sujet. Ce dont je serais bigrement fier, là, c'est de passer un entretien et de me dégotter un boulot à deux dollars la journée, du genre creuser des fosses d'aisances, appointer des clous ou empiler des conserves de figues dans une épicerie. J'en ai plein le dos de toutes ces émotions. »

J'ai jeté les journaux sur le matelas.

« La plupart des gens viseraient un peu plus haut que ça, Emmett, mais comme je dis toujours, chacun voit midi à sa porte, a-t-il lâché en s'affalant sur le lit.

Laisse-moi te causer de notre prochain coup. J'ai réfléchi, l'argent, c'est dans les banques qu'il se trouve.

– J'ai les oreilles bouchées, ai-je prétendu.

– Ma parole ! Tu es déjà braqué et remonté contre cette idée, c'est ça ?

– Ouaip'. Tu as devant toi un bloc de fromage de tête. Tu me feras pas tirer de plans sur des banques, Bob. Je vais me contenter de rester ici à puer.

– Mince, j'ai vraiment fichu les pieds dans le plat, hein ? Je t'ai mis dans tous tes états… Je ferais mieux de me planquer avant que les oreillers commencent à voler. »

Et abandonnant le lit, il est descendu pieds nus jusqu'au salon, où il a tapé une cigarette au propriétaire ligoté sur une chaise.

Nous sommes demeurés deux nuits à Coffeyville, ce qui était stupide, car d'une manière ou d'une autre, le bruit se répandit que la bande des Dalton allait quitter la ville en direction du sud, de sorte qu'un détachement d'une trentaine d'hommes s'entassa dans des chariots pour nous tendre une embuscade lors de la traversée de la Caney. Ils trempèrent leurs mouchoirs dans du pétrole et s'en enduisirent la peau pour tenir à l'écart les moustiques et les puces chiques ; puis ils s'accroupirent dans les hautes herbes en transpirant dans leur manteau, accablés de démangeaisons, ou pataugèrent dans la rivière avec des cuissardes en caoutchouc pour se poster sous le pont, s'efforçant de chasser les nuages de moucherons avec leur chapeau et fixant les planches pourrissantes vertes de mousse au-dessus d'eux.

Et ils nous auraient eus à coup sûr s'ils n'avaient pas tenté de recruter le frère aîné de Julia, Garrett, qui fit mention du guet-apens à table ce soir-là. Ma dulcinée s'excusa, sortit de table et enfila la salopette de Garrett ainsi qu'une veste en jean bleue. Puis elle se glissa hors de la maison pour seller un mustang gris et s'élança au galop sur la piste en terre battue illuminée par la lune, dans la direction que lui dictait son intuition. Je me rappelle que nous avons entendu un roulement de sabots semblable aux bruitages avec des blocs en bois qu'on utilise dans les feuilletons radiophoniques et que nous avons gagné au trot l'ombre d'un bouquet de chênes noirs où nous avons attendu, la main sur la crosse de nos pistolets.

J'ai reconnu le mustang de Texas Johnson, puis Julia, et elle s'est arrêtée net quand elle m'a vu apparaître entre les arbres.

« Emmett, Dieu merci, je t'ai retrouvé. »

Son cheval dodelinait et caracolait après tous ces efforts, aussi l'ai-je empoigné par la bride afin de me maintenir à la hauteur de Julia tandis qu'elle m'avertissait qu'un détachement était à l'affût aux abords de la Caney.

J'ai jeté un coup d'œil à Bob et aux autres, toujours en selle sous les arbres. Newcomb a allumé une cigarette.

« C'est courageux de ta part de t'en être mêlée, ai-je déclaré.

– Pourquoi ? Parce que vous êtes des criminels recherchés ? Parce que ça fait de moi votre complice ? »

Je ne discernais pas assez bien ses yeux pour savoir s'ils étaient embués de larmes, mais il y avait une note de colère dans sa voix et elle choisissait ses mots avec soin.

« Je tiens toujours à toi, Emmett, a-t-elle repris. Je sais que ça ne compte pas beaucoup pour toi, mais c'est une raison plus que suffisante pour moi.

– Tu sais ce que j'ai entendu dire sur toi ? J'ai entendu dire que tu fréquentais un fermier qui cacarde comme une oie quand il se marre et un vacher de quarante-cinq balais qui t'appelle tout le temps “ma fille”.

– Ils habitent seulement à la maison. Ce sont des pensionnaires. »

J'ai contemplé la route et considéré mon cheval qui frétillait de l'oreille droite pour se débarrasser des mouches.

« Qu'est-ce que tu veux dire, quand tu dis que tu tiens à moi ? me suis-je enquis.

– J'imagine que ça veut dire que je te serai fidèle. Je serai celle à qui tu enverras des photos et à qui tu rendras visite quand tu seras dans les parages, celle qui passera ses nuits à se languir et qui prendra sans doute bientôt le deuil. »

Comme Bob s'approchait, Julia a fait demi-tour et s'en est retournée chez elle à fond de train sur son mustang cabochard. Mon frère l'a saluée tandis qu'elle s'éloignait, mais elle n'a pas répondu ; il a fait signe au reste de la bande de rappliquer.

« Vous êtes au clair ? s'est-il renseigné.

– Tout est au poil, Bob. Merci de t'en inquiéter. »

Nous avons traversé en douce la Caney à environ un kilomètre et demi du pont et nous n'avons eu aucun ennui. Puis nous nous sommes séparés. Grat et Doolin s'en furent estiver à Cowboy Flat, plus au sud-ouest ; Pierce et Newcomb retournèrent à Ingalls, au Rock Fort de Bee Dunn. Bob rallia au pas Hennessey, où Eugenia, de retour de Silver City, avait à nouveau élu domicile. Pour ma part, je mis le cap en compagnie de Broadwell et de Powers sur un ranch de Skiatook, aux environs de

Tulsa, afin d'y jouer les vachers et d'économiser mon argent en vue de mes chimères sud-américaines.

Je travaillais sous le pseudonyme de Charlie McLaughlin ; Broadwell se faisait à nouveau appeler Texas Jack Moore et Powers avait emprunté le nom de Tom Hedde, une terreur locale avec qui il accusait une certaine ressemblance. Le boulot était incroyablement barbant. J'étais parfois en selle sous un soleil pénible jusqu'à dix-sept heures par jour, l'entrejambe douloureux, en sueur, avançant au pas sur ma monture entre des centaines de Hereford. La robe des bêtes était luisante de transpiration, leurs paupières aux cils blancs s'ouvraient et se refermaient sur des mouches bleues et des bouvillons ineptes essayaient sans cesse de saillir des génisses jusqu'à ce que je les chasse à coups de pied, en labourant leurs mufles roses de mes éperons quand j'en avais l'occasion. Quand je parcourais du regard ce panorama de chaleur ondoyante, de poussière et d'herbe jaune desséchée, je repérais parfois Broadwell, avec ses lunettes anti-poussière et son foulard rouge sur le nez, l'ample boucle d'un lasso à la main, ou Powers, qui venait d'ôter son sombrero maculé de taches brunes, les cheveux dégoulinant de l'eau de sa gourde, cependant que les vaches m'observaient en ruminant comme si je n'étais qu'un bien piètre exemple du génie créatif divin, et j'avais bien du mal à me persuader que j'avais un jour dévalisé un train ou effrayé certains des hommes les plus courageux et les plus hardis de l'Ouest. Il ne me fallut pas plus longtemps pour oublier mes craintes et mes divergences avec Bob. Et pour rayer de mon esprit tout ce que Julia m'avait dit. Je voulais redevenir un homme dangereux.

Bob, lui, coulait des jours tranquilles à la ferme de Hennessey. Eugenia et lui possédaient une vache à lait, trois poules et ils cultivaient des courgettes, des poivrons verts et du maïs dans un potager délimité avec de la ficelle. Mon frère déambulait au soleil entre les rangées et arrosait les légumes avec un seau qui clapotait, un foulard humide sur la tête, tandis que, à l'ombre d'un orme, Eugenia battait de la crème dans une baratte en bois.

Puis mon frère Bill était venu leur rendre visite avec un quotidien qu'il avait récupéré chez un coiffeur. Bill avait bu un whisky à l'eau sur la balancelle de la véranda pendant que Bob lisait un article sur une bande de hors-la-loi qui avait dévalisé une banque en plein jour dans la ville d'El Reno. Bien qu'il fût dix heures du matin et que les rues fussent pleines de chariots, de cabriolets et de femmes en tournures qui faisaient les vitrines avec leurs ombrelles, les bandits étaient directement entrés dans l'établissement – l'épouse du directeur s'était évanouie – et ils étaient remontés en selle avec dix mille dollars dans une sacoche.

Quand l'article exposa qu'on soupçonnait les malfaiteurs d'être les Dalton, Bob jeta le journal à terre. Bill et lui allèrent ensuite faire un tour, les yeux rivés sur le sol, et lancer des pommes contre le mur de la grange en esquissant des projets dont ils discutèrent avec Eugenia tandis qu'ils nettoyaient et séchaient la vaisselle du dîner.

Une dispute dut alors survenir lorsqu'il fut question de limiter les effectifs et de réduire la taille de la bande. Newcomb était trop préoccupé de mariage, et sans lui, ça faisait aussi Pierce en moins. Pas de problème. Mais Bill ne saisissait pas pourquoi Bob préférait se séparer de Doolin plutôt que de Grat.

« Doolin est un dur, il est malin et il a de l'autorité, argua Bill. Grat, bon, c'est mon frangin et je l'aime beaucoup, mais le pauvre, il est bête comme un navet. »

Eugenia et Bob ne furent pas convaincus et j'imagine que Bill repartit vexé ce soir-là ; Bob et Eugenia, eux, rédigèrent à quatre mains une lettre adressée à Broadwell, Powers et moi à Skiatook. Face à face, de part et d'autre de la table de la cuisine, ils composèrent le texte en suggérant des phrases à voix haute. Eugenia servit le thé, puis Bob s'appuya sur un poing, caressant de l'autre main la langue de flamme d'une bougie, pour formuler de tortueux paragraphes que Miss Moore recopia de son écriture parfaite d'institutrice.

En résumé, ils souhaitaient rassembler une bande de cinq hommes en vue d'attaquer une banque, soit à Van Buren, dans l'Arkansas, soit à Coffeyville, au Kansas. Van Buren, parce que le directeur de la Clinton County Bank était le marshal en chef Jacob L. Yoes qui, deux ans auparavant, en tant que supérieur de Grat, l'avait réprimandé à plusieurs reprises. Coffeyville, parce que nous connaissions les lieux, que les banques semblaient faciles à dévaliser et que la Condon et la First National avaient toutes les deux eu le culot de refuser un prêt à Bill.

Une tasse de thé à la main, Eugenia avait relu la lettre à Bob à voix haute, en faisant les cent pas :

« "Mais notre plan est plus téméraire qu'il y paraît, car nous avons l'intention d'attaquer non pas une, mais deux banques dans la même ville ! Un formidable exploit que nul autre bande n'osera reproduire, assez sensationnel pour faire de l'ombre aux plus hauts faits d'armes des frères James et Younger et autres hors-la-loi de leur acabit." »

Mon frère avait souri.

« J'y ai été un peu fort, là, non ? »

Eugenia avait haussé les épaules.

« Il faut savoir motiver les troupes par moments. »

La lettre m'était parvenue une semaine plus tard et je l'avais montrée à Broadwell et Powers. Elle était signée « Bien à vous », mais juste au-dessus, il était griffonné : « Votre opinion est requise. » Je n'en avais guère – et Bill et Dick pas davantage –, et comme il n'avait plus par la suite été question de banques avec mon frère, j'en déduisis que c'était simplement une idée qu'il avait dû coucher sur le papier sur un coup de tête.

J'ai continué à être vacher pendant tout le mois d'août et la majeure partie de septembre et Bob et Eugenia se sont offert des vacances avec leur argent volé. Assis sur la balancelle de la véranda, ils savouraient le coucher de soleil, leur tasse et leur soucoupe à café entre les mains. Couchés dans des draps propres en lin, ils épiaient le soleil matinal à la faveur des courants d'air qui écartaient le store de la chambre. Bob décrivait à Eugenia le ranch et les mille têtes de bétail qu'ils posséderaient en Bolivie ou en Argentine, où l'herbe est si haute qu'elle vous chatouille le menton. Eugenia lui dépeignait les murs en plâtre blanc, le carrelage rouge au sol et les fleurs orange dans des vases en cristal qu'ils auraient. Elle lui parlait d'aller à la plage avec un chapeau de soleil et un chevalet pour peindre les vagues, les mouettes et les chalutiers sud-américains.

Ils ramassaient des granny-smith sur les pommiers situés derrière la ferme et faisaient l'amour dans la fraîcheur du matin comme de la nuit. Et tandis que Bob fumait une pipe de tabac danois sur le canapé, Eugenia lui avait récité un poème de lord Alfred Tennyson :

« "Quoique beaucoup soit perdu, beaucoup demeure ; et quoique nous n'ayons plus cette force qui jadis ébranlait terre et ciel, ce que nous sommes, nous le sommes – avec la sérénité d'un cœur héroïque, affaibli par le temps et le destin, mais fort de son désir de se battre, de chercher, de trouver et ne pas renoncer." »

Eugenia avait refermé le livre. Bob avait exhalé la fumée de sa pipe sans bouger.

18

Je pense que c'est Bill qui a dû vendre la mèche. Il a dû se rendre à Cowboy Flat, vingt-cinq kilomètres au sud-ouest de Guthrie, et avoir une conversation avec Doolin sous la véranda du dortoir du ranch Fitzgerald, un quart en métal rempli de whisky à la main. Il devait faire nuit, la brise devait charrier une odeur de bétail et ils ont dû parler de s'associer pour former leur propre bande, le gang Doolin-Dalton. Au milieu de ça, il a dû être question des projets de Bob concernant Coffeyville. Doolin a dû jeter un coup d'œil à mon frère avant de faire comme s'il n'avait rien entendu et de se lever pour aller pisser sur un buisson d'amarantes ; mais avant la mi-septembre, un cow-boy qui avait des plaques verdâtres sur les dents et sentait fort comme de la térébenthine a conté au marshal Jacob Yoes certaines des rumeurs que colportait Doolin à propos des Dalton et des banques.

Yoes a pris comme un affront personnel que nous envisagions de dévaliser sa banque et il a noté les dires du vacher sur un bloc de papier jaune, puis les a rapportés dans une lettre au marshal adjoint Chris Madsen de Guthrie. « Qu'en concluez-vous ? » s'inquiétait-il. On expédia trois caisses de fusils fournis par le gouvernement à la quincaillerie Isham frères & Mansur de

Coffeyville et une douzaine d'hommes gaspillèrent la fin septembre ainsi que le 3 et le 4 octobre à s'amuser avec des aimants, à farfouiller dans le matériel de plomberie et à ouvrir et refermer les mâchoires de clés à molette en scrutant la banque Condon and Company, de l'autre côté de la place en briques.

Lorsqu'on approcha Bill Dalton à sa ferme de Bartlesville le 5 octobre, il binait son jardin avec une houe, les manches de sa chemise blanche retroussées. Le journaliste s'était présenté au portail, avec son canotier sous le bras.

« Suis-je le premier à vous informer ? » demanda-t-il.

Mon frère s'interrompit et s'appuya sur sa houe.

« Mon Dieu ! » souffla-t-il.

Je pense que c'était lui qui avait vendu la mèche.

Mi-septembre, Bob et Eugenia fermèrent la maison de Hennessey, vendirent les bêtes et Eugenia s'en fut séjourner une semaine au ranch de Dan Quick, son père.

« Je pars pour l'Amérique du Sud, lui annonça-t-elle. Je suis venue ici pour te faire mes adieux. »

Son père remuait une marmite de *chili con carne* sur le fourneau.

« Il me semblait que tu m'avais fait tes adieux il y a bien des lunes, Florence, lâcha-t-il au bout d'un moment.

– C'est vrai. Mais il n'était pas inutile de recommencer. »

Powers, Broadwell et moi avons déserté notre ranch de Skiatook sitôt qu'Amos Burton a débarqué de Dover pour nous avertir que Bob requérait notre présence.

Je n'avais pas d'avis tranché sur les banques ; simplement, Bob comptait sur moi, j'ai donc répondu à l'appel. Nous sommes demeurés une semaine à l'abri en gazon, à jouer au *monte*[1] auprès d'un feu de camp la nuit ou à lézarder au soleil en fumant, avec de larges feuilles d'acajou blanc en guise de couvre-chef. Et quand Bob est enfin arrivé de l'Ouest, mon frère Grat était avec lui, deux cruches d'alcool de maïs sur les genoux.

Bob a dessanglé sa selle et étalé sa couverture au soleil dans l'herbe tandis que, à l'ombre sous l'avant-toit de l'abri, le reste de nos troupes roulait des cigarettes et faisait tourner l'une des cruches en faïence. Bob a épousseté son chapeau sur son pantalon, récupéré une étrille dans l'une de ses sacoches et m'a dévisagé en plissant les yeux par-dessus la croupe de son cheval.

« Tu as demandé Julia en mariage ? m'a-t-il interrogé.

– Non.

– Alors il va falloir qu'on règle ça.

– Elle ne m'épousera pas, ai-je répliqué. Ce n'est pas comme pour un mariage arrangé. C'est pareil que Miss Moore : elle a son mot à dire. Je vais lui poser la question, mais elle ne me suivra pas – pas Julia. De toute façon, ça me décevrait, une fille qui voudrait bien de moi. Honnêtement, c'est vrai. Faudrait qu'elle soit pas bien maligne. Julia va me répondre Non avec un grand N. Et je ne l'en blâme pas le moins du monde. »

Mon frère a paru trouver tout ça très drôle.

1. Jeu de cartes dans lequel le joueur choisit deux cartes parmi les quatre disposées devant lui, puis parie sur la carte de même valeur qui sera selon lui la première à sortir lors de la distribution du reste du jeu de même valeur. (*N.d.T.*)

« À mon avis, mon gars, il va falloir que tu révises un chouïa ton laïus », a-t-il commenté.

De la poussière flottait de sa monture à chaque coup d'étrille. La robe de sa jument luisait de sueur à l'emplacement de la couverture de selle.

« Je suppose qu'Eugenia et toi, vous avez pris du bon temps à Hennessey, ai-je aventuré.

– Tu l'as dit, a acquiescé Bob. C'était fichtrement romantique. »

Je suis resté planté là, les pouces dans les passants de ceinture, une cigarette entre les doigts.

« Les femmes savent y faire, hein ? » ai-je médité.

La bande a atteint le Kansas le lendemain au crépuscule et Coffeyville à minuit, pour une petite répétition, un galop d'essai – et une première prise de contact avec la ville pour Powers et Broadwell. Sitôt sur le territoire de la commune, nous avons ralenti l'allure, dépassé l'auberge Farmer's Home et longé au pas la Huitième Rue en direction du centre. Les réverbères étaient allumés au coin de chaque pâté de maisons, mais hormis un air de danse endiablé au violon émanant du temple maçonnique au coin de Maple Street et de la Neuvième, tout était noir et silencieux et Bob avait du mal à reconnaître les bâtiments. Il a tiré d'une de ses sacoches une chaussette dans laquelle était rangée une paire de lunettes que je ne l'avais jusqu'alors jamais vu porter et il a calé tour à tour chaque branche derrière une oreille.

« Je vois jusqu'au Nebraska, avec ça, s'est-il vanté avant d'arrêter son cheval devant le music-hall et de préciser : nous attacherons les bêtes ici. »

Nous avons suivi Bob à pied et contourné le music-hall par l'ouest, dépassant une courte ruelle qui a depuis été annexée par la chambre de commerce et qui était alors délimitée au sud par le mur de derrière de l'immeuble Luther Perkins – immeuble dont la façade était plus étroite que l'arrière en raison de la convergence de Walnut et Union Street vers la place et dont la forme trapézoïdale faisait figure dans tout l'État d'audace architecturale aussi déroutante que le Flatiron Building de New York ; construit en 1890, aussi tarabiscoté et absurde qu'une pièce montée, c'était la fierté de la ville et la banque C. M. Condon and Company en occupait le rez-de-chaussée et le premier étage.

Je me suis assis sous l'avant-toit en fer-blanc pendant que les quatre autres traversaient Union Street et que Bob chuchotait des noms et des instructions à voix si basse qu'on ne l'entendait pas à plus d'un mètre. Une inscription indiquait que la façade de la banque avait été conçue par les frères Mesker, de St Louis, en 1887. Les briques rouges sous mes bottes avaient été fabriquées par la Coffeyville Vitrified Brick and Tile Company, mais n'étaient pas datées. À ma gauche, de l'autre côté d'Union Street, à deux pas à peine de la porte sud-est de la Condon, s'élevait la vitrine de l'établissement rival, plus modeste, la First National Bank, dont Bob et moi nous chargerions.

Les choses devaient se dérouler ainsi : la bande au complet emprunterait la Huitième Rue, mettrait pied à terre devant le music-hall et se diviserait pour piller les banques. On regagnerait les bêtes en couvrant les derniers sortis et en tirant quelques coups de feu pour dissuader toute opposition. Nous prendrions la fuite par la Huitième sans demander notre reste, en soulevant des étincelles sur les briques, nous obliquerions en direction du sud par la piste en terre située derrière les boutiques et suivrions au galop les voies de la Santa Fe jusqu'au cimetière d'Elmwood où Eugenia viendrait nous chercher. Nous retrouverions ensuite Amos Burton, qui conduirait un chariot bâché rempli de balles de coton au milieu desquelles nous nous cacherions jusqu'à ce que nous parvenions au Missouri, où nous embarquerions à bord d'un bateau à aubes, puis d'un transatlantique.

L'attaque des deux banques ne nous paraissait guère difficile.

J'ai continué à monter la garde pendant que Broadwell et Powers se penchaient en avant pour examiner les comptoirs en noyer de la First National et que Bob poursuivait sa leçon. Grat s'est accoté contre l'un des montants de la porte et a considéré, de l'autre côté de la place, le magasin d'ameublement et de pompes funèbres Lang & Lape qui jouxtait le drugstore Slosson, où l'on vendait de l'alcool pharmaceutique. Ce qui a sans doute donné des idées à mon soiffard de frère. Je l'ai vu cracher du jus de chique entre ses dents, puis se mettre en marche en direction du sud, passer devant la quincaillerie Isham frères & Mansur à côté de la banque, devant la chapellerie McDermott, le salon de coiffure Smith, le drugstore Boothby et le magasin de nouveautés Barndollar, après quoi il franchit le coin et disparut.

J'appris plus tard par voie indirecte que Grat avait enjambé la clôture blanche de la maison de Mr Benson, qui travaillait au drugstore Slosson. Mon frère avait martelé de coups de pied la contre-porte jusqu'à ce que Benson lui ouvre et ce dernier avait été frappé d'une telle terreur à la vue d'un des Dalton qu'il a par la suite affirmé qu'il s'agissait de Bob, et c'est la version qui a depuis été reprise. Il inventa même deux pistolets à la crosse en nacre et jura que le bandit avait réclamé une bouteille de bourbon, ce qui n'est pas exclu. Benson argua cependant que Slosson ne vendait plus de whisky depuis l'élection des populistes, de sorte que Grat demeura sur sa soif et qu'il fulminait quand les quatre autres membres patibulaires de la bande des Dalton le rejoignirent enfin devant le music-hall.

Les chevaux dormaient debout devant la barre d'attache et Grat contemplait une traînée de jus de chique qui dégoulinait sur la vitre du music-hall.

« D'ici ce matin, toute la ville saura qu'on est dans le coin, a-t-il déclaré. Ne comptez pas trop sur l'effet de surprise. »

Bob a détaché ses rênes.

« Pourquoi ça se saurait ? » s'est-il renseigné.

Grat a choisi de ne pas répondre. Il a enfilé une botte dans un étrier et fait décrire à sa monture un demi-tour si brutal en se hissant en selle que l'animal a ouvert des yeux exorbités.

« Pourquoi ? » a insisté Bob.

Notre frère de trente et un ans s'est tassé sur sa selle et a souri de ses dents marron.

« J'ai écrit mon nom à la pisse sur une porte », a-t-il prétendu.

Ce matin-là, le marshal municipal Charles T. Connelly adressa un télégramme au marshal Jacob Yoes et au marshal adjoint Chris Madsen pendant que nous dormions tous les cinq par terre dans le froid automnal au bord de la Caney. Je me suis réveillé avec un mal de dos et je n'ai rien fait de la journée, si ce n'est regarder une femme et deux gamins habillés en brun parcourir lentement l'après-midi en cueillant des épis de maïs. La femme avait une outre d'eau ; à un moment, elle s'était abrité les yeux de la main et avait dû nous repérer, mais elle s'était contentée de ramasser son grand panier et de le traîner jusqu'à la grange.

Je me suis lavé avec du savon à lessive en me dandinant dans la vase glaciale de la rivière, je me suis rasé, j'ai enfilé un costume noir en laine et j'ai revu mon texte avec Bob. Puis nous nous sommes pointés tous les deux sur la véranda de la ferme de Texas Johnson comme le soleil rougeoyant se couchait au milieu des cerisiers. J'avais de l'essence de rose dans les cheveux, un chapeau d'emprunt blanc entre les mains et mon frère avait brossé mes vêtements avec un balai en paille. Quand Julia a poussé la porte treillissée, cette visite impromptue l'a décontenancée. Elle nous a servi à chacun un verre de thé avec du sucre et Bob a emporté le sien dans l'arrière-cour où il s'est installé sur un siège en pêcher en compagnie de Mrs Johnson, terrifiée, avec qui il s'est montré aussi aimable qu'un séminariste.

Julia et moi nous sommes assis face à face dans le salon, où nous avons bu notre thé accompagné de biscuits au gingembre. Elle s'était changée et avait revêtu une robe bleue en vichy pleine de bouillons et de nœuds ; ses longs cheveux bruns étaient réunis en torsades retenues par des rubans. Elle s'était fardé les joues avec du colorant rouge de géraniums artificiels et avait poudré sa peau mate avec de la farine de maïs.

J'ai inspecté les étiquettes de conserves et de paquets de café épinglés aux murs en guise de décoration – pratique courante à l'époque. Un emballage d'amidon était orné d'une jeune fille en blouse sur une balançoire et j'ai dit à Julia qu'elle était aussi jolie que cette gravure.

Elle a rougi, fixé ses chaussures et reposé son verre sur un napperon.

« Tu aimerais que je joue un peu de musique ? » m'a-t-elle proposé.

J'ai répondu que oui, elle a pris place au piano et, un doigt sur la tempe, je l'ai écoutée enchaîner « Amazing Grace », « Washed in the Blood of the Lamb » et « Jesus, Help Me to Remember ».

« Et cette parade nuptiale, là… » ai-je suggéré.

Elle a tourné une page de partition, sans m'adresser un regard.

« Ce n'est pas une parade que ça s'appelle, a-t-elle objecté.

– Pourquoi tu jouerais pas ça ? » me suis-je entêté.

Elle s'est levée de la banquette avec un sourire des plus enjoués à l'intention de son invité.

« J'ai les doigts qui fatiguent », a-t-elle fait valoir.

Elle avait un chaton blanc, qu'elle a affublé de pendants d'oreilles. Il m'a griffé le pantalon et mordillé les doigts avec ses pendeloques qui lui ballottaient aux oreilles et nous nous en sommes amusés plus longtemps que de raison. Puis il s'est lassé du goût de mes jointures et s'en est allé folâtrer sous le piano.

« Je suis censé te demander de partir en chariot avec Amos Burton pour nous retrouver, Bob, Eugenia et moi, après quoi nous rallierons Joplin et prendrons un bateau en partance pour le Sud en tant qu'immigrants. »

Je crois qu'elle a dû écouter chacun de mes mots à deux fois. Son expression était simultanément peinée, touchée, inquiète et amoureuse.

« Je suis censé te demander de t'enfuir avec moi », ai-je repris.

Elle a secoué la tête.

« Mais tu ne vas pas le faire, n'est-ce pas ? a-t-elle répliqué. Tu ne veux pas m'entendre te répondre non, donc tu ne vas pas te risquer à poser pareille question. »

J'ignore comment j'ai réagi sur l'instant. Peut-être que je me suis trituré nerveusement les mains.

« Non, ai-je acquiescé, je serais vraisemblablement trop timide et embarrassé. »

Nous sommes sortis, Julia s'est assise sur la balançoire et nous sommes restés silencieux un long moment, à observer les nuages qui dévoraient, puis délaissaient la lune.

« Je n'ai jamais voulu que les choses se déroulent ainsi, ai-je assuré. Ça fait belle lurette que j'ai envie d'arrêter. Mais une chose en entraînant une autre… C'est comme si j'avais été emporté par une rivière. » J'ai lancé un bâton. « Ça paraît idiot, pas vrai ? »

Julia s'est appuyée contre l'une des cordes de la balançoire.

« Non, m'a-t-elle tranquillisé. Je suppose que c'est exactement ce qui s'est produit.

– J'ai vingt ans, Julia. J'ai toute la vie devant moi. J'ai un dernier petit truc à faire, mais ensuite je dirai adieu au passé et je recommencerai ma vie. Et je me sentirais vraiment plus de bonheur si tu consentais à être ma compagne. Pas besoin de te décider tout de suite. Tu n'as qu'à faire parvenir un mot au bureau du télégraphe de Joplin – oui ou non, c'est tout. »

Nous avons fait le tour jusqu'à l'arrière-cour, dans laquelle l'un des pensionnaires s'était joint à Mrs Johnson et où Bob reniflait des œillets de poète pendant qu'ils discutaient de la présence d'eau sur la lune. J'ai serré la main de la mère de Julia, mais mon sourire tenait de la grimace amère et le type qui appelait Julia « ma fille » m'a décoché un regard suspicieux quand elle m'a pris par le bras et m'a lentement raccompagné jusqu'à mon cheval. Je l'ai embrassée sur la joue et elle m'a enlacé.

« Je ne veux pas que tu t'en ailles », a-t-elle sangloté dans mon manteau.

Je n'ai rien ajouté. Je me suis borné à lui caresser les cheveux jusqu'à ce que mon frère arrive, puis nous sommes partis et nous avons poussé assez durement les bêtes avant de les laisser lambiner, mais j'ai persisté à ne pas piper mot à mon frère Bob qui obtenait toujours tout ce qu'il souhaitait. Bien qu'il connaisse la raison de mon silence, il a quand même fini par lâcher :

« Alors ?

– Ça pour savoir y faire, elle a su y faire », ai-je maugréé.

Bob a croisé les bras sur le pommeau de sa selle tandis qu'un orage grondait au loin.

« Emmett, m'a-t-il fait, tu ne conçois pas combien ta vie est en passe de s'améliorer. Sous peu, tu auras toutes les femmes que tu désires. Quand tu regagneras ta chambre d'hôtel le soir, elles feront la queue devant ta porte. Elles voleront tes mouchoirs dans tes poches, les boutons de tes manteaux et elles t'écriront pour solliciter des mèches de tes cheveux. Tu verras, dans un mois. Tu te rends pas compte de ce que c'est, la célébrité. C'est étrange à ce point. »

Et en effet. Je ne me rendais pas compte.

Miss Moore eut l'aplomb de voler six chevaux à son père qu'elle détestait et nous avons dérobé de nouveaux vêtements. Bob a ouvert la porte principale du bazar de Gray Horse avec les clés que les propriétaires lui avaient confiées du temps où mon frère était chef de la police osage et, tout en nous cognant les uns dans les autres et dans les rayonnages en bois plongés dans l'obscurité, nous avons tiré des chemises blanches amidonnées de boîtes bleues expédiées de Chicago, nous

nous sommes débarrassés en trébuchant de nos sous-vêtements longs malodorants et avons fait provision sur nos épaules de pantalons à rayures, à carreaux ou en velours côtelé. Nous avons envoyé promener par terre nos galures brunis par la sueur et essayé des chapeaux blancs à calotte ronde, des chapeaux mous noirs, des chapeaux melon, des sombreros, des chapeaux hauts de forme en soie et des stetsons brun clair. Powers a boutonné un tricot câblé par-dessus un gilet et une chemise bleue en flanelle ; Broadwell s'est drapé dans un manteau d'homme qui lui descendait jusqu'aux chevilles, par-dessus une veste de berger en tweed ; et Grat a abandonné son jean raide de crasse dans un coin.

Dans un second magasin, nous nous sommes procuré des selles – pas de ces selles de travail texanes dont le cuir noircissait, dont le plomb de la corne était bien vite à nu et dont les attaches n'arrêtaient pas de casser comme des lacets, mais cinq selles mexicaines avec des étriers plaqués d'argent, robustes comme des bancs d'église, profondes comme des pantalons, aux arçons et aux porte-étrivières décorés à la main de roses et de tulipes et dont le cuir était si souple qu'il mettait du temps à reprendre sa forme quand on y enfonçait le doigt. Elles gémissaient comme des bateaux, des charnières ou la neige par moins vingt. Je n'avais jamais eu autant l'impression d'être un roi.

Nous avons ensuite pris la direction du sud dans l'herbe à bison qui tutoyait nos éperons étincelants, jusqu'à ce que nous apercevions six chevaux dans le corral de l'abri en gazon et Eugenia qui étendait sur une corde du linge qu'elle extrayait d'un grand panier en le faisant claquer. À côté de l'abri était stationné un chariot débâché et Amos Burton, qui remettait une roue en place après avoir graissé l'essieu avant, a annoncé notre arrivée par-dessus son épaule. Eugenia s'est retournée en agitant la main.

Mon frère Bob a bifurqué en allant à sa rencontre ; Grat et moi avons poursuivi au pas aux côtés de Broadwell et Powers, qui discutaient avec animation et projetaient de sauter en douce à bord d'un train de marchandises à destination de New York après le coup, histoire de s'offrir des côtes de bœuf chez Delmonico et d'aller au Winter Garden Theater en galante compagnie.

« Peut-être que je viendrai plutôt avec vous au lieu d'aller vadrouiller en Amérique du Sud, les gars, ai-je lancé. J'ai toujours rêvé d'être un citadin sophistiqué et il me semble que ça vaut le coup de se rendre dans un endroit qui t'ouvre vraiment les yeux quand tu touches le pactole.

– Ouaip', a acquiescé Grat, dont les projets n'allaient guère au-delà d'une perpétuelle ébriété. Ça file la bougeotte, hein ? »

Je ne me souviens guère de cette dernière semaine à l'abri, si ce n'est d'une couverture tendue entre les lits, derrière laquelle murmuraient un homme et une femme, ou de Broadwell déambulant tel un clown et soulevant son haut-de-forme pour révéler son chat Turtle perché sur sa tête. Je passais mes matinées à peigner la queue d'une jument poulinière au soleil, je contemplais des châteaux de nuages blancs dans l'azur et le soir, allongé près du feu de camp avec un bidon d'huile, des chiffons en coton et un mouchoir étalé sur le sol rouge, je démontais mon revolver nickelé. Pendant ce temps-là, à Coffeyville, on avait livré les fusils fournis par le gouvernement et on les avait entreposés à la quincaillerie

Isham frères & Mansur, qui avait vue sur la place. De trop nombreux oisifs avaient alors perdu leur temps à nous guetter au milieu des casiers, des caisses et des barils de clous durant deux journées d'octobre, si bien que le cinq, l'inquiétude s'était à peu près dissipée et que le marshal municipal Connelly laissait de nouveau son pistolet dans le tiroir du milieu de son bureau lorsqu'il faisait sa ronde matinale.

Enfin, Amos Burton avait attelé quatre chevaux au chariot et s'était mis en route dans un concert de boîtes de provisions qui grinçaient les unes contre les autres et de bouteilles qui tintaient à chaque cahot. Tandis que Broadwell et Powers abreuvaient et ferraient les chevaux de Dan Quick, Grat, Bob et moi avons pris place à tour de rôle dans l'ombre mouchetée d'un peuplier, un drap autour du cou et un bol de savon, un cuir et un rasoir sur les genoux. Eugenia a retroussé les manches de sa robe et nous a coupé les cheveux avec un peigne et des ciseaux, elle a rassemblé nos dépouilles capillaires dans des sachets en papier à notre nom, puis Bob et elle se sont installés à une table à trois pieds, dehors, au soleil, pour coller les cheveux sur des bandelettes en lin afin de confectionner des moustaches et des barbiches postiches.

« Nous aurons une hacienda avec des ventilateurs au plafond partout, des domestiques qui repasseront les draps et des visiteurs importants en costumes et panamas blancs patienteront sur la véranda avec une tasse de thé en compagnie de leurs secrétaires pendant que nous ferons la sieste l'après-midi », a prophétisé Bob.

Eugenia a souri.

« Tu devrais voir comme tes yeux pétillent », s'est-elle amusée.

Elle lui a appliqué une barbichette sur le menton, puis l'a retirée pour la retoucher.

« Je veux que tu ressembles à sir Walter Raleigh », a-t-elle décrété.

19

Sitôt qu'il a fait suffisamment noir, nous avons sellé nos montures et emprunté une route sèche comme des adobes à destination du Kansas. Les feuilles de sumac étaient rouge vif, les érables se teintaient d'orange, les fermiers brûlaient des herbes et des broussailles pour ménager des coupe-feux et une brume bleutée se cramponnait au sol. Ma chemise sentait les feuilles brûlées. J'ai fait un bon bout de chemin avec mon bras sous le nez, enivré par ce fumet.

Nous sommes parvenus à la ferme de P. L. Davis, qui bordait Onion Creek, vers le milieu de l'après-midi du 4 octobre. Broadwell a sectionné la clôture de barbelés avec une pince coupante et attaché les bêtes sous des négondos tandis que Powers et moi nous faufilions dans le carré de maïs de Mrs J. F. Savage et bourrions nos chemises d'épis.

Nous avons dîné sur nos couvertures de selle sans piper mot et nous étions encore tous éveillés quand, à onze heures, Bob s'est agenouillé auprès du petit feu de rafles de maïs afin d'esquisser à nouveau les rues de la ville pour Broadwell, Powers et Miss Moore. Il a ensuite vidé ses poches et jeté au feu un acte de vente, une table solunaire et une carte de visite au dos de laquelle était imprimé un calendrier. Broadwell avait dans sa sacoche des lettres expédiées de chez lui, à Hutchinson, au Kansas, et il les a enflammées une par une afin qu'on ne puisse pas faire le rapprochement avec lui. À l'aide d'un canif, j'ai ôté de ma montre de gousset la photographie en médaillon de Julia et l'ai regardée noircir et se racornir sur les braises. Le moment avait quelque chose de solennel jusqu'à ce qu'Eugenia se mette à déclamer, au milieu des éclats de rire, la lettre dolente qu'elle avait adressée à Bob de Silver City, avant de la déchirer et de laisser le vent en emporter les morceaux loin du feu pour qu'on puisse la découvrir et la reconstituer.

Puis mon frère et sa dame s'éclipsèrent jusqu'à leur couche au bord de la rivière. Étendue entre les jambes de Bob, Eugenia écrivit son nom sur l'estomac de mon frère avec les ongles qu'elle s'était laissé pousser pour lui.

« Tu sais, lui déclara Bob en se redressant sur les coudes dans les feuilles mortes, quand je repense combien j'étais moraliste quand j'étais gosse, il est des plus curieux que je sois devenu voleur. Je rêvais d'être un saint. Je voulais être un représentant de la loi aussi reconnu que Pat Garrett, aussi noble que les chevaliers du roi Arthur. Je ne sais pas ce que sont devenues ces aspirations, mais j'ai le sentiment qu'elles ont disparu à jamais. Voler n'est plus un vice pour moi, c'est une seconde nature. »

Eugenia sourit et lui dessina un cœur sur la poitrine à l'endroit de son organe, le menton appuyé sur un poing.

« Pareil pour moi, acquiesça-t-elle. Je ne peux plus poser les yeux sur un cheval à cent dollars sans penser qu'il est à moi de droit. Quand j'étais plus jeune et que je voyais un homme séduisant qui me plaisait, je me demandais comment il pouvait s'imaginer marié à une autre. Chaque fois que je pénètre dans un magasin et que je vois ces milliers de choses délicieuses, j'ai la conviction qu'elles devraient toutes m'appartenir, et c'est presque déjà le cas. »

Ils demeurèrent silencieux dans le noir, au bord de la rivière qui s'écoulait.

« Un jour, reprit Eugenia, Chris Madsen m'a arrêtée et m'a demandé comment une femme qui avait de l'instruction pouvait en venir à voler des chevaux. Je n'ai pas vraiment su quoi lui répondre.

– Tu aurais dû lui dire que tu n'avais pas pu résister à la tentation », suggéra mon frère.

Je doute qu'ils aient fermé l'œil de la nuit, car ils se promenaient entre les arbres quand Broadwell m'a secoué à quatre heures du matin pour que je prenne mon quart. J'ai préparé du café, puis je me suis recroquevillé en frissonnant de froid sous la faucille de la lune, mon fusil contre la joue, jusqu'à ce que j'entende chanter les coqs des fermes alentour.

J'ai fait la tournée de mes compagnons endormis dans leur sac de couchage en leur décochant des coups dans les pieds. Powers s'est relevé en sursaut, revolver en main, et a parcouru le petit matin des yeux. J'ai fait frire du bacon dans une poêle en acier, concocté une autre tournée de café et avisé Eugenia à genoux face à Bob, qu'elle affublait d'une moustache brune et d'une élégante barbiche. Elle lui a tendu un miroir.

« Ça me donne un air shakespearien, a commenté Bob.

– Au moins, tu n'as plus l'air d'avoir vingt-deux ans », a répondu Eugenia.

Grat, lui, a continué à manger son bacon en louchant pendant qu'elle s'occupait de lui et a à peine jeté un coup d'œil à la glace, se bornant à se gratter la joue à la vue de sa moustache noire et de ses favoris, qu'on appelait alors des côtelettes et qui, affirma plus tard le colonel Elliott, lui « conférait l'apparence d'un pirate d'antan. »

Powers s'est accroupi près du feu pour nettoyer le tuyau de sa pipe. Broadwell a soulevé les longs cheveux qu'il avait sur le haut du crâne et a examiné sa calvitie dans le miroir.

« Tu penses que si je me coupais les cheveux, ils s'épaissiraient ? Ça marche pour l'herbe, tu sais. Le seul truc, c'est que je redoute de me retrouver à la fois dégarni et avec les cheveux courts. »

Powers a soufflé dans son tuyau de pipe et l'a revissé au foyer.

« Ton problème, Dick, c'est que tu en as trop dans la caboche. Ta cervelle empêche le sang d'arriver jusqu'au cuir chevelu. »

Comme j'avais seulement vingt ans, Eugenia m'a vieilli à l'aide d'une barbe sombre qui ondoyait au vent et sous laquelle transparaissait la toile de lin. La colle adhérait si bien que par la suite, quand John Kloehr arracha ma moustache, j'en eus la lèvre irritée.

« Tu sais où j'étais, il y a cinq ans, Em ? m'a demandé Miss Moore. Je maquillais des gosses dans un petit patelin du Missouri pour une pièce sur le capitaine John Smith et Pocahontas. J'étais Eugenia Moore, maîtresse d'école, et j'étais persuadée que le reste de mon existence ne serait guère plus passionnant qu'un récital de piano le dimanche.

– C'est donc un sacré bout de chemin parcouru pour vous, hein ? ai-je rétorqué. Vous pourrez être drôlement fière quand vous vous pointerez devant saint Pierre. »

Elle a mis la dernière main à mon déguisement, j'ai tisonné le feu avec une branche pour l'éteindre et versé le restant de café sur les charbons ardents, qui se sont mis à grésiller. Les coquilles d'œufs de la veille au soir étaient éparpillées par terre. Bob a fouillé dans ses sacoches de selle et fourré un bidon d'huile et une paire de gants dans les poches de sa veste de costume noire. Il portait un gilet à six boutons, une chemise de bûcheron en laine bleue et un haut chapeau à calotte arrondie que William S. Hart reprit dans ses films. Et ce jour-là, j'aurais pu être le jumeau de mon frère, car j'étais habillé exactement pareil, si ce n'est que j'avais une chemise blanche avec un col en celluloïd et une large cravate des plus extravagantes évoquant du marbre veiné de bleu. Grat m'a détaillé avec du jus de chique sur le menton.

« Tu vas présenter tes hommages à la reine ? » m'a-t-il asticoté.

Mon cheval était un étalon rouan d'un mètre cinquante au garrot, dont la crinière et la queue étaient rousses et qui avait pour nom Red Buck. Il a henni doucement quand je lui ai apporté son picotin d'avoine dans une musette pourvue de sangles en cuir. Lorsqu'il a eu fini, j'ai vidé le sac d'un coup sec, je l'ai replié et je l'ai rangé sous mon gilet.

« On est prêt ? » a lancé Broadwell et j'ai grimpé en selle.

Bob était déjà sur son hongre gris pommelé, brosse à dents à la main et il rinçait le bicarbonate de soude qu'il avait dans la bouche avec l'eau de sa gourde, encore froide de la nuit. Il avait dans un étui noir un Colt calibre .45 à crosse en nacre dont la carcasse bleutée était décorée de motifs floraux gravés. Niché sous sa veste dans un fourreau, à l'épaule gauche, il avait aussi un petit Brisley Bulldog de calibre .38. Ces deux pistolets sont aujourd'hui dans une vitrine de musée.

Eugenia est sortie d'un bouquet d'arbres rouge et jaune vêtue d'un pantalon en daim, d'un manteau en peau de mouton et coiffée d'un stetson marron foncé sous lequel elle avait rassemblé ses cheveux avec des épingles. Elle ressemblait à un adolescent de seize ans. Bob lui a souri.

« Tu es très bien », l'a-t-il complimentée.

La bande des Dalton est partie au trot le long d'Onion Creek vers huit heures et quart, dans un concert de sabots et de cliquetis digne d'une unité de cavalerie. Broadwell a enfilé ses lunettes anti-poussière. Powers était si silencieux qu'on aurait pu oublier sa présence. Grat s'est extirpé du cérumen d'une oreille avec un cure-dent et a lâché :

« Dans le désert, les serpents à sonnette cherchaient à mordre mes étriers et les araignées s'abreuvaient au coin de mes yeux pendant mon sommeil. Je me suis arraché une dent avec une fourchette. Je crois que plus rien ne peut me faire peur.

– Ça arrive, a convenu Bob. J'ai rencontré un soldat qui avait été scalpé par les Sioux et laissé pour mort. Depuis, plus rien ne pouvait le toucher. On aurait dit un somnambule. »

J'ai ouvert ma sacoche de selle et tendu mes jumelles dans leur étui en cuir à Bob, qu'il s'est passé autour du cou ; c'est plus tard W. H. Lape, le croque-mort, qui se les est adjugées. Des corbeaux noirs se déplaçaient à pas choisis au milieu des spathes jaunies et des plants de maïs fraîchement dénudés qui se délitaient en virant au brun dans les champs. Un moulin à vent grinçait.

La fille de James Brown, âgée de dix ans, qui se rendait à l'école de Coffeyville montée à cru sur une jument, aperçut six cavaliers échelonnés sur la berge sous le pont branlant aux planches gondolées. Elle nous suivit de près un moment, avec ses livres retenus ensemble par un ruban, mais obliqua vers l'est lorsque nous loupâmes son raccourci habituel.

À Coffeyville, Charles Brown, un cordonnier de cinquante-neuf ans, suspendit son enseigne, une grosse godasse en bois, au poteau situé devant son magasin. À côté du trottoir, se dressait un chêne nu et tordu entouré d'une clôture carrée autour de laquelle Brown passa un coup de balai de bruyère. Georges Cubine, l'ouvrier de trente-six ans qui était l'associé de Brown, était accoté contre le chambranle de la porte, une tasse de café esquissant des arabesques de fumée entre les mains. Il eut un sourire.

« Pas de malfaiteurs dans le coin ?

– Eh non, fit Brown. Dommage, hein ? »

Par la vitrine du restaurant Mitchell, le jeune T. C. Babb vit Charles M. Ball repousser son bol de porridge inachevé et poser dix cents sur la table. Babb avait vingt ans, les cheveux coupés en brosse et il ne travaillait qu'à temps partiel à la Condon. Ball était le caissier. Ils traversèrent Walnut Street et Ball déverrouilla les deux serrures de l'entrée sud-ouest.

« Qu'est-ce que tu avais à faire, déjà ? s'informa-t-il auprès de Babb.

– Oh, traiter ces chèques du gouvernement aux Indiens. Quelle barbe… »

Sans relever les stores, Ball se dirigea vers la chambre forte, devant laquelle il se planta et fixa les aiguilles de sa montre de gousset jusqu'à ce que résonne le déclic de la minuterie sur le coup de huit heures et demie. Babb fit claquer plusieurs registres sur le comptoir.

« Cette serrure à minuterie, c'est une sacrée invention », s'extasia Ball en refermant sa montre avec un bruit sec.

Henry Isham, un solide gaillard avec une moustache en guidon de vélo, traversa les voies de la Santa Fe au niveau de la Dixième Rue. Il distinguait ses commis, Louis A. Dietz et Arthur Reynolds debout avec leur boîte à sandwich sur le quai de chargement de la quincaillerie dont il était propriétaire avec son frère et son beau-frère. Dietz avait à la main une clé à molette rouillée qu'il avait découverte au bord des voies. Il l'essuya sur son pantalon et la laissa tomber dans sa poche de chemise quand Isham gravit l'escalier du quai.

« Agréable, ce soleil, hein ? » lança Isham à ses employés en tirant ses clés.

À trois kilomètres de la ville, nous nous sommes engagés en direction de l'est sur la route de campagne qui est aujourd'hui la Highway 166. Les bêtes étaient ombrageuses, revêches et leurs longues dents crispées sur le mors comme sur un bâillon. Elles agitaient la queue pour chasser les mouches et dérapaient sur les graviers. Je discernais une grange dont la peinture rouge s'écaillait à quatre cents mètres sur ma droite. À l'ombre, dans l'arrière-cour de la maison, une femme étendait des draps qui revêtaient un blanc éclatant au soleil lorsque le vent les gonflait. Sur la gauche de la route, je ne voyais qu'un garçon tourné vers l'arrière sur la banquette d'un chariot à hauts bords tiré par des mules et deux fermiers (dont un dénommé William Gilbert) avec des chapeaux de paille et aux manches de chemise retroussées, qui épanouillaient des épis de maïs et les lançaient contre la rehausse.

Le cheval de Bob trottait l'amble et Eugenia chevauchait à ses côtés, des mèches de cheveux dans les yeux à cause du vent. Je me suis approché à sa hauteur, mais elle ne m'a pas regardé.

« L'automne est ma saison préférée, ai-je déclaré. Les couleurs sont radieuses, il flotte dans l'air un parfum de pomme et l'on récolte enfin le fruit du labeur de la saison chaude. S'il existait un pays où c'était l'automne tout le temps, je crois que je m'y installerais.

– C'est tous les jours l'automne en Argentine, m'a assuré Eugenia. C'est pour ça qu'il y a autant d'Allemands qui y habitent.

– Je n'aime pas les Allemands et ils ne m'aiment pas, ai-je répliqué.

– Et si vous réfléchissiez à ce qui nous attend au lieu de bavarder de pays étrangers ? s'est exaspéré Bob. Connaissez-vous votre rôle, et où et quand l'accomplir ? Posez-vous plutôt ces questions. »

Eugenia m'a adressé un sourire.

« Mortifié ? » a-t-elle plaisanté.

Nous avons dépassé une étable en pierres et une fromagerie où, la tête rentrée dans les épaules, un adolescent portait deux bidons de lait en en renversant partout. Peu après, au-dessus des arbres surchargés de feuilles colorées sont apparues les flèches blanches de l'église et, au-dessous, une voiture bordeaux bringuebalante à dorures chic à bord de laquelle faisaient route Mr et Mrs R. H. Hollingsworth, qui jurèrent par la suite que nous étions six et non cinq, que nous avions une allure bizarre et que nous étions lourdement armés. Grat et Broadwell se sont découverts à l'attention de Mrs Hollingsworth et l'ont saluée bien bas sur leurs destriers. Deux frères, J. M. et J. L. Seldomridge, nous ont croisés dans un chariot gris terne plein de caisses de semoule de maïs blanc et d'oignons, qu'ils acheminaient jusqu'à Sedan. J. M. se mouchait et il ne m'a pas reconnu à cause de ma barbe. Il a rangé son mouchoir marron dans sa poche et s'est retourné sur la banquette, à genoux, pour nous observer.

« Hé ! À quel détachement vous appartenez ? » nous a-t-il crié.

Powers s'est retourné sur sa selle, l'a fusillé du regard et J. M. s'est rassis vers l'avant.

Eux aussi affirmèrent que nous étions six.

C'est uniquement quand nous sommes parvenus à ce qu'on appelait alors la propriété Hickman, dans la Huitième Rue, qu'Eugenia a embrassé Bob sur la joue, nous a souhaité bonne chance à tous et s'est éclipsée vers le sud sur son cheval, au milieu des rais de lumière filtrant entre les arbres. Le sixième homme est depuis lors demeuré un mystère, identifié parfois comme Bill Doolin, dont la monture se serait au dernier moment mise à boiter, comme un voyou de Coffeyville du nom d'Alley Ogee, comme un imposteur à la langue bien pendue dénommé Buckskin Ike ou comme Caleb Padgett, qui en fit la confession sur son lit de mort en 1934… Le sixième homme était une femme du nom d'Eugenia Moore, qui arrêta son cheval devant la tombe de mon frère Frank dans le cimetière d'Elmwood, puis déambula dans les allées en lisant les pierres tombales, les mains dans les poches d'un manteau d'homme en peau de mouton.

20

La bande des Dalton a remonté la Huitième Rue au petit galop. Notre attirail tintait et cahotait, la route sonnait comme du bois sous les fers de nos chevaux. De droite et de gauche, des femmes en tablier nous fixaient en s'abritant les yeux de la main derrière la porte treillissée de leur maison ; un homme en bretelles poussait une brouette contenant une pelle dans une arrière-cour et un gosse en culottes courtes avec son déjeuner à la main donnait des coups de pied dans une boîte de conserve de tomates sur le trottoir. Nous étions toujours en formation, Bob et moi devant, les trois autres derrière, quand nous avons coupé la rue où se trouvait l'église épiscopalienne en calcaire. Une fille en robe jaune assise sur le trottoir en planches nous a guignés en tirant ses bas. Nous foncions bon train en direction de Walnut Street et nos manteaux révélaient nos étuis quand Bob s'est arrêté si brusquement que sa monture s'est presque retrouvée assise par terre. Le reste d'entre nous l'a imité, faisant si nécessaire volter les bêtes jusqu'à ce qu'elles s'immobilisent, enveloppées par la poussière de la route.

Trois cantonniers noirs descellaient les briques de la place, qui se soulevaient devant le music-hall et l'hôtel Eldridge House, et la barre d'attache, arrachée, était inutilisable.

« Tu parles d'une tuile », s'est amusé Grat.

L'un des cantonniers noirs s'est appuyé sur sa pioche.

« Je crois qu'il nous reste plus qu'à laisser tomber et à rentrer chez nous, hein, Bob ? » ai-je suggéré.

Mais mon frère faisait déjà demi-tour et talonnait sa monture en direction de Maple Street, plus au sud, et nous nous sommes élancés à sa suite au coude-à-coude. Une fois dans Maple, nous avons longé sur notre gauche les bureaux de la Long-Bell Lumber Company, une entreprise de bois de construction, et la forge Davis où un type qui martelait de l'acier sur une enclume n'a même pas levé les yeux sur notre passage. Nous avons tourné à gauche dans une large ruelle en terre cendrée orientée est-ouest, entre Maple et Walnut Street, et bordée en bonne partie par le parc à bois Long-Bell. Un chariot-citerne de pétrole tiré par des chevaux de trait brun foncé et appartenant à la Consolidated Company, qui devait plus tard devenir la Standard Oil, était stationné plus loin dans la rue ; à mi-chemin, non loin de la prison municipale, un tailleur de pierres qui avait soulevé une bordure de trottoir pour l'examiner l'a laissée retomber. Autrement, la ruelle était déserte et il était neuf heures et demie en ce mercredi matin d'automne. Le soleil était jaune et chaud et des feuilles brûlaient non loin.

Bob a attaché son cheval au tuyau qui tenait lieu de barre supérieure à un râtelier à l'arrière du jardin du juge de paix Munn, à dominante marron du fait des plants de maïs et de tomates brûlés par le soleil. Le reste d'entre nous a mis pied à terre et, laissant les chevaux brouter ce qu'ils trouvaient, nous nous sommes avancés dans l'allée sans un mot, en direction de l'est – Grat, Dick Broadwell et Bill Powers devant, Bob et moi derrière, Winchester sur le bras, coiffés de chapeaux noirs, vêtus de manteaux noirs à parements de soie et de pantalons dignes de smokings.

Sur notre gauche, Aleck McKenna, en tablier en jean, fumait une cigarette sous la banne de l'épicerie-mercerie McKenna & Adamson. Il nous a regardés nous engager dans Walnut Street et a plus tard prétendu avoir reconnu Grat à sa démarche voûtée, mais sur le moment, il est resté planté là, le coude dans la main. Des fardiers étaient garés en épi devant les barres d'attache de Union Street et une femme en bonnet blanc qui sortait du magasin de nouveautés Barndollar, au coin, a gagné, un peu plus loin sur le même trottoir, la boutique de chaussures de Brown et Cubine, dont la clochette a sonné quand elle a poussé la porte. Cyrus Lee découpait un bloc de glace à l'arrière de son chariot et papotait en s'égosillant avec un type à l'intérieur du drugstore Slosson à ma droite. À la vue de ma barbe artificielle, Lee a cessé de manier son pic à glace et a froncé les sourcils.

Nous avons traversé la place. Nos bottes raclaient sur les briques. J'ai repéré les trois vitrines de la C. M. Condon and Company et la devanture plus modeste de la First National, ombragée par l'avant-toit, dans Union Street, entre le drugstore des frères Rammel et la quincaillerie Isham, juste en face de la ruelle où se trouvaient les chevaux. Le bâtiment de la First National paraissait vert ; le bois était sombre.

« J'ai fait une erreur, Em, m'a glissé Bob. On aurait dû inverser. C'est toi et moi qui devrions nous occuper de la Condon. »

Mais Grat avait déjà les mains dans les poches de son manteau, le fusil braqué vers le sol, Powers inspectait les fenêtres du premier étage et quand je me suis retourné sans cesser de marcher et que j'ai remarqué qu'Aleck McKenna et Cyrus Lee discutaient et nous épiaient en se protégeant les yeux du soleil, j'ai failli lever mon arme.

Grat s'est penché pour cracher un jet de jus de chique d'une cinquantaine de centimètres, puis il a lourdement pris pied sur le trottoir couvert devant la Condon et ouvert à toute volée la paire de portes la plus proche, cependant que Bob et moi nous précipitions vers la First National, de l'autre côté des briques d'Union Street et nous réfugiions, inutilement pliés en deux, sous l'avant-toit. J'ai tenu la porte treillissée à mon frère et scruté les alentours. Bob a tourné la poignée en porcelaine de la porte.

Charley Gump, qui était juché sur le hayon de son chariot avec un cure-dent dans la bouche, a digéré ce qu'il venait de voir – cinq hommes, cinq fusils, deux banques – et quand il a avisé Broadwell et Powers qui relevaient leurs foulards bleus sur leur nez devant la Condon, il s'est rué sur le trottoir en claudiquant et a passé la tête dans toutes les boutiques ouvertes, les yeux écarquillés, en gueulant : « Bon Dieu, c'est vrai ! Les Dalton ! Les Dalton attaquent la banque ! »

Sa voix portait et les dames en tournures fuirent les rues et les chiens se mirent à aboyer. McKenna regagna son magasin, Cyrus Lee courut emprunter un fusil chez Slosson et il y eut très vite des hommes accroupis qui nous guettaient derrière chaque fenêtre. J'ai perçu ces prémices d'agitation, mais je n'en ai pas fait état. J'ai seulement claqué la porte de la banque derrière moi, ébranlant la vitre, et abaissé les rideaux verts moirés.

Trois clients étaient déjà à l'intérieur : le shérif adjoint Abe W. Knott, J. B. Brewster, un entrepreneur, et C. L. Hollingsworth. Tous trois étaient des types imposants en costume sombre ; Brewster avait retiré son chapeau pour faire ses calculs. Environ six mèches de cheveux noirs lui barraient le sommet du crâne. Knott venait d'encaisser un chèque de quatre dollars.

L'enceinte entourant le caissier mesurait deux mètres dix de haut et se composait d'un comptoir en noyer surmonté d'une grille et d'une vitre dépolie. Le tout reposait sur une base en marbre et comportait un guichet à barreaux, derrière lequel se tenait Thomas G. Ayres, le caissier, qui avait des brassards élastiques aux manches. W. H. Sheppard, le guichetier, était du même âge que Bob, poli au possible et toujours inexplicablement jovial ; il était affalé sur une chaise devant un bureau à cylindre, ses lunettes repliées, posées sur une page lorsque ce grand escogriffe d'Emmett Dalton, avec sa chevelure d'été brune en guise de fausse barbe, a refermé la porte et dérangé chacun dans ses activités. Le soleil s'est réfléchi sur le fusil de Bob lorsqu'il l'a levé à hauteur de hanche.

« Mains en l'air ! s'est-il écrié. Tout le monde ! Restez où vous êtes ! »

Le caissier a tiqué et les clients ont froncé les sourcils comme si nous étions en train de leur gâcher la matinée. J'ai armé le chien de mon fusil et renchéri :

« Faites gaffe, parce qu'avec cet engin, si je vous colle une prune dans la tronche, je vous emporte la face comme si c'était une chiffe avec des cils.

– Allons, Emmett… », a protesté Ayres.

Je l'ignorai.

Le shérif adjoint Knott paraissait vouloir baisser la main en direction de son gilet et j'ai redouté qu'il dissimule un pistolet miniature, jusqu'à ce que je décèle entre ses doigts les quatre dollars qu'il cherchait à planquer dans son portefeuille.

« Je ne veux pas de ta roupie de sansonnet, Abe, lui ai-je dit.
– Je crois que… a-t-il objecté.
– Ta gueule. »
J'ai lancé à mon frère la musette en toile que j'avais sous mon gilet et il l'a fait passer en boule entre les barreaux. Le caissier a lentement entrepris de fourrer des billets de un, deux, cinq et dix dollars à l'intérieur, puis il a rassemblé à deux mains les pièces de la trieuse.
« Garde ta petite monnaie, lui a intimé Bob. C'est trop lourd. »
Il a tapoté la base en marbre du comptoir avec la pointe de sa botte et souri à Brewster, debout à côté de lui.
« Il s'agissait d'un dépôt ou d'un retrait ?
– Je vérifiais où en était mon prêt hypothécaire, l'a informé Brewster.
– Dans la mesure du possible, nous nous efforçons de laisser les documents administratifs. »
Brewster a hoché la tête.
« C'est très attentionné de votre part. Ça peut être ennuyeux, sinon. »
Bob a ouvert la porte battante d'un coup de pied et pénétré à reculons dans le bureau privé où le fils de Tom Ayres, Bert, se tenait debout devant un pupitre de comptable. Il s'était pissé dessus de terreur et avait sorti sa chemise de son pantalon pour le cacher.
« File donc aider ton père, a commandé Bob. Rien que les billets. »
Bert s'est exécuté et Bob a déverrouillé la serrure à ressorts de la porte de derrière condamnée par une grille en acier, puis, le pistolet auprès de la joue, il s'est penché dans la ruelle de derrière, déserte et ensoleillée. Des feuilles d'érable rouges voletaient au ras du sol et se

collaient à la contre-porte grillagée. Un chien noir attaché à une porte de livraison se mordillait le poil. Une douzaine d'autres aboyaient dans toute la ville, rabâchant la même nouvelle.

J'avais épaulé ma Winchester et je la pointais tour à tour sur Sheppard, Hollingsworth et Knott. Le fusil les réduisait à l'état de femmelettes. J'ai entendu des pas sur le trottoir, je me suis retourné et j'ai découvert J. E. S. Boothby, accroupi, qui lorgnait à l'intérieur et le petit Jack Long qui observait la Condon, les coudes sur la balustrade, devant le drugstore Rammel.

« Jim, espèce de petit salopiaud ! me suis-je exclamé en ouvrant la porte d'un seul coup. Rentre tout de suite ! »

Boothby avait à peine quinze ans. Il a levé les mains bien haut en l'air, le visage exsangue, et obéi, les jambes flageolantes. J'ai cogné à la vitre avec la crosse de mon fusil et Jack Long a illico battu en retraite chez Rammel.

« Je ne sais vraiment pas à quoi je pensais », s'est excusé Boothby.

Bob est revenu du bureau de derrière et s'est dirigé avec la musette et Ayres vers la chambre forte, qui contenait un coffre-fort fabriqué par la Mosler Safe Company, guère plus grand qu'un four. Bob s'est accoté au chambranle de la porte du bureau et a foudroyé du regard par-dessus son épaule tous les autochtones présents dans la salle principale pendant qu'Ayres composait la combinaison et jetait hors du coffre des rouleaux de billets retenus par des élastiques, avant de s'asseoir à croupetons et de refermer la porte blindée. Bob a fait la grimace.

« C'est tout ?

– Tu ne veux quand même pas l'or, Bob, si ?

– Bien sûr que si, Tom. Jusqu'au dernier cent. »

Ayres a rouvert le coffre-fort et ratissé toutes les pièces en or dans les pans de sa chemise. Elles ont tinté lorsqu'il s'est relevé et certaines ont roulé par terre en carillonnant quand il les a versées dans le sac.

« C'est tout ? a demandé mon frère.

– Allons-y, Bob ! » ai-je crié depuis la salle principale.

Bob a brandi son fusil sous le nez d'Ayres.

« Je veux savoir si c'est tout, a-t-il insisté.

– Tu peux en être sûr », a affirmé Ayres.

Bob l'a plaqué contre la vitre dépolie. J'ai vu l'empreinte blanche de la chemise de Tom sur la vitre, puis à nouveau son ombre et j'ai entendu Bob ouvrir avec fracas la porte du coffre. Ayres a reculé jusqu'à la porte battante du comptoir et haussé les épaules à l'attention de Sheppard comme pour signifier qu'il avait fait son possible. Sheppard lui a adressé un sourire. Hollingsworth avait les yeux fermés. Knott avait les sourcils crispés, les mains toujours en l'air.

« Ça va les bras, Abe ? me suis-je renseigné.

– Je dois dire qu'ils sont plutôt douloureux.

– Il n'y en a plus pour longtemps. »

Au sud, dans Union Street, un charretier enseignait la marche arrière à ses bêtes. Il a barricadé la rue avec deux remorques, l'une vide, l'autre chargée de bois, puis s'est carapaté dans la quincaillerie Isham. Bob est ressorti du bureau avec deux liasses de billets d'une valeur de cinq mille dollars pièce.

« C'est quoi, ça, Tom ? Hein ? Pourquoi tu m'as menti ? »

Il était neuf heures quarante.

Debout devant la chambre forte, Bob a balancé avec colère un sac de pièces par terre. Il a soupesé une boîte pleine de montres en or, mais Sheppard lui a assuré que ce n'étaient que des documents fiduciaires et comme je lui rappelais à nouveau que nous devions partir, Bob a abandonné le coffret et poussé Bert Ayres jusqu'à Sheppard par la porte battante, puis leur a enjoint de rester tranquilles. Entre-temps, j'avais envoyé Tom Ayres, Boothby, Knott, Brewster et Hollingsworth devant la porte principale, mains en l'air, pendant que je soulevais le sac d'argent. Il était lourd comme un bidon de lait et mes phalanges ont blanchi sous l'effort. Bob a tourné la poignée en porcelaine, poussé la porte treillissée et les cinq hommes ont décampé comme des écoliers.

George Cubine, l'ouvrier, était accroupi avec une Winchester dans l'embrasure du drugstore Rammel en compagnie du petit Jack Long et d'un certain C. S. Cox, qui était armé d'un revolver à percussion Dance Brothers. À peine Bob a-t-il esquissé un pas sur le trottoir qu'il y a eu un « bam ! » et que le chambranle de la porte a éclaté. Bob a bondi à l'intérieur et m'a souri, penaud.

« Qui c'était, ça ? Cubine ? s'est-il ébahi en contemplant par un interstice du store les trois clients de la banque qui s'éloignaient en rampant sur les briques. C'est vraiment un piètre tireur, pas vrai ? Tu penses qu'il arriverait à me toucher avec un banjo ? »

J'ai reposé le sac par terre et je l'ai repris en main avant de le soulever à nouveau.

« On peut sortir par-derrière ? me suis-je informé.

– Je crois. »

Au lieu de quoi, il a armé son fusil et s'est avancé dehors avec décontraction, tel un homme qui cherche un fauteuil pour lire son journal. Ni Cubine ni Cox ne se sont montrés, mais Bob a pivoté et repéré Charley Gump à côté d'un collier de cheval suspendu à un poteau de l'avant-toit d'Isham. Gump rapportait en arrière le chien de son fusil de chasse quand tout à coup l'arme de Bob a émis une détonation, la main de Charley a explosé, la crosse en bois a volé en éclats au niveau de la charnière et Gump a poussé un hurlement, en proie à une douleur qui l'a parcouru jusqu'aux dents. Bob est rentré et a gagné la porte de derrière en me bousculant. J'ai arraché Sheppard à sa chaise pour qu'il nous serve d'otage, plantant là Bert Ayres, Bob m'a tenu la grille en acier et nous avons tous trois troqué la fraîcheur de la banque pour la chaleur et la poussière de la ruelle.

Comme je l'ai dit, Grat avait calé son fusil sur son avant-bras, craché son jus de chique et pénétré dans la banque C. M. Condon and Company. Le store jaune avait frappé contre la vitre quand la porte s'était refermée et Bill Powers s'était appuyé contre l'un des poteaux de l'avant-toit le temps que Dick Broadwell fasse encore quelques pas sur les planches du trottoir, puis ils avaient simultanément ouvert les doubles portes sud-ouest et sud-est. Le soleil s'étalait sur le sol, les employés de la banque griffonnaient dans leurs registres et une machine à écrire crépitait dans le bureau. Le comptoir était plus grand et plus ornementé que celui de la First National. Il était en noyer sculpté patiné à l'huile de lin, assemblé avec des chevilles au lieu de clous et coûtait plus cher qu'une petite ferme. Au-dessus de la grille du guichet, un panneau indiquait :

ASSURÉE PAR LA NORTH BRITISH
AND MERCANTILE INSURANCE CO.
OF LONDON AND EDINBURGH,
FONDÉE EN 1890.

T. C. Babb était installé à un pupitre du côté est de la salle principale et rédigeait des chèques quand il remarqua sur le trottoir Broadwell qui relevait son foulard sur son visage. Il avisa Grat dès que ce dernier referma la porte et il se glissa dans la réserve où il se cacha derrière une étagère chargée de registres et de livres de compte, qui s'élevait jusqu'au plafond. Le directeur adjoint, Charles T. Carpenter, portait un col en carton et une cravate bleue à rayures et il comptait les billets de vingt et de dix dans un tiroir-caisse du comptoir dont les ressorts étaient relevés lorsque les trois bandits firent leur entrée.

Grat s'approcha comme s'il pesait quatre cents kilos et valait cinq hommes. Carpenter s'écarta du comptoir.

« Vous êtes en notre pouvoir ! vociféra mon frère. Mains en l'air ! »

Charles M. Ball était assis dans son bureau jaune à l'arrière et extrayait de son emballage une pastille pour la gorge en relisant la moitié de la lettre à l'intention de la Wells Fargo Company qui dépassait de sa machine à écrire. Il avait ouvert la porte latérale donnant sur Walnut Street pour profiter de la brise. Entendant du bruit dans le hall de la banque, il repoussa sa chaise et alla jusqu'à la porte, où Powers le mit aussitôt en joue et l'apostropha :

« Tu as le droit de lever les mains en l'air.

– C'est une attaque ?

– Oui, mon brave. »

Grat passa derrière le comptoir par le bureau de Carpenter, à sa droite. Il ouvrit sèchement tous les tiroirs et, à la vue de Ball figé sur place, lui lança un sac de céréales sans couture de soixante-dix litres.

« Tiens ça pendant que ton patron le remplit », lui ordonna-t-il.

Carpenter fourra au fond du sac les liasses de billets encore entourées de leur bague en papier sous le regard de Grat qui battait des jambes, assis sur le comptoir. Dans le bureau de Carpenter, une horloge murale dont le balancier était lesté par trois fioles de mercure marquait neuf heures trente-six.

« Regardez comme mes mains tremblent », s'émut Carpenter en levant vers Ball une poignée de billets frémissants.

Tout en tenant le sac, Ball dévisagea mon frère jusqu'à ce qu'il ait la certitude que l'armoire à glace aux côtelettes était bien le plus âgé des célèbres frères Dalton. Il se rappela combien le cerveau de Grat était agile.

Grat demanda à Carpenter où était entreposé l'or et n'apprécia pas la réponse. Comme il poussait les deux banquiers vers la chambre forte à l'arrière du bâtiment, il aperçut T. C. Babb pelotonné à côté de registres à reliure violette. Avec un juron, il empoigna le comptable par le plastron et le propulsa sur une chaise. Powers introduisit son fusil par le guichet et le pointa sur Babb.

« Maintenant, sois sage, mon garçon. »

La Condon était dotée d'une chambre forte noire décorée de dorures et équipée d'une minuterie qui avait déverrouillé le coffre à huit heures et demie ce matin-là, quand Ball avait procédé à l'ouverture. Le coffre comme sa serrure étaient garantis inviolables par la Hall Company, le fabricant.

Carpenter laissa tomber trois petits sacs de pièces d'une valeur totale de trois mille dollars dans le grand sac de céréales. Il peinait à ravaler son petit déjeuner.

« Navré, mais je vais devoir m'asseoir », s'excusa-t-il.

Grat lui enfonça le guidon de son fusil dans la joue.

« Je veux que vous ouvriez ce coffre. »

Carpenter s'affaissa.

« Demandez à Mr Ball. Je ne m'occupe jamais de ce genre de choses. »

Grat retira son fusil. Carpenter avait une marque rouge sur la joue. Mon frère décocha un regard furibard à Ball. Ce dernier était un homme maladif, mais discipliné, qui était incapable de gravir un escalier sans faire de pause à chaque palier et ne supportait guère de nourriture plus solide que de la soupe. Grat le somma d'ouvrir le coffre.

« C'est pas que j'ai pas envie, répliqua le caissier. Mais c'est automatique, vous voyez. Il possède sa propre minuterie. »

Grat s'efforça de déchiffrer le visage de Ball, mais n'y décela apparemment pas le mensonge.

« À quelle heure il s'ouvre ?

– Neuf heures quarante-cinq. »

Carpenter considéra Ball avec une expression abasourdie, puis baissa les yeux vers ses chaussures.

« Et il est quelle heure, là ? » l'interrogea mon frère.

Ball ouvrit sa montre de gousset au creux de sa main, puis la referma promptement.

« Neuf heures trente-huit. »

Carpenter éprouva sans forcer la poignée du coffre. Elle cliqueta, mais ne bougea pas.

« Vous voyez ? Aussi hermétique qu'une barrique. »

Grat s'accroupit face à Carpenter.

« On peut attendre sept minutes. »

Dick Broadwell, qui était agenouillé derrière les portes vernies donnant au sud-est, se redressa et observa par la vitre la barre d'attache située devant le magasin de nouveautés Barndollar. Un type en sous-vêtements longs et en pantalon à bretelles s'arc-bouta contre les traits et les chaînes de son attelage jusqu'à ce que ses chevaux reculent avec défiance et que sa remorque vide bloque Union Street, puis guidant par le harnais deux autres bêtes dont les fers crissèrent sur les briques, il boucha le reste du passage avec un chariot chargé de bois. Après quoi il se mit à couvert à l'intérieur de la quincaillerie Isham, où l'on ouvrait des caisses en bois avec des pieds-de-biche. Broadwell extirpa six cartouches de fusil de sa poche de manteau gauche et les disposa entre ses genoux. Il vit deux gosses devant la First National : l'un qui l'épiait, les yeux plissés, appuyé à la balustrade, en tapant du bout du pied dans les briques, et l'autre, accroupi, qui lorgnait à l'intérieur par-dessous le store vert de la porte. Dick me vit ouvrir l'entrée principale et gueuler à Boothby de rentrer, tandis que le petit Jack Long se réfugiait à côté chez Rammel, où, l'espace d'une seconde, un moustachu habillé d'un tablier en cuir par-dessus une chemise bleue et armé d'une Winchester trahit sa présence avant de s'adosser à nouveau au chambranle. Dick arma son fusil pour descendre le misérable, mais l'un des poteaux de l'avant-toit était dans la ligne de tir. Il jeta son chapeau au pied du portemanteau en laiton et lissa en arrière ses longs cheveux clairsemés.

Dans le même temps, les deux lourdes portes de la quincaillerie Isham frères & Mansur s'ouvrirent et une douzaine d'hommes qui patientaient dans la rue s'engouffrèrent à l'intérieur et s'agglutinèrent aux fenêtres. Au moyen d'un marteau à panne fendue, Henry Isham fracassa le couvercle d'une caisse de fusils expédiés par le marshal Yoes. Louis A. Dietz et T. Arthur Reynolds, les deux commis d'Isham, chargèrent les armes et Lucius Baldwin, le vendeur de la quincaillerie Read, les apporta à l'avant du magasin – non sans avoir glissé sous sa chemise le petit revolver Smith & Wesson d'ordinaire suspendu à un clou sous la caisse.

Dans la quincaillerie de George Boswell, de l'autre côté de la rue, assis sur un fût de clous, un Allemand de trente-quatre ans du nom de John Joseph Kloehr entaillait ses balles en croix avec un canif afin qu'elles se fragmentent lors de l'impact. M. N. Anderson, le menuisier, examinait le fusil de Kloehr. Des cailles, des dindes et des tourterelles étaient gravées sur la platine en argent.

« Avec celui-là, j'ai gagné le championnat de tir aux pigeons du Kansas, déclara Kloehr. Vous avez jamais vu quelque chose comme ça. »

Dans le drugstore Slosson, deux portes plus au nord, Aleck McKenna, Cyrus Lee et Frank Benson, l'assistant du pharmacien, agenouillés derrière la vitrine avec des fusils, scrutaient les banques quand John B. Tackett, qui n'était alors qu'un jeune photographe amateur, survint par la porte de derrière avec un trépied et le petit boîtier en bois d'un kinétographe – une caméra primitive inventée par Edison. McKenna fronça les sourcils.

« Je vais tout enregistrer sur film, annonça Tackett.

– De quoi tu parles ?

– Ne me gênez pas, répliqua Tackett. C'est tout ce que je demande. Ne vous mettez pas devant l'objectif. »

Carey Seaman, le coiffeur, venait d'arriver à bord de son cabriolet du territoire indien où il avait tiré trois cailles et dix lapins – sa ration de viande pour le mois. Il entrebâilla la porte de l'écurie, rentra ses chevaux et cala son fusil sur un vieux piano enveloppé dans des couvertures. Il était à un pâté de maisons et demi des banques.

Le marshal municipal Charles T. Connelly prenait ce matin-là le café en compagnie du Dr W. H. Wells au temple maçonnique de la Neuvième Rue. Mince et discret, pourvu d'une moustache et d'une longue barbiche, Connelly était professeur de rhétorique et de lettres classiques, mais il était en congé sabbatique. Ses fonctions de marshal n'étaient que temporaires. Quand le gosse blond dont le visage apparaît sur certains clichés des dépouilles pris par Tackett débarqua en courant sur la véranda à l'arrière du temple et informa Connelly de la situation à travers la porte treillissée, celui-ci reposa sa tasse de café et regarda le docteur.

« Vous avez un pistolet ? » s'enquit-il.

Wells secoua la tête.

« Désolé. »

Et Connelly s'en fut donc par l'arrière-cour tenter sa chance dans d'autres maisons.

Au cimetière, Eugenia Moore avait sorti un crayon et du papier de ses sacoches et, agenouillée devant le monument funéraire de Frank, elle recopiait l'épitaphe choisie par ma mère : « Tu t'en es allé, mais nous ne nous lamenterons pas de ta perte. Dieu qui était ta délivrance, ton protecteur et ton guide t'a donné à nous ; Il t'a pris ; et Il te rendra la vie. La mort n'est rien, car le Sauveur est mort lui aussi. »

Elle replia la feuille, la rangea dans la poche de son manteau et se releva. En ville, des chiens aboyaient.

Grat faisait pesamment les cent pas. Ball s'appuya contre le bureau à cylindre et avala deux comprimés sans eau.

« Vous vous évanouissiez tout le temps à l'église, se remémora Grat.

– Ça ne s'est pas arrangé.

– Vous devriez essayer le Nouveau-Mexique. Il paraît que le climat là-bas est assez spécial. Quelle heure il est, maintenant ? »

Ball consulta sa montre et la referma aussitôt.

« Neuf heures quarante et une.

– J'ai le sentiment que vous mentez, M. Ball, lui opposa Grat. Je suis tenté de vous loger une balle dans l'œil. »

Mon frère réfléchit de toutes ses forces. Carpenter, le directeur adjoint, s'essuya la bouche avec un mouchoir. Ball déboutonna son col et l'ôta.

« Combien vous aviez hier soir, en liquide, d'après vos livres de comptes ? se renseigna Grat.

– Quatre mille dollars. Mille dollars en billets et trois mille dollars en pièces. Tout est dans votre sac. Il n'y a rien dans le coffre, si ce n'est une poignée de radis et les actes de propriété de quelques fermes de squatters. On a passé commande auprès de l'hôtel de la Monnaie de Denver, mais on n'a pas encore été livrés. »

Bill Powers, qui écoutait, retira son fusil du guichet et s'avança en crabe jusqu'à une fenêtre donnant au sud-ouest, car il avait entendu des pas sur le trottoir de Walnut Street. Il s'agissait de John D. Levan, le prêteur sur gages, et de D. E. James, le mercier, venus avertir la banque que les Dalton étaient en ville. Cela peut paraître comique aujourd'hui, mais c'était sacrément courageux vu les circonstances. J'éprouve une admiration sincère pour ces hommes. Levan se coula par la porte et il avait encore la main sur le bouton pour refermer quand Powers l'agrippa par la manche de son manteau et lui expédia dans la cheville un coup de pied si violent que le vieil homme s'étala par terre comme une pile de caisses et s'ouvrit la lèvre. Du sang gicla sur sa chemise blanche. James s'assit de lui-même, les mains levées bien haut, le chapeau melon de travers, les yeux rivés sur le féroce bandit au foulard bleu qui le menaçait. Broadwell sourit.

« Vous avez cru que c'était votre jour de chance quand vous vous êtes réveillés ce matin ? »

La détonation d'un fusil mordit sur celle d'un pistolet à percussion et Broadwell se retourna vers la First National Bank, où une file de clients pâlichons se tenaient, mains en l'air, sur les briques de la place, tandis que Cox et Cubine se recroquevillaient à l'intérieur du drugstore et que de la fumée de poudre noire tourbillonnait sous l'avant-toit non loin du chambranle fracturé. Broadwell vit alors Bob sortir, les yeux fixés vers le nord, puis pivoter sur lui-même et comme ça, en un éclair, pulvériser à la fois le fusil et la main de Gump, avant de réintégrer la pénombre verte de la banque. Les otages détalèrent.

L'espace d'une minute, il y eut un silence de mort ; puis avec la soudaineté d'un orage, un feu nourri s'abattit sur les poteaux, les briques et l'avant-toit métallique de la Condon et une vitre en façade sur laquelle était inscrit BANK en lettres dorées se brisa en morceaux aussi gros qu'une équerre de charpentier.

Toutes les personnes dans le hall s'aplatirent au sol et Powers se dandina en canard jusqu'au mur de briques, débarrassa le bâti de la fenêtre adjacente des débris de verre et posa sa main gantée sur le rebord en guise de support pour sa Winchester. Il fit feu à six reprises, de gauche à droite, puis s'écarta pour recharger pendant que les fusils de la quincaillerie Isham hachaient menu le châssis de la fenêtre et les planches du trottoir.

Broadwell s'agenouilla près des portes sud-est de la banque et aperçut Parker L. Williams, en chaussettes blanches sur l'avant-toit de Barndollar, à deux cents mètres de distance. Williams était baissé et chargeait un Colt .44. Broadwell tira, perçant la vitre d'un trou de la taille d'une pièce de cinquante cents, mais la balle manqua complètement sa cible et réduisit en miettes de la vaisselle entreposée sur une étagère du rayon vêtements de Barndollar. Le deuxième tir de Broadwell fendit un bardeau en deux ; Williams abaissa le Colt à deux mains, le revolver se cabra et le projectile transperça le bras droit de Broadwell comme si ce n'était qu'un long tuyau. Dick déchira sa manche avec les dents et examina le sang, les lambeaux de chemise et la grosse balle bleue aplatie qui avait fracturé l'os. Son épaule l'élançait quand il bougeait les doigts.

« Merde, je suis touché, râla-t-il. Je ne peux plus me servir de mon bras. »

Powers lui adressa un regard depuis l'autre côté de la salle. Les yeux de Broadwell étaient envahis par la peur et les doigts de sa main droite dégouttaient de sang.

« Rien à faire, Bill. Je ne peux plus tirer. »

Powers ne trouva rien à dire.

Mon frère Grat se pencha par-dessus le guichet, mais ne distingua pas grand-chose à cause de la fumée. Powers vidait des magasins entiers, puis s'abritait, assis en tailleur et rechargeait pendant que des balles fouaillaient les stores. Broadwell était affaissé contre le mur de briques, les yeux fermés, foulard baissé, le bras en sang, inerte sur ses genoux.

Grat retourna dans l'arrière-salle, où Carpenter et Ball étaient assis par terre, à l'abri du danger, et tiquaient chaque fois qu'un projectile labourait le papier peint ou perforait le plancher. La chemise de Ball était tellement imbibée de transpiration qu'on voyait au travers. Son torse avait un aspect jaunâtre.

« Il y a une porte de derrière qui donne sur la Huitième Rue ? » demanda Grat.

Ball répondit que non.

Il y en avait une.

« Et ce coffre, il serait pas censé s'ouvrir, là ? reprit Grat.

– Non, lui assura Ball. Encore quelques minutes de plus. »

Mon frère ne put en supporter davantage. Il tomba à genoux et ses mains glissèrent en couinant sur son fusil. Chaque tir dans la rue retentissait comme un clap et son cerveau ne réagissait pas. Il poussa le sac de céréales entre Carpenter et Ball.

« Tous les deux, ramassez ça et trimballez-le jusqu'à la porte. »

Les deux banquiers, voûtés sous le poids, regagnèrent le hall, suivis par Grat. La pièce était bleue de fumée et des balles volaient dans tous les sens. Powers était tassé près des portes sud-ouest, dont les vitres étaient encore intactes, et chargeait son fusil calé au creux de son bras. Broadwell leva son pistolet simple action, qui bondit lorsqu'il fit feu en direction du sud. Dick avait la manche droite luisante de sang et il entendait ses os crisser quand il utilisait son bras. Il atteignit au pied droit T. Arthur Reynolds. Les médecins amputèrent ce dernier d'un orteil.

Un tir fit danser une chaise ; un autre toucha un stylo à plume et de l'encre bleue s'étoila sur les murs.

Carpenter et Ball traînèrent encore un peu le sac, puis le lâchèrent. Powers jugea le chargement trop encombrant et Grat ordonna à Ball de couper la ficelle avec un canif et de sortir toute la ferraille. Les pièces tintèrent et roulèrent par terre. Ball replia les billets et les bourra au fond avant de nouer la gueule du sac. Broadwell considéra l'œuvre du caissier et tamponna le sang qu'il avait sur les mains avec un mouchoir blanc.

« Combien il y a, là-dedans ? se renseigna-t-il.

– Mille dollars, indiqua Ball.

– Grat, je crois qu'on t'a bourré le mou. »

Mon frère ne dit rien. Les yeux plissés, il contempla à travers le brouillard bleuté la place où les citoyens de Coffeyville canardaient toujours, puis reprit le sac de céréales à Ball et le fourra dans son pantalon avec un grand sourire.

« J'ai hâte de voir leurs tronches quand on se fera la malle avec le butin, pas vous ? »

Broadwell laissa pendiller son bras droit, un pistolet dans la main et remonta son foulard. Powers attendait, la main sur le bouton de porte, le visage dépourvu d'expression.

« Prêt ? » fit-il.

La suite fut enregistrée par Tackett sur une pellicule qui aujourd'hui se décompose et vire à l'orange.

Quand Bob et moi avons quitté la First National, des détonations retentissaient partout et Lucius Baldwin, avec qui Bob avait joué au base-ball, se tenait sur le pas de la porte de derrière d'Isham et nous faisait face posément, comme si nous étions les hommes du shérif. J'ai poussé W. H. Sheppard, qui s'est empressé de traverser en courant les voies de chemin de fer, mais Lucius s'est détaché de la porte et s'est dirigé vers nous, sans doute pour nous mettre en garde contre les Dalton. Un revolver pour dame pendait au bout de sa main droite.

« Holà, mon vieux ! » me suis-je exclamé – mais Baldwin était myope et passablement désorienté et il a continué à s'approcher, pistolet le long du corps.

« Qu'est-ce qu'il fabrique ? s'est énervé Bob. Tu ferais mieux de rester où tu es, Lucius. »

Baldwin n'a pas entendu. Il tripotait les attaches de son tablier en marchant vers nous. Bob lui a de nouveau intimé l'ordre de s'arrêter, mais en vain et a fini par loger une balle dans la poitrine de Lucius, qui a chancelé. Baldwin était alors si près que des étincelles de poudre noire ont brûlé son tablier. Il s'est effondré contre le mur, a glissé au sol, toussé du sang dans sa main, puis s'est essuyé sur sa jambe de pantalon. Il mit vingt minutes à mourir.

Bob est parti au pas de course et je me suis élancé derrière lui en direction de la Huitième Rue, où le soleil était jaune et chaud et où des hommes en costumes sombres discutaient, bras croisés, à l'intérieur des magasins. Ils ont claqué leurs portes en nous voyant. Un épicier en tablier blanc s'est campé sur le trottoir de l'autre côté de la rue, les mains de part et d'autre de la bouche, et nous a pris à partie :

« Vous tuez des innocents ! » s'est-il insurgé.

J'ai pointé mon fusil vers lui et il est rentré dans sa boutique.

Bob s'est arrêté lorsqu'il est parvenu aux briques descellées dans Union Street. Les vitres de la Condon avaient volé en éclats comme de la camelote ; Broadwell a placé son fusil contre le carreau de la porte et, d'une balle, l'a percée d'un trou de la taille d'une pièce de cinquante cents tandis que, au sud de la place, les fusils faisaient feu les uns après les autres. Les chevaux des attelages s'agitaient, prisonniers de leur barre d'attache, quelques bêtes de selle se cavalaient, en proie à la panique, et les chiens jappaient toujours à cause du bruit. Une gamine à une fenêtre du premier étage se plaquait les mains sur les oreilles.

Bob a foncé jusqu'au tas de briques devant le music-hall, où auraient dû être attachés nos chevaux, de l'autre côté d'Union Street. Il a marqué une pause à l'ombre de l'avant-toit, le dos contre le mur, tandis que, serrant la lourde musette sous mon manteau, je tricotais des pinceaux dans mes bottes qui me semblaient peser dix kilos. George Cubine était planté sur le trottoir devant Rammel et Charles T. Brown, le cordonnier, était avec lui, désarmé. Il avait du cirage noir sur les mains. Bob et moi nous sommes engagés dans la rue et mon frère a tiré à deux reprises sur Cubine, le blessant à la cheville et à la jambe gauche. Il commençait à s'écrouler quand Bob a fait feu à nouveau. La balle a stoppé net le cœur de Cubine et lui a emporté l'omoplate gauche. Sa tête a heurté si violemment la chaussée que ses yeux morts ont cillé et que du sang lui a dégouliné du nez.

Brown n'arrivait pas à croire que l'on puisse tuer aussi inconsidérément. Il ne savait s'il devait s'indigner ou se désoler.

« Espèces de fumiers ! a-t-il vitupéré. Espèces de fils de chiennes ! On a fait des chaussures pour vous ! »

Brown est laborieusement descendu du trottoir, une jambe après l'autre, il a ramassé le fusil de Cubine et mon frère a braqué son arme sur la poitrine du vieil homme. La balle de Bob cassa en deux un crayon dans la poche de chemise de Brown, qui s'étala en arrière, les mains crispées sur le cœur, tel un acteur. Sur le trottoir couvert, le petit Jack Long était cloué sur place. Bob a tiré juste à côté de lui en guise d'avertissement et Long est promptement rentré chez Rammel.

Je me suis mis à galoper dans mes lourdes bottes, mais Bob est demeuré au milieu de la rue, le fusil à l'épaule. Sur le trottoir, cent mètres plus loin, j'ai avisé Tom Ayres, le caissier de la First National, qui insérait des cartouches dans un fusil expédié par le gouvernement devant la quincaillerie Isham. Il avait retiré ses brassards élastiques. Le tir de Bob lui frappa la pommette au-dessous de l'œil et ressortit par l'arrière du crâne. Ayres en eut la moitié du visage ravagée, mais il vécut encore bien des années. Quand il est mort, j'ai adressé une carte de condoléances à sa veuve, qui m'a gracieusement répondu.

Une douzaine de clients de l'hôtel étaient accroupis sur un monceau de charbon derrière une palissade et des mères de famille poussaient leur progéniture vers la cave, où les fusils ne faisaient guère plus de bruit que des grains de maïs éclatant dans une casserole ; un shérif adjoint effrayé s'était réfugié sous les charrues à l'intérieur de la quincaillerie Read et quand une balle a ricoché sur l'une des lames, il s'est écrié : « Rajoutez des charrues ! »

J'ai changé de main, empoigné le sac d'argent de la droite et je me suis précipité vers le côté opposé de Walnut Street, en me baissant. Sitôt les briques de la place derrière moi, je me suis arrêté dans la terre de la Huitième Rue et je me suis penché pour soulager la douleur qui me vrillait les flancs. Je manquais d'air. Les cantonniers noirs avaient rampé sous un trottoir et me fixaient dans l'ombre, le menton sur les poings. Bob a traversé Walnut Street au petit trot, tenant son fusil à deux mains. Il s'est immobilisé à côté de moi et a observé la Huitième Rue. Un portrait s'encadrait dans chaque fenêtre.

« Ça va ? s'est inquiété mon frère.

– Je suis juste essoufflé », l'ai-je rassuré.

Il m'a souri comme s'il ne s'était jamais autant amusé de sa vie. Il avait ôté sa barbiche postiche inutile et il a fait de même avec ma barbe, mais m'a laissé ma moustache.

« Prends ton temps, Emmett, m'a-t-il réconforté. Vas-y doucement. Je suis de taille à botter le cul de toute la ville. »

Miss Moore était agenouillée dans le cimetière, le front contre la pierre tombale froide de mon frère Frank, quand l'inquiétante fusillade débuta. Elle entendit les armes trop nombreuses qui faisaient trop de bruit sur la place, aussi sonores depuis le cimetière qu'un orage faisant claquer les volets des fenêtres, arrachant les bardeaux du toit et jetant par terre les bocaux vides posés sur le rebord de la fenêtre. Elle s'assit dans l'herbe et se balança d'avant en arrière, les genoux serrés entre les bras, les yeux débordants de larmes.

Grat déboula par les portes de la banque et se campa sur le trottoir. Il tenait son fusil en travers de sa poitrine, une veine saillait sur son front et le sac d'argent faisait une bosse sous son manteau. Son visage était fermé comme un poing et il était rouge comme un homme dont on vient d'insulter l'épouse, rouge comme s'il venait de faire irruption dans un salon après avoir dévalé une longue volée de marches et s'apprêtait à briser une bouteille par le goulot. Sa présence écrasait tout et les tirs s'interrompirent juste assez longtemps pour que Powers et Broadwell puissent se ruer dehors, dans leur tenue noire, avec leur chapeau noir et, pour Dick, un foulard bleu sur le nez.

Puis Grat détala lui aussi ventre à terre et les trois bandits prirent la fuite en direction de l'ouest tandis que les coups de feu reprenaient. Broadwell et Powers atteignirent la ruelle ; Grat tirait à reculons sur la quincaillerie Isham quand un homme à genoux près de la porte renversa mon frère sur les briques d'une balle qui tapissa une partie de son estomac sur l'envers de son manteau. Grat se redressa et encaissa un second impact à la poitrine qui le projeta en arrière sur les coudes. Il roula sur lui-même pour se mettre à genoux et le sac d'argent glissa de dessous son gilet et sa ceinture, mais il n'eut aucune pensée pour les mille dollars. Il distinguait les chevaux attachés au tuyau dans la ruelle et tituba vers eux. Sa chemise était poisseuse de sang.

Bill Powers reçut une balle destinée à Grat. Elle lacéra la manche gauche de son manteau et acheva sa course dans le biceps de Bill, au voisinage de l'os. Il ploya contre le mur de l'épicerie-mercerie McKenna et Adamson et dérapa un peu avant de se stabiliser de l'épaule contre la paroi. Il vacilla jusqu'à la porte de derrière et secoua la poignée, cherchant à entrer. Il cogna contre le battant avec son poing, puis avec la crosse de son fusil, mais renonça et s'aplatit contre le chambranle de manière à ce qu'on ne puisse pas le voir. Il comprima son chapeau sous son aisselle afin de ralentir l'hémorragie et attendit, revolver en main. Son manteau maculait le bois de rouge.

Dick Broadwell alla jusqu'au chariot-citerne stationné à côté du dépôt de glace. Les chevaux de l'attelage s'écartèrent de lui en piaffant et les chaînes de leur harnais cliquetèrent quand ils s'ébrouèrent. Tout était noir de pétrole. Broadwell vit le parc à bois Long-Bell un peu plus loin dans la ruelle et s'y dirigea à toutes jambes en soutenant son bras. Les défenseurs commençaient pourtant à s'aventurer dans la rue et, à quatre-vingts mètres de là, un homme en chemise sans col avec un chapeau melon se figea pour viser Dick avec un fusil à bisons et son tir cueillit Broadwell au bas du dos avec la force d'un boulet de canon. Dick fut propulsé en avant, mais demeura sur ses jambes, chancelant. Il réprima la douleur qu'il éprouvait au ventre, s'emmêla les pinceaux et s'engouffra dans le parc à bois. Il s'effondra contre un empilement de planches gondolées et appliqua un mouchoir en boule sous sa chemise, dans son dos. Il sentait une odeur de résine de pin, de sciure et d'urine d'enfant. Il ferma les yeux. « Faites que je m'en sorte, d'accord ? plaida-t-il. Je veux juste me barrer de cette ville. »

Mon frère Grat avait la bouche qui dégoulinait de sang quand il entra en tanguant dans une petite grange sombre de la taille d'un garage à deux places. Il s'accrocha aux chevilles en bois qui soutenaient des pelles, des râteaux et des fourches sur le mur. Des sachets de graines traînaient sur l'établi. Les portes de la grange étaient ouvertes, de sorte que Walnut Street était dans son champ de visée, tandis que l'escalier extérieur du drugstore Slosson déviait tous les tirs le prenant pour cible. Il ouvrit le feu en direction du temple maçonnique, devant lequel étaient rassemblés quelques hommes qui plongèrent dans l'herbe. Puis il déboutonna sa chemise et constata que des bulles de sang rose se formaient sur sa poitrine quand il respirait. Mais la douleur qu'il ressentait à l'estomac éclipsait tout. Il alla jusqu'à l'établi, où une pomme de terre germait dans un bocal d'eau claire. Il retira la bouture et but, le regard tourné vers les quatre carreaux d'une fenêtre donnant sur l'ouest et le point d'attache des chevaux, où Bob et moi récupérions des cartouches dans nos sacoches pour charger nos fusils. Grat eut un sourire.

Bob et moi avons longé au pas, en nous méfiant des tireurs embusqués, une allée perpendiculaire à la Huitième Rue jusqu'à l'arrière du bazar des frères Wells, au coin de la ruelle où se trouvaient nos chevaux. J'ai essuyé avec ma manche la poudre noire que j'avais sur la figure. Nous pensions que Grat et les deux autres devaient déjà être hors de la banque, en train de faire le coup de feu en selle, mais il n'en était rien ; Ball bourrait encore les billets dans le sac et en extirpait les pièces trop lourdes.

Bob, courbé en deux, a pris position sur le quai de chargement des frères Wells et a prémédité ses tirs avec la méticulosité d'un assassin. L'un a touché une baratte pile devant Henry Isham, un autre a frôlé d'un cheveu deux caisses de dynamite à côté des fourneaux. Une balle destinée à Louis Dietz a ricoché sur la clé à molette qu'il avait dans la poche et s'est incrustée dans un rouleau de papier d'emballage marron. Le choc sonna Dietz, mais il n'eut pas mal au torse très longtemps. Bob avait un coup d'œil sans pareil dans l'Ouest. Quand il ratait, c'était délibéré.

Grat surgit sur le seuil de la banque et Broadwell et Powers se sont élancés sur la place tels des hors-la-loi d'opérette. Le soleil se reflétait sur leurs fusils ; Grat tirait sur tout ce qui bougeait en reculant. J'ai fait feu par neuf fois, aussi vite que j'ai pu, sur les chariots, les fenêtres, les toits. J'ai entrevu Grat qui chavirait en arrière, mais je l'ai perdu de vue à cause des bâtiments. Bob s'est détaché du quai de chargement, il a dégainé son Brisley Bulldog de son étui d'épaule et il a foncé vers la ruelle. Je me suis lancé sur ses talons et j'ai sprinté en direction des chevaux en mitraillant la place tant que je pouvais, pendant que Bob rechargeait, puis se portait au-devant des balles.

J'ai attaché le butin à la corne de ma selle et calé mon fusil sur mon sac de couchage afin de compenser la distance considérable qui me séparait de la quincaillerie Isham, à l'est, où les habitants de Coffeyville nous tenaient à leur merci et avaient en enfilade la célèbre bande des Dalton dans une ruelle aussi dégagée qu'une avenue de bon matin.

Bob était accroupi contre la grange dans laquelle se trouvait Grat et il insérait des cartouches dans son fusil. Il a enfoncé son chapeau sur sa tête et couru jusqu'au chariot-citerne de la Consolidated Oil, où il s'est appuyé sur la banquette afin d'arroser la place voilée de fumée bleutée. Des étincelles rougeoyantes comme des cendres de cigarettes ponctuaient les répliques à ses tirs.

J'ai repéré Carey Seaman et John J. Kloehr au coin de la Neuvième et de Walnut Street. Seaman a fait basculer en avant les deux canons d'un fusil de chasse, y a introduit deux cartouches et l'a refermé. Ils étaient sur ma droite, de l'autre côté du terrain du juge Munn, désert et envahi par la soude roulante – mais Kloehr a poussé du coude le coiffeur et ils ont disparu en direction de l'ouest ; lorsque je les ai revus, il était trop tard.

Le marshal Connelly était dans l'allée d'une maison où il désirait emprunter une arme quand il avisa Kloehr et Seaman, qui cherchaient à nous prendre à revers. Il poussa le portail et traversa la rue.

« Je suis parti de chez moi sans pistolet », leur exposa-t-il.

Kloehr lui montra du doigt l'atelier mécanique des frères Swisher.

« Demandez à Swisher, professeur. Je crois qu'il a peut-être une arme. »

Seaman trottina jusqu'au parc à bois ; Kloehr déverrouilla la porte de son écurie de louage et se coula à l'intérieur. Un cheval malade dormait sur le flanc dans une stalle. Kloehr ouvrit la moitié inférieure d'une porte à battants superposés et se faufila dans un enclos où deux de ses chevaux tendaient le cou pour brouter une botte de foin brun. Il entendait les coups de feu tirés depuis la quincaillerie Isham, mais il avait uniquement nos chevaux dans sa ligne de tir. Ça lui suffisait. Il se mit à l'affût.

Connelly ressortit de chez Swisher avec une carabine qu'il chargea en s'avançant vers la prison municipale et la ruelle comme si nous aurions dû trembler devant lui et jeter nos armes dès qu'il nous apparaîtrait. Il sélectionna une clé et actionna la serrure en fonte scandinave de la prison.

Grat était adossé contre la paroi de la grange, les yeux fermés. Cramponné à un clou, il cracha une giclée de sang à côté de ses bottes et quand il entrouvrit les paupières, il discerna le marshal Connelly qui s'engageait dans la ruelle tel un voyageur qui a déjà son billet sur le quai d'une gare. Je rechargeais quand Connelly me remarqua et obliqua vers moi, omettant de jeter un coup d'œil à l'intérieur de la grange, à dix mètres de lui. Grat tenta de lever son fusil, mais il en fut incapable. Il s'arracha au mur de la grange, ajusta le dos de Connelly, arma le chien du pouce et pressa la détente.

Je vis Connelly marcher vers moi, je vis un bouton de son gilet s'envoler et je le vis trébucher et s'étaler en avant, foudroyé par la balle de Grat. Il gémit, s'efforça de déglutir et roula sur le dos. De temps à autre, son genou se soulevait, puis retombait ; de la terre collait à son gilet ensanglanté.

J'ignore pourquoi, mais les défenseurs ont été stupéfiés par ce meurtre et la fusillade a cessé juste assez longtemps pour que Bill Powers puisse quitter la porte de service de McKenna. Le silence était tel que j'entendais ses pas tandis qu'il se précipitait vers les chevaux en soutenant son bras. Pendant ce bref répit d'une trentaine de secondes, il nous sembla que nous avions une chance d'en réchapper vivants ; puis les tirs reprirent, plus nourris qu'auparavant, et mon frère Bob s'accroupit avec défi au milieu de la ruelle et vida son fusil alors que des fragments de brique, de bois et de terre fusaient autour de lui et que les balles sifflaient dans l'air. D'après son rictus, certaines ne durent pas passer loin, mais Bob était en état de grâce.

Grat abandonna la grange à reculons, manteau boutonné et fusil serré sous le bras. À l'exception des traces de sang autour de sa bouche, il était pâle comme un linge.

« Ça va ? m'inquiétai-je.

– J'ai l'estomac un peu barbouillé », me répondit-il.

Une balle perdue blessa l'une des bêtes attelées au chariot de la Consolidated Oil, qui s'affolèrent. Elles se libérèrent de la barre d'attache du dépôt de glace et chargèrent dans la ruelle, entraînant derrière elles le chariot qui se mit à louvoyer et à déraper en heurtant les bâtiments avoisinants. Grat dégaina son pistolet et logea une balle dans l'étoile blanche que le cheval blessé avait sur le front. L'animal s'écroula, mort, et le second tomba à genoux. Il tenta de se relever, mais il avait un jarret brisé et l'os saillait sous la peau. Il retomba, puis se redressa sur deux pattes, frémissant.

Je crois que Bob s'était abrité près du dépôt de glace lorsque les chevaux avaient paniqué. Je ne le voyais plus. Grat se replia jusqu'aux bêtes en tiraillant vers l'est et Bill Powers se campa près de moi, jambes écartées et pistolet levé, le bras gauche pendant, inutile, le long du corps. Il brûla toutes ses cartouches, remisa son revolver dans une poche de son manteau et en dégaina un autre de son étui d'épaule. Il me recommanda de ne pas attendre Bob trop longtemps, puis se rua vers les chevaux.

Carey Seaman avait défait la corde retenant le portail du parc à bois Long-Bell et, tenant son fusil à deux mains, il s'était hasardé dans l'herbe haute et humide sous des sycomores, au milieu de tas de solives, de lattes, de planches bouvetées et de madriers. Une planche s'effondra en ripant près de la ruelle et Seaman entraperçut une ombre flageolante sur une palette dans l'herbe, puis l'homme qu'il connaissait sous le nom de Texas Jack Moore, plié en deux dans la ruelle, en train de détacher les rênes de sa monture du tuyau. Broadwell agrippa la corne de sa selle, plaça un pied dans un étrier, au supplice, et se hissa sur son cheval qui filait déjà. Seaman fit feu et son tir cingla le gravier ; Broadwell talonna brutalement sa monture à trois reprises et s'apprêtait à tourner dans Maple Street en direction du nord quand le coiffeur tira à nouveau. Dick fut projeté en avant sur son pommeau comme si on l'avait frappé dans le dos avec un râteau à foin. Il faillit être désarçonné, mais tint bon en se vidant de son sang jusqu'à ce que son cheval le jette à bas, un peu moins d'un kilomètre à l'ouest, dans la Huitième Rue, légèrement au-delà des limites de la ville. Broadwell se cassa la cheville dans l'étrier en chutant et se fit traîner et bringuebaler sur sept mètres avant que sa monture ne soit trop entravée pour poursuivre. Quand un détachement le trouva, il avait le dos en lambeaux et la chemise et le manteau retroussés autour du cou.

John Kloehr avait entendu Seaman tirer du côté des chevaux et il avait repéré Broadwell qui grimpait en selle. Il avait fait feu, mais manqué son tir. Seaman avait épaulé de nouveau, tressailli sous l'effet du recul et une tache s'était brusquement épanouie sur le manteau de Dick, qui avait basculé en avant sur sa selle. Seaman avait ouvert son fusil, retiré les cartouches et il en cherchait d'autres dans sa poche quand Kloehr vit un bandit à moustache avec une expression grave dénouer d'un coup sec les rênes de sa monture et ranger son fusil dans une fonte de selle doublée de mouton. Kloehr colla le fût de son fusil contre sa joue tandis que le cheval de Powers caracolait autour de son cavalier qui forçait l'animal à reposer les quatre pattes au sol chaque fois qu'il se cabrait. Comme Bill montait en selle, Kloehr lui tira dans le dos avec une de ses balles entaillées au canif. Powers s'abattit en travers de sa monture, les bras et la tête ballants, l'animal se dressa sur ses pattes arrière et Bill s'affala par terre. Le trou dans sa poitrine évoquait une masse d'asticots sanguinolents.

Accroupi derrière le mur du fond du drugstore de Slosson, Bob serrait entre ses dents son ceinturon débouclé. Il extirpa toutes les cartouches de leur logement, chargea son fusil et fourra les autres au fond de sa poche de manteau. Il jeta un coup d'œil sur la gauche et surprit Frank Benson, le pharmacien, qui se glissait sous le châssis d'une fenêtre, un pistolet à la main. Bob empoigna son Colt, qui cracha une flamme de trente centimètres. La vitre de la fenêtre vola en éclats et Benson se débina.

Bob reboucla son ceinturon en surveillant le toit de McKenna et se posta au milieu de la ruelle pour inspecter toutes les toitures. Il recula tel un gamin chassant des pigeons. Debout sous l'avant-toit de son magasin, Henry Isham mit lentement en joue son fusil. L'arme tressauta, Bob entendit un bruit sourd, il eut l'impression de recevoir un coup de poing au niveau des poumons et il se retrouva assis sur les bordures de trottoir empilées près de la prison, la main droite crispée sur le flanc. La plaie avait la taille d'une pièce de vingt-cinq cents, une de ses côtes en dépassait tel un os de poulet et il devait considérablement souffrir, car il resta là à se mordre la lèvre.

J'étais revenu à côté des chevaux. Les jambes de Bill Powers étaient parcourues de spasmes de mort et une tache d'urine assombrissait son pantalon. Grat s'affaissa contre le mur de la grange, s'en écarta, et tituba jusqu'à la ruelle.

Kloehr aperçut Grat qui s'immobilisait près du marshal à l'agonie et abaissait son pistolet vers la tête de Connelly comme pour l'achever.

« Toi, là ! » s'écria Kloehr.

Mon frère se retourna et Kloehr lui transperça la gorge d'une balle. Grat porta les mains à son cou comme s'il avait avalé une arête. Il chavira en arrière par-dessus le marshal et sa tête rebondit en cognant le sol. Il mourut la bouche et les yeux ouverts.

Des hommes en chemises blanches et en pantalons noirs à bretelles se massaient sur la place et dans la ruelle transversale derrière le bazar des frères Wells. Kloehr ne me trouvait pas. Carey Seaman tira deux cartouches dans la tête de deux de nos montures restantes pour nous empêcher de fuir. Du sang éclaboussa Red Buck, mon cheval, qui hennit et regimba, si bien que je dus l'attraper par l'anneau de mors et délier ses rênes de la barre d'attache.

Je vis mon frère Bob se tasser sur les bordures de trottoir et considérer son fusil en essayant de prendre appui sur les pierres pour se relever. Je vis grandir la douleur sur son visage. Bob repéra un reflet de soleil argenté sur la platine ornementée de Kloehr, mais il ne parvint pas à convaincre ses bras de lever son propre fusil et son tir visant le propriétaire de l'écurie de louage déchiqueta des herbes folles. Bob vacilla en avant, laissant une traînée de sang pareille à la queue d'un cerf-volant sur le mur nord de la prison, et se réfugia dans une grange délabrée adjacente, où il s'accota à la paroi ouest. Kloehr bornoyait, l'œil rivé sur le cran de mire. Bob fit feu, mais la balle fendit seulement une planche pourrie de l'écurie. Il tenta un nouveau tir et l'herbe émit un chuintement moqueur.

Kloehr distingua, adossé contre un mur de la grange, un desperado débraillé de vingt-deux ans, qui avait le visage en sueur et de la poudre noire sur les mains et dans le cou. Le propriétaire de l'écurie de louage visa le sternum de mon frère, en plein milieu de son gilet noir, et une balle entaillée en croix fit exploser la poitrine de Bob, le catapultant dans un tas d'outils agricoles. Des rais de soleil filtraient à travers le toit et zébraient mon frère. Il ouvrit les yeux et se redressa sur un coude. Il dégobilla des filaments et des caillots de sang dans la paille, rendant gorge jusqu'à ce qu'il ait le ventre vide, puis s'essuya la bouche sur sa manche. Il remarqua des hommes qui discutaient entre eux dans la Huitième Rue, mais qui n'approchaient pas.

Il ne restait plus que moi. J'avais une botte dans un étrier et la main gauche sur la corne de ma selle, à laquelle était pendu le sac d'argent, quand quelqu'un m'a aligné et m'a atteint au bras droit, à moins de cinq centimètres de la cicatrice que j'avais récoltée après l'attaque de la *cantina* au Nouveau-Mexique. Ça faisait affreusement mal. J'ai laissé mon bras pendiller dans sa manche et je me suis hissé en selle. Red Buck piétinait, levant un sabot à chaque coup de feu. J'ai été à nouveau salement touché – une seconde balle de fusil m'a perforé l'arrière de la hanche tel un crampon de chemin de fer et m'a labouré l'aine avant de ressortir par ma poche droite. Du sang chaud s'est déversé dans ma botte, mais je ne sentais plus du tout ma jambe droite, si bien que la gêne était pire que la douleur.

J'étais presque sourd à cause de la fusillade. Les tirs fusaient de partout, déchiquetaient les branches, renversaient des objets, ricochaient sur toutes les surfaces dures. Mon cheval s'est ébranlé au petit galop en rongeant son frein, tellement effrayé que le blanc de ses yeux était visible, mais je l'ai maîtrisé de mon bras valide. Je ne me suis pas dit : un poltron ferait ci, un type courageux ferait ça ; j'ai simplement constaté que la voie était libre dans Maple Street et que j'avais une chance de m'enfuir par là comme Dick Broadwell, mais quand j'ai fait volter ma monture, j'ai aperçu des types en veston, en tablier et en chemise avec des brassards élastiques qui couraient sur la place en briques, d'autres qui chargeaient ou braquaient vers moi des fusils sur le pas de toutes les portes que je regardais – et mon frère Bob, que j'adorais et que je côtoyais depuis vingt ans, effondré, mourant. Je ne me suis pas posé de questions, non, je suis revenu pour le sauver. J'ai fait faire un brusque demi-tour à mon cheval, qui a regimbé à cause de la fumée, et je l'ai talonné dans le grasset avec ma jambe indemne. Je me suis tenu aussi droit que j'ai pu, debout dans mes étriers, au trot enlevé, ma Winchester d'où s'échappaient encore des volutes de fumée en travers des guibolles, et j'ai adopté à l'intention de toutes ces bonnes gens un masque de desperado aguerri par une trentaine d'années de banditisme. Je me suis penché pour saisir Bob sans m'arrêter, je me suis penché aussi bas que je le pouvais, les doigts dégouttants de sang, tendant mon bras en miettes pour aider mon frère à grimper en selle derrière moi. Bob était presque mort, je m'en rendais compte. Il était tête nue, il avait les cheveux en bataille, son cou et son visage sillonnés de coulées blanches de sueur paraissaient couverts de poussière de charbon. Il a tourné les yeux vers moi et m'a lancé :

« Ne t'occupe pas de moi, Emmett. Je suis fichu. Mais ne te rends pas, frérot. Vends chèrement ta peau ! »

Six mètres derrière moi, Carey Seaman était planté au milieu de la ruelle avec son fusil de chasse, les deux chiens armés, le guidon ajusté sur le point de mon dos où, d'après lui, se situait mon cœur. L'arme a reculé et j'ai été plaqué contre mon cheval. Sa crinière me chatouillait le visage. Elle était tiède à cause du soleil. Alors que je dégringolais de selle, j'ai entrevu l'image de Julia vêtue d'une robe blanche ; à peine une seconde plus tard, le fusil a tonné à nouveau et j'ai encaissé une pleine volée de chevrotine dans l'épaule et l'omoplate, de sorte que quand je me suis écrasé par terre, on aurait dit que j'atterrissais sur une planche d'où dépassaient dix-huit clous, un pour chacun des dix-huit plombs noirs incrustés cinq centimètres sous ma peau, qui me lacéraient les muscles et les os.

J'ai louché vers mon frère, mais il était prostré, une joue dans son vomi, les yeux révulsés, et une mouche courait sur ses lèvres ouvertes.

21

Je n'entendais plus rien. Absolument rien. Puis les chiens se sont mis à aboyer, une cinquantaine de chiens peut-être, dans toute la ville, des bottes ont crissé sur le gravier et Kloehr s'est écrié :

« On les a tous eus ! »

Il a poussé Bob du bout du pied, puis s'est accroupi près de moi, sévère comme Melchisédech, et a posé sur ma tempe le canon encore chaud de son fusil.

« Mains en l'air, espèce de bon à rien ! »

J'étais abruti par le choc et salement dans le cirage, mais j'ai fait de mon mieux pour lever la main gauche avant de la laisser retomber. Kloehr a récupéré le sac d'argent.

« Comment tu t'appelles ? m'a-t-il interrogé.

– Charlie McLaughlin.

– Je vais te dire un truc : tu es en train de crever. Je parie que tu as jamais cru ça possible. »

J'ai détourné la tête. Une vingtaine de gars étaient déjà dans la ruelle et d'autres accouraient de tous les terrains adjacents, serrant leurs fusils et clamant la nouvelle. Douze minutes seulement s'étaient écoulées entre le premier tir de Cubine et le dernier de Seaman. Henry Isham a pivoté sur lui-même au milieu de la ruelle et a recensé quatre chevaux morts et quatre cadavres, plus moi.

« Bon Dieu, on les a eus, non ? On les a tous descendus ! »

On souleva délicatement le marshal Connelly, mais sa tête roula en arrière et il rendit l'âme avant que le Dr Wells puisse l'examiner.

Carpenter se tenait devant les portes sud-ouest de la Condon, les poings sur les hanches. Ball, qui avait recueilli dans une boîte en fer-blanc les pièces que nous avions abandonnées, était assis sur une chaise avec sa ferraille.

« Nous ferions sans doute bien de condamner ces fenêtres, déclara Carpenter.

– Oui, acquiesça Ball. C'est la priorité. »

W. H. Sheppard, le guichetier de la First National, avait paisiblement traversé l'écurie et l'enclos de Kloehr afin de recouvrer l'argent volé et il regagna la banque, voûté sous la charge, escorté par trois hommes. Des femmes allèrent chercher des couvertures dans la quincaillerie de Boswell et en recouvrirent Lucius Baldwin, George Cubine et Charles Brown. Des gosses couraient dans tous les sens, des chiens leur gambadaient après et leur mordillaient les chevilles. Un groupe d'écoliers dénombra plus de trois cents impacts de balles dans les vitres de la Condon.

Aleck McKenna s'agenouilla auprès de Grat et décolla les favoris de mon frère. Il se releva en se tapant dans les mains.

« C'est bien Grat Dalton », confirma-t-il.

La Winchester calibre .38-.56 de Grat fut gardée en souvenir par le Dr W. C. Hall.

Carey Seaman avait essuyé son fusil avec un mouchoir et se vantait devant les autres hommes. Il s'est campé au-dessus de moi et a rangé son mouchoir dans sa poche de chemise.

« Je crois que je devrais me présenter, a-t-il lâché. Mon nom est Carey Seaman. C'est moi qui t'ai fait mordre la poussière.

– Vous allez être célèbre, M. Seaman, l'ai-je félicité.

– Ouais, j'y compte bien. »

Un type laid coiffé d'un chapeau melon avait déniché une corde dans une grange et, accroupi à côté de moi, confectionnait un nœud coulant en crachotant dans ma direction entre ses dents. On parlait beaucoup de lynchage. Ça ne m'émouvait guère. Le colonel David Stewart Elliott, le rédacteur en chef du *Journal* de Coffeyville, s'est alors avancé dans la ruelle en compagnie de Tom Callahan, le shérif du comté de Montgomery, à qui il incombait de nous placer en détention. Quelques hommes redressèrent le corps de Grat et le colonel Elliott corrobora l'identité de mon frère. Callahan reconnut en Powers un certain Tim Evans, mais la plupart des journaux retinrent le nom de Tom Hedde et orthographièrent le prénom de mon frère « Grot ». Comme il approchait de l'attroupement autour de moi, Elliott surprit des hommes en train de parler de me pendre et tonitrua tel un histrion :

« Nous ne déshonorerons pas cette cité en lynchant un mourant ! »

Un gamin assis en tailleur près de ma tête m'éventait avec un exemplaire de la *Police Gazette*. Elliott m'a toisé de toute sa hauteur dans sa longue houppelande.

« Emmett Dalton, a-t-il soupiré tristement. Combien d'années ça fait ? Et qui aurait songé qu'on en arriverait là ?

– Prenez mes armes, colonel. »

Il a confisqué le revolver à crosse de nacre de mon étui d'épaule et le pistolet fourré dans mon pantalon, qui ont déformé la poche droite de son manteau, puis il s'est retourné et s'est exclamé :

« Combien de temps ce garçon va-t-il devoir attendre ici avant de recevoir des soins médicaux appropriés ? Je veux qu'on l'emmène et qu'on le soigne sur-le-champ. »

Des femmes et des enfants commençaient à se hasarder dans la ruelle. Des hommes ont ôté leurs bottes à Grat et à Bob et des adolescentes ont entrepris de passer de l'un à l'autre d'entre nous pour nous couper des mèches de cheveux avec des ciseaux. Squire Davis s'appropria le chapeau de Bob ; Peter Sprague, le bidon d'huile que mon frère avait dans la poche ; T. C. Babb défit sa cartouchière et la donna à C. M. Ball ; Perry Landers fit main basse sur une paire de gants dans le veston de Bob ; Hiram Smith s'adjugea les éperons à cinq pointes de mon frère. On retourna ses poches et lorsque survinrent les badauds, nos étuis de cartouches vides en laiton furent mis en vente pour un dollar pièce. Une femme découpa même un échantillon de la jambe de pantalon ensanglantée de Bob avec des ciseaux à cranter. J'ignore ce qu'elle a fabriqué avec.

Il devait alors y avoir autour de moi deux bonnes dizaines de personnes qui crachaient, tapaient dans le sol pour m'envoyer des graviers et faisaient des gorges chaudes de mon piteux état. Je n'apercevais que deux ou trois parcelles de ciel bleu. On détacha mon sac de couchage de ma selle, on m'étendit dessus et on me transporta jusqu'à une longue table nue dans une pièce au premier étage du drugstore Slosson, où je languis le temps que le Dr W. H. Wells revienne de la ruelle située derrière la First National Bank, où Lucius Baldwin agonisait. On ne me ménagea pas pendant le trajet. Je dus serrer les dents pour ne pas hurler. Un adjoint du shérif fut posté sur le palier de l'escalier extérieur, au premier étage, et quatre autres s'installèrent sur des chaises à l'intérieur, leur fusil sur les genoux.

« J'ai été marshal adjoint, ai-je articulé. Je parie que vous le saviez pas. »

Les quatre adjoints m'ont fixé du regard. L'un d'eux a déchiré un morceau de papier peint décollé et l'a mâché en me considérant.

« On m'a raconté ça, il y a longtemps, a-t-il commenté. Tu devrais avoir honte. »

Je suppose que Miss Moore avait entre-temps quitté le cimetière sans qu'on la voie. Je ne sais pas où elle est allée.

J'ai sombré dans le sommeil en contemplant par la fenêtre de derrière la centaine d'hommes et de femmes qui déambulaient devant les taches de sang dans cette étroite ruelle tels des flâneurs à un vide-grenier.

J'étais à ce moment-là trop près de mourir pour pleurer mes frères. J'aurais aimé que Bob soit debout à côté de moi, en vie, pour me souffler ses instructions, mais mon chagrin n'allait pas plus loin et je n'ai même pas cillé quand les hommes du shérif ont menotté Bob et Grat et ont disposé leurs corps debout côte à côte, en chaussettes, pour que Tackett puisse les photographier. Quand Cyrus Lee souleva l'un des bras de Grat, un jet de sang jaillit tel du jus de chique de la blessure à la gorge de mon frère et tacha la chemise de Lee. Quelqu'un fut pris de fou rire et secouer le bras de Grat, puis esquiver les giclées de sang devint le sport de la matinée pour les gamins de la ville.

J'ai été éveillé par les chuchotements des médecins, alors qu'on découpait dans le sens de la longueur ma manche de chemise visqueuse et ensanglantée avec des ciseaux médicaux en argent. Le sang de mes blessures formait des rigoles à plus de sept mètres à la ronde sur le plancher. Wells avait sollicité l'assistance des docteurs G. J. Tallman et W. J. Ryan en vue des quatre heures de chirurgie qui s'annonçaient pour extraire les chevrotines, me raccommoder le bas-ventre et m'amputer d'un bras. Ils avaient prévu des seaux d'eau sous la table afin de rincer leurs instruments et, quand il arriva par l'escalier, le Dr Ryan désinfectait une scie à amputation avec de l'alcool.

« Je garde mon bras, ai-je annoncé. Je ne le perdrai pas.

– Il est salement amoché, a objecté le Dr Wells. Vous ne serez même plus capable de tenir un crayon. Et le risque d'infection est énorme. Les toxiques iront droit au cerveau.

– Si je dois y rester, je tiens à ce qu'on m'enterre en un seul morceau. »

Tallman, qui continuait à couper ma chemise, s'est attaqué au col.

« Qu'il garde donc son bras, a-t-il prôné. Qu'il chope la gangrène. Ça vaut mieux, plutôt qu'on exhibe son bras dans du formol pendant les vingt-cinq prochaines années dans toutes les kermesses campagnardes. »

J'ai oscillé entre le sommeil et la veille pendant une semaine, mais de vilaines douleurs lancinantes, comme quand vous vous coincez les doigts dans une portière, ne me laissaient aucun répit. Je me souviens du tintement des instruments et de la voix du Dr Wells, dans l'escalier en bois, tandis qu'il raisonnait avec une foule turbulente qui voulait me lyncher. Wells avait convaincu les redresseurs de torts que j'étais déjà mort et qu'il terminait simplement les formalités médico-légales, puis soudain, ce fut la fin de l'après-midi. Un drap frais me recouvrait jusqu'au menton, j'avais du vomi sur l'épaule, il y en avait une flaque près de mon oreille sur la table et l'un des adjoints fronçait les sourcils, le fusil en travers des genoux.

« Tu t'es tout salopé », avait-il lâché.

J'avais toujours vue sur la ruelle. Deux mille curieux venus du Kansas, du Missouri ou de l'Oklahoma en excursion grâce à des billets de train à demi-tarif s'y baguenaudaient comme dans un musée surpeuplé ; sur le sol de la prison municipale, on avait entassé Bob, Grat, Broadwell et Powers dans leurs vêtements souillés, avec leurs érections roides, environnés de mouches bleues, afin que les visiteurs puissent se coller aux fenêtres à barreaux et tâter les corps avec des bâtons. John Tackett développait déjà les clichés qui devaient fournir trois modèles différents de cartes postales.

Lorsque je me suis réveillé ensuite, c'était le matin et j'étais dans l'auberge Farmer's Home, sur le matelas où Bob avait dormi après l'attaque du train d'Adair. Quand j'ai levé les yeux, j'ai discerné des visages inconnus derrière les fenêtres à meneaux et les jérémiades d'enfants pleurnichant qu'ils voulaient voir. Julia Johnson était à mon chevet dans une robe noire à dentelles, un mouchoir blanc serré dans la main. On aurait dit qu'elle avait un rendez-vous professionnel ; sa mise était aussi sobre que le claquement d'un calepin qu'on referme.

« Ça fait plaisir de te voir », ai-je déclaré.

Elle a lancé un regard vers l'autre bout de la pièce, où le shérif Tom Callahan, assis sur une chaise cannée, parcourait une pile de quotidiens que lui avait apportés le colonel Elliott. J'ai remarqué les gros titres.

« J'ai vraiment tout gâché, pas vrai ? ai-je repris.

– Je t'en prie, Emmett, a-t-elle murmuré, tu vas me faire pleurer.

– Je t'aime pour de bon, ai-je affirmé. Je suis sincère. J'ai le sentiment que tu es ce que j'ai toujours désiré. »

Elle m'a dévisagé une minute sans émoi.

« Au moment où j'allais entrer, un journaliste m'a demandé si j'étais ton amoureuse. J'ai alors pris conscience que j'avais dix-neuf ans et que c'était ce que je serai à tout jamais : ton amoureuse. Que c'était là toute mon importance. »

Le shérif Callahan s'est levé de sa chaise, ses journaux sous le bras.

« Je crois que je vais sortir un instant », nous a-t-il informés.

Julia a patienté jusqu'à ce qu'il ait quitté la pièce, puis a poursuivi :

« Ce que je veux dire, c'est que je resterai à tes côtés aussi longtemps que je le pourrai et que je t'attendrai, quoi qu'il arrive, parce que c'est ce que font les amoureuses. Je t'aime aussi, mais je ne suis pas encore habituée à être ta propriété. »

Aucune réponse ne m'est venue.

« Je ne sais pas quoi dire pour te réconforter, Julia, ai-je avoué. Ma cervelle est vide.

– Tu es très fatigué », a-t-elle acquiescé.

Elle m'a caressé les cheveux, j'ai fermé les yeux, et quand je les ai rouverts, elle était partie et des inconnus en veste de laboureur ou avec des châles en tricot et des bonnets défilaient devant la fenêtre, et leurs boutons raclaient contre le bois.

« Vous pourriez tourner le lit ? » ai-je suggéré au shérif.

Il a avisé les gens qui m'observaient et réfléchi quelques secondes.

« Après tout, pourquoi pas ? » a-t-il décidé.

Par la même occasion, il a rehaussé les pieds du lit avec des briques afin que je sois un peu surélevé, après quoi les curieux n'ont plus eu qu'à se succéder par deux dans la salle à manger pour me reluquer. « On fait plus le dur, là, hein ? » se sont moqués des cheminots. De sinistres bonnes femmes m'ont jeté des regards glaçants et ont prié Dieu d'avoir pitié de mon âme. Un type s'est appuyé des deux poings au pied de mon lit et m'a sermonné : « C'est la façon du Seigneur de signifier : "Tu viendras jusqu'ici, pas plus loin". »

Dans le même temps, la rumeur courait qu'une quarantaine d'admirateurs des Dalton allaient débarquer un de ces soirs pour me libérer et raser Coffeyville par le feu. Une lettre adressée à John Kloehr et expédiée d'Arkansas City, au Kansas, proclamait : « Cher monsieur, je prends le temps de vous écrire pour vous apprendre, à vous et aux habitants de Coffeyville que tous les membres de la bande ne sont pas morts – tenez-le-vous pour dit. J'aurais donné tout ce que j'ai pour être là le 5. Nous sommes encore cinq dans la bande et nous viendrons vous rendre visite un de ces jours. Le 5 octobre, nous étions dans la nation chickasaw et nous n'étions pas au courant que ce serait pour si tôt. » Et ainsi de suite. Des vachers qui avaient un peu bu dénoncèrent le meurtre des bandits et furent emprisonnés. Des gars de Guthrie qui s'étaient baptisés « Les Vengeurs des Dalton » déboulèrent en ville, bousculant les passants sur les trottoirs, insultant les défenseurs de l'ordre locaux et se montrant si odieux qu'ils se firent tabasser dans une ruelle et que l'un d'eux rentra chez lui en diligence avec une trentaine de points de suture à la tête.

Mais Emmett Dalton demeurait la principale attraction de la ville et il paraît que la file de sympathisants en deuil et de curieux qui patientaient pour me voir s'étirait en direction de l'ouest dans la Huitième Rue, puis au sud dans Maple Street et à l'est dans Death Alley, la « ruelle de la mort », comme on l'appelle encore aujourd'hui, par-delà la barre d'attache, jusqu'à la prison, comme pour une première hollywoodienne ou comme si j'étais Jesse James dans sa bière funéraire en satin blanc, et je regrettais que Bob ne soit pas en vie à ma place, parce que je savais qu'il aurait adoré ça – ce qu'il aurait adoré ça ! Il aurait dû se faire violence pour ne pas sourire.

Cette nuit-là, alors que seule une lampe à pétrole éclairait la pièce et que le shérif s'était absenté, Eugenia Moore s'est assise sur mon lit. Elle portait toujours ses jambières crasseuses et son manteau en peau de mouton qui fleurait les feuilles brûlées et le cheval. Son visage était poussiéreux et ses cheveux se sont égarés dans ses yeux lorsqu'elle a tendu la main pour ôter le linge frais qu'elle m'avait appliqué sur le front.

« Comment es-tu entrée ? » me suis-je inquiété.

Elle a légèrement souri.

« Je me suis faufilée en douce. J'étais persuadée de vouloir te parler, mais je crois qu'en fait, il n'y a rien à dire. »

Elle a replié la compresse et l'a laissée tomber dans une cuvette en terre de fer. Lorsqu'elle a relevé la tête, elle avait les larmes aux yeux.

« Ça va ? s'est-elle enquise.

– Oui.

– Je voulais seulement m'assurer que tu allais bien », a-t-elle conclu avant de se lever du lit et de sortir de la pièce dans un cliquetis d'éperons.

J'aurai ici une pensée pour Alfred Kime, qui de sa vie n'a jamais rien accompli qui soit digne d'être rapporté, mais qui creusa la fosse commune de mes camarades dans le carré des indigents du cimetière d'Elmwood. Les corps raidis de Broadwell, de Powers et de mes deux frères furent traînés hors de la prison comme de lourdes portes en acajou, jusqu'à une table à manger dans l'arrière-salle du magasin de meubles Lang & Lape, où Bob et moi avions apporté la dépouille de Charley Montgomery une nuit de décembre 1888. Des garçonnets se précipitaient pour asséner des tapes sur la manche de Bob et une foule avait suivi les morts avec des mouchoirs plaqués sur le nez. Le bout de la chaussette de laine gauche de Bob était troué et la bouche de mon frère béait tellement qu'il avait l'air d'avoir des dents de lapin et n'avait plus rien d'un favori de ces dames. Les cadavres étaient livides, hormis aux endroits où le sang s'était accumulé et avait verdi, et ils étaient figés, sous l'effet de la rigidité cadavérique, exactement tels que Tackett les avait photographiés, la tête contre une palissade en planches, de sorte qu'ils paraissaient se redresser dans leur sommeil ; ils empestaient plus qu'on peut se l'imaginer – autant qu'une bouffée d'air fétide s'exhalant d'une glacière abandonnée dans une décharge, avec, à l'intérieur, des ailes de poulet et des légumes avariés, plus un chat en décomposition à côté du lait.

W. H. Lape, le croque-mort, les embauma sans fioritures et vola mes jumelles, qui étaient encore sur Bob. Et aux alentours de midi, quelque chasseur de trésor s'introduisit chez Lang & Lape et déroba tous les vêtements de mon frère. Puis, dans l'après-midi du jeudi, deux chevaux de trait aux fanons encroûtés de boue remorquèrent un simple char jusqu'au cimetière. Des grains de maïs orange dansaient sur les planches à l'arrière, les roues crissaient sur les graviers et les membres défunts de la bande des Dalton – quatre morts aux cols de chemise boutonnés et aux manteaux tachés de sang, tassés dans quatre cercueils en pin – se tamponnaient à chaque cahot.

Une douzaine d'hommes, parmi lesquels Chris Madsen, Henry Isham et le colonel Elliott, assistèrent à l'enterrement, le chapeau entre les mains, tandis que des pelletées de terre noire comme la couverture d'une bible s'abattaient sur les cercueils. La barre à laquelle nous avions attaché nos chevaux leur tint lieu de pierre tombale jusqu'à ce que j'achète un bloc de granit tout simple avec une partie des revenus de mon premier film.

Je ne me rappelle plus du tout le 7 octobre, et tout juste quelques bribes du 8, le jour où ma famille est arrivée par train de Kingfisher. Ma mère s'est contentée de tapoter les couvertures à côté de ma jambe douloureuse et tous mes frères avaient les yeux rougis, à l'exception de Bill. Bill, lui, était un vrai réconfort pour un malade.

« Où est-ce que tu as le plus mal, Emmett ? s'est-il renseigné.

– J'ai un mal de chien presque partout, ai-je répondu. Je serais bien en peine de faire la distinction. Mais je dirais que c'est mon entrejambe qui me fait le plus souffrir. »

Bill a adressé un clin d'œil à mes frères et s'est esclaffé.

« Allons, Emmett, c'est normal, ça, comme pathologie. Ça va te travailler toute ta vie. »

Après le départ des autres, il s'est attardé et, installé à califourchon sur une chaise cannée, il m'a regardé, puis s'est penché pour me gifler.

« Bande de foutus idiots ! Merde, comment je vais gagner ma vie, maintenant ? Hein ? »

Il s'est mordu la lèvre et m'a décoché une autre tarte.

« Arrête ça, ai-je ordonné.

– Je suis content qu'ils soient morts, a-t-il répliqué. Et je le pense ! Vous m'avez grillé en Californie, vous m'avez grillé ici, mais Dieu merci, c'est bien fini. »

Il s'est relevé, il a donné un coup de pied dans la chaise et il est sorti avec raideur dans son costume trois-pièces en tweed.

Le 11 octobre, on m'a transféré sur une civière et on m'a conduit à Independence, au Kansas, à bord d'un wagon postal de la Santa Fe, sous la garde de six adjoints, du shérif Callahan, du marshal fédéral en chef William Grimes et de douze détectives des chemins de fer. Mon frère Bill m'accompagnait. Quand j'ai demandé à tirer une bouffée sur la cigarette qu'il fumait, assis sur le coffre-fort, il l'a écrasée. Et lors de sa rencontre avec Grimes, il a serré la main du marshal et l'a félicité :

« Vous avez fait un travail d'investigation extraordinaire. Vous les aviez à votre merci de bout en bout et ils le savaient. Ils n'ont eu que ce qu'ils méritaient. »

Mon procès eut lieu cinq mois après l'attaque de Coffeyville. Bill engagea un avocat habile du nom de Joseph Fritch, qui me fit plaider coupable eu égard au meurtre de George Cubine – et comme il s'y attendait, le juge J. D. McCue, qui présidait le tribunal du comté de Montgomery, renonça à me poursuivre pour vol à main armée et pour les autres meurtres. En raison de ma relative jeunesse, Fritch prédisait une peine de dix à quinze ans d'emprisonnement, soit le minimum pour un meurtre sans préméditation, mais les Dalton étaient trop célèbres pour ça et je fus condamné à la réclusion à perpétuité au lugubre pénitencier d'État de Lansing, au Kansas, à mi-chemin de Kansas City et de Fort Leavenworth.

J'avais vingt et un ans et je me déplaçais encore avec des béquilles quand j'ai pris possession en boitillant de ma cellule de prison puante et dégoûtante d'un mètre vingt sur deux mètres quarante. J'ai reçu un uniforme et un calot à rayures noires et blanches, ainsi qu'une formation de tailleur, dont j'ai encore de beaux restes, et j'ai consacré mes soirées à m'instruire, plongé dans des ouvrages difficiles empruntés à la bibliothèque et recopiant les mots que je ne connaissais pas, jusqu'à ce que je sois capable de comprendre chaque phrase. Je récurais les murs et le sol de ma cellule avec de l'ammoniaque et je veillais compulsivement à son bon ordre – le rasoir de sûreté à côté du bol à raser, lui-même à côté de la brosse à cheveux à côté du broc. J'ai vécu la décennie de mes vingt ans et les premières années de la trentaine tel un stoïque, réservant la dernière heure de chaque journée à la lecture de la Bible, avec pour seule véritable distraction les lettres de Miss Eugenia Moore.

Les messages que je lui envoyais étaient brefs – deux ou trois phrases à propos de l'actualité du dehors, de la vie en prison, de ces si plaisantes soirées passées à fumer des cigarillos avec elle dans cette pièce tendue de couvertures du ranch de Big Jim Riley ; elle répondait par des lettres de neuf ou dix pages sur le passé, dans lesquelles elle consignait tout ce dont elle se souvenait. L'une d'elles se terminait ainsi : « Chaque fois, j'ai envie de te demander si tu te sens seul, si tu es malheureux, si tu as des regrets, mais ce sont des questions qui me paraissent si déprimantes que j'en ai un peu honte. Je suppose que tu sais ce que c'est la solitude, car moi, je l'éprouve. Je suis perdue sans ton frère Bob. J'ai l'impression d'être une maison à l'abandon. »

Puis une de mes lettres est restée sans réponse, une autre m'a été retournée et je me suis dit qu'elle avait dû se lasser de moi, jusqu'à ce que j'apprenne qu'elle aussi était morte ; au milieu d'une tempête de neige, elle avait pénétré dans une banque de Wichita, au Kansas, et exigé du guichetier qu'il lui remette le tiroir-caisse. Elle avait réussi à prendre la fuite à cheval, mais elle avait été touchée par balle à moins de cinq kilomètres de la ville, comme le blizzard se levait. Et quand ses poursuivants l'avaient rejointe, elle était entièrement recouverte de blanc, à l'exception de la tache blonde de ses cheveux et de ses yeux marron grands ouverts dans lesquels fondaient des flocons.

Ai-je jamais vraiment gobé cette histoire ? Elle m'apparaissait comme aussi peu vraisemblable que la tombe vide qu'elle avait fait creuser pour elle à Silver City et, bien que d'aucuns affirment que la véritable Florence Quick repose dans un cimetière du comté de Cass, dans le Missouri, je me la représente plutôt bien vivante, aujourd'hui encore, quelque part au Texas, où elle enseigne l'arithmétique à des enfants et est mariée à un serre-frein.

Mes informations concernant le « gang Doolin-Dalton » sont tout aussi succinctes. On me raconta que mon frère Bill avait délaissé ses bouquins de droit et qu'avec Bill Doolin, Bitter Creek Newcomb et Pierce, il avait rassemblé l'une des plus grandes bandes qui ait jamais écumé l'Ouest. Début 1893, ils décidèrent de se faire connaître en dévalisant, comme nous l'avions fait, un train à Wharton – mais Chris Madsen, Heck Thomas et Bill Tilghman se virent confier la direction de la battue, qui regroupait cent cinquante adjoints et le gang Doolin-Dalton ne survécut pas longtemps. Il se sépara en mars 1894 et mon frère partit errer au Texas, où il recruta une clique faite de bric et de broc, tandis que Doolin restait dans les Territoires, à la tête d'une bande dont les membres se firent abattre les uns après les autres par les forces de l'ordre.

Chris Madsen descendit Ol Yountis dans sa bicoque d'Orlando à la suite d'un vol à main armée à Spearville. Alors que, après avoir attaqué un train de la Rock Island à Dover, Bitter Creek Newcomb et Charlie Pierce se cachaient au milieu d'arbres pourris sans écorce dans un pré de la ferme des beaux-frères de Newcomb – Bill, Dal et John Dunn, des voleurs de chevaux notoires –, ces derniers résolurent de profiter de l'amnistie et de la récompense promise par un marshal local et se présentèrent à son bureau le lendemain matin, à bord d'un chariot à l'arrière duquel les cadavres de Pierce et Newcomb étaient si criblés de trous qu'ils avaient même des plombs incrustés dans les pieds.

Quant à Bill Doolin, il s'engageait dans un champ de maïs lorsque Heck Thomas et un détachement de volontaires surgirent d'une ravine et que Bee Dunn déchargea sur le hors-la-loi son fusil de chasse à double canon. Doolin traversa quatre rangées de plants en titubant à reculons, puis s'écroula, mort. On lui retira sa chemise, on l'assit dans un rocking-chair, les yeux fixés au plafond, et on le photographia. Les impacts de chevrotine sur sa poitrine ressemblaient à des piécettes.

Je ne reconnaissais pas mon frère Bill d'après ce que je lisais sur lui dans les journaux. Il était crasseux, débraillé, il buvait trop et il paraissait même un brin zinzin. À compter d'avril 1894, une inculpation pour complicité de meurtre vint s'ajouter à un premier mandat d'arrêt consécutif à la mort d'un shérif adjoint. Avec sa bande de trois cow-boys, Bill dévalisa alors la First National Bank de Longview, au Texas. Le butin se montait à peine à deux mille dollars en billets de dix et de vingt, mais le marshal municipal et deux clients y laissèrent la vie.

Mon frère se réfugia à Ardmore, en Oklahoma, où son épouse Jenny et deux de leurs enfants louaient une chambre à l'étage d'une ferme, que neuf hommes moustachus en costumes et gilets noirs encerclèrent le 8 juin au matin. Des sauterelles se posaient sur leurs jambes de pantalon, puis bondissaient plus loin. Le soleil chauffait déjà dans l'azur. Le marshal adjoint Lindsay jeta un coup d'œil à travers le treillis de la porte de la véranda et aperçut une fillette avec une attelle à la jambe assise sur un catalogue à la table de la cuisine, trempant du pain sucré dans du lait. Bill apparut, le cheveu en bataille et la chemise mal rentrée dans le pantalon, et il posa un bol devant la petite Grace avant de couper l'œuf poché qu'il contenait. L'enfant se pencha pour observer le marshal adjoint et Bill suivit son regard.

« Sors avec les mains en l'air, lança Lindsay.

– Pourquoi ne pas plutôt entrer pour prendre le café et discuter ? »

Le marshal adjoint tira la porte treillissée et Bill se précipita derrière le fourneau noirci. Les hommes postés dans l'arrière-cour avisèrent un rideau qui s'écartait, puis Bill qui se glissait dehors par la fenêtre de la cuisine. Ils ouvrirent le feu à tout va, la vitre vola en éclats, des morceaux de bois du châssis fusèrent, des écailles de peinture voltigèrent, portées par la brise au milieu de la fumée, mais mon frère sauta à terre, indemne contre toute attente. Bill fonça en direction d'un ravin, mais il trébucha sur une pelle rouillée et il se penchait pour prendre appui sur le sol de la main quand le marshal Loss Hart l'atteignit aux reins avec une balle de calibre .44 qui ressortit au niveau de son cœur par un orifice gros comme une boîte de café, tandis que Bill s'étalait dans l'herbe, effrayant les sauterelles, crevé comme un pneu.

Il fut exposé dans un cercueil vitré chez un entrepreneur de pompes funèbres d'Ardmore jusqu'à ce que son corps soit passablement décomposé. Des curieux firent le déplacement en train de partout, on réalisa des clichés stéréoscopiques et des milliers de personnes s'agglutinèrent dans la rue devant le salon funéraire pour défiler devant le dernier des célèbres Dalton et le contempler avec solennité.

22

Sept directeurs se succédèrent durant mon incarcération au pénitencier de Lansing et je les surpris tous par ma placidité. Lorsqu'il y eut une émeute à cause d'une histoire de pain perdu, je n'y pris pas part. Lors du charivari qui s'ensuivit quand certains prisonniers ouvrirent les portes de toutes les cellules et se fuitèrent par une cage d'ascenseur, je lus toute la nuit *The Virginian*[1], allongé sur mon lit dans ma cellule personnelle. J'en fus récompensé en devenant le premier condamné à perpétuité autorisé à occuper un emploi en ville sous tutelle pénale. Et en 1907, l'année où l'Oklahoma devint le quarante-sixième État du pays, je fus gracié par E. W. Koch, le gouverneur du Kansas, après avoir purgé une peine de moins de quinze ans.

J'avais trente-cinq ans, je boitais d'une jambe et j'avais salement besoin de travail, aussi ai-je pris pension chez une famille de Bartlesville et proposé mes services en tant qu'ouvrier dans les fermes locales, pour désherber, botteler du foin ou conduire une moissonneuse. Le soir et le dimanche, je faisais la cour à Julia Johnson, comme quand j'étais jeune homme. Je jouais

1. Roman d'Owen Wister salué comme l'un des premiers westerns littéraires. (*N.d.T.*)

de l'harmonica, assis avec elle sur la balancelle de la véranda, je l'accompagnais au cinéma en ville pour voir un vaudeville ou un film sur une attaque de train et, le midi, elle me rejoignait à dos de jument à travers les rangs de maïs, puis, adossé à un piquet de clôture, en salopette bleue, je mangeais des tranches de pomme à même la lame de mon canif et je buvais du thé tiède dans une cruche en souriant à mes chaussures pendant que Julia faisait la conversation.

Nous nous sommes mariés à Bartlesville en 1908 et deux ans plus tard, j'ai été embauché comme agent spécial par les services de police de Tulsa afin de terrifier les mauvais garçons locaux à l'annonce que l'un des légendaires Dalton était dans les parages. Puis mon épouse et moi avons déménagé plus à l'Ouest, à Los Angeles, où John Tackett et moi avons tourné *Par-delà la loi* et où, le dimanche, après l'office, Julia et moi avons pris l'habitude de pique-niquer sur la plage – Julia retroussait sa robe pour aller patauger dans l'océan et moi, assis dans le sable en costume et cravate, je regardais les enfants débourser quelques cents pour monter un cheval dans un manège délimité par des cordes à côté d'une Ford Model A.

Mon film me valut quelques contrats de scénariste à Hollywood et ressuscita mon nom, ce dont je tirai parti en tant qu'agent immobilier et entrepreneur en bâtiment lors de la ruée vers la Californie. Il ne me fut guère nécessaire de faire de la publicité. Le responsable des prêts se levait en souriant derrière son bureau dès que je pénétrai dans une banque et des hommes d'affaires par ailleurs raisonnables m'écoutaient baratiner pendant des déjeuners entiers, captivés. Un lotissement en banlieue de Los Angeles me rapporta plus que toutes mes années passées à voler des chevaux et à dévaliser des trains et j'investis cet argent dans la construction d'une villa blanche évoquant fortement celles des parvenus d'Argentine, avec des sols carrelés rouges, un ventilateur au plafond dans la salle de billard et une allée gravillonnée bordée de fleurs orange aux corolles grosses comme des bouilles de gosses.

Il n'y a pas si longtemps, ma femme et moi sommes retournés à Coffeyville, au Kansas, pour une seconde lune de miel, après quoi John B. Tackett nous a invités à nouveau et la chambre de commerce nous a payé des billets de première classe en voiture Pullman à bord d'un train Zephyr d'Union Pacific. J'ai donc fumé pendant trois jours des cigarettes à la fenêtre de la voiture salon, en contemplant les Badlands, les fermes pouilleuses dont les machines agricoles rouillaient sur des parpaings et les journaliers qui s'arrêtaient encore pour suivre les trains des yeux, debout sur le marchepied de leur pick-up. Puis nous avons emprunté la Santa Fe en direction du sud et Julia et moi avons pris le petit déjeuner dans la voiture-restaurant, en fixant les champs de blé du Kansas, d'un vert pareil à celui de craies de couleur pour enfants. Un porteur qui poussait un chariot à bagages dans l'allée a annoncé : « Prochain arrêt, Coffeyville. » Je me suis versé du café, j'ai lentement mélangé le sucre et pendant quelques minutes, Julia et moi sommes demeurés face à face, silencieux, tel un couple qui meurt à petit feu d'un très long mariage, détaillant par les fenêtres les granges penchées, une Ford Model T rouillée à côté d'un tracteur avec des pneus à grosses sculptures, un château d'eau blanc, des silos à grains et les toits en zinc des entrepôts de Coffeyville.

Julia m'a souri.

« Tu trouves que ta ville natale a beaucoup changé ?

– On dirait bien. Où que tu poses les yeux, c'est le XXe siècle. »

Une fois en gare, nous avons patienté sur la plate-forme entre les voitures pendant que les autres passagers descendaient du train. Un soldat en uniforme marron serrait sa petite amie dans ses bras, une femme dont le chapeau était orné d'une plume de faisan ajustait la ceinture et la cravate d'un garçonnet et un fermier en salopette bleue me dévisageait depuis un banc. John Tackett, qui longeait le train dans un costume en flanelle blanche, a repéré notre voiture Pullman et, nous apercevant, a tendu le bras pour me serrer la main.

« Bon sang, ça fait plaisir de vous revoir tous les deux ! s'est-il exclamé. C'est un jour à marquer d'une pierre blanche ! »

Il a aidé Julia à descendre par le marchepied et j'ai imité ma femme en me reposant sur ma jambe gauche, puis Tackett m'a présenté A. B. Macdonald, du *Star* de Kansas City, un homme de mon âge vêtu d'un costume en serge grise, qui avait à l'épaule un appareil photo dans son étui et dont les verres de lunettes reflétaient l'éclat blanc du soleil.

« Est-ce là Julia, votre amour de jeunesse dont vous parlez tant dans votre livre ? s'est-il enquis.

– C'est bien elle, ai-je répondu en tapotant le poignet de mon épouse comme un vieillard gâteux. Avez-vous lu le poème *Evangeline*, de Henry Longfellow, cette merveilleuse histoire d'une femme qui part sur les traces de l'homme qu'elle aime et le cherche toute sa vie durant, de la jeunesse à la vieillesse ? On y trouve ce passage magnifique : "Vous, qui gardez encore l'amour de votre mère / Qui croyez à l'amour qui souffre, endure, espère / Ô vous tous, qui croyez encore au dévouement / De la femme, à sa foi sans faiblesse au

serment / Écoutez, écoutez cette légende tragique[1]."
Vous vous rappelez ces vers ? Je les ai mémorisés alors que j'étais en prison. Eh bien, tout ce que Longfellow dit sur Évangéline, sur son amour et son dévouement, je peux le dire sur Julia. Je lui dois tout ce que je suis. »

Mon épouse a eu la bonne grâce de paraître flattée par cette déclaration, qui fut publiée *in extenso* dans l'édition suivante du *Star*, de même que tous les propos que je tins au cours de ce long après-midi. Une limousine appartenant à l'hôtel nous a emmenés jusqu'à Eldridge House et, en chemin, une banderole qui ondoyait au vent nous a souhaité la bienvenue. On nous a escortés jusqu'à la suite du gouverneur et, le temps qu'on apporte le déjeuner sur quatre chariots en bois, ma femme et Macdonald sont allés discuter à l'écart du programme de la journée et du lendemain, ce qui a permis à Julia d'annuler d'un simple trait de plume les manifestations les plus miteuses.

John Tackett adorait jouer les hôtes et il nous a régalés d'anecdotes pendant la majeure partie du repas.

« Vous savez à quoi je songeais, ce matin ? a-t-il lancé. À quand Emmett et moi, on a fait la distribution pour le film. » Il s'est tourné vers Macdonald. « Il devait y avoir une centaine de gars à l'audition, qui affectaient tous des airs plus féroces les uns que les autres et qui s'époumonaient en essayant de causer comme des durs et en brandissant leurs flingues dans tous les sens – et tous décochaient des regards terrifiés à Emmett qui était assis là, dans un siège du théâtre, à cocher leurs noms.

– Il y avait des stars dans le lot ? »

1. *Évangéline, conte d'Acadie*, traduit de l'anglais et adapté en vers français par Hector Verneuil, Paris, Flammarion, 1905. (*N.d.T.*)

Tackett a ignoré la question.

« Après, Emmett et moi, on se buvait un sherry et je m'efforçais de le convaincre que c'était une idée qui valait un million de dollars. "Tu as une idée de l'argent qu'il y a à se faire avec ces westerns ? que je lui faisais. Est-ce que tu t'imagines seulement à quel point l'Amérique raffole d'histoires comme la tienne ? Tu vas devenir riche, Emmett."

– Et il avait raison, hein ? » a ajouté Macdonald.

Je me suis tu, mais Tackett a repris, avec un clin d'œil :

« J'ai toujours eu le chic pour ce genre de truc – comme son frère Bob. »

Cette après-midi-là, nous avons effectué la tournée de la ville. Julia et moi avons pris place sur la banquette arrière de la voiture verte La Salle de Tackett, tandis que, à l'avant, Macdonald notait dans un carnet nos moindres paroles. Nous avons parcouru au pas les rues d'une cité qui possédait des magasins de radios, des épiceries et deux cinémas appartenant à Tackett, qui avaient remplacé des maisons et des potagers. Un facteur marchait dans la rue en faisant tinter les boîtes à lettres. Des gosses dont les vélos avaient des ballons attachés dans les rayons zigzaguaient sur un trottoir. Une femme se balançait légèrement en secouant son tablier pour le sécher sur la véranda de sa maison ; un homme arrosait sa cour et de l'eau dégoulinait du tuyau sur ses chaussures. De temps à autre, quelqu'un adressait en direction de la voiture un salut auquel Tackett répondait en levant un doigt du volant.

« C'est par ce chemin qu'ils sont entrés en ville ce matin-là, directement par la Huitième Rue, a-t-il exposé.

– Je vois, a acquiescé Macdonald.

– C'est par là, plus loin, qu'on a découvert le corps de Dick Broadwell, a continué Tackett. Son cheval était campé au-dessus de lui et il se cabrait dès que quelqu'un approchait. Il me semble qu'on a mis un bon bout de temps avant de récupérer le cadavre.

– C'est vrai ? m'a demandé Macdonald en se retournant vers moi.

– Je ne saurais dire. J'étais quelque peu ailleurs à ce moment-là.

– Le samedi, la famille de Dick Broadwell est arrivée de Hutchinson, au Kansas, et a réclamé sa dépouille, son cheval et les 92,40 dollars que le shérif avait trouvés dans son portefeuille en cuir tressé, a poursuivi Tackett. C'est pour ça qu'ils ne sont que trois à être enterrés au cimetière. Personne n'est jamais venu chercher Bill Powers. Ce devait être un faux nom. » Tackett m'a jeté un coup d'œil dans le rétroviseur. « Peut-être qu'on pourrait lui montrer la tombe. »

Au cimetière d'Elmwood, j'ai d'abord fait halte devant le monument funéraire en pierre grise de mon frère Frank avant de gagner à l'ombre des arbres le carré des indigents à côté des voies de chemin de fer. La parcelle était délimitée à chaque coin par une pierre peinte en blanc et ma simple dalle de marbre portant trois noms était dissimulée dans les herbes hautes en bordure de la fosse commune. Tackett a chipé une couronne de fleurs rouges sur une autre parcelle et Macdonald a voulu me photographier en train de la déposer près de la pierre tombale – au lieu de quoi j'ai été m'adosser contre un orme ; je me suis penché pour allumer une cigarette avec une allumette et lorsque j'ai relevé la tête, Macdonald me faisait face et il avait rengainé son crayon dans sa poche.

« Votre frère Bob vous manque drôlement, n'est-ce pas ?

– Tous mes frères me manquent.

– Et Bob, en particulier ? »

J'ai plissé les yeux à cause de la fumée de cigarette.

« Le passé me manque », ai-je répliqué.

Le lendemain matin, Julia et moi avons pris le petit déjeuner dans notre suite en compagnie de Tackett, de Macdonald et de trois représentants de la chambre de commerce qui ont eu du mal à se décramponner de moi quand ils m'ont serré la main, ainsi que de deux visiteurs-surprise – Charley Gump et Jack Long. Gump avait soixante-dix-sept ans, il vendait des pièces d'occasions pour automobiles, il était mince, chauve et il avait une moustache noire et des lunettes rondes à monture noire. Il paraissait aux anges d'être ne serait-ce qu'assis à côté de moi sur le sofa et il était prompt à exhiber la cicatrice irrégulière au pouce que lui avait laissée mon frère à l'œil redoutable lorsqu'il avait pivoté devant la First National Bank et fait exploser en morceaux le fusil de chasse de Gump. Puis Jack Long, un robuste cinquantenaire blond et enjoué, a raconté qu'il observait la Condon, accoudé à la balustrade de la véranda lorsque j'avais enfoncé un carreau avec mon fusil et que je lui avais crié : « Dégage de là avant que tu te fasses blesser, petit. »

« Il a fallu trois médecins pour extraire toutes les chevrotines qu'Emmett avait dans le dos, a révélé Tackett à l'assistance. J'étais à son chevet et je l'ai éventé avec un magazine pendant toute la durée de l'opération. Il affirmait qu'il s'appelait Charles Dryden et il a refusé d'admettre sa véritable identité jusqu'à ce qu'on lui mette sous les yeux les corps du reste de la bande pour qu'il puisse examiner leurs visages et se rendre compte qu'ils étaient morts. »

J'ai réussi à sourire à presque toutes ces anecdotes, mais pour finir, j'ai cessé d'écouter. J'ai enfilé mes double foyer, je me suis installé au-dessous d'une lampe, jambes croisées, et je n'ai plus entrevu le reste de la compagnie que par-dessus le sommet de mon quotidien, quand je me léchais le pouce.

Il y avait des photographies de la veille, l'une de moi avec mon chapeau entre les mains, tête baissée, en train de prier pour mes frères, une autre où j'étais avec John Tackett dans la salle de restaurant de l'hôtel et où j'inspectai le barillet de mon pistolet et une troisième d'Emmett Dalton monté sur un cheval à la robe foncée dans les bois, près d'Onion Creek, « où fut échafaudée l'attaque ».

Julia attachait son collier face à la glace de la commode ; Macdonald a écrasé sa cigarette, debout à côté de mon fauteuil.

« Prêt ? » s'est-il renseigné.

Les Dalton et leur suite ont rejoint en ascenseur le hall de l'hôtel, où ils ont été accueillis par les applaudissements d'une large assemblée de commis, de fondeurs et de secrétaires en foulards à pois, ainsi que, à l'ombre sous l'avant-toit, de pompistes, d'adolescents mastiquant du chewing-gum, de peintres en bâtiment en salopette blanche, de messieurs en costume sombre avec des feutres gris et de deux instituteurs avec leurs jeunes élèves ; des flashs se sont déclenchés quand j'ai ébauché un salut de la main gauche.

Je me suis dirigé vers la First National Bank comme je l'avais fait à vingt ans, talonné par des gamins qui s'efforçaient de poser les pieds sur les mêmes briques que moi. Un millier de personnes peut-être m'ont fixé du regard avec révérence lorsque je me suis immobilisé devant les portes de la Condon, que j'ai promené une main sur le bois criblé de trous et que j'ai narré ma version de la grande attaque de Coffeyville. Puis j'ai traversé Walnut Street comme l'avait fait mon frère Grat, me remémorant à voix haute la violente fusillade, les barricades de chariots, la fumée qui flottait devant la quincaillerie Isham. Une foule d'adultes et d'enfants se bousculaient autour de moi pour contempler, bouche bée, la clôture couverte de vesce devant laquelle mon frère Bob avait été tué. Du talon, j'ai marqué dans la terre l'endroit où j'étais tombé, puis j'ai constaté que mon auditoire s'était écarté et que six des survivants parmi les hommes qui m'avaient tiré dessus quarante-cinq ans auparavant se tenaient dans la ruelle, en costume noir, un ruban rouge sur la poche de poitrine. L'un d'eux était dans une chaise roulante en bois ; deux autres avaient des cannes ; ils se sont abrité les yeux du soleil et m'ont souri, puis ils se sont timidement approchés pour me serrer la main.

RÉALISATION : NORD COMPO À VILLENEUVE-D'ASCQ
IMPRESSION : CPI BRODARD ET TAUPIN À LA FLÈCHE
DÉPÔT LÉGAL : AVRIL 2010. N° 97551 (56554)
IMPRIMÉ EN FRANCE